镇魂

GUARDIAN

Priest 著

国际文化出版公司

·北京·

目 录

———————

楔子 001

天 生

卷一 005

轮 回 晷

卷二 095

山 河 锥

卷三 205

功 德 笔

———————

天生

楔子

昔者共工与颛顼争为帝，怒而触不周之山，天柱折，地维绝，天倾西北，故日月星辰移焉；地不满东南，故水潦尘埃归焉。——《淮南子》

不周山终于还是塌了。

十万大山悲鸣不止，惊醒了倚在大神木上小憩的昆仑君，他抬起头，看见漫天狂风卷雪，天黑得像是再也亮不起来。那鹅毛似的雪片竟是灰的，冰凉刺骨，仿佛一场大火后的浩浩余劫。

很快，在终年皑皑的昆仑山上盖了一层灰烬。

天地动荡，众生匍匐在地，慌乱的神灵们四散奔逃。洪荒大地上，到处都是废墟，到处都是亡魂。

这就是惨烈的第二次诸神之战。

"昆仑……昆仑……"

神农苍老的呼唤传到大山深处，尾音虚弱得时断时续，他已经丧失神格，就快要陨落了。

昆仑君叹了口气，随即，他穿过无止无休的暴雪，凭空落在了不周山的遗迹附近，青衣被狂风扫得猎猎作响。他神色有些倦怠："魂火都送你了，我又不想掺和他们的事，你还喊我干什么……这是什么？"

不周山的遗迹漆黑一片，一点儿光也透不出来，大地裂开一条狰狞的缝，有什么不祥的东西正不断地往外涌，夹杂着凄厉的惨叫，冲得人灵台不清。

昆仑君皱了皱眉，本能地心生厌恶，正要往天上躲。背对着他的神农冲他一摆手："跟我来。"

"等……"

神农不由分说地朝那地缝钻了进去。昆仑君犹豫片刻，只好跟上。

那条裂缝像一道伤口，暴露出被大地掩埋的真相，源源不断的黑气贪婪地围着两位洪荒神祇打转，似乎是畏惧，又似乎是随时准备冲上来，咬下一块与天体同寿的血肉。

"伏羲大封破了。"神农几不可闻地说。

"什么？"

"伏羲故去多年，大封本就松动，方才神龙撞倒不周山，扫起千丈罡风，刮落了你的那盏魂火……"

"然后掉下去把大封烧了个洞？"昆仑君难以置信道，"圣人，您向我借魂火的时候，说的是用它'镇天下无着亡魂'，可没说要放火烧伏羲大封……嘶。"

昆仑君的话音戛然而止，被眼前的世界震住了——说话间，他们已经穿过了破损的大封，落到地下千尺，这里是被伏羲大封压制多年的禁地。

没有光，没有风，没有生机，连倾盆落下的雨水也在抵达途中消散。神农举起夜明珠，昆仑君看见地面涌动着躁动不安的混沌，混沌中生出无数人形，无限近似于生命，然而这些"生命"甫一落地，就要挣扎着扑向周围的同伴，吞噬或是被吞噬，嘶吼与凄厉的惨叫声震耳欲聋。

昆仑君茫然地看着这个残酷的地下世界："这些都是什么？"

神农回答："是天生。"

"什……"

"是天生啊，小昆仑。"神农宛如叹息似的在他耳边说，"无父母，无来处，由来即在，同你我、同盘古大神一样——神与魔，都是'天生'。"

昆仑君对上神农的目光，老人的眼睛已经浑浊，眼珠的边缘不甚清晰，然而依旧带着至高无上的神性，大慈大悲、无欲无私。

"昆仑，创世未成，但我们都要走了。"

"……来不及了。"

轮回罡

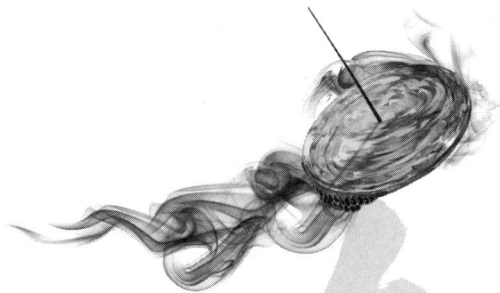

卷一

以三生之石，封西方白山。

第一章

农历七月十五，天还没亮。

大小夜猫子都已经回了窝，即便是龙城的大街，此时也开始空旷了起来，只有草丛中还偶尔传来几声虫鸣，时有时无，一惊一乍的。

凌晨2:30，露水下来了，空气开始变得潮湿——又潮湿又黏腻。

不知道是不是因为有风，角落里总好像有什么东西的影子在那儿晃来晃去，人走在街上，老是觉得背后有东西在盯着自己。

郭长城就是在这个时间，拿着他的通知单走进了光明路4号。

郭长城其貌不扬，从小父母双亡，被亲戚养大，只磕磕绊绊地念了个末流的大学，性格又孤僻怯懦，毕业以后找不着工作，无所事事地在家宅了大半年。后来他二舅听说附近派出所招协警，就给他报了名。不知是知道招聘信息的人不多还是怎样，郭长城居然被录取了。

可是，过了没几天，录取通知书下来，他的职位却不是协警，只见那通知书上写着：

郭长城先生：

祝贺您被我部门录用。

在这里，您将享有丰厚的工作待遇，同时，也将承担起维护社会安全稳定的重任，希望日后您能在新的工作岗位上爱岗敬业，锐意进取，服从组织领导，团结友爱同事，为社会安定做出贡献。

　　请于8月31日（农历七月十五）凌晨2:30，带好居民身份证和本通知书，准时到我处报到（地址：光明路4号一楼人事后勤部）。

　　在此，谨代表我处全体工作人员欢迎您成为我们中的一员。

特殊调查处

2012年8月1日

　　按理，看见这个奇葩的报到时间，正常人都会认为是打印错误，至少会提前打个电话确认一下，可是郭长城本来就有社交障碍，大半年的死宅生活更是叫他爆发出严重的电话恐惧症。一想到要给别人打电话，他就心理压力大得整宿睡不着觉。就这样，他一直逃避到了8月30日半夜，这个电话也没打出去。

　　郭长城想出了一个自以为两全其美的主意——他决定一宿不睡，凌晨2:30时亲自去一趟，要是没人，就到附近的麦当劳凑合一觉，下午2:30再过去，反正这俩时间总有一个是对的。

　　半夜，市区的公共交通都已经停运了，郭长城只好自己开车过来，很费了一番周折，才在导航的帮助下找对地方。

　　光明路4号不临街，在一个非常隐蔽的院子里，郭长城站在院门口仔细打量了半天，才就着手机屏幕的光，在浓密的爬山虎叶子下面找到了一个小门牌。只见门牌号下面有一行刻在石头上的小字——特别调查处。

　　院子里绿化做得很好，门口是停车位，往里走，有一排枝繁叶茂的大槐树，几乎成了林，只留出了一条小路，穿过去，他才看见了一个疑似传达室的小房子。

　　传达室里居然真的有人，亮着灯，透过窗户，郭长城看见一个穿着制服的人影，头上戴着大盖帽，正拿着一份报纸，不时翻动一下。郭长城深吸一口气，紧张得手心直冒汗，脑子里一片空白，来不及思考为什么这个钟点传达室的人还不下班。

　　"我是来应聘的，这是我的通知书……我是来应聘的，这是我的通知

书……我是来应聘的，这是我的通知书……"

郭长城像背课文一样，念念有词地把这句台词在嘴里咕哝了几十遍，终于硬着头皮走了过去，用颤抖的手敲了敲传达室的窗户。在对方还没完全抬起头来的时候，他交代遗言一般气如游丝地说："我……我是来通知的，这是我的应聘书……"

传达室里的中年男人放下报纸，疑惑："啊？"

这样都能念错词，郭长城欲哭无泪，脸憋成了一块紫薯。

好在这时，对方看见了他手里的通知书，立刻明白过来："哦……哦！你就是今年新来的小同志吧？怎么称呼？哦——我看见了，小郭！咱们这儿可是好几年没看见过新人了，怎么样，地方不好找吧？"

郭长城松了一口气，他喜欢这种热情洋溢的人，只要对方"哇啦哇啦"一开话匣子，自己就只要点头或摇头就行了，不用专门组织语言。

"我跟你说，你有福气，赶巧了，今儿晚上我们领导也在，走，我先带你认认人。"

郭长城一听这话，汗毛都乍了起来——福气没觉得，他觉得自己脑袋上幽幽地升起一团霉气。

郭长城没出息，从小一见老师就腿肚子转筋，见了校长离着八丈就得绕路走，明明是个良民，可每次看见国庆站岗的武警都像耗子见了猫，弄得人家总用怀疑的目光打量他。

见领导？那还不如让他去见鬼。

就在他冷汗横流的时候，脚步声响起，一个年轻男人从光明路4号的小院里大步流星地走了出来，嘴里叼着烟，手插在裤兜里，身材高挑、肩膀端正、浓眉、深眼窝、高鼻梁，十分英俊，只是脸色不太好看——这男人眉头皱着，脚下生风，脸上明晃晃地写着"别挡道，少碍事，都给老子滚一边去"。

郭长城不巧正对上他的目光，被那双漂亮又冷漠的黑眼珠吓得一激灵。他有种奇异的直觉——这位帅哥脾气不好。

"脾气不好"的帅哥看清他后，脚下来了个急刹车，下一刻，就神乎其技地变了脸，从"电闪雷鸣"直接跳跃到"晴空万里"，并且非常自然地露出了一个亲切的笑容，比翻书还快。他这一笑，两颊上竟然有两个浅浅的酒窝，叼着烟的嘴角显得有点歪，像是有点坏——坏得恰到好处、平易近人。

"这不是，说曹操，曹操就到，来，小伙子，认识认识，这位就是我们领导。"郭长城被传达室的接待从身后推了一把，跟跄了半步，听见身后的人大嗓门地说，"赵处，这回咱们可有新同事啦。"

赵处热情友好地冲他伸出手："你好，热烈欢迎。"

郭长城半身不遂似的把手心上的汗往裤子上蹭了几下，然后还丢人现眼地伸错了手，赶紧摸了电门似的缩回来，短袖衬衫的腋下和后背瞬间让汗给浸透了，全新的世界地图正在他身上慢慢成形。

赵处没难为郭长城，若无其事地拍了拍他的肩膀，张嘴就是一通场面话："别紧张，在这里工作的同事都很团结。本来你头天来，我应该带你认认人的，但是你看，今天日子比较特殊，我们这里也实在忙不开，一时还真顾不上你，别介意啊。过一阵子我做东，带大家给你开个欢迎会。你看这大半夜的……哎，要不这样，让老吴先带你进去找汪徵——就是我们这儿管后勤人事的，叫她给你办入职，然后你今天就先回去休息，明天早晨再来报到，好吧？"

郭长城赶紧点了点头。

不管这位赵处长之前是如何的心急火燎，这会儿站定跟人说话，语速也仍是不慌不忙的，让听着的人感觉不到一点儿冷淡怠慢，可见为人处世十分圆融。

"对不住，我还有点急事，得先走一趟，回头有什么需要，直接找我，别不好意思，以后都是一家人，今天走这一趟辛苦了啊！"赵处长冲郭长城抱歉地笑了笑，又挥手和传达室的老吴打了个招呼，这才行色匆匆地走了。

老吴大概是赵处长的忠实拥趸，聆听了这一番与他没多大关系的废话，也乐得像个傻似的，一边带着郭长城走进办公楼，一边喋喋不休地说："咱们赵处啊，年纪轻轻，有本事，脾气也好，待人接物从来不拿架子……"

郭长城还没从遭遇大领导的恐惧中缓过神来，惊魂甫定，听得颇为心不在焉，只会应声虫似的诺诺点头。

然而，也正是因为他一直不敢正眼看人，所以他一点儿也没注意到，这位领路的老吴先生那张脸在灯光下惨白得像墙皮，嘴唇血红，嘴角一直咧到耳根，一张一合间，能看出他的嘴里没有舌头。

办公楼里人来人往，繁忙异常。

直到这时，郭长城才迟钝地开始觉得奇怪。按理说，就算真有要紧事要半夜加班，用得着连传达室、后勤人事也一起陪着吗？

老吴在旁边幽幽地说："小郭，你可别误会，将来只要是没大案子，你大多数时候也是上白班的。一年到头，没日没夜忙的日子，也就七月这么几天。再说也不白忙，加班费按三倍工资算，当月奖金也翻番呢。"

郭长城更加迷茫，什么叫"没日没夜忙的日子，也就七月这么几天"？难道广大违法犯罪分子也有年中总结会和经验交流会？

还是按农历来的？

不过，他生怕自己显得太蠢，就没好意思开口问，稀里糊涂地点了个头："嗯。"

老吴继续说："我吧，一般是值夜班的，白天传达室上班的是另一位同事，估计你以后见到我的机会少。唉，其实我还挺愿意和你们年轻人在一起的——你是刚毕业的吗？哪个学校，学什么的？"

郭长城羞愧地交代了自己拿不出手的学历，末了，蚊子似的细声细气地补充了一句："我学习不太好。"

"哎呀，哪里！你可是大学生呢！"老吴忙说，"我就喜欢有文化的年轻人，我就不行，小时候家穷，就七八岁那会儿跟着村里的先生念过两年私塾。这么多年，学的那点东西也都差不多还给先生了，字也快认不全了，只能勉强看懂报纸呢。"

什么年代了，还有私塾？

郭长城又一次没听明白，可他依然怕显得太蠢，没好意思追问。

老吴乐呵呵地说："咱们到了！"

郭长城一抬头，只见办公室门上写着"后勤人事"四个大字，白底红字，红得不正，哪里不正，他一时也说不出来。盯着那四个字看了很久，郭长城一激灵——那好像是干涸的血迹那种……带着锈迹的红。

老吴在旁边敲了敲门："小汪在吗？我带新同事入职，你辛苦一下，把手续给我们走了吧。"

静默了片刻，里面传来一个非常轻的女声："嗯，来了。"

那声音好像很远，又好像就飘在人耳边，听得郭长城本能地哆嗦了一下，觉得后脖颈子有点凉。

老吴却似乎毫无察觉，依旧是絮叨："真是不好意思啊，小郭，辛苦你半夜跑一趟，可是没办法，咱们小汪跟我一样，也是只能值夜班的，所以咱们这儿的入职手续都得是这个时候才能办。"

等等……

什么叫"只能"值夜班？

那……白天呢？

郭长城背后忽然冒出了新一层的冷汗。这时，面前办公室的门"吱呀"一下被打开，门轴发出沙哑的低吟，一个穿着白裙的年轻女人出现在门口，用那种让人起鸡皮疙瘩的缥缈声音说："通知书和身份证都带了吗？"

阴冷的风从打开的办公室门里涌出来，郭长城的心脏高高地悬在嗓子眼，已经不会蹦了。他屏住呼吸，缓缓地抬起头，目光滑过一尘不染的白裙子，一直落到了女孩身后……

郭长城喉咙里发出被掐住一样的"咯咯"声，他半张着嘴，眼睛瞪得快要掉下去，惊惧交加地往后退了半步。

他看见那女孩身后盘着一条成年人腿一样粗的大蛇，正往外探着头，朝他吐芯子！

一只冰凉的手搭在他肩膀上，老吴的声音从耳边传来："祝红也在啊，月圆夜就早点休息呗……哟，小郭，你这是怎么了？"

郭长城听见女人的笑声从蛇身上传来，然后那蛇窸窸窣窣地朝着他爬了过来。方才在心里胡思乱想见领导不如见鬼，现在果然就遭报应了，这一晚上，郭长城不单见了领导，还见了真的……

他千辛万苦找到的果真是一份别出心裁的"好"差事！

第二章

萤火一样的灯光点不亮夜色，女孩凌乱的脚步敲打在凹凸不平的地砖上。忽然，她脚底下被什么东西绊了一下，人重重地跪在了地上。

夏夜闷热得像个蒸笼，李茜剧烈地喘息着，手指神经质地绞住自己的衣服。

她听见自己剧烈的心跳和另一个人的脚步声。只有那种旧式的、软底的布鞋，才会发出那种"沙沙"的脚步声。仔细听，那人的脚步还有一些拖沓，一下一下地在地上蹭着，像是腿脚不好的老人。

李茜猛地回过头去，可除了灯光下乱跳的小虫外，她背后什么也没有。

她长相清秀，本来是个漂亮姑娘，可惜这会儿披头散发，头发被汗水粘在脸上，嘴唇同脸色一样苍白，无论长得如何，也好看得有限了。慢慢地，她露出一个古怪的表情，好像是恐惧，又像是怨毒。

"别想缠着我……"她猛地站了起来，咬着牙说，"我能摆脱你一次，就能摆脱你第二次。"

脚步声停了下来。

李茜撸起上衣的七分袖，白皙的手臂上已经起了一层鸡皮疙瘩。闷热的仲夏夜里，像是有什么看不见的东西让她觉得冷。她从地上捡起一块砖头，那如同跗骨之疽的脚步声从四面八方涌来，可是她偏偏什么也看不见。

什么也看不见，才是最可怕的。

李茜尖叫起来，张牙舞爪地拿着砖头在空气里乱拍。手里的砖头越来越沉重，沙石磨得她手掌生疼。她精疲力竭，两眼发黑，弯下腰，双手撑在膝盖上，大口地喘着气，目光无意中落在了地上。

一瞬间，李茜的瞳孔蓦地收缩，整个人剧烈地颤抖起来，手里的砖头掉在了地上，砸中了她凉鞋里露出的脚趾，可她仿佛一无所觉，艰难地退后了两步，膝盖陡然一软，跌坐在了地上。

影子……是影子！

那路灯就在她面前，灯下面有光的地方，怎么会有那么清晰的一个影子？！

它就好像是泼在地上的一盆墨迹，不知已经在那里"看了"她多久。

李茜瘫在地上，那影子却是站着的。

你身正吗？身正怎么会怕影子？

她似乎听见了一声尖锐的笑声。

凌晨还不到五点，床头柜上的电话铃响得像叫魂。

农历七月十五，盂兰盆节——也叫中元节，是个大日子。五行三界、八方道友，各路幺蛾子都赶着在这天扑腾。赵云澜加了一宿班，到家以后衣服也没脱，直接滚到了床上，感觉自己才闭眼，就又被叫起来了。他面无表情地睁开眼，沉重的眼皮勾勒得双眼皮格外明显，目光近乎仇恨地盯着自家天花板看了一会儿，三秒钟后，才诈尸一样地坐了起来，艰难地逛荡着一脑子的糨糊，伸长了胳膊去抓床头柜上的手机。

赵云澜这房间，说它是狗窝，狗都要抗议——衣服扔得满床满地都是，也不知道是打算穿还是打算洗，大双人床上堆满了各种杂物，有些简直超越了凡人的想象力：被袜子裹住一角的笔记本电脑姑且不提，墨镜、雨伞也勉强能理解，可大罐的朱砂就叫人十分费解了。这些鸡零狗碎拥挤成一团，只堪堪给他留出了能让一个人躺进去的窝。想必这窝还是躺下去之前自己刨的。

赵云澜接起电话，表情阴沉得像是下一秒就要破口大骂："又出什么事了？"

汪徵的声音从话筒里传出来，简明扼要地回答："赵处，死人了。"

"什么时候？"

"不是昨天晚上就是今天凌晨。"

"哪儿？"

"大学路。"

"唔……"赵云澜表情狰狞地揉搓了一下自己的脸，"知道了，先让老楚去一趟。"

"楚恕之去湘西出差了。"

"林静呢？"

"被幽冥借调。"

"那祝红……行了,祝红不用说了,月圆夜被打回原形了。还有谁在?"

"我。"汪徵说,"可是太阳就要出来了,我要下班了。另外,还有大庆和新来的实习生郭长城……"

赵云澜打了个哈欠,有气无力地说:"你让大庆陪着实习生去看看,给小孩一个锻炼机会。"

"实习生郭长城现在哪儿也去不了,"汪徵语气毫无起伏地说,"昨天晚上来报到的时候,他吓晕了,可能是晕完就势睡了,现在还没醒过来。"

赵云澜顿了顿,问:"被什么玩意儿吓晕了?"

汪徵一板一眼地汇报:"祝红的原形。"

赵云澜木然地在床边坐了一会儿,意识到自己没有跑腿小弟了,只好睡意浓重地叹了口气:"得了,那一会儿我过去看一眼,你叫大庆等着我。"

他挂了电话,把脑袋伸到水龙头下,三分钟梳洗完毕,飞车到了大学路。

经过路口,赵云澜才刚减速,一道黑影就从天而降,只见一只圆滚滚的动物"咣当"一声,手榴弹似的砸到了他车的前盖上,好悬没把车盖给砸出个坑来。赵云澜赶紧一脚急刹车,脑袋伸出窗户,心疼得直嘬牙花子:"这叫机动车,是交通工具,不是猫砂盆!您老能悠着点吗?"

只见车前盖上端坐着一只通体漆黑的猫,它有一截存在感十分委婉的脖子,脖子上面顶着一张柿饼脸,体形呈球状。它后腿盘起,努力收腹,这才克服万难地把与肚子相比略显局促的前腿触地伸直了,保持了一个端庄的坐姿。

柿饼脸的大猫往四下看了看,发现附近没人,于是胡子一颤,慢吞吞地张嘴,吐出了一个略显低沉的男人的声音。

猫说:"别废话,快下车——你没闻见这个味儿吗?"

空气中有一股无法言喻的恶臭,赵云澜把车停在路边下来,伸手捂住鼻子,皱着眉问猫:"这么臭,你放的?"

大黑猫不理他,雷霆万钧地从车盖上跳下来,把一扭一扭的大肥屁股对准了他,霸气侧漏地迈着猫步往前走去。

马路对面已经停了好几辆警车,工作人员在一个小胡同入口处拉了警戒线。

赵云澜摸索了半天，才从兜里翻出了一个破破烂烂的工作证。守在警戒线旁边的小警察正面有菜色地背对着案发现场，接过后只来得及匆匆忙忙地扫了一眼，就把工作证塞回赵云澜怀里，接着忍不住往远处跑去，扶着墙吐了。

赵云澜抓了抓他那猪突狗进的鸡窝头："我的一寸玉照就那么让人作呕？"

黑猫一连领先了他几步，见他还在那里磨蹭，忍不住回过头来，乍着毛对他发出了一声咆哮。

"来了，来了——哎呀，这个味儿，十步必杀。"赵云澜弯腰从警戒线下钻了过去。

他才刚一露面，里面立刻有人迎了出来，用纸巾捂着鼻子，瓮声瓮气地问："是特别调查处的同志来了吗？"

大家都知道有这么一个神秘部门，叫作"特别调查处"，级别不低，但大家都不知道这些人具体是干什么的、有怎么个章程——反正每次特别调查处来人，都由上级直接下达通知，谁也没有抗议的余地。

可要是他们的人不来，请也没地方去请。他们组织严密，办案程序完全不透明，而媒体不经过特批，连特别调查处的影都找不到，更不用说跟踪采访了。也没有人知道他们的公诉程序究竟是怎么走的，总之案子交到了那里，就像是进入了一个黑箱，对外公开的只有一个云里雾里的结案报告。

有时候，这些特别调查处的工作人员甚至比那些悬案更加扑朔迷离。

他们的结案报告详尽，起因、经过、结果、嫌疑人身份、抓捕情况乃至抓捕过程，全都交代得一清二楚，逻辑严谨，格式分明，绝对让人挑不出一点儿毛病来。唯一的问题就是，结案的时候犯人都死了。

在现场负责组织工作的，是个上了些年纪的老刑警，姓杨。他一边和赵云澜握了手，一边略带好奇地仔细地打量着这个人，客客气气地问："怎么称呼？"

"我姓赵，赵云澜，您叫我小赵就成。"

老杨吃了一惊，没想到来人竟然是现任特别调查处处长，只见这位赵处长三十啷当岁，高个儿，身材修长，模样也端正得很，只是衬衫皱巴巴的，上边开了两颗扣子，下摆一半塞在裤腰里，一半掉了出来，再加上那一脑袋宛如鸟窝的乱发，看起来有点不修边幅。

老杨"哎哟"一声："您就是赵处！这……这个，您看我眼拙的，实在是没想到咱们领导这么年少有为。"

赵云澜显然非常习惯这一套，顺口跟着打了几句官腔。

这时，只听"喵"的一声，老杨一低头，就见一个黑影，以迅雷不及掩耳之势，"噌噌噌"两三下，顺着赵云澜的裤脚，一路扒着他的衣服爬上了这个男人的肩膀。那是一只黑猫，碧绿的眼睛。绿眼黑猫，本该是相当诡异的，然而这位猫兄实在太过富态，看着就吉祥招财，一屁股坐在赵处肩头，像是要将他脑袋也挤下去，倒显出了几分滑稽。

老杨和它大眼瞪小眼片刻："这……这……"

赵云澜尴尬地拎着险些被肥猫拽下去的裤子，歪头干笑了一声："这是我们的猫主任，平时抓工作抓得很紧，看见咱俩聊天，不愿意了。"

黑猫爱搭不理地"喵"了一声，大尾巴不耐烦地甩来甩去，仰了仰它的脖子。赵云澜会意，伸手从黑猫脖子上扒拉出了一个小猫牌，好不容易才把勒进肉里的猫牌翻出来递给老杨看："这是特别调查处特许证，与我们的工作证同等效用，批准它进出任何现场。您放心，老猫懂事，不会添乱的，也不爱掉毛。"

老杨终于开始觉得这事有些扯淡了。

片刻后，老杨打完了一圈电话，确认了眼前这个抱着猫的鸟窝头不是骗子，才算不情不愿地把赵云澜和猫放了进去。

越往里走，臭味就越是浓郁。

只见窄小的胡同里躺着一具女尸，穿着有"龙城大学迎新"字样的文化衫，尸体双目圆睁，四肢被摆成"大"字，张着嘴，腹部被某种利器剖开，内脏已经空了，像个散了棉絮的人偶。

老杨再次用纸巾捂住鼻子，五官都皱成了一团。

赵云澜肩上的肥猫长长地"嗷"了一声，跳到了地上，围着尸体转了两圈，最后在一个地方停了下来，蹲坐在那儿，抬头看着赵云澜，训练有素，就像查出了毒品的缉毒犬。赵云澜走过去，从裤兜里摸出一副皱巴巴的手套戴上，在猫蹲下的地方摸了摸，然后小心地抬起尸体的一条胳膊。

老杨伸长了脖子，他看见在被尸体挡住的地方，有半个血手印。

那绝不是人的手印，因为巴掌只有小孩那么大，手指却至少有二十厘米长。老杨做了一辈子刑警，从来没有见过这样的东西。他正目瞪口呆，冷不丁地听见赵云澜用严肃正经的语气说："从现在开始，这案子转到特别调查处，后续手续会在两个工作日内完成。"

说完，不等老杨回答，赵云澜就指着围墙上开的一个破破烂烂的小门问："这是什么地方？"

第三章

那是龙城大学的一个小偏门。

龙城大学是座历史悠久的名校，和其他大学一样，也早早把本部转移到了城郊，寸土寸金的市区保留的老校区只剩下小部分的行政功能，还有零星几个院系的研究生部，因此学生不多，游客倒是颇有一些。

赵云澜抱着黑猫，在一栋宿舍楼门口站了半小时，才算把郭长城给等来。他发现这个头天晚上匆匆见了一面的实习生有些上不了台面——郭长城走路缩脖端肩，老是见不得人似的低着头。他头发有点长，眼睛都快给盖住了，再加上一身的吊丧黑，显得没精打采，远远看来，就像是一朵风中摇曳的蘑菇。

赵云澜眯起眼睛，对怀里的黑猫咬耳朵："你猜汪徵怎么跟他说的，我怎么觉得那小孩脸上带着一股被逼良为娼的悲切呢？"

黑猫懒洋洋地打了个哈欠："赵妈妈，您言重了。"

郭长城一步一挪窝地蹭到了赵云澜面前，活像刚被抢到山头的压寨夫人一样"嘤嘤嘤"地说："……让我来跟你走现场。"

赵云澜故意问："谁让你来跟我走现场？咱的电费有地方报销，你能大点儿声吗？"

郭长城狠狠地哆嗦了一下："汪……汪……汪……"

大庆："喵。"

赵云澜有点扫兴，头天晚上擦肩而过，他没意识到这位新同事是个连话也说不清的货，于是话音里也带了些虚情假意的敷衍："现场的情况你大概也了解些了吧？这是死者住的宿舍楼，先跟我进去看看。"

赵云澜说着，转身走进了宿舍楼，半天没听见人跟上来，一回头，只见郭长城正跟长相凶狠的宿管阿姨脉脉对视，颇有噤若寒蝉的气息。他只好压住火气，耐着性子，叫狗似的招了招手："怎么还傻杵在门口？我打过招呼了，不用喊报告，直接进来。"

这句话不说还好，郭长城一听，立刻条件反射地在门口绷直了身体："报……报告！"

随后，他意识到自己犯了傻，在宿舍楼门口挺成了一块面红耳赤的棺材板。

"这个蠢货"四个字，真是高度概括了赵处对实习生的第一个成形的印象。

女生寝室202号房，是个标准的双人间学生宿舍。黑猫从赵云澜怀里跳下来，仔细检查了床下、柜底，最后跳上窗台，低头闻了闻。忽然，它扭过头去，重重地打了个喷嚏。

郭长城虽然头天夜里很是受了一番惊吓，但此时通过观察，他发现自己这位帅哥上司在光天化日之下也是有影子的，再壮着胆子研究了一番对方那明显刚被夜班糟蹋过的模样，认定领导可能确乎是个正常人，这才略微放了点心，跟屁虫似的跟在领导身后。

只见赵云澜从兜里摸出了一盒烟，熟练地抽出一支，叼在嘴上点着了，凑过去，拍拍黑猫的屁股，示意它让开一点，然后凑近窗台，眯着眼往上喷了一口烟。那烟味并不呛人，中间掺杂着薄荷味和一股清冽的草木香，混着男人身上若有若无的古龙水气息，让人颇为心旷神怡——难得他已经邋遢成了这副尊容，竟还没忘了骚。

郭长城听见赵云澜在说："看。"

循着他的声音一低头，郭长城整个人就一哆嗦——他看见原本空无一物的窗台上多了一个印……是人的手骨留下的手印！

赵云澜淡定地低头闻了闻："没什么腥味，不是老猫还闻不出来。"

黑猫开了口："不是它？"

郭长城乍听猫说人话，猛地扭过头去，脖子"嘎嘣"一声。

赵云澜没搭理他，在烟雾中若有所思地摇了摇头，兀自跟黑猫聊了起来："恐怕不是，会伤人命的东西不是这个味。"

他伸手推开窗户，目光无意中转到了郭长城身上，见实习生脸色惨淡，神色游移，明显是认知受到了颠覆，神经正在打蝴蝶结，于是就忍不住想逗他玩，就说："小孩，你上去，给我看看窗外有什么。"

郭长城："啊……"

"啊什么啊，年轻人，给我机灵一点，快上！"

郭长城"咕嘟"一下，咽了口唾沫，探头看了一眼身处二楼的"高空"，膝盖就有点使不上劲，可是让他回过头来对赵云澜开口说"我不敢"三个字，显然更考验他的胆量和沟通能力。最后，这倒霉孩子两害相权——感觉还是领导可怕，于是只好像个肉蜗牛一样磨磨蹭蹭地爬上了阳台窗户，蹲在那儿半天不敢站起来，玩命地扒着窗棂，浑身上下只有脖子敢动。他用尽全力地转动着脑袋，颤颤巍巍地打量着四周。

这时，他看清了打开的玻璃窗上映出的倒影。一瞬间，郭长城身上的汗毛全立起来了。他惊悚地发现，玻璃窗上映出的影子不只是他一个人！

那里还有一具人体骨架，就匪夷所思地趴在他蹲着的地方，手骨笔直地穿过他自己的脚腕，放在了窗台上有手印的地方，正往屋里张望……

郭长城猛地低头，可是那里什么也没有！

他一时分不出究竟眼睛看见的是假的，还是镜子反射的是假的，胸口冰冷一片，连呼吸都颤抖了。接着，他看见那骨架转过头来，目光正好在反光的玻璃上和自己对上。郭长城看见，那骷髅头的两个空洞洞的眼眶里，好像有一个人。

那人身上披着斗篷，全身笼罩着一层黑雾，手里还拿着什么东西……

还没等他看清楚那人手里拿着什么东西，他就听见楼下一个男人的声音说："哎，那位同学，你趴在窗户上干什么呢？"

这一嗓子结结实实地把神经紧绷的郭长城给吓了一跳。窗台上正好有一点光滑的苔藓，他一脚没踩实，悲剧地响应了地心引力。赵云澜忙眼明手快地扑过去，想伸手捞他，谁知人没捞到，捞到了郭长城那盖帽一样的头发。郭长城"嗷"一声号叫，赵云澜手一哆嗦，就这么让他掉下去了。

黑猫立在窗台上，摆了摆尾巴："喵——"

"我……"赵处长连忙骂骂咧咧地往楼下跑去，"服了！"

楼下出声那位一看人掉了下来，赶紧伸手接了郭长城一把——那是个身材修长的男人，盛夏里也穿着整整齐齐的长袖衬衫，鼻梁上架一副无框眼镜，看起来干净斯文，一身优雅的书卷气，手里本来夹着教案，也因为接郭长城掉在了地上。

"没事吧，同学？"

幸好只是二楼，郭长城倒没摔出什么好歹来，只是惊魂未定，慌张地扭头去看他掉下来的窗台，可那里空荡荡的，什么也没有。方才吊在窗外的骨架和它眼睛里的黑袍人，似乎都只是他的幻觉。

郭长城一屁股坐在了地上——脚软。

"崴脚了？"戴眼镜的男人弯下腰看了看，又说，"学校里禁止攀爬建筑物，多危险啊，今天我先不扣你分了，送你去校医院吧？"

郭长城："不、不用，我不、不、不是……"

他一着急，舌头就打结，越发说不清楚，觉得自己可能是一根天生的废柴，这个世界上，除了吃软饭，大概没他的活路了——上班第一天，他就已经快疯了。

这时，赵云澜匆匆地跑下楼，一把拎住郭长城的后领，把他竖在地上，着实很想脱了鞋，照着这丢人的现世宝脸上来个左右开弓。然而，有外人在，他只好临时把脾气憋了回去，扭头冲那戴眼镜的男人伸出手："你好，我们是特调处的，我姓赵，请问先生贵姓？"

两人目光对上，同时一愣。

赵云澜心里不着四六地想："这是老师还是校花？"

校……戴眼镜的男老师脸上则有猝不及防的震惊一闪而过，下意识地躲闪了一下赵云澜伸出的手。不过他很快回过神来，干咳一声，在赵云澜手上一碰即收："免贵姓沈，沈巍，我在本校任教。不好意思，刚才我还以为那位警官是暑假留校的学生。"

沈巍的手冰凉，像刚从冰柜里捞出来的尸体，赵云澜手背上汗毛乍了一下，他忍不住又抬头看了对方一眼，这个沈巍却不肯和他有眼神交流，借着捡地上散乱的教案避开了他的视线。赵云澜帮他，两人恰好朝同一张纸伸出了手，一个是捡自己的东西，一个只是帮忙的，自然是赵云澜退让，却不料沈巍好像被烫了手似的，仓促地往回一缩。

他嘴唇苍白，眼眶却浮起几分嫣红的血色来。

初次见面，对方这反应实在奇怪，像是怕他，可又不纯粹是怕——心里有鬼的犯罪分子碰见执法人员，紧张之余，一般会不时偷偷看执法人员的反应，而不是完全避免接触。

赵云澜心里疑惑，于是仔细打量起沈巍来。

世上有各式各样的美人，阳光的、清丽的、英气的、柔弱的，不一而足，但有一种，好比瓷器，乍一看，顺眼、不夺目，温文尔雅，不去主动扎人眼，倘若有眼尖的主动来揣摩，却很容易看迷了眼——沈巍好像就是这种耐人寻味的长相。

赵云澜第一眼看见他，就有种直觉，仿佛这人身后有很多故事。

这时，球一样的大黑猫不知吃错了什么药，也一扭一扭地走了过来，爬到沈巍脚底下，伸长了脖子嗅了嗅，然后黏在沈巍裤腿下，撒娇似的叫了一声。此猫爷平时好吃懒做，十分高贵冷艳，还从来没有这么认真地履行过做猫的义务。赵云澜一愣，只见黑猫寡廉鲜耻地往沈巍裤脚上蹭，还谄媚地仰起头，用可笑的短小前腿去够沈巍的膝盖，企图求抱抱。

沈巍抱起了猫。黑猫不嫌他手凉，又软绵绵地"喵"了一声，把自己窝成了一个球，"呼噜呼噜"地蹭他的手。

沈巍摸了摸黑猫的头："这猫有灵性得很，有名字吗？"

"有啊，叫大庆。"赵云澜顺口说，"小名胖子，外号死胖子。"

黑猫"嗷"一嗓子，歪起毛，对赵云澜亮爪就挠。赵云澜熟练地捏住黑猫的爪子，顺势把它拎回自己怀里，冲郭长城使了个眼色。

郭长城硬着头皮上前，拿出了一个文件袋来，掏出一个女学生的学生证，递给沈巍，艰难地对陌生人开了口："沈……沈教授，您……您好，麻烦您给看看，对这个人有印象吗？"

沈巍推了一下眼镜，掩去自己那不明显的慌张，神色一正："不认识，她应该没上过我的课——看来昨天晚上有学生出事的传闻是真的。"

赵云澜注视着他，连一丝微表情也不放过："是。这就是死者身上的证件，请问沈教授，我们应该去哪儿查这个学生的背景信息？"

沈巍避开他有些咄咄逼人的视线："要不，你们去学院办问问吧。"

赵云澜紧接着问："学院办在哪儿，能帮忙带个路吗？"

沈巍整个人僵硬了一下。

赵云澜步步紧逼："不方便？"

沈巍捏紧了手里的教案，好一会儿，他才很勉强地说："跟我来。"

龙城大学的老校区是民国时建的，至今已有百年历史了，校园里古木森森，遮天蔽日，掩映在其中的旧教学楼，还是当年租界的西洋建筑风格，显得苍老又不近人情。唯有靠近西边大门的这一片办公楼，是最近几年才刚建好的，楼层也比较高，在一片老楼里格外鹤立鸡群，像一片不伦不类的斑，破坏了整个校园的气场。

一走进崭新的学院办大楼，赵云澜眼皮一跳——不知是不是空调开太大的缘故，一股阴凉的风扑面而来。趴在赵云澜肩膀上的大庆猫哆嗦了一下，尖锐的爪子从肉垫里伸了出来，紧紧地钩住了他的衬衫。

"那位同学学生证上写的是数学系，数学系的学院办公室在顶层。"沈巍在电梯里按下十八楼。

赵云澜忽然问："沈教授不好奇这件事到底是怎么回事吗？一般人碰到这种事，总要多问两句的。"

沈巍略微低着头，轻轻地说："死者为大，我在我能力范围内帮你们查案，其他的事你们知道就行了，我知不知道不重要。"

赵云澜把手掌放在黑猫的背上，有一下没一下地给它顺着毛："像沈教授这样配合我们工作的好市民不多了，我家大庆从来不亲人，我看它跟你挺投缘。"

沈巍笑了一下，惜字如金："应该的。"

正在这时，电梯走到了四楼，忽然抖了一下，毫无预兆地停了，顶上的灯似乎有些接触不良，明灭了两下。郭长城惶然地抬头去看赵云澜，可那男人不知道是神经粗还是怎么的，竟连眼睛也不眨，仍在若有所思地研究沈巍。

只听电梯里幽幽地传来一个男声："沈老师，你们去十八楼干什么？"

沈巍面不改色地回答："一个数学系的女生出了意外，这两位是来了解情况的，我带他们去数学系那边了解一下情况。"

"哦，"那个声音好像反应有些迟钝，半晌才应了一声，然后又用那种慢吞吞的语速说，"好的，请注意安全。"

他话音才落，电梯里一下子又恢复了正常，灯也好了，卡在中间的电梯也在"嘎吱"一声之后继续往上走去……就仿佛什么也没发生过。

"吓一跳？"沈巍转过身来，却只是看郭长城，又一次不着痕迹地避开了赵云澜，"刚才那应该是大楼保安，上学期一个学生从楼顶跳下去自杀了，之后除了数学系的人，如果其他人无缘无故地上顶楼，保安都会停下电梯多问一句，以免再发生那样的事。"

郭长城一脸菜色地松了口气，赵云澜却意味深长地看了一眼电梯里的对讲机。

电梯一路晃晃悠悠地到了顶楼，整个十八楼都空荡荡的，连个蚊虫、壁虎都不在这里安家，没有活气。

赵云澜忍不住连打了几个喷嚏。

沈巍立刻停下脚步，问："赵警官感冒了？"

沈教授一低头一颔首，都有种悠远的"君子端方"的味道，实在太赏心悦目，颜狗赵云澜都快怀疑不下去了。他揉揉鼻子："没，我就是觉得，一进这楼道里，就闻到股数学作业味儿，呛鼻子。"

沈巍听出他在开玩笑，礼貌性地弯了弯眼睛。

赵云澜混迹于三教九流之间，健谈得很，很快消弭了隐约有些尴尬的气氛。三个人就这样互相试探着边聊边走，脚步一下一下地敲在地板上，回音一直跌跌撞撞地飘荡在走廊里，被男人大大咧咧的说笑声遮掩住的是……那中间混入的第四个人的脚步声。

悄悄的、沙沙的，像软底的布鞋拖在地上的声音。

学院办大楼是个大塔楼的建筑，所谓"塔楼"，一般来说，就是电梯井在中间，上来以后，楼道围着中间的"大塔"转一圈的建筑。

郭长城无意中注意到，赵云澜的手表正悄无声息地发生着某种奇特的变化，从两根表针相连的地方开始，一抹比浅红深些、比正红浅些的玫瑰红色开始扩散出去，一圈一圈的，就像是荡漾在水里的涟漪。这让他的男式腕表看上去几乎像块昂贵的工艺品，金属表带扣在男人苍白而略显消瘦的手腕上，有种诡异的华贵感。

郭长城迟疑了一下，小声问："赵……赵处，你的表……"

"怎么了？变红了？"走在前面的赵云澜带着他特有的笑回过头来，"知道为什么吗？"

郭长城老老实实地摇了摇头。

赵云澜笑嘻嘻地说："这个啊，是个探测器。玩过游戏吗？一般探测器开始变红，就意味着……"

郭长城顺着赵云澜的话往他的表盘上看了一眼。突然，他在玻璃表盘上看见了一个老人——她……中等身材，略胖，穿着一身黑衣服，正面无表情地看着他！

郭长城的脚步一下子停住了。

赵云澜却好像无知无觉，"哈哈"一笑，拧了拧表盘侧面的一个小按钮，表盘上忽然又蹿起一团雾气，顷刻间就把方才那点红给冲淡了，再一看，依然是干干净净的男表，样式中规中矩，既没有诡异的红色，也没有反光的人影。

"没见过会变色的鼠标滚轮？这傻小子，给个棒槌就当真。"赵云澜涮了实习生几句，随后却毫无征兆地忽然转向沈巍，"沈教授是高知，讲究唯物主义，肯定不相信这种怪力乱神吧？"

沈巍说："古人说'六合之外，圣人不言'，究竟是有还是没有，谁也说不清楚。不过我倒是觉得，有就有，没有就没有，大家也没必要太追究。'不问苍生问鬼神'，那是旧时候昏君干的事，人要是连自己的事都想不明白，还有闲心去管世界上有没有鬼神，不是很荒唐吗？"

这话说得充满文人味，却又似是而非、答非所问。赵云澜见试探未果，就笑了笑，若无其事地把话题揭了过去："沈老师是教文科的？"

"嗯，我带大学语文和一些文科选修课。"

"怪不得——不过我倒是听一个做房地产的熟人说过，这样的塔楼一般是百米以上的商用写字楼，开发商为了多卖点钱才这么干。这样的建筑不好打扫，不通透，采光也不行，待时间长了，人不舒服。我看大概所谓'风水'，就是通风、采光之类的学问吧。"赵云澜从怀里摸出烟盒，晃了晃，"这儿禁烟吗？介不介意？"

沈巍摇头。赵云澜就一手插在衣兜里，另一只手轻轻一抖，叼了一根烟出来。他微微垂下眼点上，过了片刻，才不慌不忙地吐出一口白烟来。

好像打算打定主意少开口的沈巍终于忍不住皱了眉："烟酒对身体不好，赵警官这么年轻，多少节制一点的好。"

赵云澜笑了笑，没有搭腔。他的脸隐藏在一片烟雾后，叫人看不清表情，细碎的烟灰从烟头掉了下去，不知是有意还是无意，落了一些到沈巍的影子里。赵云澜垂了下眼，目光从地上扫过，这才用手拢了一下烟雾："干我们这行的，忙起来没日没夜，确实容易染上不良生活习惯，见笑。"

沈巍似乎还想说什么，可是话到了嘴边，他又硬生生地给咽了回去，过了一会儿，才略显生硬地转移了话题："老校区这边，院系不多，也没有那么多老师，整个十八层里，只有朝南的几间办公室里有人，其他房间大多是空置，从这边转过去就到了。"

不知是出于什么目的，这座建筑里绕成一圈的楼道拐角不是圆润的弧线，而是接近直角转折，这种生硬的拐角也是建筑里的一大忌讳，看起来就不美观，支棱八叉的，走到拐角处的人还会被那大龅牙似的冒出来的弯角挡住视线，如果两个人正好走对头，就很容易撞上对方。

沈巍在前面领路，赵云澜抱着猫紧跟着他，郭长城走在最后面。随着他们一点一点地接近其中一个拐角，郭长城忽然有种感觉，好像那阴影中会有什么东西突然冒出来一样。此时，他已经完全听不进去其他两个人的对话，只是死死地盯着那拐角——角度开得十分别扭的窗外射进的暗淡的光，将窗棂的影子长长地拉在地上，在那里造成了一个忽明忽暗的交界。

郭长城发现，那黑影的边缘……有什么东西在动！

就好像是有个躲在那里的人偷偷地冒出头来，然后冒出了一只……手的形状！

从那只影子里钻出的手突然五指张开，狠狠地抓向沈巍的脚，沈巍似乎毫无察觉。

赵云澜一把拉住沈巍的胳膊，把他往后拽了半步。

"哎，对了，我突然想起来，"赵云澜一边说着，一边随手往影子里弹了弹烟灰，影子里的黑手好像被烫到了，倏地缩了回去，"你瞧我这记性，这案子转得匆忙，学校这边需要怎么个配合法，我得跟你们校长或者书记聊聊，方便替我联系一下他们吗？"

直到这时，目光一直躲闪的沈巍终于看了他一眼。他眼角自眼尾处慢慢地收成一线，修长，如同一笔浓墨写到了头时扫出来的那片氤氲，在透明的眼镜片后斜斜地看过来，竟然隐约带了一点妖异，让人忽然间想起志怪小说中，女妖怦然心动后，付诸笔端纸上的书生画像——纵然那画中人本是明朗如月、温润如玉，也总免不了沾染上了执笔者那一点特有的邪气。

然而只是一闪而过，沈巍一垂眼，露出一个有点腼腆的微笑，方才那古怪的妖异感就倏地荡然无存："也对，我在这里实在帮不上什么忙，可能还跟着添乱。南边的几个办公室都是数学系的，你们随便进去问就行，我去和校长说一下。"

"谢谢啊。"赵云澜伸出一直插在裤兜里的手，笑眯眯地和沈巍握了一下，不咸不淡地道了别，对郭长城招了招手，带着实习生大模大样地往另一边的办公室区走去。

郭长城却在走出两步之后，鬼使神差地回头看了一眼。

他看见沈巍并没有走。戴眼镜的男人站在原地，把眼镜摘了下来，拿在手里，心不在焉地用衣角擦着，影子在光线昏暗的楼道里被长长地拖在身后，看起来又孤单又黯然。方才一直躲躲闪闪的视线这会儿却死死地盯着赵云澜的背影，那眼神极深极远，黑沉沉的，而他的表情像是怀念，又像是克制，含着某种呼之欲出的眷恋，以及……深沉的痛苦。

郭长城有种莫名的感觉，就好像他已经在那里站了成千上万年一样。

沈巍一直目送着赵云澜拐过去，这才注意到回头的郭长城。

年轻的学者露出了一个彬彬有礼的笑容，重新戴上眼镜，就像重新戴上了他事不关己的画皮，冲郭长城点头致意，然后转身消失在了电梯间里，仿佛刚才的一切都只是战战兢兢的小实习生的错觉。

"赵处，刚才那个人……"

"你没发现这里并不是所谓'数学系'的办公室吗？"赵云澜打断他，伸出手在布满尘土的窗台上摸了一把，又漫不经心地捻了捻指尖的灰尘，面无表情地说，"我们被人带进沟里了，你说这是巧合，还是那个沈教授他故意的？"

或许是因为赵云澜看起来比较年轻，又或许是因为他的态度一直非常随和亲切，郭长城的胆子逐渐大了一点，他问："那为什么还要放他走？如果他是故意带我们进来的，为什么……"

赵云澜一只手夹着烟，一只手揣在兜里，在一片烟雾缭绕里回过头来看了他一眼，郭长城不由自主地就住了嘴。

"这些事，你新来的，不了解也没关系，以后我们会慢慢教你。"赵云澜的声音低了下去，"在国内，我们和其他部门同事的权力基本上一样的，在没有证据的时候，可以质询，要求公民予以配合，可以怀疑，甚至依法扣押，提人来审问，但是有一条，绝对不能擅自把普通人扣在任何有危险的现场里，哪怕是居心叵测的普通人，要真出了事，谁也担不起这个责任——我刚才验过了，这个沈巍应该就是个普通人。"

他的语气并不严厉，反而是温和的，可大概是楼道里太阴凉的缘故，叫郭长城生生打了个寒战。

赵云澜背对着他,接着说:"你大概也能想象,我们手里的案子,多数时候是走不了正常程序的,因此,在一些情况下,我们有对案子直接处理的权力,这种权力有时候是一件危险的事,所以我们有一套必须遵守的守则,知道第一条是什么吗?"

郭长城讷讷的,摇了摇头,又发现对方背对着他,看不见他这个动作,于是又红了脸。

"无论你面对的是人是妖,只要没有确凿证据,都得假定他无罪。"赵云澜好像背后有眼,自问自答完,转身拍了拍黑猫的屁股,"还有你,死胖子,刚才那是要干什么?谄媚得简直像条狗。"

黑猫毫不客气地拍了他一爪子,从他怀里跳了出来,气势汹汹地走在两人前面:"我只是觉得那个沈教授有些不对劲,说不出是哪儿不对,但靠近他让我觉得非常舒服。"

赵云澜凉飕飕地指出:"你靠近墓地的时候也很舒服,尤其爱往老坟地里埋小鱼干。"

黑猫甩了甩尾巴,不屑地说:"你知道我就是那个意思,愚蠢的人类。"

楼道里越来越暗,他们就像是走进了一条永远也走不完的暗道里。赵云澜从怀里摸出打火机,"嚓"一声点燃,小小的火苗在黑暗中不安地跳动着,不动声色地将漫无边际的黑暗撕开了一条小口子。男人脸上的笑容不见了,火光下的脸上有种不大健康的苍白,显得有些疲惫,目光却极其专注,仿佛比周遭的黑暗还要深一些。一股腐败的味道从黑暗深处传来,郭长城忍不住捂住鼻子。

"我讨厌这种盘成一圈的楼道,"赵云澜轻轻地说,"我讨厌一切圆的东西,生生死死,没完没了。"

郭长城的神经随着他的话音绷到了极致。这时,他突然听见黑暗中"咔嚓"一声,电光石火间,郭长城情不自禁地联想到电视里子弹上膛的声音。他还没来得及开口问,就感觉有什么东西在他脖子后面轻轻地吹了口气。郭长城一下子跳了起来。

赵云澜不轻不重地说:"躲开。"

那语气就好像他手里端着的只是一盘热饺子让人让开些那样轻描淡写。

郭长城已经屁滚尿流地扑倒在地，枪声在黑暗中响起。郭长城听见身后传来一声撕心裂肺的尖叫——如果他有毛，一定参得比肥猫大庆被摸屁股的时候还高，剧烈跳动的心脏让他有种胸口一空的感觉。郭长城怀疑自己被吓出了心脏病。他坐在地上，狼狈地回头看了一眼，借着赵云澜手上微弱的火光，看见墙上有一个五六岁小孩那么大的黑影，乍一看，就像是有人在墙上涂了一层墨水，"它"的心口处有一个"弹痕"，以那里为中心，一片血红正在往外蔓延，好像它也会流血。

"那是什么？"郭长城用一种自己都觉得陌生的尖声问。

"'影子'而已——别瞎激动。"赵云澜伸手在墙上的黑影上抹了一下，血红色就顺着他的手指尖，像老旧受潮的墙皮一样扑簌簌地掉下来。

"什……什么的影子？"

赵云澜动作顿了顿，忽然半侧过头，诡异地笑了一下。有那么一瞬间，郭长城甚至觉得自己被对方那双黑得吓人的眼睛攫住了灵魂。他听见赵云澜用一种让人毛骨悚然的声音轻柔地说："你知道吗，有的时候，一个人可不止有一个影子。"

郭长城一声不吭，顺着身后靠着的墙，像根面条一样滑了下去。

"你没事吓唬他干什么？"大庆翘着尾巴，围着晕过去的郭长城转了两圈，这个倒霉的小实习生已经在"每日一晕"的路上越走越远了，黑猫不满地甩了甩尾巴，"这么有表达欲，你没事上网写点小说好吗？吓晕了他对你有什么好处？"

"我又不是故意的。"赵云澜伸脚轻轻地踹了踹郭长城，实习生顺着他的小腿滑了下去，毫无反应，"谁知道这货还是声控的，两句话就晕。我最多以为……他会尿个裤子什么的。"

"这样我就可以用成人纸尿裤冲抵他的奖金了。"赵云澜俯身把郭长城搬了起来，一甩手扛在肩上，看起来就像是扛了一麻袋土豆，还随着步伐甩来甩去，他动作轻快，语气却十分刻薄，"给我说说，这小子是怎么进来的，什么玩意儿也跑到老子鼻子底下碍眼，烦死了。"

大庆莫名其妙，反问："我怎么知道？不是你签的调令吗？"

赵云澜："不是你在'镇魂令'上加了他的名字吗？"

大庆更加莫名其妙："我加什么？我怎么加？你当镇魂令是什么，猫抓板吗？"

一人一猫面面相觑了好一会儿，赵云澜："话说回来，镇魂令多大年纪了？不会老糊涂了吧？"

黑猫听他嘴上没把门的，竟连镇魂令也拿来开涮，顿时多了毛："你不要胡说八道！"

镇魂令自古就有，在人间协调三界，人、妖、民间奇人异事等都归他们管，古时曾经挂在"太史局"下，这些年则成立了特别调查处——这一任的特调处处长赵云澜，就是镇魂令主。

"镇魂令上有他的名字，肯定有道理——方才在楼道里是怎么回事？"大庆转开了话题，"你的'明鉴'为什么突然示警？"

"有东西跟着我们，不知道是什么。"赵云澜说，"不过被我一照就跑了，大概也没什么恶意。"

"也不是凶手？"

"不是。有没有血腥味你闻不出来吗？"赵云澜扛着郭长城，溜溜达达地在楼道里乱转，"你也看见尸体旁边那个手印了吧？'骨瘦如柴，指长如鞭'，到底是什么，我暂时说不好，反正肯定不是人……这破实习生还是个实心的，死沉死沉的，我得找地方把他扔了。"

说着，赵云澜还真找了个墙角，随手把郭长城扔下了。好在他还算有点良心，没让郭长城自生自灭，一提裤脚蹲了下来，从兜里摸出一个小瓶子，把里面的东西在郭长城周围撒了一圈，然后又咬破了自己的中指，在郭长城眉间抹了一滴血。那滴血好像在碰到郭长城的一瞬，就被皮肤吸了进去，顿时不见了踪影。立竿见影地，倒霉实习生那青白的脸色马上就跟着好看了几分。

做完这一系列的事，赵云澜才抬手在郭长城脑袋上狠狠地打了一巴掌，小声骂了一句："废物点心。"

大庆："别玩了，云澜，看你的表。"

赵云澜一低头，正好看见他那块叫"明鉴"的手表表盘又红了，脚底下传来一声有点尖锐的猫叫。他顺着大庆的视线望去，只见一个老人不知什么时候站在了他们身后。

老人与他目光一对，转身就走，走两步就停下，好像要带他们去什么地方。

"这是人是鬼？"大庆撒开四条小短腿追了上去。

赵云澜连忙跟上："你大白天能见鬼？有没有常识，死胖子！"

说话间，他们转过楼道里一个尖锐的拐弯，老人不见了，两人面前是一条直通楼顶的楼梯。

大庆打了个喷嚏，抽了抽鼻子："什么味儿？好臭。"

赵云澜弯腰抱起了它："看来把我们带进来的人应该是方才那个老太太，没准那个沈教授跟这事还真没关系。走，咱们跟着上去看看。"

一人一猫小心地走了上去，那台阶踩在脚下软绵绵的，不像水泥做的，更像是某种活物。无数只手从黑暗的影子中伸出来，抓向胆敢闯入他们领域的活物，却在接触到赵云澜裤脚的一瞬间就被狠狠地弹开。

赵云澜说："龙城大学已经连续三年有学生跳楼自杀了，而且出事地点都是这几座新楼。"

他说完，楼梯也正好到了头。通往顶层的小门没开，微弱的光从里面透出来。赵云澜从怀里掏出了一张交通卡，伸进锁扣里轻轻一别，已经快要报废的小铁门就"嘎吱嘎吱"地打开了。赵云澜举着打火机，缓缓地走上楼顶。十八层的楼顶视野开阔，从这里俯瞰下去，一边是龙城大学如同原始森林般的绿化，一边是城市中央主干道的车水马龙，人群熙攘。

有一个女孩站在楼顶，背对着他。

赵云澜小心翼翼地开口说："哎，那位同学……"

谁知他才刚开口，那女孩就突然翻过了栏杆，就这么一声不响地跳下去了！

出于本能，赵云澜纵身扑了上去，伸手去拉她。他反应不能说不快，但明明已经拽住了女孩后背的衣服，手指却从她身上笔直地穿了过去。随后，女孩的身影骤然消失，只是个虚空中的幻影。

黑猫像个移动的皮球一样颠颠地跑过来："怎么了？只是个幻影吗？"

"她动作太快了，"赵云澜不自觉地摩挲了一下自己的手指，"我来不及分辨她究竟是不是真人……"

黑猫还没来得及说话，他们身后忽然响起急促的脚步声。赵云澜一回头，发现跑来的仍然是那个女孩子，低着头慢慢地走上顶楼。女孩面孔模糊，看不见表情。

赵云澜还一个字也没来得及说，她脚下就突然加速，以去食堂抢饭一样的速度，从楼顶扑了出去。赵云澜只能一伸手抓向她的肩膀，但同样的事发生了——他的手再次穿过她的肩，女孩的影子在空中消散了。

接下来，跳楼似乎成了时髦，面孔模糊的姑娘们一个个跟赶集似的，排着队地从四面八方往下跳。赵云澜每个都会伸手拉一下，可她们每个都不是实体。没多长时间，他的脑门上就见了汗。

大庆从一开始还跟着他上蹿下跳，等第八个女孩也跳下去了以后，它开始表情木然地蹲在一边，尾巴钟摆似的，在它身后不耐烦地左摇右晃："别追了，你不觉得自己在'捕风捉影'吗？"

赵云澜没理它。

爆发力他是有的，也算练过，打个把小流氓不在话下，可是长期生活不规律、锻炼不足，他的身体素质十分一般，才跑了几圈，他已经有点喘了。

黑猫叹了口气："有一有二没有三，你都抓了八个了，难道还看不出来她没有实体，不是真人？"

"你知道这八个是一个人？你有充足的证据表明这里没有我以外的第二个人？你知道下一个人跑出去的时候，我们是不是还和上一刻待在同一个空间里？她跑出来的一瞬间，你能分辨出她是不是真人？'守则'第三条，'不要想当然'，你就着猫粮一块儿吃了吗？"赵云澜严厉地瞪了黑猫一眼。

嘴巴又臭又贱的黑猫心虚地甩了甩尾巴，嘀嘀咕咕地说："教训我……老猫都活了几千年了，你个小崽子居然敢摆领导架子教训……"

赵云澜暴躁道："再不闭嘴扣你猫粮！"

大庆"识时务为俊猫"："喵——"

这时，第九个跳楼者出来了。赵云澜在她露面的一瞬间就大喊了一声：

"姑娘，等等！"

但对方充耳不闻，依然像离弦之箭一样向着大地母亲飞奔而去。

"他妈的。"赵云澜又抓空了一次，一巴掌抽在了冰冷的栏杆上。

"唔……"大庆凑了过来，两只前爪扒在大楼顶上的护栏上，仔仔细细地闻了一圈，"其实你说得有道理，民间有'地缚灵'重复自己死亡过程的传说，但是传说归传说，传说里也没说他们死得这么赶时间。"

"那又是什么？"赵云澜问。

"某种术法制造的幻觉。"大庆用那张大饼一样的猫脸摆出了一副高难度的严肃表情，"有人把我们引来，用幻觉来误导我们，现在不知道对方是什么来路，也不知道对方有什么目的。"

赵云澜："但我还是觉得……"

"你啊，该有节操的地方没下限，该变通的地方却死心眼，镇魂令到如今已经流传了不知几千万年了，什么守则早就跟一纸空文没什么区别了，你对它那么执着做什么？你……"正说到这儿，大庆的话音陡然止住，它看见第十个女孩走上了楼顶。

一人一猫同时绷紧了身体。

女孩对他们视而不见，慢慢地走到护栏边上，忽然如同前九个幻影一样，双手一撑，就从护栏上一跃而下。赵云澜早在她出来的时候就感觉到了不对劲，猛地扑了过去，在她跳出去的一瞬间，就凌空抱住了女孩的腰。

手里陡然一沉，赵云澜手背上的青筋都露了出来。这次，他抓住的是一个沉甸甸的真人。

黑猫吃了一惊，蹿上栏杆，睁大了两只绿油油的眼睛。

赵云澜抓着她的姿势很别扭，让他有点使不上劲，单用两条胳膊的力气，抱个大点的孩子尚且觉得沉，别说是个货真价实的大人了。他一条腿卡在护栏中间，整个上半身全都探了出去。女孩吊在护栏以外，好像突然醒悟了过来，发出一声震耳欲聋的尖叫，本能地挣扎了起来。

赵云澜只好对着她的耳朵大喊了一声："再乱动就掉下去摔成柿饼了！你快给我老实点！"

这时，赵云澜靠着的护栏突然发出一个断裂声，不知是年久失修还是被人体重坠得，竟然松动了。

赵云澜似乎没注意到，仍在和女孩说着话："别怕，别怕，你再坚持一下……"

他这话还没说完，就听"咔嚓"一声，底下的钢条彻底断了。

赵云澜听见耳边传来奇怪的笑声——就像楼顶站满了人，他们漠然地站在一边，眼睁睁地看着马上要掉下去的自己，发出幸灾乐祸的笑声。

大庆像被人踩了尾巴一样尖叫起来："喵！"

千钧一发间，楼顶的小门被人一脚踹开，一个人以看不清的速度冲了上来，几乎同时，铁护栏彻底掉了下去。

赵云澜刹那间飞快地把重心转移到后脚跟上，身体往后一仰，带着抱着的女孩飞快地转了个身，正好把人塞进冲过来的那位怀里。随后，他自己一脚踩空，空出来的手刚好紧紧地扒住了楼顶，就这样惊险地吊在了十八楼。

大庆这才看清，跑上来的人正是本该已经走了的沈巍。

沈巍立刻把跳楼未遂的女生往身后一推，跪下来抓住了赵云澜晃晃荡荡挂着身体的胳膊："那只手，那只手也给我，快！"

第四章

赵云澜犹豫了一下，但这时，他在高楼凛冽的风中看见了沈巍的眼睛，那双眼睛深深地装着他，连同夜色一起，浓郁得化不开。不知为什么，看见那双眼睛，赵云澜不由自主地松了手，连着自己的小命一起交给了沈巍。

一松手赵云澜就后悔了，心想："我什么毛病？"

下一刻，他就这么被沈巍硬生生地拖了上去。沈巍看起来斯文得不行，手劲却大得异于常人。赵云澜的手腕被他攥得快没了知觉，手指发紫，衬衫袖子蹭到了胳膊肘上，小臂上给磨掉了一层油皮。

然后沈巍一把抱住他，两个人同时跌在地上。那双抱着他的胳膊几乎要勒到他的骨头里，近乎一个失而复得的拥抱。赵云澜一低头，发现自己手腕居然被沈巍捏青了，另一种怪异的感觉升起。赵云澜轻轻挣动了一下。沈巍立刻回过神来，松手放开了他，掩饰性地推了推眼镜。

赵云澜老于世故，很会察言观色，他眼神一闪，从沈巍这笨拙的反应中，敏锐地嗅到了什么。

他以前认识自己吗？

"幸亏你来得及时，不然一会儿我估计要给龙大当钟摆整点报时了。"赵云澜从兜里摸出了一包湿巾，一边把胳膊上的血迹和灰尘擦掉，一边递给沈巍一张，"擦擦手。"

他似有意似无意地碰了碰沈巍的指尖。沈巍避之唯恐不及，猛地一缩。

赵云澜深知进退该有度，试探了一把后，就装作不经意地转向旁边瘫坐的女生。

"那个小姑娘，你又是怎么回事？"赵云澜问，"失恋了？挨老师骂了？论文没过，还是考试挂科了？你说说你们这群熊孩子，家里一天到晚好吃好喝地供着你们，一个个闲得五脊六兽的，就没事……"

女生突然"哇"的一声哭了出来。

沈巍这才回过神来，沉声对女生说："太危险了。"

赵云澜立刻接话："就是，听见你们老师说的了吗？太危险了知道不知道？行了，别哭了，先跟我下去再说，我得带你去校医院看看，一定得跟你们家长好好说说……"

沈巍站起来，先瞪了赵云澜一眼，然后沉下脸，转向轻生的女生，足足有半分钟没说话，只是严厉地看着她，愣是把号啕大哭的女孩子吓得闭了嘴，抽抽噎噎地打起哭嗝。沈巍的样子让赵云澜想起了他去世多年的外公，那也是个老牌的高级知识分子，平时也是这样和和气气，好像总是在退让，绝不说粗话，也绝不大声呵斥别人，更别提动手，可是真生了气，只要脸色一沉，他们这些小辈的猴孩子就一个个全老实了。

"如果因为你，别人出了什么事，你以后是要昧着良心活，还是要昧着良心死？"沈巍声音沉沉地问。

女孩讷讷地说："对……对不起……"

赵云澜蹭了蹭鼻子："我倒没什么，但是你得好好反省一下啊，小姑娘，想想你自己，再想想你父母，年纪轻轻的，多大的坎过不去？来，别哭了，快起来吧，我带你去医务室看看。"

他看了沈巍一眼，见沈巍没别的反应，就过去弯下腰，把站也站不稳的女孩从地上扶了起来，搀着她走下顶楼，下了楼，又看见被扔在那儿的郭长城。不过这回没等领导发话，大庆就屁颠屁颠地跑了过去，一顿"天喵流星爪"糊在了郭长城的脸上。

女生跳楼的动静惊动了不少人，方才空无一人的楼道仿佛一下子回到了人间，好多教职工探出头来问怎么了，郭长城就这样在大家好奇的围观下悠悠转醒。

郭长城一脸血地睁开眼，就看见自家领导形容有些狼狈地扶着个年轻姑娘，站在不远处看着他，意味深长地说："年轻人要多锻炼，做我们这行，动不动就低血糖可不行。"

众目睽睽下，郭长城没敢吱声，羞愧地低下了头。

赵云澜想了想，对郭长城说："这样吧，我这儿还有点事，你带着大庆，把死者的背景调查一下。一个人可以吗？"

他刻意咬了一下"人"这个字，大庆在一边得意扬扬地舔着爪子，贱贱地"喵"了一声，听得郭长城一哆嗦。赵云澜一脸慈祥地拍了拍他的头，转身走了。

沈巍的脸色依然是难看，一言不发。有人小声向他打听发生了什么事，他也只是心不在焉地摇摇头。直到走出别人的视线，沈巍才不自觉地抬起了手，在锁骨中间的位置按了一下，薄薄的衬衫里似乎勾勒出了一个吊坠的形状。他闭了闭眼睛，深吸了一口气，这才跟上了赵云澜他们。

赵云澜带着女孩下楼，路上问她："你叫什么名字？"

"……李茜。"

"哪个学院的，几年级了？"

"……外语学院，研一。"

"本地人？"

李茜迟疑了一下，慢半拍地点了点头。

"说说吧，刚才是因为什么？"

这一回，李茜不说话了。

赵云澜若有所思地瞥了她一眼。这个叫李茜的女生眼下有一抹浓重明显的青色，目光无神，眼睛里都是血丝，印堂发黑，从头到脚一身的倒霉相。

沈巍忽然问："外语学院对文科通选课学分要求很高，你上过我的课吗？"

李茜小心地看了他一眼，点了点头。

沈巍说话也像讲课，声音低沉悦耳，语速不快不慢。他叹了口气，沉声说："生死是大事，我记得我上课时跟你们说过，这世界上，只有两件事可以让人为之赴死，一个是为了家国而死，那是为了成全忠孝，一个是为了知己而死，那是为了成全自己，除此以外，哪一种轻生都是懦夫行径，你到底听懂了没有？"

"我……"李茜的声音颤了一下，她定了定神，抿嘴说，"对不起，沈教授，我真的……真的就是一时冲动，没有考虑清楚，脑子一热就上去了，还差点儿连累……"

她看了看赵云澜，重新低下头去。尽管赵处长得很帅，表情看起来也十分和颜悦色，但李茜依然莫名地有点怕他，对上他的眼神，她下意识地往沈巍身边瑟缩了一下。

赵云澜摸出一根烟点着，似笑非笑地看着她："你也不知道怎么了？小同学，我只听说过冲动杀人的，还真很少见着冲动起来杀自己的。怎么，鬼上身了？"

"鬼上身"三个字一出口，李茜的脸色立刻变得煞白。

赵云澜不肯放过她："你怕什么？说真的，在楼顶上的时候，你看见了什么？"

李茜干笑了一声："就……楼顶呗，能看见什么？"

"我可看见了。"赵云澜目光转向前方，慢悠悠地吐出口烟，嘴里又开始没把门的，"你往下跳的时候，我看见楼顶上有好多人，都在看着你笑。"

李茜抱住自己的胳膊肘，浑身哆嗦了起来，死死地咬住了牙关，走近了，都能听见她把牙关咬得"咯咯"作响。赵云澜打量了她一会儿，弹了弹伸长的烟灰，伸手一推她的肩膀："好了，进去吧，校医院到了。"

赵云澜跟校医院门口的值班老师打了声招呼，就把李茜交给了沈巍，自己叼着烟站在了门口。

龙城大学的校医院门口有一条人工凿出来的小河，上面架着一段小桥，赵云澜懒洋洋地趴在木头栏杆上，慢吞吞地往自己的手表上喷了一口烟，白烟很快散去，表盘中间凝出了一层浅浅的白雾，一个老人的脸在里面若隐若现，似乎透过表盘与他对视。

"老大妈，"赵云澜挑挑眉，自言自语地小声嘀咕了一句，"您是哪一方神圣呢？"

身后响起脚步声，赵云澜伸手在表盘上轻轻一抹，上面的人影立刻就消失了。他不慌不忙地吐出含在嘴里的烟圈，转过身，就看见沈巍手里端着一个小托盘走了过来。沈巍把放着湿巾和药的小盘子放在一边，垂着眼，不由分说地拉过他蹭伤的胳膊，细心地卷起了他的袖子，拿起小托盘里的蒸馏水。

赵云澜忙说："我自己来。"

"你自己怎么来？"沈巍低着头，先把他的伤口冲干净，又用卫生棉球一点一点地擦净，捧着他的胳膊，好像捧着个一碰就破的宝贝，"要是我手重了你说一声。"

赵云澜："其实用自来水冲一下就好了。"

沈巍眼皮也没抬："天这么热，不弄干净，会感染的。"

沈巍的睫毛很长，低着头的时候显得眉清目秀，眼皮的形状清晰得好像画出来的，偶尔眨一下，眼睫毛轻颤，赵云澜的心思就跟着上下一忽悠。然而看了一会儿，他又觉得沈巍眉目清正、自带静气，让人看着看着，也跟着他静下来。

沈巍把他的胳膊弄干净了，又上了药，还企图用纱布给他裹上，被他坚定地拒绝了。

"就蹭破点皮，大热天的，哪有因为这个裹纱布的，胳膊一露出来，别人还以为我怎么了呢。"赵云澜掐了烟，动作自然地揽住沈巍的后背，"我打算进去看看那姑娘，一起来吧？"

沈巍随着他的动作立刻僵硬成了一块石头，踉踉跄跄地被他带了两步，从脖子到耳朵尖都红了，手忙脚乱地从赵云澜怀里挣脱出来，佯装镇定地拉了拉自己的衬衫。

"你怎么跟个大姑娘似的。"赵云澜先是不在意地笑了笑，而后还没等沈巍缓过口气来，他的话锋却突然一转，"沈老师，你以前是不是在哪儿见过我？"

沈巍猝不及防地对上了他的眼睛，脑子里顿时一空。他有那么一两秒钟的时间，几乎是愣愣地看着赵云澜。过了不知多久，他才有些艰难地说："我是见过你。"

赵云澜一挑眉，做洗耳恭听状。

"我……"沈巍脸上闪过极复杂的神色，就在赵云澜以为他要说出一段惊天动地的纠葛时，对方却轻飘飘地说，"我撞见过……你们处理一桩案子。"

赵云澜顿时有种"高高抬起，轻轻放下"的失落感："嗯，什么时候？"

"万青桥的双子大楼，发生过一起连环跳楼事件，大概五六年前吧，那时候我正临近毕业，刚搬出学校，在那附近找房子租，当时双子大楼因为命案，生意萧条，所以住宿费比较便宜，我就是那时候还敢住在里面的几个人之一。"

赵云澜想了一会儿："我当时在现场，没见过你。"

"你没看见我，但我正好住在顶层，看见过你，我还看见……"沈巍停顿了一下，适时地露出一点惊异的表情，"我还看见你从顶层的一个房间里抓出了一个黑影，塞进了瓶子里，然后扭头不知道对谁说了一句'犯罪嫌疑人已经抓获，诸位可以收工了'——当时楼顶上明明只有你一个人。"

赵云澜一愣："你当时不但住了双子大楼，还住顶层？胆子够大的。"

"我那时不信这些，穷学生囊中羞涩。"沈巍低下头，欲盖弥彰似的补了一句，"你可以去查住宿记录，我说的是真的。"

赵云澜看了他一眼，也不知道信了几分，打哈哈说："那看来真是我的工作疏忽了。按规矩，应该消除与本案不相干群众的记忆，可是我当时得意忘形，居然没发现你。实在不好意思，当时是不是觉得整个唯物主义世界观都崩溃了？"

沈巍内敛含蓄地笑了一下，没答话。

他们俩一起走进校医院的时候，就看见李茜正靠在有窗的那面墙边坐着，捧着校医给她倒的一杯热糖水。她恰好坐在了背光的地方，表情显得愈加阴郁。

赵云澜抬手敲了敲门。李茜一激灵，惶然抬起头来，看清了来人，这才慢慢地松了口气。

赵云澜大马金刀地往李茜对面的病床上一坐，摸出笔记本："同学，我还得问你几句话。"

李茜脸色苍白地看着他。既然沈老师明示了他知道自己是干什么的，赵云澜也就不避讳沈巍还在场，直白地开口问："最近这段时间，你是不是能看见某些别人看不见的东西？"

李茜没说话，惊恐万分的表情却回答了他。

"我明白了。"赵云澜盯着她双眉中间的位置，身体微微前倾，手肘撑在自己的膝盖上，"可是我看你没开阴阳眼，那么到底是因为天生八字太轻，还是动过不该动的东西？"

李茜情不自禁地咬住嘴唇，手指绞得关节惨白。

"哦？看来是后者了。告诉我，你动过什么？"赵云澜压低了声音。

李茜不肯说。赵云澜冷笑一声："不说，不说你就等着被它纠缠一辈子吧，小女孩，没听说过'好奇心害死猫'吗？不是什么东西都能乱碰的。"

"一个日晷。"不知过了多久，李茜才低低地开口，"家传的东西，放得发了黑，背面有一个圆盘，上面镶了好多鱼鳞形状的石头，黑色的，和乌晶石有点像。"

"日晷？"赵云澜笔尖一顿。

李茜点了点头。

"日晷一天转一圈，日头就东升西落一次，周而复始，象征生生不息、轮回不止。"赵云澜沉思片刻，说，"但也有种说法，认为轮回是个不断'杀死'的过程，新陈交替，失去的永远失去，过去的再不重来，转过一刻，就只能回望，不能倒回，而转过一轮，就连回头也不知道要看向哪里。"

他没看见身后的沈巍陡然一颤。

"你用它做了什么？"赵云澜问。

李茜咬了咬嘴唇。

"好，那我换一种问法，你有没有用它做过坏事？"

李茜一瞬间睁大了眼睛："我没有！"

赵云澜一言不发地看着她。

"我真的没有！"李茜弓起腰，本能地做了一个防卫感十足的动作，"我怎么会用家传的东西做坏事？！你胡说！你……咳咳……"

她情绪太激动，一下子被呛住，剧烈地咳嗽了起来。

沈巍皱了皱眉，走过去挡住赵云澜步步紧逼的视线，拍了拍李茜的背："慢点说，不要急。"

然后他转过身，对赵云澜说："这孩子刚刚受过刺激，赵警官不管问什么，能别太逼她吗？"

赵云澜一挑眉："好吧，最后一个问题，问完我立刻滚蛋。"

他从兜里摸出死者的相片："你最近见过这个同学吗？"

李茜粗粗地扫了一眼，先是摇了摇头，然后像是突然想起了什么，又抬手抓住了那张照片，仔细打量了半晌，才不确定地道："我昨天好像看见一个人，长得跟她有点像……"

赵云澜脸色一正："昨天什么时候？"

"晚上。"李茜想了想，"昨天晚上图书馆关门了，我才回来，应该是10点钟以后吧。我去学校外面买了一点东西，在门口好像看见过这么一个人……因为她穿的正好是学校迎新的T恤衫，我也有一件，才注意到她。"

赵云澜追问："迎新T恤？那昨天穿那件衣服的人是不是很多？"

"那倒也没有，"李茜说，"新生基本都在新校区，老校区这边都是研究生，不热闹，可能就只有从本科升上来的同学才有。"

"你说你也有这件衣服，你昨天也穿了它吗？"

"没，没洗过的衣服我不想贴身穿，就套在自己的T恤的外面来着，后来有点热，我就在路边把它脱下来塞包里了。"

"哦，"赵云澜想了想，"你看见她的时候，当时周围还有别人吗？"

"有啊，过路的挺多的，车也不少。大学路从早到晚都堵车。"李茜敏锐地感觉到了什么，问他，"怎么了？"

"我没问你大学路，我是指你们学校侧门的那条小胡同，她是从那儿走的，对吗？当时那条小胡同里有别人吗？"

李茜显得有点不安起来。她眼神飘到了一边,先点点头,后来又混乱地摇了摇头:"我……我记不清楚,好像……吧。她好像是从那儿走了,但是我没跟进去。那条小胡同是条死胡同,一般只有我们学校住在东区宿舍的人会从那儿抄近路走小门,平时比较清静……"

"你没有从那边走吗?"赵云澜打断她。

"啊?啊……我没有……"

赵云澜问:"为什么,你不也住在东区吗?"

"我……"李茜词穷,支吾了好一会儿,才慌慌张张地说,"我绕路去买东西……"

"可你刚才不是说,当时已经买完出来了吗?"赵云澜再次打断她,语气开始变得严厉,"同学,我也想当一个'敬个礼,握握手'的好叔叔,一点儿也不愿意吓唬你,可你得配合调查,跟我说实话,对吧?"

李茜再次紧张起来,双手攥住衣服的下摆:"我说的是真的。"

"照片上的这个人,名叫卢若梅,也是龙城大学的研究生。你问我昨天晚上发生了什么事,我现在告诉你,你的同学——昨晚被谋杀了,"赵云澜一字一顿地说,眼睛紧紧地盯着李茜的表情,"死亡时间是昨天晚上10点钟左右,也就是说,你很可能是最后一个见过她的人。"

李茜瞳孔骤缩,手里的杯子一下子落到了地上。她恍如未觉,眼角神经质地抽搐了一下,无意中张开的手指细细地哆嗦着,嘴唇白得发青。

赵云澜往后靠了靠,跷起二郎腿,双手交叉钩住膝盖,仰起头看着李茜:"死者的死既然和你没有关系,你又不认识她,你在害怕什么?你昨晚为什么绕路走?是什么让你宁可绕远,也不敢走那条小路?"

李茜十指插进自己的头发里,半抱住头,做了个近乎闭目塞听的动作。

赵云澜:"你到底看见了什么?"

李茜:"我不知道……"

"李茜!"

李茜用力甩开了他的手,剧烈的挣动把校医院的病床都碰得移动了一下位置,铁架床脚擦在地上,发出嘶哑的摩擦声。

"我不知道!"她歇斯底里地叫嚷,"我不知道!我不知道!别问我!

我不知道！"

"你们校区不大，"赵云澜压低了声音说，"说不定有一天，你在学校里吃早饭的时候还曾和她擦肩而过，或者你们碰巧用过同一间自习室、借过同一本书……你想知道她是怎么死的吗？我们找到她的时候，她的尸体孤零零地躺在小胡同里，腹部被利器撕开，内脏被掏走了大半，至今下落不明，由于现场一截肠子的残骸上有牙印，所以我个人推断，她的内脏很可能被凶手吃了。那血流得……啧，满地都是，现在血迹还清不干净，而且你知道吗……"

李茜尖叫起来："啊——"

赵云澜心如铁石，不为所动，一点儿放过她的意思也没有，自顾自地继续说："她的肚子被剖开的时候，人还活着，眼睁睁地看着自己的肝脏、肾脏、胃……一个一个地被人拿走。她听着那咀嚼的声音，可被吃下去的是她自己的内脏，你能想象那种心情吗？"

李茜声音已经哑了，她慢慢地蹲了下去，缩成了一团。

在这里值班的校医听见动静，也快步走了过来："怎么了？怎么了？"

赵云澜把自己的工作证递到他鼻子底下，顺便不由分说地伸手关上了门，把校医挡在了外面："不好意思，再给我五分钟，谢谢。"

赵云澜双手抱在胸前，靠在了病房的门上，转身看着李茜："告诉我，你看见了什么？"

"影子。"李茜忽然开了口。

赵云澜的脸色一下子变得很凝重。他大步走过去，蹲在李茜旁边："什么样的影子？"

"你们都小心点，别扎脚。"沈巍忍不住在旁边提醒了一下，从墙角拿起扫把，把地上的玻璃碎片扫到一边，然后他犹豫了一下，主动问，"我是不是应该回避？那位同学，不如我再去给你倒杯水吧？"

赵云澜摆摆手："不，你在这儿正好，先别走，我今天出来没带女同事，单独问她话不合规定。"

说着，他把瘫软成一团的李茜扶了起来，又从旁边的小桌上拽过一包纸巾递给她："是什么样的影子？你慢慢说。"

"她和我错身而过，我看见她身上的文化衫，发现是同学，尽管不认识，还是和她打了个招呼，她说'借过'，急匆匆地从我旁边走过，这时……"李茜抬起眼睛，她的眼睛里布满了血丝，人狠狠地哆嗦了一下，"我看见她的影子……她有不止一个影子。"

沈巍轻轻地说："不同的光源会造成很多影子，也许你……"

"不是那种，不是那样的！"李茜颤声打断他，"不是您说的那种影子，它是在没有光的地方凭空产生的，比别的影子都要深得多，最、最重要的是，那个影子……那个影子它和人的动作并不是一致的！"

病房里一时静谧得吓人，李茜都快把她的骨头哆嗦散了。沈巍顿了顿，弯下腰，带点安抚意味地拍拍她的头："同学，请你冷静一点。"

"我真的看见了，沈教授，我真的看见了。"李茜抓住了他的衣角，突然哭了起来，"我看见它一直跟着她，在她走进小巷子的刹那，突然……突然就从地面上站了起来，像一个真人那样。我吓死了，一路拼命地逃，拼命地跑……我以为自己是在做梦、是幻觉！您明白吗？可是你们非要问我，非要告诉我那个女孩……那个人她已经……"

她说到这里，大概是联想到赵云澜的描述，猛地跳起来，一把推开沈巍，冲到墙角吐了。

沈巍有些责备地看了赵云澜一眼。

赵云澜点评说："呃，别担心，她这反应其实不算剧烈，你没看见，早晨在现场，我们那边的一个菜鸟都快把自己给吐成海参了。"

沈巍的眼神转为无奈，摇摇头，出门找一直往里张望的校医要了一瓶矿泉水，给李茜漱口，又扶她坐好。李茜站都站不稳，跟跟跄跄地就着沈巍的手瘫坐在病床上，目光呆滞地看向赵云澜："它杀了人，也会杀我的，我看见它了，它不会放过我的，对吗？"

赵云澜没回答："给我描述描述'它'长什么样子。"

"我没太看清，但它……是人形，从地上站起来的时候有……有这么高，"李茜伸手比画了一下，"黑黢黢的，有点矮，所以看起来有点胖……"

赵云澜停下笔，皱眉反问了一声："有点矮，有点胖？"

李茜点了点头。

"那有没有可能其实它并不矮，只是你看见它以后，立刻就转身跑了，以至于它还没来得及完全从地上站起来呢？"赵云澜问。

李茜呆了呆，反应比方才还要迟钝一点，然后她垂下眼帘，避开赵云澜的目光，又一次点了点头："也……也可能吧。"

赵云澜看着她的目光开始变得有些古怪："然后呢？"

李茜低着头说："然后我就跑了啊。"

赵云澜没说话，只是审视着她。

李茜的十指掐在一起，指腹泛了白。

好一会儿，赵云澜才放过她，从记事本上撕下一张纸，在上面写了一串号码："如果有什么线索，或者想起了什么，请尽快联系我，二十四小时开机，今天就先谢谢你了。"

他说完，把字条塞给李茜，站起来。

沈巍："我送你。"

"不用，"赵云澜说，"我先去外面抽根烟，你跟她聊聊。方才我有点着急，可能吓着了这个小同学，实在对不起啊，老师。"

沈巍看了看李茜。李茜不知在想什么，对赵云澜的话毫无反应。

等赵云澜叼着烟出去了，沈巍才尽可能轻柔地问李茜："你饿不饿？我一会儿去食堂给你买点东西吃吧？"

赵云澜一走，他带来的压迫感陡然一松，李茜仿佛立刻就松了口气，感觉整个人都虚脱了不少，听见这话，虚弱地摇摇头。

沈巍又问："那我把校医叫进来陪你一会儿，你在这里休息一下，等身体好些再回去，可以吧？"

李茜点点头。

沈巍走了两步，想起了什么，又回过头来："身上还有钱吗？没有的话要不要我给你些，先用着？"

李茜听出他的好意，终于勉强对他挤出一个笑容："谢谢您，真的不用了。"

沈巍看着她叹了口气，看起来欲言又止，好一会儿，才含蓄地说："同学，有些谎言是故意的，有些不是故意的，前者是欺骗别人，后者是欺骗自己……无论怎么样，都是很可悲的。"

李茜愣了一下。

沈巍垂下眼："算了，你还是好自为之吧。"

说完，他到校医院药房拿了一小瓶药水，快步追了出去。

赵云澜还在楼道里，他接了个电话。

"我问清楚了，这回不是我们这边的问题，是'那边'出的事。"电话那头说话的，是一个不同于汪徵的女声，她尾音拖得长长的，有点刻意，带着股挑逗的意味，"刚才幽冥那边来人打招呼，昨天晚上七月节，他们那儿趁乱跑了个饿鬼。"

赵云澜几乎怀疑自己听错了："跑了个什么？"

"饿鬼。"

"饿鬼也能给放到人间来？他们还想不想干了？"赵云澜火冒三丈。

"这届幽冥政府不行，一直这样，见好处就上，见烟就卷，你也不是第一天认识他们。"电话那头的女人说到这儿顿了顿，"哦，对了，'那位'来拜帖了，因为这只饿鬼，他大概会亲自来一趟，你快回来看看，那位的拜帖我不敢打开。"

"惊动他了？"赵云澜皱皱眉，"好吧，知道了。你现在帮我做几件事——死人的地方正对着大学路，那边的十字路口我记得应该有监控，也许拍到了点什么，你先调出来；再给我查一查龙城大学外语系研一的李茜这个人，另外顺便给我打听打听，黑石头上刻鱼鳞的老日晷，究竟是个什么物件。"

这时，他的余光瞥见沈巍追了过来，就低声对电话里说："那先这样吧，我有点事，挂了，有进展随时同步我。"

说完，赵云澜转过身去，一眨眼就敛去满脸不爽的表情，老流氓一秒钟变文艺青年，温和有礼地说："留步，留步，沈教授真是太客气了。"

第五章

沈巍把从校医院拿出来的药塞给他："我看你刚才没顾上拿药，给你送过来。"

说着，又看着赵云澜胳膊上被撸掉的那层皮直皱眉："回去以后千万要自己小心一点，这几天伤口别碰水，也尽量别吃刺激的东西和……"

赵云澜一声不吭地盯着他看。

沈巍被他看得不自在，住了嘴："怎么了？"

赵云澜不着边际地问："沈教授结婚了吗？"

沈巍一呆，脱口说："没，怎么……"

赵云澜"哦"了一声，继续问："那沈教授有女朋友吗？"

沈巍莫名地就觉得，在这种情况下，自己是点头也不对，摇头也不对。赵云澜趁机从他手里接过药水瓶，捏在手里转了几圈，似笑非笑地说："没什么，就是觉得沈教授这样的青年才俊，还这么细心体贴，八成很抢手，多嘴了。"

沈巍好像听不得别人夸他，立刻局促起来。赵云澜一笑，露出两个酒窝："哦，对，你电话借我一下。"

沈巍掏出手机，赵云澜却没有接，就着他的手，大刺刺地在通讯录里留下了自己的姓名和号码，保存了上去，按了拨号，响了一声以后挂断。

"留一个联系方式，要是有和本案有关的线索，欢迎骚扰。"赵云澜说完，小药瓶往上抛了一下又接住，转身冲沈巍摆摆手，"谢谢了，我这儿还有点事，先走一步了，忙完这个案子，一定要请沈老师吃饭。"

这一回，他走得一点儿也不着急了，一只手插在裤兜里，晃晃悠悠的，背影看起来有些吊儿郎当，但是身上该弯的地方一点儿也不直，该直的地方一点儿也不弯，懒散也懒散得风度翩翩，像只开屏的花孔雀。

直到他走远，沈巍脸上略显青涩的局促才慢慢隐去。他的目光深远又克制，最后看了赵云澜已经几乎看不清的背影一眼，转过身，往另一个方向走去。然而不过十几步的光景，他却忍不住又回了一次头，但想看的人已经彻底拐出了他的视线。手机通讯录里存的是风骚的"阿澜"，静静地躺在屏幕上。当他默念着这两个字的时候，就感觉像有一把刀，轻飘飘地从他心里滚过，就把最软的地方割得血肉模糊。

沈巍抬起手指，上面还残留着另一个人身上已经变得非常淡的古龙水的香味。他闭上眼睛，极缓极深地吸了口气。他并不知道对方用的是哪一款、哪一种香，第一次闻见，那味道却仿佛已经叫他魂牵梦萦了很多年。

安静的校园里，只有枝头上翠绿欲滴的叶子落到地上的声音。沈巍的脸上看不出一点儿端倪来。良久，他才自嘲似的勉强弯了一下嘴角，低下头匆匆离去。

只有他低头的瞬间，隐隐的落寞飞快地隐去，脸绷得像刀子削过，流露出无声的杀意。

话说郭长城，这二缺领了个"了解情况"的任务，可他实在也不知道该了解些啥，只好硬着头皮到处找人结结巴巴地问话。对于自己的工作能力，他颇有自知之明——连花鸟市场的大鹦鹉都比自己说话顺溜。

临近中午，他才接到了赵云澜的电话，垂头丧气地带着会说话的诡异黑猫，蹲在学校门口等领导来认领。

郭长城就算是蹲，也和别人的蹲法不一样。他缩成一团，头发遮着大半张脸，再加上身边还正襟危坐着一只双下巴的大肥猫，犀利的造型不时引发路人驻足围观。半小时以后，匆匆赶来的赵云澜终于结束了这场丢人现眼的展览。腿都蹲麻了的郭长城一瘸一拐地跟在赵云澜身后，走在校园幽静优美的小路上。

利用这半小时蹲墙角的时间，郭长城深刻反省了他进入特别调查处后不到十二小时内发生的一系列的事，觉得挫败极了——不就是个阴森了一点儿的楼道吗？不就是光线微弱诡异了一点儿吗？不就是领导随随便便地说了句意味不明的话吗？他怎么就晕过去了呢？

对于这个工资比谁都高、奖金比谁都厚的特别调查处，郭长城一直觉得自己是不配进来的，可是现在，阴差阳错地，他既然已经进了，要是再连留都留不下来，丢脸也就算了，回去该怎么和他二舅交代？他这么忧虑着，心事重重地看着肩膀上扛着大庆的赵云澜——即使因为猫太肥，赵处只能微微歪着脖子，走路姿势好像个中风患者，他看起来却依然那么英俊潇洒，是个英俊潇洒的中风患者。

赵处明明比自己也大不了多少，却不管什么时候都那么笃定，好像他什么也不怕一样。正在这时候，赵云澜突然回过头来，郭长城忙不迭地避开他的目光。

"怎么了？想说什么？"

郭长城低下了头，挡在眼前的头帘有些出油，就像是一整排整整齐齐的黑线。

"有话就说，以后工作中大家少不了互相交流，你相处时间长了就知道，我这人脾气很好的，而且也比较没心没肺，哪怕平时真有什么不愉快，睡一宿也就忘了。"

赵云澜睁眼说瞎话，草稿都不打，旁听的大庆快恶心吐了。

"我……我……我……"郭长城吭哧了半天，也没"我"出个所以然来，他连眼圈都红了，才憋出了一嗓子，"我觉得自己就是个废物。"

"唉，"赵云澜心很累地想，"还真有点自知之明。"

然而他还是充分发挥了自己两面三刀的特长，硬拗出了一副亲切的嘴脸："行啦，小伙子，第一次出外勤，有点问题怕什么，谁还没犯过错误呢。慢慢来，别着急，我相信你，别胡思乱想——给我说说，刚才从学校老师那儿打听到什么了？"

"哦……哦！"郭长城忙从他随身的小挎包里掏出了一个笔记本，"我查到……这个死者名叫卢若梅，是数学系的研究生，本地人，家境不错。数学系女生少，平时大家都很照顾她，所以她在学校人际关系也很好，没听说过她和谁起过冲突，现在她正在争取行政留校，在校外活动上花的时间比较多，因此成绩并不是特别好……"

他啰啰唆唆地说了如上一堆屁话，难为赵云澜居然全程都耐心地听完了，末了还问他："那你自己的看法呢？"

"我觉得因为留校保研的事，她的一些竞争对手可能会有作案动机，也有可能是她在校外进行社会活动的时候惹上了什么人，我们可以先查查她的社会关系，说不定嫌疑人就在里面。"郭长城说到这里，惴惴不安地、非常没有自信地偷偷瞄了赵云澜一眼，"我……我暂时就想到这么多了。"

赵云澜没说对，也没说不对，只是慢吞吞地点点头："那你觉得她是怎么死的呢？"

郭长城摸不准他的意思，于是傻乎乎地说："被谋杀的？"

赵云澜哭笑不得。

可惜郭长城同志大概压根儿不知道"察言观色"四个字怎么写，一看他笑了，顿时松了口气，也跟着跃跃欲试地露出一个傻笑。赵处还从未应付过这样的奇葩，只好忍着内伤，一脸高深莫测地说："你做得不错，非常细心，很有潜力。"

郭长城猛地抬起头，眼前的男人低着头看他，脸上还挂着和煦的笑意，眉眼好看得让他想不出该怎么形容，一句话就让他心里充满了温暖和力量。他的脸当时就红了。那么一瞬间，他觉得领导对他真是太好了。郭长城恍然间明白了古人说的"士为知己者死"是个什么意思了，赵处这么关照、赏识自己，真是为他死了都值。为此，郭长城主动承担了比让他死还要困难的工作——跟陌生人打交道、给陌生人打电话："那……那我去查她的社会关系！"

赵云澜："急什么，咱们的技术员祝红还在办公室里值班呢，一会儿我让她去查。"

"祝红"这个名字把郭长城听得一激灵，昨天在人事科办公室里看见的那条大蛇好像也叫……

不等他细想，赵云澜又忽悠他说："这样吧，我再交给你一个很锻炼人的任务——方才想跳楼的那个姑娘看见了吧？她是个重要的目击证人，但是我觉得她好像隐瞒了什么，你啊，现在就去跟着她，查查她到底因为什么没跟我说实话。"

郭长城再也顾不上思考人蛇同名的问题，听见任务，两眼放光地挺直了腰杆："是！"

赵云澜点头："嗯，去吧。"

郭长城带着一身还在沸腾的热血，转身就跑，那挺起的胸膛、敏捷的动作，好像他不是去跟踪人的，而是去完成重大任务的。

赵云澜注视着实习生的背影，对肩上的黑猫说："凡人。"

大庆扬起它的大饼脸："凡得不能再凡了。"

"镇魂令死机了，"赵云澜在猫咪屁股上拍了一下，"我得回单位查点事，你跟着他。"

大庆懒洋洋地"喵"了一声，从他的肩膀上蹿了下去，像一个离弦的球一样，飞奔着滚了出去。

第六章

沈巍带着从食堂打包来的饭菜走进校医院的时候，就看见了郭长城畏畏缩缩地站在门口，探头探脑，想进去又不敢，而那只成了精的黑猫大庆则腆着肚子，熟视无睹地蹲在一边，舔着自己乌黑油亮的毛。

"你不是……"沈巍说到这里，才略微有些尴尬地顿了顿，他方才的注意力显然都放在另一个人身上了，"不好意思，请问怎么称呼？"

郭长城让他吓了一跳，但随后就认出了沈教授。面对沈巍的时候，郭长城的压力明显要小很多，他能感觉到沈巍是个好人，身上没有赵云澜那种再和蔼也挥之不去的压迫感。

"大概这就是这种高级知识分子的魅力。"郭长城羡慕地想，跟气场强的人在一起，他游刃有余，不显弱气，跟他这种"大废柴"教终身会员在一起，沈教授也绝对不显得盛气凌人。

郭长城"咩咩"地回答："我姓郭。"

"哦，是小郭警官，"沈巍笑了笑，"你在这儿干什么呢？"

郭长城迟疑了一下，不知道领导给自己的任务能不能说给别人听，他举棋不定，于是就低头去看大庆的脸色，可是那大庆是只长毛猫，一脸油光水滑的黑毛，郭长城没能从里面找到一点杂色。

大庆默默地用前爪捂住了脸——光天化日之下，人话不好好说，还要去请示一只猫！

幸好沈巍识趣，见他为难，立刻说："啊，我这话也没过脑子，随口一问，对不住，不是真的想瞎打听什么。"

郭长城羞愧地低下了头——尽管他没想明白自己为什么要羞愧。

"吃饭了吗？我买得比较多，一起进来吃点吧。"沈巍说。

郭长城才要开口拒绝，肚子里就叫了一声——其实他从头天晚上到现在，已经差不多一天水米未进了。正在他拿不定主意在原地纠结时，沈巍已经成功地召唤了大庆："来，咪咪，我买了牛奶，值班的医生估计也吃饭去了，咱们悄悄的，别让人看见。"

眼看着他的主心骨——肥猫大庆已经被糖衣炮弹打趴下，屁颠屁颠地抛弃了自己，郭长城毫无办法，只好也稀里糊涂地跟了上去。

沈巍大概是怕他尴尬，尽量有一搭没一搭地跟他说话："小郭警官看起来年纪不大，跟我的学生差不多，刚工作没多长时间吧？"

郭长城老老实实地交代："今天第二天……"

沈巍笑了："那真的和我的学生差不多，进入社会的感觉怎么样？"

可以说是十分的不怎么样。郭长城斟词酌句地说："还……行吧。"

沈巍带着一人一猫走在校医院狭长的楼道里，隐藏在眼镜片下的目光闪了闪，继而若无其事地说："同事和……领导对你都还好吗？"

"赵处对我不错，哦，赵处就是上午那位，我领导。同事们……"郭长城的表情微妙地扭曲了一下，想起了老吴纸糊一样的脸、汪徵办公室的大长虫，终于有些牙疼地说，"也……也挺好的。"

"赵处。"沈巍低低地重复了一回，又问，"你们赵处平时忙不忙？"

郭长城抓耳挠腮地说："大概……大概是忙的吧？我、我第一天来，真不知道。"

沈巍又问："你觉得他人怎么样？"

郭长城傻乎乎地回道："挺好的。"

沈巍看了看他："可你怎么有点怕他？"

郭长城吓了一跳："那是领导，当然……我当然……"

沈巍失笑，两人一起到了李茜休息的病房。

沈巍麻利地摆好了饭菜，分好餐具，又把一次性饭盒上面的盖子撕下来，倒上热牛奶推到大庆面前："都吃饭吧，别愣着了。"

郭长城早饿得前胸贴后背，食欲却依然不强烈，上学那会儿他就不怎么在食堂吃饭，倒不是娇生惯养嫌饭不好吃，而是因为一旦人多了，就会有人过来拼桌，他就会因为不自在，食欲全飞，更不用说此时在陌生的病房里和两个陌生人一起吃饭了。

李茜更是食不甘味，就以她现在的精神状态，要不是校医说没事，沈巍都要怀疑她是嗑了药。沈教授发现，只要自己一沉默下来，整个病房就只剩下黑猫大庆舔牛奶的声音，尴尬得要命，只好没话找话地问李茜："你说自己是本地人，家住得远吗？不远的话，先回家休息几天吧，有事我去帮你和导师说。"

李茜手里的筷子几不可见地顿了一下，迟疑了片刻，她轻轻地说："家里……家里在办丧事，这两天来的亲戚有点多，住不开。"

沈巍一愣。

李茜用筷子轻轻地戳着碗里的米饭："我奶奶前两天去世了。"

沈巍立刻道歉："对不起，我不知道，节哀顺变。"

李茜低着头没接话茬，一口没一口地干咽着白米饭。

沈巍拿起一双多余的筷子，当成公筷给她拨了点菜："老师随便买了点，也不知道合不合你的口味，多少吃一点吧。"

一直假装自己不存在的郭长城忽然说："我小时候也是奶奶带大的，高二那年她没了，因为这，我整整休了半年的学。"

沈巍和李茜一起看向他。

郭长城沉默了一会儿，闷闷地说："从小我就不争气，别的孩子欺负我，我既不敢还手，也不敢哭，被她发现了，就带着我一路找到学校去，然后回家数落我……她领着我出去买酸奶、买巧克力、买糖、买庆丰的素馅包子，买回来自己一口也舍不得吃，全给我。我让她先吃，给她送到嘴边了，她就很小地咬一个边……我小时候一直想，长大了挣钱，要孝顺她，也给她买酸奶、买巧克力、买小包子，可是……她没等到。"

李茜不知道被触动了什么，眼睛里开始泛出泪花。郭长城无知无觉，他不像是在跟别人说话，反而像是自言自语："她是晚上睡着觉没了的，谁也不知道，第二天早晨才发现……那两年我总是梦见她，休学的时候，就天天梦见她用手推我，跟我说'念书去，好好念书'。后来我复了学，有时候成绩好了，她就对我笑，成绩下降了，她就绷着脸看着我叹气，直到我上了大学。"

郭长城的模样就像一棵被霜打了的茄子，比在校生还青涩，沈巍忍不住摸了摸他的头。

郭长城羞涩地对他笑了笑："我拿录取通知书比别人都晚一些……第三批嘛，要人家录完才开始，那会儿都已经拖到9月份了。那天晚上，我最后一次梦见她，她跟我说'你成人了，奶奶放心了，要走了'，我问她要去哪儿，她只是摇摇头，说是去死人该去的地方，活人就不要打听了，然后这些年，我再也没有梦见过她，一回都没有。我大伯说，她是投胎去了。"

李茜的眼泪像断线的珠子似的，无声无息地往下滚。

"唉，我的意思就是……"郭长城笨拙地抓了抓头发，难得因为深有同感，叫他说了这么长的一段话，他几乎都要佩服起自己来，"同学，你别哭了，我奶奶刚没的时候，我也觉得天都塌了，要是以后没法孝顺她，我努力读书为了谁呢？我当时愿意拿我的寿命换她，可是……唉，我还是不会说话，我的意思就是说，你不要伤心，去世的亲人都在看着我们呢。"

这话不说还好，一说出来，李茜整个人都颤抖起来，号啕大哭，止都止不住。哭到最后，她已经有些意识不清了，手脚都在无意识地抽搐着。沈巍赶紧出去叫校医。郭长城还从没见过一个人能伤心成这样，手足无措地站在一边。

校医平时只开感冒药或者止泻药，没有给人打镇静剂的工作经验，一看这样子，立刻大笔一挥："转二院啊！"

郭长城只好跟着沈巍一起把李茜带出校医院，送去医院。坐在沈巍的车上，扶着一个奄奄一息的陌生姑娘，郭长城透过车窗看着渐行渐远的龙城大学，越发觉得，工作可真是糟糕透了。

沈巍既不是李茜的导师，也不是她的辅导员，更不是年级思政，作为一门选修课的任课老师，他实在是已经认真负责到了仁至义尽的地步，至少郭长城就从没在他们那小破学校见过这样好的教授。挂号、垫付诊金都是他在操办，直到把人送进急诊了，郭长城又看见沈巍在楼道里打电话跟同事询问李茜家人的联系方式。

尽管沈巍的语气一直不紧不慢、彬彬有礼，郭长城还是听出了问题。沈巍和李茜的父亲通电话的时候，他总是一句话说到一半就戛然而止，似乎一直在被对方打断。片刻后，沈巍就有些无奈地放下了电话，捏了捏鼻梁，又打了另一通电话。

一连几通电话都是这样。

郭长城冷眼旁观，觉得沈巍不像是通知家长学生的病情，简直像是在上访——那头亲爹亲妈、姑姨娘舅，一个个跟踢皮球似的互相推诿，最后也没有一个人说要来看看。

连郭长城都听出了几分火气，心想：这是什么事？

可是清官都难断家务事，别人家里就是这样，沈巍也没办法，挂了电话，他双手抱在胸前，靠在墙上皱眉。

他宽肩窄腰，双腿修长，长袖衬衫的袖子扣得严严实实，鼻梁上架着无框的眼镜，就像是香水广告上充满禁欲气息的男模。只见他一声不吭地静立了片刻，郭长城几乎以为他会张嘴骂人，可是沈巍依然是什么话也没说。片刻后，沈巍眉间皱出的痕迹还在，却好脾气地抬起头对郭长城笑了笑："今天真是辛苦小郭警官了，不如这样吧，你先回去，我一个人照顾这学生就行了，别耽误你别的工作。"

"我……我也没有别的工作……"郭长城讷讷地说，正好和从他随身的袋子里露出一个头的大庆对上眼，他在猫咪碧绿眼睛的注视下，鬼使神差地脱口说，"赵处就说让我跟着她，没说让我查什么，也没说让我什么时候回去……"

当郭长城被赵云澜忽悠出来的热血退去后，他就本能地从这趟莫名其妙的任务里明白了什么——他是木讷，但是不傻，跟着个病病歪歪的小姑娘才不是什么锻炼人的任务，赵处这多半是嫌他碍事了，随便找点事打发他。

也是，他这种没有什么能耐只会添乱的人，能进特别调查处，本身就是阴差阳错。才不到二十四小时，就已经办砸了不知道多少件事，这样的废物，谁愿意要？

"你们赵处不是那么想的，"沈巍无奈地劝慰，"快别多心。"

郭长城忧郁得黑压压的。

这时，医生出来了，说李茜是受了刺激，加上她长期处于负面情绪，营养不良，低血压，反应比较激烈，已经给她打了镇静剂，睡过去了，建议先留院观察。沈巍只好又给她办了住院手续。两人一猫的神奇组合在医院陪着李茜，直到这天太阳西沉，她的家人也没有一个露面。

郭长城轻声问："沈老师，她家里人不管她的吗？"

沈巍不知说什么好，于是叹了口气。郭长城坐在李茜的床边，忽然明白了她为什么那样的伤心，哭到抽搐，甚至去跳楼。郭长城想，自己祖母去世以后，还有叔叔舅舅们照顾他，时间长了，亲人离别的伤痛总会被抚平，至今想起来，都是和她在一起时的温暖回忆。

可是对于这个女孩来说，也许世界上唯一一个爱她的人已经不在了，从此没人会在意她的喜怒哀乐，也没人会一直殷殷地注视着她的背影，一边留恋一边又希望她能走远一些。

不一样的。

而夜幕，就这样降临了。

第七章

"就是这儿，给我倒回去。"

赵云澜跟郭长城分开以后，就开车回了光明路4号，第一件事就是直奔办公室，把大学路口的监控录像从头到尾来回放了三遍。

白天的办公室看起来萧条了很多，刑侦科只有一个女警在值班。这位女警看起来二十来岁，简单地梳了个马尾，淡妆，露出光洁漂亮的额头，上身穿着制服，腿上却盖着毯子，始终坐在椅子上，也不移动。如果不是脸色红润，她这个造型看起来就像是大病初愈。她的眼睛半睁半闭着，神色慵懒，好像随时都能睡过去，手底下的活儿却干得很利索。可能是毯子有点长，一端垂在了地上，被赵云澜不小心踩了一脚，把另一边也掀了起来。毯子下面，蛇的尾巴尖突兀地闪了一下，很快又缩了回去。女警看也没看一眼，注意力依然在录像上，随手把被踩下去的毯子拉平。

办公桌的角上贴着她的名牌——祝红。

监控录像不太清楚，被某种不明磁场干扰得时断时续，有时候还冒雪花。里面信息也不多，毕竟发生命案的地方是在大学侧门旁的小胡同里，而监控装在大学路的路口上，拍到的，只有死者卢若梅和李茜在大学路上相遇的一小段。

监控时间显示是头天晚上10点20分上下，就像李茜她自己说的，从学校正门出来，走进了马路对面的小超市，五分钟后从超市里出来，往回走时，正好和死者卢若梅擦肩而过，两人互相点了下头。录像按照赵云澜的指示，定格在两人分开后，死者卢若梅已经过了马路，正要走进小胡同。

李茜似乎漫不经心地扫了卢若梅一眼，由于清晰度的问题，她的细微表情看得不是很清楚，但随即，她像是受到了很大的惊吓，整个人都往后退了一大步。祝红盯着屏幕看了一会儿，半睁半闭的眼睛睁大了一些，那双标准的杏核眼里露出一双非人的竖瞳，看起来分外诡异："她看的是路灯下面？"

赵云澜点点头："路灯那个位置能再清楚一点吗？"

祝红动手把局部放大了些，但画面质量改善有限："不行，我尽力了。"

"过两天送你去读在职研究生，给我好好提高一下技术水平。"

祝红拍了拍自己的"大腿"："我这个每月一次，怎么跟人家解释三天两头请假的问题？"

赵云澜脸不红心不跳地说："你不会说自己痛经吗？笨。"

祝红沉默了一会儿："你总是打破我对你的旖旎幻想，领导。"

"知道是领导还敢意淫，"赵云澜在她脑袋上按了一下，"奖金不想要了？"

祝红把眼睛眯得更细，伸出蛇芯一样细长的舌头舔了舔嘴唇："你要是愿意……工资我都可以不要，白给你打工。"

"工作时间调戏领导，"赵云澜点了点她，"很好，祝红同志，回去把部门规章制度抄一百遍，好好净化一下你龌龊的灵魂。"

祝红后悔闭嘴太晚，只好顾左右而言他："这女孩能看见那东西，大概是她动过'轮回晷'的缘故。"

赵云澜："你查到那个老日晷的来历了？"

"嗯，其实下午你一提起老日晷，我就想到它了。"祝红弯腰打开办公桌下的抽屉，从里面取出了一个旧式线装的账簿，"这是我从幽冥借来的，你有空可以仔细看看。相传幽冥圣物之首，就叫作'轮回晷'，底托是用三生石的碎片打的，后面的鳞片是忘川里一种黑鱼身上剥的，长三尺三寸，腹侧鱼鳍坚硬如晶石，只向一边生……当然，一般这种又详细又神道的描述都是人们添油加醋的，只是传说。"

赵云澜点头，示意她继续说。

祝红翻开那本老账簿："正经的资料里，只记载了所谓的'幽冥四圣器'，提到轮回晷是其中之一，至于'四圣'的来龙去脉，资料里没有，也没说圣器的下落，看来是流落人间了。"

她尖尖的手指从书页间滑过。赵云澜顺着她的手指看去，只见"轮回晷"三个字下面，是以小楷标注的"借寿"两个字。

"借寿？"赵云澜眉头一皱，立刻想起李茜身后跟着的那个奇怪的老人，"我让你查的李茜呢？她身边的人有没有新死没过头七的？"

"有，李茜的奶奶，8月底去世的。"祝红调出一张照片，"喏，就是她。"

黑白遗照上的老太太，正是赵云澜从明鉴表盘上看见的那个人影。他往后一仰，慢吞吞地点了根烟："那应该没错了，难怪老太太'死了'，还能在光天化日下出现，敢情不算真死，是被人强行夺走寿命。那小姑娘一点年纪，怎么满嘴瞎话呢？跟老人借寿，亏她干得出来。"

"不对哦，轮回晷代表朝升夕落，忘川里的黑鱼鱼鳞也只往一边生，虽然只是传说，但理论上，只有年长者向年轻人借寿，不可能反过来的，赵处，我看是你误会人家了吧？"祝红说着，凭空一伸手，一张写了字的宣纸纸条就飘飘悠悠地落在了她手心里，上面写着李茜的名字，随后小字标注了生辰八字，再之后是两行模糊不清的字，看不见具体写了什么，只能勉强看出涂改的字迹，她又说，"幽冥方面帮我查过了，李茜的生卒年份确实被人为修改过，阳寿不是改长，而是缩短。"

赵云澜有些意外地一挑眉。

"轮回晷，轮回晷，三生石上转三遍，你半生，我半世，不同生，求同死。"祝红继续说，"意思就是，如果有了轮回圣器，就可以用自己剩下的一半寿命换回已经死了的人，从此与他同生共死。两年前，李茜的奶奶寿数到头，应该是那时候，这小姑娘用自己的一半寿命换回了她。你没回来的时候，我查了她的相关背景，这个李茜现在户口在本市，但以前一直跟她奶奶生活在乡下，我打电话问那边的村干部，那边告诉我，李茜小时候是她奶奶带大的，父母似乎是在外面工作忙，一直也没怎么回过老家。她还有个弟弟，算起来，当时那个年代，正好是计划生育最严的时候，所以……你明白的吧？"

重男轻女的家庭，父母拼命想要个男孩，又不想交超生罚款，于是先前生的女儿就成了个假装不存在的隐形人。

祝红说："村干部告诉我，两年前老太太突发脑梗，别人都以为她要不行了，结果不知怎么的，她又奇迹一样地好了，不过还是有点后遗症。后来她就有点痴呆，我估计是脑梗造成的神经细胞损伤，一开始她是忘事，后来越来越严重，人都认不好了，智力也严重退化，而半年以后，李茜也正好考上了本市的研究生，她的父母这才不得不把老娘和孩子一起接走。"

"也就是说，'以命换命'这件事，应该是李茜的奶奶大病时发生的。"赵云澜弹了弹烟灰，"她那时候住在老家，在老家找到了祖传的老物件，这也说得通——可是为家人奉献有什么难以启齿的，她干吗要对我满嘴瞎话？"

"或许有隐情，"祝红把椅子转过来，手肘撑在椅子把手上，用那双竖瞳看着赵云澜，冷血动物那叫人觉得吓人的眼睛长在她身上，反而有种不同寻常的温柔意味，她说，"也或许是伤心，不愿意对外人多提吧。你想，要是世界上有那么一个人，你爱他爱到宁可用半辈子换他，他却再一次在自己面前没了，那是什么滋味？"

赵云澜漠然地皱皱眉，心里似乎还有怀疑。听着这种催人泪下的故事，他非但一点儿也不觉得感动，还在那里扒着缝地研究，仿佛不扒出点猫腻来就不罢休。祝红简直分不清他们俩谁才是冷血动物了，只好轻轻地叹了口气。

赵云澜耸耸肩："好吧，祝女士，你给指教指教。"

"李茜经常在网上买一些东西，我查了她的购买记录，大多是一些老年人的保健用品。她的零用钱不多，都是做家教和给导师打下手挣来的，别的小女孩买衣服、买化妆品都不够用，她居然很少给自己添东西。我觉得，就冲这点，她就是个好孩子，如果核实了和本案无关，有些事，她要是不想说就算了，你也适可而止，何必逼人太甚呢？"

赵云澜有理有据地反驳："物质不说明问题，有时候恰恰是没感情了，才会用物质补足。"

他这句话在祝红一脸"你无情你冷血"的无声控诉中没了声音。

"好吧，"赵云澜说，"假设真像你说的，她分了一半的寿命给老太太，为什么现在老太太没了，她还活得好好的？"

"我不知道，这种情况有可能是出了意外，比如老太太阳寿未尽就去了。"祝红说，"林静在幽冥那头给我查了名单，老太太没有登记在册，不能算死人。"

赵云澜："不是，那也不能算活人啊，那边到底想怎么解决？"

祝红一摊手："可能是因为轮回晷的关系，幽冥那边的系统根本检索不到她，现在也没什么章程，我看，先找到老太太再说吧。"

赵云澜想了想："嗯……"

祝红问："怎么？"

"我突然想起一件事，不知道你发现没有，李茜和卢若梅乍一看身材非常像，发型也差不多，陌生人从背后看，几乎分不出来，而且那天又恰巧穿了一样的衣服，而卢若梅正好死在和李茜相见后——你想，李茜用过轮回晷，身上肯定沾染了幽冥圣物的味道，要是轮回晷真的能让幽冥检索不到，说不定那边越狱的……"

"你是说饿鬼的目标可能本来是李茜？"

赵云澜掐了烟，从兜里摸出手机："天快黑了，我只留了个小废物在李茜那边，不行，我得过去一趟。"

祝红问："那个刚来就被吓晕的实习生？"

赵云澜回了她一个十分糟心的表情，不想多说，刚要抬脚走，又想起了什么："对了，斩魂使的拜帖呢？给我。"

祝红用下巴点了点桌角，却不敢伸手碰。

只见那是个通体漆黑的小册子，外皮漆黑，用朱砂写着"孤魂帖拜上，令主亲启"几个字，内里是考究的缎面，先文绉绉地写了几句不相干的客气话，而后大体把饿鬼越狱的事简单提了提，最后点明"今夜子时，某前来拜会，叨扰之处，万望见谅"。

齐齐整整的瘦金体，几乎称得上是艺术品了。

赵云澜一翻开帖子，祝红立刻十分畏惧地往旁边挪动了一下椅子。

斩魂使来自幽冥深处，却不是幽冥的公务员，不受十殿辖制。传说，他本来是九幽最深处的一抹煞气，生而不祥，得大机缘，化了人形，手中有一把斩魂刀，上三十三天，下十八层狱，天地人神，一切魂魄但凡有罪，皆可斩于刀下。

是个让神魔俯首、所有人都畏惧的人物。

唯独赵云澜，大概是皮糙肉厚少根筋的缘故，不但没觉得斩魂使有多骇人，反而觉得对方温文尔雅、性格不错……唯一的缺点就是说话写信老夹带点"之乎者也"，文艺腔太重，废话略多。

他看出来祝红不自在，于是一目十行地扫完，随手把"孤魂帖"往包里一塞："没事你就下班走吧，办公室这里的事晚班交接给汪徵。这两天你没有腿，踩个刹车都能滑下来，去什么地方都不方便，下班以后尽量别出去鬼混，好好休息——对，临走替我联系一下林静，那头要是没什么事了，让他赶紧回来，别乐不思蜀了，地底下有什么好逗留的。"

祝红一听自己不用留下接待斩魂使，连忙如释重负地点点头。

"我走了。"赵云澜一边大步往外走，一边拨通了郭长城的电话。

当郭长城意识到电话那头的人是他领导之后，不由自主地在原地立正了。

"怎么这么长时间才接电话？"赵云澜立刻有点担心，"没出什么事吧？"

郭长城的舌头开始打结——说来也奇怪，经过了一上午，他已经敢于在态度温和的赵云澜面前说句人话了，可是对方的声音一从电话里传出来，他的胆顿时又缩水成渣渣了。社交恐惧症患者对电话的恐惧，往往甚于真人。

郭长城的呼吸越来越急促，赵云澜怀疑自己一通电话要把他吓得心脏病发作。眼看着郭长城结结巴巴，已经快要捯不上气来了，赵处只好叹了口气："你周围有别人吗？有的话把电话给别人，没有的话把电话给大庆。"

郭长城默默地把电话递给了沈巍。还好沈教授靠谱，三言两语就把怎么送李茜到医院、在哪个医院、哪间病房都交代清楚了，最后问："怎么，李茜同学的事还……"

他一句话说了一半，电话里就传来"刺啦刺啦"的声音。

沈巍："喂？"

赵云澜似乎说了句什么，但断断续续的，沈巍一个字也没听清。他往窗口走了两步，乍一看像是想恢复信号，却趁着郭长城不注意，轻轻地揭开窗帘，往外望去，同时，嘴里还好似不明所以地问："你说什么？喂？还听得见吗？"

这一次，赵云澜的声音清楚了，沈巍听见他短促地说："该死，离开那里，马上！"

一道黑影在沈巍漆黑的瞳孔里一闪而过，他不由自主地眯了一下眼。随即，病房的灯瞬间灭了，沈巍旁边的玻璃"哗啦"一下碎了，尖锐的猫叫声在旁边响起。赵云澜的黑猫一跃而起，沈巍只觉得一阵风从他的脸侧划过，随即，他闻到一股恶臭。

赵云澜在电话那边似乎还说了什么，可是干扰信号太强，一个字也听不清，周遭已经混乱成了一片，猫在尖叫，跟什么东西厮打的声音混成一团，而后一声巨响，又有什么被丢了出来，撞倒了一把椅子。沈巍往后退了半步躲开，通话已经因为没信号而自动挂断了。

他把手机屏幕的光打到最大，抬手往前照去。

一个陌生的声音说："小心！"

撞翻了椅子和猝然开口示警的是黑猫大庆，倒下的椅子正好把慌不择路的郭长城绊了个四仰八叉的屁股蹲。沈巍回手摸到病房角落里的木杆墩布，顺势抓起了墩布，把木杆往前一推，同时上身飞快地往后一仰。一阵叫人牙酸的碰撞声响了起来，一道黑影以极快的速度从他的头顶上蹿了过去。他手里一沉，墩布的木头杆从中间被劈成了两半。黑影一跃而过，悄无声息，就像一个影子，快得让人看不清楚，扑向了病床上的李茜。

李茜被注射了镇静剂，毫无知觉地躺在床上。

这时，所有人的眼睛都开始适应黑暗。借着手机的微光，沈巍看见了一个黑影……嘴至少张开了九十度，使得他后仰的脑袋就像个被开了瓢的西瓜。

这一次，郭长城没来得及晕过去，他目瞪口呆地看着这一切，心跳还没加起速度来，脑子里已经给刷成了一片白板，全身的血飞快地往四肢涌去，飞速飙上去的血压把他的脑袋都撑大了两倍。

一个声音在他的脑子里狂叫——那是什么怪物？

那黑影是个人形，身体干瘪瘦长得就像一具骨架，却挺着个大得吓人的肚子。它的上肢变成了一对巨大的镰刀，无声地吼叫之后，狠狠地向李茜的肚子劈了下去。

直到这时，郭长城迟来的号叫才找到了出口的门路，他不间断地连叫了三声："啊——啊——啊——"

沈巍脸色一沉，极快地迈出一步，可还不等他动作，这时，一个人影突然挡在了李茜床前。

那是个不知道从哪里冒出来的老太太，胖墩墩的，头上顶着一个可笑的假发髻，只见她凭空出现，奋力地张开双手，伸展她圆滚滚的身体，像只笨拙的老母鸡，拼命地挡住了病床上的女孩。

沈巍收回已经滑出的一步，一进一退如电光石火，竟然没有人觉察到，同时，他远远地拎起了被大庆撞倒的铁椅子，照着黑影的方向狠狠地砸了过去。

椅子准确无比地撞上了黑影，把它撕成了两半。那东西发出了一声像发怒的尖叫，被铁焊的椅子撕开的身体藕断丝连地粘着一点，晃晃悠悠地挂在一边。随后，粘的地方就像是煮沸的水，"咕嘟咕嘟"地冒出大大小小的气泡，如同午夜噩梦里那个阴魂不散的怪物，两半的身体剧烈地晃动着，一点一点地往一起长，口中发出骇人的声音。

"长到一起了！又长到一起了！"郭长城嘴里前不着村后不着店地叫唤着，也不知是添乱……还是添乱。

沈巍只好把砸在床头之后飞出去的铁椅子捡回来，然后冲着那怪物的身体一通猛抡。沈教授人斯文，动起手来可一点儿也不客气，稳、准、狠一样不缺，在别人还被恐惧笼罩着不知道怎么办才好时，他已经先下手为强地把那玩意儿砸成了七八瓣，这才脸不红气不喘地把铁椅子扔在了一边。

病房里顿时静默了两秒。

随后，大庆跳到了李茜的床头上，颤着胡子说："别愣着，赶快走！这是饿鬼，椅子砸不死它，你方才不过是仗着它轻敌侥幸得手，真激怒了这东西，可不是好玩的。"

沈巍抬起头来，跟黑猫大眼瞪小眼了片刻。

"没错，你没看错，"大庆一脸严肃地说，"就是我在说话，你已经拿一把铁椅子把大怪物都打开瓢了，就先别在这儿扯什么'子不语怪力乱神'了，快走！"

也不知道是沈巍心理素质太强还是怎样，大庆话音没落，沈巍已经弯下腰背起了李茜，还彪悍地跟猫对起了话："刚才那个老太太呢？"

猫答："她会跟着，不用担心她。"

沈巍"哦"了一声："小郭警官，跟上！"

郭长城嘴张得大大的，梗着脖子，拗成了一个十分高难度的造型。

沈巍背着李茜，提高音量，又喊了一声："小郭警官！"

郭长城如梦方醒，四肢并用地从地上爬了起来："我……我、我、我……"

沈巍："别你了，快过来给我开下门！"

郭长城的脑子已经负载过重烧焦了，完全是按照指令指哪儿打哪儿，闻言，连滚带爬地推开了病房的门。此时，楼道里连一丝的灯光也没有了，值班的医生、护士就好像人间蒸发，每个病房都空荡荡的，整个一层，像是沉进了某种结界里。

黑猫以与它体形不符的敏捷跑在最前面开路，沈巍背着李茜，郭长城只好断后。

他们的脚步声在空旷的楼道里一圈一圈地徘徊，杂乱无章的脚步声格外引人遐想。郭长城的想象力炸了，总觉得自己身后有什么东西，可又不敢回头，就跟小孩听了恐怖故事总要躲进被子蒙上头一样，仿佛不看不听，可怕的事就不会发生。

然而尽管他拼命克制，方才在病房里看见的那一幕却又总是在他脑子里盘旋。那怪物孕妇一样的肚子、螳螂大刀一样的上肢……郭长城摸了摸自己的脖子，觉得这样脆弱的脑袋，人家一刀切五个也不费劲。继而，他脑子里又回放起了那横陈在小巷子里的尸体——郭长城没有见到真正的现场，只看了照片，年轻的女孩、被剖开的肚子……

回头……不回头……回头……

郭长城抬手擦了一把冷汗，情不自禁地加快了脚步，不一会儿，他就追上了背着一个人的沈巍。郭长城从来不是那种能直面冲突的性格，逃避对于他而言，就像猫吃鱼、狗吃肉，简直是根植于基因里的。现在，他的基因告诉他，沈巍和黑猫中间的位置才最安全，断后太吓人了。而恰恰就在这时，沈巍的脚步忽然停了一下，李茜大概是恍惚有些意识，但是又没有完全清醒，在他肩膀上不由自主地往下滑。沈巍只好停下来，调整背上女孩的位置。

郭长城本来能超过他，却不知为什么，也鬼使神差地跟着停下来了，不单没有抢到前面，反而保持着向前看的姿势，在不扭头的情况下侧过身，僵硬地侧过身，眼睛往身后的方向斜了一眼，靠住了走廊的墙壁。

这是某种为前面的人警戒的、保护性的姿势。

"我是个特调员。"郭长城想起了这件被遗忘了好久的事。

"我是个特调员，我是个特调员，我是个特调员……"接下来，郭长城就像个复读机一样，在心里不断地重复着这句话，仿佛这样念叨着，他就能获得某种荣誉感和勇气。

可惜"我是个特调员"这几个字显然不能辟邪，除了浪费唾沫，屁用也没有，他还是快要吓疯了。一边这样念叨着，郭长城一边觉得自己的视线开始有点模糊。他后知后觉地抬手一摸，就迎上了沈巍惊愕的目光。郭长城这才发现，自己竟然哭了起来。

他觉得自己理解沈巍的惊愕，一小时之前，沈教授还是个正常的大学老师，一小时之后，他却已经亲身经历了这么多离奇的事件——会砍人的怪物、会说话的猫，以及一个当场被吓哭的特调员！

郭长城自己也不明白自己为什么要哭，不过他随即就意外地发现，哭比任何表情都更有助于发泄情绪、减少恐惧，至少是比"我是个特调员"那句话管用多了。于是他深吸口气，越发肆无忌惮地号了起来，一边号，还一边勇猛地说："快……快跑，我……我断后！我……我会保护你们的！"

沈巍目睹了这许多怪现状，可能是已经麻木了，眼角居然划过了一点笑意。

保持着这样诡异的队形，黑猫蹿到了楼梯口，撒丫子往一楼冲去，两个男人带着个昏迷的姑娘快速跟上。沈巍一直拿着郭长城的手机当手电用，跑动中，屏幕的光无意中往墙角扫了一下，还没来得及看清楚，郭长城就爆发出一阵非人的惨叫。

跑这么快还不耽误他连哭带号，可见小郭警官虽然是个死宅，肺活量竟然还不错。

大庆中气十足地呵斥："又怎么了？叫什么叫！"

郭长城："那儿、那儿有一堆头发……"

"那他妈是墩布条！"大庆一爪子糊向他，"别磨蹭，饿鬼快追上来了！"

大庆长这么黑，闹不好是跟乌鸦有什么亲戚关系，它话音没落，郭长城和沈巍就同时闻到了那股含着腐烂气息的腥臭味，速度立刻快了一个挡。说话间，他们已经离开了二层住院部，跑到了一楼，而这时，他们身后响起了一下一下的脚步声。

"那又是什么？"郭长城带着哭腔问，难为他这时候脑子竟然异常地清楚，"饿鬼不是像影子一样吗？怎么会有这种超重的脚步？！"

"这是医院！生死轮回，藏污纳垢，什么东西都有！"大庆冲他大吼大叫，"还有，你歧视超重吗？我们胖子不偷不抢、不耍流氓，超重怎么了？超重挺好的！"

沈巍不知道这是今天晚上第几次无言以对了，他有点难以想象，赵云澜平时带着这几位，究竟是在一种什么样的氛围里干"正经工作"的。尽管背着个人，沈巍却并没有显出疲态，甚至连气息也不乱。眼看着黑猫又要奓毛，他只好哄道："好了，你们俩别吵。咪咪，出口在什么地方？"

"别用那个傻名字叫我，凡人！"大庆持续奓毛。

"神猫，"沈巍从善如流地改口，"咱们好像已经绕着楼道跑一整圈了，请问神猫，你有什么高见吗？"

大庆急刹车，沈巍差点儿一脚从它身上踩过去，猛地往旁边错了一步，险险地停住脚步。郭长城像只死狗一样地靠在墙上，不住地捯气，间或打几个哭嗝。

大庆伸着耳朵，侧过它那张扁平的脸，在手机的一点微光下，一对猫眼发着幽幽的光。过了一会儿，它平静地转过头来说："我们好像是在人家的结界里。"

郭长城："那……那怎么办？"

"跑！"大庆觉得这是它整个晚上喊得最多的一句话，给它一把发令枪，它都可以去主持田径比赛了。

三人一猫连滚带爬地钻进了一个小储物间。最后一个进来的郭长城玩命地把门关上，整个人贴在铁锈味浓重的小门上，用身体顶住，直到落锁，他才有时间吸溜了一下哭出来的鼻涕泡，不敢相信自己还活着。

沈巍把李茜放在一边，立刻赶过来，帮郭长城七手八脚地搬来各种东西，把储物间的门堵上了。

两人还没来得及松口气，小门就被什么东西从外面用力地撞了一下，郭长城被那一声巨响吓得直接跪在了地上。

撞门只持续了两三下，而后静默片刻，外面开始传来指甲挠铁门的声音。靠着门正往地上滑的郭长城一激灵，背后触电一般蹿了出去，起了一身的鸡皮疙瘩，而后他哭丧着脸转向沈巍："我还没拿到第一个月的工资呢，能不能在我死之前让我看一眼我那花不着的工资啊？"

沈巍觉得在这种情况下笑出来不太礼貌，只好掩饰性地扶了扶眼镜。

郭长城抽噎了一下，又问："沈教授，您有啥未竟的心愿吗？"

沈巍可能是为了缓解他的紧张情绪，闻声，真的很认真地思考了一下，点点头陪他聊天："有。"

郭长城带着哭腔问："什么呀？"

"有一个人，我和他萍水相逢，什么关系也没有，在他心里，我只是个说过两句话的陌生人。"沈巍在指甲挠门的背景音下，轻柔地说，"可我还是想再多看他一眼。"

第八章

男人有三十来岁，中等身材，戴一副宽边眼镜和一串檀香木佛珠。下了车，他就从兜里摸出了一个手机，调到摄像模式，镜头对准自己的脸，以背后的医院为背景，在一片黑灯瞎火中自拍，念念有词道："2012年9月1日，21点23分，东城区宝塔东路，龙城第二医院执行特殊任务，执行人林静，完毕。"

一辆黑色SUV在他身后急刹车，赵云澜粗鲁地扯下安全带，从车里蹿了出来："把你脑袋里的水倒一倒，抓紧时间跟我走，都火烧眉毛了，还自拍！"

自称叫"林静"的男子："哦。"

"这他妈让我混的，"赵云澜火冒三丈，"手底下统共管着你们这几个货，除了非人类就是脑残。"

整个医院都笼罩着一层黑气，周围一个人也没有，所有从宝塔东路匆匆路过的行人都仿佛对此视而不见。

赵云澜拨了郭长城和沈巍的电话，全都是不在服务区。他低低地骂了一句，粗鲁地一脚踹开医院的大门。一团黑雾猛地向这不速之客扑过来。赵云澜脚步几乎没停，敏捷地一矮身，从裤腿里抽出一把手掌长的小匕首，脚尖点了一下地，错开半步，手起刀落，就把黑影给劈成了两半。

更多的黑影从医院里往外冲，跟在赵云澜身后的林静摸出一把枪，一边车轱辘似的念经，一边一枪一个，绝不漏网。

"新来的那小废物别是八字有点问题吧？"赵云澜看着把整个楼道都堵得严严实实的黑影，感觉自己进了个堵满了头发的下水道，"走哪儿倒霉到哪儿，把他往《封神演义》里一插，整个就是一招魂幡。"

林静："……色即是空——那我回头给他做场法事……"

赵云澜："色你个头！要么说人话，要么给我闭嘴！"

林静淡定地接上下半句："……空即是色。"

赵云澜骂道："你二舅姥爷！"

林静沉默了片刻，殷殷劝说："领导，我二舅姥爷早已作古，还请你勿犯嗔心、勿逞色欲。"

赵云澜——他一定就是因为这些人才对工作产生抵触情绪的！

赵云澜深吸一口气，叼住小匕首，抽出一张黄纸符，抬手往上一递，摸出打火机一点，符纸立刻就像干柴碰上了烈火，"呼啦"一下，着了个不可收拾。一团黑影没来得及撤退，就被火苗卷了进去，火焰顿时蹿起三尺来高，整个医院楼道里就好像飞出了一条火龙，瓦斯爆炸似的烧了过去，咆哮着冲开一切碍事的路障。

林静："阿弥陀佛，我佛慈悲……"

赵云澜面有菜色："真是够了。"

半分钟后，楼道尽头剩了一个豆大的火苗，仿佛刚才冲天的火光只是一场烟花一样的幻觉。赵云澜这才大步走过去，弯腰借了这一点微末的火，点了根烟，叼在嘴里，冲林静一摆手，率先推开楼道尽头的门，继续往里走去。

躲在储物间里的三人不知道他们的救援已经近在咫尺，外面那鬼东西挠门的声音越来越尖锐、越来越快，郭长城的呼吸也跟着越来越急促，几乎到了崩溃边缘。

沈巍只好忽略他，低头问猫："我们现在该怎么办？"

大庆显然是一只见过大世面的猫，淡定地回道："刚才你打电话的时候，赵处估计听明白了，放心吧，再坚持一会儿，等他来救我们。"

沈巍皱眉："他一个人？这安全吗？他怎么进来？"

大庆觉得沈老师的关注点实在异于常人，有气无力地摆了摆尾巴："不用担心，他皮糙肉厚，个把小怪兽咬不死他。"

沈巍靠着墙想了想："我们没办法自救吗？"

大庆抬头睨了他一眼，心里有一点奇怪——这个沈教授，未免太镇定了。

"怎么救？"大庆把己方阵容点了点，"凡人、废物、昏迷不醒的植物人，以及我——吉祥物一只——你觉得咱们四个自己找个蒸锅躺进去，够不够给饿鬼塞个牙缝？"

郭长城哆哆嗦嗦地问："沈教授刚才不是用椅子就把它砸成了好几瓣？"

大庆没好气道："那是因为刚才它饿着，急着进食，也没防备身后，这才一时阴沟里翻船。现在这医院阴气重重，它一路追过来等于嗑了好几盒脑残片，说不定正上着火呢！"

刚进医院，不过才走了十几米，赵云澜的手表"明鉴"就像是血染过的，红得惨烈，表针脱离了时间刻度，像指南针一样疯狂地旋转了起来，只是转了半天也没能转出个所以然来。

赵云澜冲林静嚷嚷："假和尚，我这破表又掉链子了，你给我赶紧的，有什么招快点用，还有人等着救命呢。"

林静闻言，盘腿一屁股坐在了地上，闭上眼，一手捻起佛珠，嘴唇不住地翕动，活像老和尚入定一样念起了经。只见片刻后，林静忽然睁开双眼，大喝一声："着！"

他手中的檀木佛珠"哗啦啦"一响。随后，林静大仙一般面无表情地站了起来，神神道道地指着一个方向，充满肯定地说："这边。"

赵云澜闻言顺着他指的方向，抬脚就走，顺口说："这回怎么这么快？"

林静在后面，用他那种固有的、慢条斯理的口气说："两个都是男的，阳气充足，哪怕带着大庆一只黑猫，在一片冲天阴气里，也挺显眼。"

赵云澜一愣："两个男的？不是应该还有个小姑娘吗？"

林静："有女的吗？哦，那没和他们在一起。"

赵云澜一皱眉，郭长城是个什么尿性，他不好说，但起码还有大庆，那只猫尽管好吃懒做，但职业道德还是有一些的，再说，跟他们一起的，还有一位沈教授。

赵云澜脱口说："那不可能，沈巍不可能把他的学生扔下。"

他虽然跟沈巍是萍水相逢，可是赵云澜就是有那种感觉，沈巍绝对不是那种会丢下学生不管的懦夫。

林静问："沈巍又是谁？新来的那小子不是姓郭吗？"

赵云澜懒得跟他多费唇舌，简短地说："你不认识。"

林静"嗯"了一声："上回你这么打发我，还是打扮成衣冠禽兽的模样去见你们大学校花的时候，每次你开始抠抠搜搜、藏藏掖掖，都准是遇见美人了——哎，你起码告诉我一声，这沈巍是男的还是女的？"

赵云澜阴森森地回了他一句："阿弥陀佛，色即是空。"

赵云澜钻进阴森狭长的楼道，举起了点着的打火机，打量着周遭。走廊四通八达，就像一个死寂的蜘蛛洞。林静为什么说李茜没和沈巍他们在一起？到底是他们真的因为什么把那姑娘一个人扔下了，还是……

他们只是"自以为"带着她一起？

这时，储物室的角落里，"李茜"静静地睁开了眼。

郭长城听见动静，回头一看，发现李茜自己站了起来。她的动作看起来非常不协调，像个蹩脚的牵线木偶，说不出地怪异。但她刚刚从昏睡中起来，说不定还在受药效影响，郭长城没往心里去，还大松了口气："谢天谢地，同学，你可终于醒了。"

李茜不应，呆呆地站在那儿看他。

郭长城忽然觉得有点奇怪："同学？"

他往前走了一步，却被沈巍一伸手拦住。

这时，李茜笑了，她的嘴咧开成一个特别奇怪的弧度，喉咙里发出"咯咯"的怪声，肩膀好像锈住了，缓慢笨拙地扭了一下，整个人在原地晃了两下。就在郭长城怀疑她要半身不遂的时候，下一刻，李茜突然以一种非人的速度扑了过来，炮仗似的撞进了挡在前面的沈巍怀里，张嘴就向沈巍的肩膀咬去。

她的脸正好被手机的光打亮，张大的嘴里露出一口不甚整齐的牙齿，鼻子皱起来，眼睛瞪得上下眼白露了出来，看起来就像个青面獠牙的怪物。

"不好，她这是被医院的恶灵附身了！"黑猫大庆炸了毛，"招完饿鬼又招恶灵，沈教授，你学生是什么玩意儿，怎么这么能招脏东西？"

郭长城的脑子里"嗡"的一声，一片空白，全凭本能地往李茜身上招呼，手脚并用，招式猎奇——他揪她的头发、挠她的脸，可能还想扑上去咬她一口。

就在这狗刨似的动作里，他误打误撞地一巴掌掴上了李茜的脸，把她扇得脖子都往后仰去，慌乱间还毫无章法地踩了她两脚，所作所为堪称英勇，一边英勇，还一边保持着一如既往的熊样本色，涕泪横流地嚷道："别过来！别过来！救命啊！你别过来！"

被夹在中间的沈巍感觉这场面实在是不能再混乱了，只好一手扒拉开郭长城，一手按住李茜，扭住她的胳膊。李茜整个人都处于一种狂躁的状态，张牙舞爪地到处咬。沈巍腾出一只手，从后面捏住了她的脖子，一转身把她按在了墙上，扣住她四处划拉的两只手。

小小的储物间，里外都很热闹——里面是不正常的女孩嘴里发出"嘶嘶"的声音，蹩脚的新手调查员鼻涕一把眼泪一把，黑猫大声叫骂，门外则是怪物用尖锐的爪子锲而不舍地挠着门。

饶是沈巍镇定得不像人类，此时也不由得被这一帮人搅和得手忙脚乱。

"谁给我一条能绑住她的绳子？"沈巍说，"劳驾。"

然而大家哭的哭、骂的骂，谁也没顾上理他。沈巍只好忍无可忍地提高了声调，转向郭长城："别哭了小郭警官，麻烦你过来帮我一把。"

郭长城急忙连滚带爬地从地上站了起来，两下解下了自己的裤腰带，一边憋尿一样地用两条腿夹住不断往下掉的裤子，一边帮着沈巍把李茜绑了起来。

这时，方才一直没露面的老太太再一次在旁边若隐若现起来，只是她似乎变弱了不少。她焦急地想触碰李茜，可手总是穿过女孩的身体，每穿过一次，她的影子就变得更淡一些。

郭长城忍不住伸手拦了她一下："老人家……"

但他的手穿过了老太太的身体。

老太太回头，郭长城看清了她的脸——她脸上有很深的法令纹和眼袋，稀疏花白的头发只能靠假发髻固定在一起，露出丑陋干瘪的头皮，额头上的皱纹把眼角压得垂了下来，眼睛被挤成了三角形，里面有一双浑浊的眼珠。她看起来急切地想要表达什么，可是张开嘴，却说不出话来，而当她徒劳地伸出手，却发现自己什么也摸不着之后，那种急切又变成了绝望。

渐渐地，她安静了下来，怔怔地看着李茜，手足无措地站在一边。

随后她无声地哭了。

眼泪也如同她的眼珠一般浑浊，就像是洗刷过泥泞的雨水。郭长城不知道该怎么办，傻乎乎地站在那里，无助地看向沈教授和大庆，指着李茜问："她……她到底怎么了？"

沈巍低着头，不知道在想什么，大庆却哼了一声："有脏东西上了李茜的身，不过苍蝇不叮无缝的蛋，连你都好好的，她却能被上身，说明她比你还不济。"

郭长城一时没明白这句话是夸他还是骂他。

可是此时没有给他思考的时间，只听"刺啦"一声，储物间的小门被拉开了一个大口子，一个螳螂一样镰刀形的爪子伸了进来！

沈巍敏捷地一矮身，顺势把李茜往旁边一推，饿鬼镰刀一样的爪子擦着他的头皮挥了过去。接着，储物间的小门被彻底撕开了，比方才整整大了一个吨位的饿鬼凶神恶煞地亮了相,向里面的几个活物扑了过来!

它先是穿过了李茜奶奶的身体,老太太没来得及闪开,一瞬间就像消失的水汽,脸上惊愕恐惧的表情仿佛还在,却已经彻底消失在原地了。

大庆咆哮道:"快都躲开!"

郭长城一屁股坐在了地上,大庆跳到了高处,身体陡然间胀大了两倍,双眼变成刺目的金色,像个小豹子,嘴里听不见的音波,挟着看不见的能量,直接扑向了在狭小的储物间里横冲直撞的饿鬼。

郭长城感觉到了那种能量,它就像刀子一样从他面前削过,他差点儿以为自己的鼻子被削平了。下一秒,饿鬼被腾空推到了墙上,借着微弱的光,沈巍他们看见墙上爆出了细小的裂缝。

饿鬼一下子不动了,像只被钉子钉在墙上的壁虎。大庆的身体随即缩回了普通猫咪大小,踉跄着往前走了一步,然后直挺挺地从高处摔了下来。沈巍赶紧伸手接住它。黑猫奄奄一息地看了他一眼,无意识地在他的手心里蹭了蹭,闭上眼不动了。

郭长城心惊肉跳,还以为它死了。直到沈巍顺了顺它的毛,黑猫的肚子在他的手掌下规律地起伏,郭长城这才发现,大庆是睡着了。

"我们怎么办?"郭长城一边问,一边从地上爬起来。

沈巍还没来得及回答,就听见了一声惊天动地的怒吼。郭长城又一屁股坐回了地上。

他们俩同时一惊,一起扭过头往墙上望去,只见刚才被擀成了饺子皮拍在墙上的饿鬼又自己"鼓"了起来!

无数团影子像黑心棉一样,从楼道里被吸引过来,一团一团的,全都进了它张大的嘴里,它的肚子也像气吹的一般,飞快地胀大,变成一个球,从墙上滚落。

饿鬼细脚伶仃地落在地上,走路还有些摇晃,像个大螳螂。它晃了晃脑袋,忽然把嘴张到了接近一百八十度,两瓣的脑袋就像被劈开后并列放置的西瓜。随后,储物间里传出可怖的风声。郭长城只觉得自己的脚不受控制地往前滑了一步,他愕然地回过头去,发现沈巍离他越来越远。

"我被吸过去了!"郭长城的声音变了调子,百忙之中不知怎的,竟然还脱口而出了一个比喻句，他说，"就像真空袋里的果冻一样，被他吸过去了！"

"我要被它吃了！"郭长城在半空中艰难地转过身去，以一种扭曲的姿态划起了狗刨式，一边伸手往沈巍那里够，一边语无伦次地说，"我……我是个特调员！我要被它吃了！我是个特调员……"

他已经完全忘了"我是个特调员"这句话原本是他打算用来鼓舞自己的。大概连饿鬼都嫌这食物太聒噪，它张开嘴又吼了一声，郭长城就像是被一只看不见的手给掐住了脖子，声音戛然而止。他奋力地摇着头，仰着脖，双手无意识地在自己脖子上抓，手背上的青筋跳起来老高，喉咙像老风箱一样发出瘆人的声音。沈巍一把抓住他的手，力气奇大，郭长城只觉自己快被他俩撕成两半了。

大庆昏迷不醒，李茜目光呆滞地在地上挣扎，小小的储物间里是虎视眈眈的饿鬼和各色觊觎着他们的小鬼。

情况真是再糟也没有了。

就在这时，尖锐的口哨声蓦地划开黑暗，刺得人耳膜都跟着疼了起来。

紧接着，一把通体漆黑的短刀带着虚影掠过，笔直地插进郭长城与饿鬼之间，就像是割裂了一条看不见的绳索。饿鬼仿佛被什么推了一下，重重地砸在墙上，拽着郭长城的力道一下子消失，郭长城就出于惯性跟沈巍撞在了一起，四仰八叉地险些连累沈教授也跟着他摔下去。

不过郭长城五体投地了，沈巍却被一个人接住了。

赵云澜搂住沈巍往旁边拖了半步，打火机的火光下映出了他的脸——英俊、冷漠，有刀刻一样略显瘦削但线条利索的轮廓，目光从最黑的地方射出来，眼睛里倒映着小小的火苗。赵云澜看着沈巍的眼睛，轻声问："沈教授，没事吧？"

完全遗忘了那正在他脚下哀号的小实习生。

有那么几秒，赵云澜觉得沈巍脸上的表情是恍惚的，但是没人能责怪他，比起郭长城，文质彬彬的沈教授才是在给人阐述什么叫沉着冷静。而短暂的恍惚过后，沈巍垂下眼皮，把赵云澜的手扒拉开，推了一下眼镜："没事，谢谢。"

郭长城从来没有在见到一个人的时候这样激动过。保持着跪地的姿势，他伸长了脖子发出了自己的呐喊："赵处，救命！"

他的倒霉样实在是太喜感了，赵云澜目光在小小储物间一扫，确定目前为止没有伤亡，顿时放松了，百忙之中还不着四六地来了句戏腔："尔等有甚冤屈，速速报来，可有状纸？拿来与本官细看！"

郭长城直接趴下，以身糊地了。

沈巍伸手揉了揉自己的鼻梁，遮住了翘起来的嘴角。

这时，刚被打倒的饿鬼就像个自动复活器，再次爬了起来。沈巍猛抬头，只见它挥动着镰刀一样的大爪子，从背后扑向了赵云澜。

"小心！"

赵云澜一侧身，夹杂着寒风的大镰刀爪从他面前落了下去，另一只随即而至。赵云澜小臂交叉撑在头顶，短刀一架，随后一把攥住了饿鬼的"手腕"。他的动作迅捷而有力，透着一股精心训练出来的精确和利落，没来得及散去笑意的眼睛和饿鬼对上，脸上的酒窝还在，笑容却没由地让人觉得发寒。

饿鬼身后响起一个男人浑厚的声音："南无阿弥陀佛——"

不知从什么地方传来撞钟的声音，那声音仿佛能顺着人的骨头直抵灵魂，郭长城脑袋"嗡"的一声，眼前直晃金花；挣扎不休的李茜直直地打了个挺，不动了。

饿鬼就像让人当头打了一枪，它仰起头，高声惨叫起来，一团一团的黑影从它身上落下来。等赵云澜松开了手，那东西已经变成了一人大小、骨瘦如柴、大腹便便、虚弱得似乎一捻就碎的影子。

赵云澜这才不慌不忙地从怀里摸出一个巴掌大的玻璃瓶，冷冷的流光从瓶口闪过。饿鬼猛地瑟缩了一下，似乎想跑。它身后的林静堵住门口，双手合十，麻利地结了个金刚手印，这个相貌平平的男人身上似乎真有了某种不动如山的气势，饿鬼一头撞在储物间的门口，又被狠狠地弹了回来。

赵云澜已经拔下了软木塞，把玻璃瓶口对准了饿鬼。

饿鬼的大秃头瞬间给扭曲成了蒙克《呐喊》中的人物，以一种可以入画的歇斯底里，活生生地被吸进了瓶里。透明的玻璃瓶黑了，赵云澜拧紧软木塞，把这条件恶劣的简易监狱拿到耳边，用力晃了两下，这才心情愉快地对身后的林静说："收工。"

本来已经昏睡过去的大庆把眼睛睁开了一条缝，奄奄一息地说："你们又暴力执法，我都被震醒了……"

赵云澜把猫拎起来，塞进自己的公文包里。

大庆继续气若游丝地抱怨："怎么才来？"

"东南二环堵车。"赵云澜拍了拍它的脑袋，"辛苦了，回头给你发奖金，睡吧。"

大庆的眼睛慢慢地合上，呓语似的唠叨了一句："……我想吃干煸小黄鱼……"

郭长城呆呆地看着他："这就……就完了？"

赵云澜闻言，先是脸色不耐烦地一沉，险些演砸了他装出的好脾气，而后想起沈巍在场，又飞快地扭曲出一个微笑："还差一点儿。"

他说着，越过郭长城，拉过沈巍的胳膊肘："真没受伤？实在对不起，把你卷进来，我得带你去检查一下。"

沈巍毫无防备："我真的没……"

他的话到此为止，沈巍脸上的表情空白了一瞬，然后干净利落地失去了意识。

赵云澜轻巧地接住一头栽进他怀里的沈巍，半跪下来，腾出一只手托住沈巍的膝弯，附在他的耳边轻声说："一个名叫李茜的女学生，今天跳楼未遂，你送她来医院，但是自己犯了低血糖，被医生留下观察一天。你以前租住双子大楼的时候，遇到过一起连环自杀案，见过当时负责那起案子的赵云澜。双子大楼的连环自杀案是一起由邪教组织引起的群体性自杀事件，不是以讹传讹的灵异事件，记住了。"

林静指了指李茜，冲赵云澜使了个眼色。

赵云澜继续在沈巍耳边说："至于李茜，她因为和一桩杀人案有关，晚上的时候被警方带回去询问，其他的事，你都不记得了。"

沈巍的眼镜被蹭歪了，从鼻梁上滑了下去，露出修长的眉目，毫无知觉地枕着赵云澜的肩。赵云澜弯腰抱起他，往外走去。

林静拎起李茜扛在了肩膀上，走了两步，发现郭长城没跟上，于是转向他，客客气气地问："施主，贫僧还有另一个肩膀，用把你也一起扛走吗？"

郭长城木然："不、不、不、不……不用了，谢谢。"

林静单手稽首："阿弥陀佛，不用客气。"

说完，他迈开四方步，不慌不忙地踱出去了。

赵云澜小心地避开了不知什么时候又出现的值班护士，把沈巍放回了李茜病房里，细心地把他眼镜摘下来放在一边，又给他拉好被子，调高了空调温度，而后想了想，又拉起沈教授的右手背，用食指在上面画了一个看不见的安神符，坏笑了一下："晚安吧，睡美男。"

"走了。"他对林静和郭长城招招手，"午夜时分贵客到访，别让人家等咱们，回去交差。"

就在他们的脚步声彻底从楼道里消失之后，原本在床上熟睡的沈巍突然睁开了眼睛。他坐了起来，脸上没有一丝睡意。他抬起了自己的右手，手指从上面轻轻地抚过，手背上一道柔和的金色符咒就现了形。沈巍眼神温柔地盯着它看了好半晌，嘴角不自觉地露出一个笑容。然而那笑容稍纵即逝，很快，他的眉头再次皱起来，像是担忧，又像是有些痛苦。

沈巍低低地念了句什么，金色的符咒就像一层纸，从他的手背上轻飘飘地脱离，悬浮了起来。他把它攥进手心里，珍惜地收好，而后整理好医院的床铺，从二楼的窗户跳了下去，转眼消失在了夜幕中。

第九章

赵云澜他们回到光明路4号的时候，已经将近0点了，门卫早就换了夜班的老吴。看见郭长城，老吴热情洋溢地张开了"血盆大口"："哟！小郭，回来啦？第一次出任务，感觉怎么样？"

被饿鬼连滚带爬地追杀了一晚上，郭长城觉得老吴那张浑似纸糊的脸也亲切了，便对他露出了一个虚弱的微笑，口不对心地说："挺……挺好的……"

老吴爽朗地哈哈一笑："一开始不习惯不要紧，多学习，好好干，你是人嘛，有前途！"

郭长城第一次知道，原来自己也是很有些职场优势的——比方说他是个人。

赵云澜示意林静和郭长城先把李茜带进去，自己停好车，抬手看了一眼时间，单独对老吴说："这桩案子你知道了吧，那一头越狱出来的，我们只有逮捕权，没有审判权，所以过一会儿，斩魂使会亲自过来，您注意接待一下。"

老吴一惊，不自觉地站直了身体，压低了声音："是……那位大人？"

赵云澜点点头，抬手拍了拍他的肩膀，有些疲倦地点了根烟提神，走进了办公室。老吴再也没敢坐进传达室里看报纸，像个站岗的卫兵，以立正的姿势，笔杆条直地站在了门口。

赵云澜冲郭长城招招手，把他带进了办公室，指着一张新办公桌，漫不经心地说："那是你的地方，以后一般没有特殊原因，咱们这儿都是早晨九点上班，晚上五点下班，不打卡，偶尔有事迟到早退，跟我说一声就行，出勤凭自觉。中午十二点到一点午休一小时，食堂在二楼，餐饮对员工免费。请假不扣工资，五险一金近期到位，都有，不用急。"

说完，赵云澜又从裤兜里摸出了一张银行卡递给郭长城："初始密码是6个1，你自己去提款机上改，以后工资和奖金都打到这张卡上，阴历每月十五发工资，外勤有补助。第一个月的已经打在里面了，差旅费用报销去找汪徵，白天你填好报销单，把凭证贴好……问问其他人怎么贴报销凭证，然后留在她办公桌上就行，晚上她处理了，第二天白天你再去她桌上拿钱。"

郭长城双手接过工资卡，一瞬间忽略了一切，感觉到了某种无法言喻的自豪——工资卡，这意味着他真正拥有了第一份工作！

"我……我有工资了！"他结结巴巴地说，眼睛都亮了。

连傻×再财迷，多么传奇的属性，赵云澜苦笑了一下："你一官二代，又不缺钱花，瞎激动什么？"

郭长城一本正经地抬起头："我有用的！我真有用的！"

但是有什么用，他却也没说，只是仔细地把工资卡塞进了钱包的夹层里——好像那玩意儿是什么稀世珍宝。赵云澜刚想说什么，忽然看见郭长城身上有一道雪亮的白光一闪而过。他吃了一惊，心想：这小子身上怎么有这么大的功德？是祖荫还是大神转世？

赵云澜掐了烟，眯起眼睛打量了一番乐得找不着北的郭长城，然后不动声色地指了指对面的"处长办公室"："我平时在那儿，你有事敲门就行。"

说完，他在脸上抹了一把，郭长城注意到他眼眶下面挂着的厚重的黑眼圈——赵云澜随便找了把椅子坐下，像条死狗一样趴在了桌子上："我得先眯一会儿，他来了叫我。"

郭长城还不大知道这个"他"指的是谁，不过好在还有林静在。可怜的实习生已经二十四小时没合过眼了，身体一直处于高度紧绷的状态，他在冷气充足的办公室里坐了没有片刻，就昏昏欲睡了起来。

这一觉好像没多久，郭长城被惊醒的瞬间，就感觉到了那股说不出的寒意。

那是一种诡异的寒冷，连空气都凝固了，办公室里的空调冷风不知道什么时候停了，因为整个办公楼的温度急剧下降，窗户上甚至结出了细小的白霜。那些飘来飘去、忙忙碌碌的鬼魂工作人员全都停住了脚步，停在原地，一个个都恭敬地低头站着，好像在列队等着迎接什么大人物。

不知道什么时候醒了的赵云澜正襟危坐在那里，面前摆着四个杯子，正在往杯子里倒热茶，林静则拘谨地站了起来。郭长城不明所以，只好也跟着起立。

这时，办公室里的空调细细地响了几声，自动转成了暖风模式。

随后，清晰的脚步声响起，不紧不慢地回荡在空空的楼道里，在刑侦科办公室门口停住。老吴推开门，带着一个人走了进来。老吴的态度极其恭敬，乃至于有些谦卑，一路将来人引到了办公室里面。他弯腰伸手，替来人拉开椅子，连头也没敢抬，低眉顺目地说："大人，您这边请。"

郭长城听见那人客客气气地说："有劳。"

那是个男人，声音悦耳，语气柔和有礼，却依然有种叫人忍不住低头的肃穆。郭长城大约是没睡醒，在所有人都假装木头人的时候，他竟做了件胆大包天的事——鼓足了勇气，抬头看了对方一眼。

只见那"人"身材修长，全身都裹在一件黑袍里，手脚全看不见，脸也隐藏在一片黑雾后，整个人除了一团漆黑，不露一点端倪。那人先是在门口站住了，远远地对赵云澜一拱手，长长的袍袖从脚面上扫过，说了声"叨扰"。

赵云澜手里拿起一张黄纸符，点了，把烧尽的纸灰用装满热茶的杯子接住，那纸灰飞快地融化在了热水里面，方才还在冒热气的开水瞬间冷却，一点儿热气也没了。而与此同时，黑袍人手里凭空多了一个冒着热气的杯子。

"不忙，这一路天寒地冻，斩魂使先坐，"赵云澜说，"喝杯水暖暖手。"

郭长城看着他烧符送茶的动作，脑子里不由自主地浮现出了"烧纸"两个字，随后，他又神经过敏地注意到了赵云澜的用词。

"天寒地冻？"郭长城疑惑地想着，"三伏盛夏怎么会天寒地冻？这个人到底是从什么地方来的？"

忽然，一个念头在他脑子里闪现，实习生狠狠地打了个寒战。他想起小时候奶奶讲的故事——老人"上路"之前，一定要给他吃饱穿暖，不然黄泉路迢迢，能冷到人的魂魄里呢。

难道他是……

斩魂使低头抿了一口："好茶，多谢。"

然后他从郭长城身边经过，坐在了赵云澜对面的椅子上。错身而过的一瞬间，郭长城闻到了一股味道。不是他们在医院里遇到过的腐臭味，那味道绝不难闻，甚至有一点若隐若现的香，非常淡，让郭长城想起了大兴安岭外的隆冬——那是刚下了一宿的雪，早晨推开门走出去时，吸进肺里的第一口空气的味道，是那无边无际、仿佛终年不化的白雪散发出来的味道，干净、凛冽到了极致，混着某种垂死的花散发出来的……悠远而行至末路的香。

斩魂使说话轻声细语，文绉绉的，像古装剧里的书生。按理说，除了黑雾遮着脸略显诡异外，再没什么特殊的地方了，可随着郭长城慢慢地清醒过来，他就是感觉到了那股刻骨铭心的恐惧。

那种恐惧简直是毫无根据、毫无来由，却发自灵魂。

郭长城终于明白，为什么楼道里的鬼魂见了这个人都活像耗子见了猫。

"他是从南半球来的，南半球是冬天……"郭长城闭了闭眼，再不敢去看斩魂使，拼命想用各种科学道理说服自己，"相信科学、自由、民主、和谐……"

办公室里连人带鬼一共四个，晕过去的黑猫不算，所以赵云澜倒了四杯热茶，可惜直到茶香弥漫了整个办公室，林静和郭长城都没敢上前取，只有赵云澜稳稳当当地坐在办公桌后面。

等斩魂使安安稳稳地喝完了一杯茶，赵云澜才问："区区一只跑到人间的饿鬼，怎么会让大人亲自走一趟？"

"是有些缘故。"斩魂使说，"今年七月半，幽冥那边关押的犯人大规模地越狱，是因为一件东西重现人间引起的。"

赵云澜心里灵光一闪："轮回晷？"

斩魂使点点头："看来令主已经知道了。不错，是轮回晷。轮回晷是幽冥四圣器之一，失落许久，这回突然重现人间，还不知道是福是祸，我实在不放心，还是得亲自来看看。"

赵云澜追问："'幽冥四圣'到底是什么？"

斩魂使顿了顿："是封印。"

"封印？"

"相传，是关乎阴阳平衡与六道轮回的大封印，"斩魂使说，"从上古流传下来的，很多资料已经不可考。是否以讹传讹姑且不论，但轮回晷对生灵和死灵确实有难以抵抗的吸引力，因为它能随意'借寿'，还能躲避幽冥的追踪，现在已经扰乱了轮回秩序，落到别有用心的人手里，后果怕是难以想象。"

怪不得李茜招完饿鬼又招恶灵，原来都是因为她碰过轮回晷。

赵云澜神色一正，站起来："我带你去隔壁审讯室。"

斩魂使默默地跟在他身后，在一片噤若寒蝉的人和鬼中间，闲话家常似的开口说："我看令主脸色不好，大概是受我们牵累，连日劳顿的缘故，还是要多保重身体。"

赵云澜懒散地摆摆手："没事，通个把宵还累不死我，累死了也正好，去幽冥地下打杂，还接着混公务员。"

斩魂使颇不赞同："生死是大事，令主不要随便拿来说笑。"

赵云澜没心没肺地笑了笑，也不在意，抬手推开了审讯室的门。

被关在审讯室里的"李茜"不知道什么时候已经"醒了"，刺耳的尖叫声不断地从里面传出来，却在斩魂使进门的一瞬间戛然而止。"李茜"看见斩魂使，就像一只被掐住了脖子的母鸡，浑身战栗，以一种极端惊恐的表情瞪向门口。片刻后，她忽然翻了个白眼，软软地倒下了。

一直跟在最后的郭长城感觉到有什么东西直扑向了他的脸，他慌忙退了一步。斩魂使在他面前一抬胳膊，郭长城看见那巨大的袍袖在空中掀起一股黑浪，随后空中闪出了一个朦胧的鬼影，仿佛是个女人，头发挺长，一身破破烂烂的长裙，脸变了形，扭动着，哀号不止，顷刻间就被碾碎，化成一股黑烟，被卷进了斩魂使的袖子里。

"执迷不悟，还妄图夺舍，当诛。"斩魂使淡淡地说，那轻柔的语气竟与方才问候、道谢殊无二致。

郭长城结结实实地打了个冷战。

赵云澜熟视无睹，侧身做了个"请"的手势，审讯室里不知什么时候已经摆好了四把椅子，李茜脸色惨白地被束缚在桌边。

林静拿起一个浇花的喷壶，走上前去，把红颜当白骨，毫不怜香惜玉地喷了李茜一脸凉水，在她悠悠转醒之后，又板起一张金刚罗汉脸："特殊调查处的，问你话，据实回答，否则后果自负。"

李茜眼神迷茫，狠狠地哆嗦了一下之后，她惊恐的眼神转到了郭长城和赵云澜身上，认出了他们，刚想说话，发现自己被绑在了椅子上。她饱受惊吓地低头看了一眼自己身上绑的绳子："我……我怎么了？"

相比起林静，可以上电视做官方发言人的赵云澜就显得顺眼多了，语气也十分温和。他坐在林静旁边，问李茜："袭击你和杀害你同学的凶手已经被捕归案，现在我们需要你来协助警方对一下证词，做个例行的笔录，可以吧？"

这阵仗不像例行笔录，倒像三堂会审。

李茜也不傻，愣了一下之后，很快冷静了下来，防备地问："那你们为什么要绑着我？"

赵云澜挑挑眉，打了个响指，李茜身上的绳子就像声控一样，自动脱落了。女孩被这一手吓了一跳，随后又佯装镇定地抬起头，接受着赵云澜的打量，身体却不由自主地往后挪了挪，虚张声势地说："既然凶手都抓住了，你还要问我什么？我知道的都已经告诉你们了。现在几点了？我想回家了。"

林静"砰"一砸桌子："让你说就说，少废话！干什么，难道你想包庇犯人？你有什么动机？和凶手有什么关系？"

林静作色，赵云澜就装模作样地轻轻按住他的肩膀，和颜悦色地问李茜："8月31日晚上10点20分，你在学校门口遇见受害人卢若梅，你看见了跟着她的那个东西，这些我们已经确认过了。案情现在基本明了，但是我个人还有一些疑问，比如——你大概从什么时候起可以看见它们的？是在动用了老家那块……刻着轮回盘的老日晷之后吗？"

李茜小心地看了一眼林静，有点怕他，随后好汉不吃眼前亏地垂下眼，飞快地点个头。

赵云澜修长的手指轻轻地敲着桌子："传闻轮回晷用三生石做托，背后镶了忘川中黑鱼的鱼鳞，能生死肉骨，把已经去世的人拉回现世。但是用活人的寿命交换死人，就等于是把自己的一只手伸进了黄泉里……从此，阴阳两界在你眼里，就成了叠加在一起的东西，对吗？"

李茜的肩膀细微地颤动了一下，她盯着赵云澜的手指，一声不吭地又点了点头。

赵云澜往后一仰，靠在了椅背上。

"你倒是个孝顺的好孩子。"他眯起眼，浓密的睫毛和深深的眼窝让他的眼神看起来有些蒙眬，他用一种如同叹息般的声音说，"无数人标榜'入则孝，出则悌'，而当轮回晷摆在面前的时候，那些正青春年少的，有多少人真能做到'以命换命'呢？"

斩魂使却插嘴说："轮回晷是幽冥四圣之一，能扰乱阴阳，凡人不该擅用。"

李茜和所有人一样，不敢抬头看斩魂使，听了他的话，十指互相拧在一起，艰难地开口说："我不知道那是什么……只是听说过那是个老物件，能显灵……当时她突发脑出血，我在学校，也没有人看见，等人们发现，都已经延误了抢救。我……我看见她的时候，她已经……那时候我奶奶不单是和我生活在一起，我父母嫌我多余，是她把我带大，我们两个人相依为命……相依为命是什么滋味，你们懂吗？我连哭也哭不出来，怎么也不敢相信她就这么没了，她怎么会死呢……人怎么会死呢？"

"于是你找到了轮回晷。"赵云澜说。

"我也觉得自己疯了，竟然相信这种东西，但它真的给了我回应……"李茜喃喃地说，"我怕什么呢？我还年轻，说不定能活到一百岁，就算分给她五十岁，我都能活到退休了，一辈子还剩下那么多年，为什么不能分给她？如果凡人不该碰那东西，那它为什么刚好在那里？为什么要回应我的愿望？"

这问题让在场的几个人都沉默了。过了一会儿，斩魂使开了口："那是因为当时你是真的不顾一切，想让她起死回生，有时候，只要人的意念足够强烈，一切都有可能发生。可哪怕你心里有再大的执念，也并不能证明它就是对的。"

李茜的眼圈红了。她很快倔强地看向别的地方，好像那一点突如其来的委屈见不得人似的。过了一会儿，她声音沉闷地说："对啊，我就只是个凡人，不管生活强加给我什么——唯一的亲人突然离世，只剩下讨厌我的父母、没有人承认的努力、每年都要费尽心思去弄的学费，以及这样努力了，在龙城却连个像样的工作也找不到，在别人眼里，我一定很可怜吧？这些我都要一一承受，这么看来，我确实不该让我奶奶活过来，也许我该跟她一起去死。"

赵云澜平静地看着她，并不打断。

李茜几不可闻地说："我觉得自己就像一只乌龟，在地上艰难缓慢地爬，一个人经过，轻轻踢一脚，我就四脚朝天了，然后他看着我痛苦挣扎，最后用吃奶的力气翻过身来，他再轻轻一脚，我方才所有的努力就又白费了，是不是很好笑？"

这女孩身上有无法言喻的愤懑和不满，即使她看起来已经拼命克制了。

郭长城脸上有些发烧，他觉得自己既不聪明也不努力，一直都浑浑噩噩，却不劳而获地得到了一份工作，于是他站起来，带着一点讨好说："我……我给你倒杯水吧。"

李茜兀自沉浸在自己的情绪里，没有理他。

赵云澜问："轮回晷给了你回应，你奶奶被抢救回来了，但是之后身体一直不好，是你在照顾她吗？"

"还能有谁？"李茜面无表情地说，"我父母肯把她接回来，已经是为了面子做了天大的牺牲了。"

赵云澜点点头："你要读书，赚自己的学费和生活费，还要照顾老人，日子过得很辛苦吧？"

直到这时，林静终于有些诧异地看了他的上司一眼。他本以为，赵云澜进门的时候打手势让他配合，是因为李茜在饿鬼那件案子上说了谎，打算从这小女孩身上诈出点内情来，然而问询发展到了这个地步，林静却已经摸不准赵云澜到底想知道什么了。这话题怎么拐了那么远？

斩魂使一直端端正正地坐在旁边，没有一点儿不耐烦的意思。林静也不好多嘴，只好满腹疑虑地在一边听。郭长城屁颠屁颠地倒了一杯不凉不热的温水，递给李茜。女孩接了过来，却没有道谢，只是神经质地抽动了一下眉毛，目光盯着杯子。她看起来很镇定，捧在手里的水杯水面却一直在颤动。

"她每天凌晨4点半起来，总想给我做早饭，后来人越来越糊涂，有一次煮的牛奶溢出来了，她也不知道，把火浇灭了，差点儿煤气泄漏，之后我就不敢让她弄了。但是说了也不管用，头天说了，第二天还是要去做，我只好也跟着她4点半起来，把早饭做好。

"我白天不在，有时候上课，有时候帮导师做项目，有时候要做实习，不管去哪儿，中午都要坐40分钟到1小时的公交赶回去，给她做午饭，给她倒好热水让她吃药，自己来不及吃饭，再一路狂奔往回赶。晚上回去，我要安顿好她才可以看一会儿书，效率不高……她年纪大了，总是不分场合地要拉人说话，我会经常被她打断。等她睡下，大概晚上10点了，我才可以开始做一些外面接的翻译的活儿，一般要到半夜12点钟以后，有时候实在困得受不了了，不知道什么时候，就在桌子上睡着了。"

"辛苦？"李茜说到这里，深深地吸了口气，脸上透出说不出的疲惫，好像连说话都已经给她造成了很大的负担，她飞快地苦笑了一下，低头喝了口水，掩饰住表情，冷淡地说，"说这些也没什么用，别浪费时间了，关于案件，还有什么想问的，快点问吧。"

赵云澜的手指轻轻地点着卷宗："我这么说可能有点不近人情，但是你奶奶过世以后，你的日子轻松多了吧？"

李茜瞪向他，口气不善地问："你这是什么意思？"

赵云澜不为所动："字面意思。"

李茜的嘴唇颤动了一下，她猛地站了起来，杯子里的半杯水洒了一桌子："你们就是这样办公的吗？你们可以无缘无故抓无辜市民，然后随便污蔑吗？"

"坐，别激动。"赵云澜抽出几张纸巾擦去桌上的水，"我说的是人之常情，没有污蔑你。你就算心里想炸五角大楼，只要没做出来，世界上也没人能说你有什么错，我们这儿没有'思想罪'。"

李茜口气生硬地说："我要回家，你们没权力扣留我。"

赵云澜看了她一眼，点点头："那好，那我们暂且不提无关的事，就说今天上午。你跟我说过，在校门口看见了卢若梅和跟着她的一个'影子'，能再回忆一下它是什么样的吗？"

李茜冷冷地说："我没看太清楚，不太记得了。"

赵云澜笑了起来，这一回，他的酒窝露出来了，眼角却没有笑纹，眼神显得越发尖锐："你可能记不住跟你擦肩而过的人，记不住车祸现场肇事司机是男是女，这都是正常的……可是把你吓成这样的东西，你会不记得？不记得，为什么你现在还在发抖？"

李茜呆了一下，纤细的手指神经质地收紧。

赵云澜语气严厉起来："就在今天上午，我记得你还和我说过，它大概有多高，是怎么样的黑黢黢，身体看起来有点矮，还有点胖。"

李茜的脸色忽然煞白。

赵云澜眯起眼："同学，随口翻供可不是个好习惯啊，你看到的黑影到底是不是那样的？"

林静配合他的经验丰富，趁着李茜不明原因地受到了惊吓，精神非常不稳定时，立刻逮住空当，猛一拍桌子，大喝一声："快说！"

赵云澜层层紧逼，就像是把李茜的神经拉到了极致，林静一下剪断了它。

"是……是又怎么样？！"李茜脱口而出。

"哦，不高，有点胖。"赵云澜慢吞吞地重复着方才的话，身体往后一仰，靠在椅背上，双手交叉放在桌上，"那么它是男是女、是老是少啊？"

在场除了李茜，每个人都知道饿鬼那怪物是什么样的——它压根谈不上男女老少，根本就不是个人形，瘦骨嶙峋，大腹便便，一人多高，上肢如螳螂。郭长城看向她的表情立刻充满了疑惑。斩魂使一如既往地散发着他吓人的存在感。李茜毕竟涉世未深，城府不够，她觉得自己正被无数双眼睛盯着，他们全都表情冷漠，全都揶揄地窥视着她，全都知道她自以为隐蔽的秘密。

她恐慌了起来。

赵云澜把声音放得更低，几乎降低到了耳语的水平："我刚才说的话是骗你的，人的记忆确实会模糊，尤其是在受到惊吓并且毫无准备的情况下，这也是为什么有时候目击者提供的信息并不准确。那东西吓到你了，你的大脑认为自己无法承受这种恐惧，于是出于自我保护，你的记忆有了一瞬间的空白，而后想象会自动填充那段空白，所以你脱口而出的，只是你想象出来的——想象出来的，你最害怕的东西。"

郭长城这时才后知后觉地发现，自己正在经历的不是什么"例行问话"，而是一场真正的审讯，而他愚蠢又敏感，虽然不知道发生了什么事，却隐约有些不祥的预感。他快被不动如山的斩魂使和这迫人的审讯节奏压得喘不上气来了。

李茜的脸色由惨白转向灰白。

赵云澜收敛了脸上和煦的笑容："现在能告诉我，为什么今天早晨想从楼上跳下去吗？"

李茜的胸口剧烈地起伏着。

"昨天一宿没睡着吧，你跑上楼顶的时候，是不是有一瞬间在想，如果你豁出去死了，就什么也不怕了，以前无论发生了什么事，都能一笔勾销了？"赵云澜露出一个既像冷笑，又像唏嘘的表情，"小姑娘，我比你大几岁，叫你一声孩子——很多像你一样大的孩子都觉得自己不怕死，因为年轻，所以不理解什么是真正的死亡，尤其你又是一个……性格那么强硬、那么有决断、那么冲动的年轻人，你觉得自己一点儿也不畏惧死亡。"

李茜本能地反唇相讥，声音却微弱得很："你……你凭什么这么说？你怎么知道别人不理解什么叫死亡？我明白那种感觉，我亲眼见过！头天还在一直说话的人，一转眼，就在你看不见的地方蜷缩成了一团……心跳停止、呼吸停止，慢慢地……慢慢地变冷，变成一具尸体，一个不是人的东西，你再也找不到她去哪儿了，再也见不到她了，再也……"

"李茜，"赵云澜打断她，"你理解的、惧怕的东西并不是死，而是分别，你只是接受不了奶奶突然离开你而已。"

整个审讯室里一片沉默，李茜的身体像秋风卷起的落叶一样瑟瑟发抖。

赵云澜再次开口问："那天夜里，你在学校门口看见的，跟着你的同学的那个影子，它……她是不是年龄很大，穿着一身棉布衣，头上还戴着个假发髻？"

这句话一出口，所有人的表情立刻从疑惑转成了震惊。

李茜短促而嘶哑地发出了一声尖叫，五官扭曲成骇人的表情。

她疯了吗？郭长城目瞪口呆地想，他不明白这究竟是怎么回事。当他回头去看自家领导的时候，他看见赵云澜的手指无意识地捻着，好像很想去摸一根烟叼在嘴里，却在尽量忍耐着。

赵云澜的目光深邃而安静，灯光打在他的脸上，以及他那身已经发皱但依然雪白的衬衫上，他看起来突然有点像另一个世界的人。接着，他从兜里摸出了一张照片，是一个老太太的遗照，慈眉善目，嘴角含笑，面容安详。郭长城看了一眼，就认出了她，这就是那个在最危险的时候扑过去挡在李茜病床前的老太太。

赵云澜把照片推到李茜面前，十指相抵，撑在自己因为连续加班已经冒出了一点胡楂儿的下巴上："这是王玉芬女士，生于1940年春，上个月底去世，死因是误食口服用降血糖药。"

李茜瞪大了眼睛看着那张遗照，郭长城怀疑她的眼睛要脱出眼眶。

赵云澜继续说："你从小在奶奶身边长大，与她的感情非常亲密，为了她动用轮回晷，把一半的寿命给她，她活过来以后，智力慢慢消退，也一直是你在照顾。我的同事告诉我，你在网络上的消费记录，几乎全是老年用品，而根据医生的说法，即使她的智力减退之后，也从未表现出对任何人的攻击性——那么，姑娘，你能不能告诉我，是什么东西让你觉得，奶奶死后会害你？你为什么那样害怕她？"

李茜像是成了一具人形的蜡像。

"为什么不说话？"赵云澜问，"李茜，我再问你最后一遍，你不说实话，这辈子就再也没有说实话的机会了。你想要解脱，可是你永远也不会解脱，谎言永远是谎言，草率地背上，就一辈子也卸不下来了。"

今天有一个人……有一个人和他说过差不多的话。

李茜呆滞的目光一寸一寸地抬起来。

赵云澜的上身微微往前倾了一些，看着她的眼睛，一字一顿地说："我的同事告诉我，通过轮回晷连接的两个人，会同生共死，而现在奶奶去世了，你还活着，那么她多半死得阳寿未尽。我一直想不通，这是怎么个阳寿未尽法，是幽冥出了差错，还是有人非法拘了生魂？后来我发现，自己真笨啊，明明还有另一种可能，就是连着她生命的轮回晷和她意外断开了——对，也就是说，给了她生命的那个人，亲手杀了她。

"智力退化的老人会像孩子一样，没出息，也馋，喜欢抓放在家里的小零食吃，你告诉我，那瓶降血糖药，是谁放在她常常去吃的糖盒子旁边的？"

审讯室里连根针落地的声音都听得到。

几秒钟之内，李茜的脸上先是极度的惊恐，那种惊恐就像是一个不停被吹大的气球，而后再膨胀到顶点，突然爆裂……她的表情出乎所有人意料地平静了下来。

郭长城屏住了呼吸。

他听见李茜有些沙哑的声音打破了死寂的沉默，那女孩轻声说："是我。"

第十章

"我小的时候，她早晨叫我起床，给我梳辫子，送我去上学。我爱犯困，每天就趁着她替我梳头发的时候，靠在她怀里再打个盹，等梳完了，她就在我的后脑勺上轻轻拍一下，说'醒盹啦，小懒鬼儿'，然后拉我去上学，一路走，一路给我讲故事，从孙悟空三打白骨精，到猪八戒吃西瓜，整个《西游记》都在她的脑子里，说得比收音机里的评书还好。父母都不疼我，有人问我最喜欢谁，我总是说，最喜欢奶奶。"

李茜没有理会任何人，只是自顾自地说着。

赵云澜终于还是从兜里摸出一根烟来，夹在手指中间摆弄着，没吭声。

郭长城愣愣地问："那后来就……不喜欢了吗？"

李茜深深地看了他一眼："我记得你也说过，你愿意用自己的生命换回你的奶奶，可是你家没有轮回晷，所以你真的很幸运。"

郭长城呆呆地看着她，过了一会儿，他开始吃力地试图为自己不能理解的事寻找一些理由："你是不是觉得她是个累赘，带给你的负担太大了，生活太……"

李茜的眼圈红得像是要滴出血来，眼神却依然麻木冰冷，有某种说不出的残酷，有些不像人，却又只能是人。她打断郭长城："别用那么愚蠢的理由侮辱我。"

郭长城的脸涨红了。

"她慢慢地变成了一个不一样的人，每天都会在你耳边絮絮叨叨，记不住昨天发生的事，一句话要颠三倒四地说无数遍，到后来，她连大小便开始不能自理，每次尿了裤子，都只会看着人傻笑。她吃饭会掉一地一身的饭粒，仅仅是坐在那儿，也会流口水，连时间也不会看。她不管你在忙什么，永远只会跌跌撞撞地跟在你身后，口齿不清地说些别人谁也听不懂的话，日复一日、日复一日！

"我每天看着她，心里会想，这就是我用后半生换来的啊。"

李茜说到这里，嘴角神经质地弯了一下，露出了一个冰冷又突兀的笑容。郭长城觉得心里像是被狠狠地砸了一下。

"我想要的奶奶再也回不来了，我付出昂贵代价换来的，只是一个和她一模一样的……"李茜的脸狠狠地扭曲了一下，随后，她嘴里吐出了最刻薄的话，"怪物。"

她抬起通红的眼睛，直直地盯着郭长城的脸："我恨她，一年三百六十五天，我每天看见她，都有想立刻杀了她的冲动，带着这种冲动。我要用听起来耐心又温柔的声音问她想不想吃东西，要不要上厕所，累不累，冷不冷，然后看她对着我傻笑。"

郭长城放在膝盖上的手轻轻地颤抖着。

"轮回晷骗了我。你知道吗，世界上根本没有能死而复生的东西，那个人不是我奶奶。她以前唯恐我受一点儿委屈。小时候村里没有风扇，她会一宿不睡觉给我打扇子。怎么会变成一个怪物？怎么会变成那样一个只会伤害我的怪物？！"李茜短促尖锐地说，"你什么都不明白，就别来批判我！她活着的时候纠缠不休，死了以后也对我纠缠不休！我……"

"她不会再对你纠缠不休了。"郭长城忽然打断她，他自己都不知道，原来自己可以用这种严厉的语气说话，"她消失了。那时候饿鬼要吃你，你又不知被什么鬼东西附身，她为了保护你，被饿鬼杀了，我们都看见了，她又死了一次，只有你不知道。"

李茜愣住了。

郭长城低下头，心里非常难过，难过得都要哭出来了，可他不知道这是为了谁。最后他低声地说："反正……你就算看见了，也还是认为她是要害你的吧？其实……没有的。

"她没有纠缠你，没有怪你，也没有想害你。"

等闲变却故人心，却道故人心易变。

"我已经基本清楚了，蓄意谋杀这件事不归我们管。"赵云澜说着，站了起来，拍了拍郭长城的肩膀，"走吧，不用把她送回去了，在这儿关她一宿，明天叫祝红联系负责本市刑事案件的同事，该领走领走，该调查调查。沈教授那边我明早再打电话告诉他……嗯，大人还有什么事？"

斩魂使绕过小桌，走到李茜面前。他的气息让李茜本能地瑟缩了一下。

"不用怕，我不管人事，"斩魂使说，"只是事关圣物，我须得多嘴问一句——你提到的老家的轮回晷，现在究竟在什么地方？"

"在……我家。"李茜低声说，"父母租了个小房子给我们住，他们平时不来的。"

斩魂使："地址？"

"南城大街68号2单元404室。"

"多谢。"斩魂使客气地点点头，似乎是在看着李茜，而后他顿了顿，不轻不重地说，"你今日的所作所为，他日阴曹相见，当携公道相候。"

郭长城浑浑噩噩地跟着赵云澜出去，把斩魂使送到门口，似乎仍心有不平，回头张望了一眼审讯室里呆坐的李茜。

斩魂使很快就走了，要趁天亮之前去把轮回晷收回。他走后，窗上的白霜以肉眼可见的速度消融，温度似乎也急剧上升，空调又启动了制冷模式。可是郭长城觉得自己的后心还是一阵一阵地发凉。

他跟屁虫似的紧跟着赵云澜，一脸欲言又止。

赵云澜拎起自己的车钥匙和公文包，看了他一眼："下班了，还不走？"

郭长城低头看着自己的脚尖："赵处，被饿鬼劈过的魂，还能活……还能转世吗？"

赵云澜挑挑眉："不能吧。"

郭长城："那……那个老太太，就真的没了吗？"

赵云澜装作沉思似的想了想，而后忽然笑了，从兜里摸出了一个小瓶子，像唤狗似的对郭长城招招手："差点儿把这个忘了。小孩，来。"

郭长城不明所以地走过去。

"拿着吧，方才斩魂使交给我的，那位大人偶尔也会发发慈悲，网开一面的。"赵云澜把小瓶子塞到他手上，走到办公室的猫窝那儿，讨嫌地伸手捏住大庆的鼻子，看着昏睡的大庆发出类似呼噜的声音，伸爪抓挠了几下，才乐呵呵地放过了它，"明天谁来得早，记得吃早饭的时候让食堂做点炸鱼干送来。"

郭长城莫名其妙地看着这个没有他手掌长的小玻璃瓶，先是困惑，随后睁大了眼睛——他在透明的小瓶里看见了那个消失的老太太！

她变得只有指甲盖那么大，安详地坐在那儿，对他露出了一个淡淡的笑容。

随后，她脸上的皱纹飞快地消失，头发越来越多，从发梢到发根，慢慢变黑，长出了满口的贝齿，身体变得挺拔、纤细，回到了三十来岁成熟美丽的模样，之后是二十来岁青春靓丽的模样，而后又慢慢变细变矮，回到了她的少女时代、儿童时代……最后，她蜷缩成了一个小婴儿。

小婴儿缓缓闭上眼睛，幼小的身体消散在了小瓶子里。

郭长城大惊："她……她不见了！"

"那是往生瓶，她重新进入轮回了。"不知道什么时候站在他身后的林静说，"由生到死，又由死到生，由年幼到年长，再从年长回到年幼，周而复始，生生不息。"

林静说完，垂下眼，低低地念诵了一声佛号，对郭长城说："下班了，快走吧，明天早上9点上班，8点食堂开始有早饭，愿意吃就早点来，别迟到。"

郭长城好像放下了个大心愿，小心翼翼地把瓶子装进包里，心满意足地走了。

打发走了好骗的小实习生，林静这才转过身，对赵云澜说："我可没看见斩魂使给你什么东西。李茜擅自动用幽冥圣物，本该有这种劫难，老太太心甘情愿替了她，死得其所，都是因果，有什么好网开一面的？那其实是个哄小孩玩的万花筒吧？"

赵云澜"哼"了一声："就你聪明，就你眼尖，行了吧？"

林静问："我听说你对这个实习生十分不满意，千方百计地想把这关系户弄走，干吗这么不显山不露水地哄着他？"

赵云澜点着烟，不耐烦地摆摆手："老子乐意，还不快滚？"

林静摇头晃脑地叹了口气，看来打算发表点关于自家领导的见解。赵云澜一记眼刀射过来，林静的见解就果断变成了"识时务者为俊杰"，拎起自己办公桌上的水杯，跑了。

赵云澜锁好办公室的门，本想回家睡大觉，突然想起匆匆离去的斩魂使，不知怎么的，也对那传说中的"幽冥圣物"有了点好奇心。抱着第二天要旷工的无耻想法，他开车到了李茜说的地址。

赵云澜到的时候，发现整座公寓已经被漆黑的血气笼罩了，他吓了一跳，不知道什么东西弄出了这么大的动静，连忙把车往路边一扔，拎着枪跑上了楼。

那公寓的楼顶上空，悬浮着一个巨大的黑洞，就像一个张开了大嘴的怪物。此时电梯已经停运了，赵云澜一口气跑到了楼顶，只见那楼顶竟然已经铺满了尸骨。

赵云澜仔细打量那些尸骨，也不知都是些什么怪物死在这儿了，有三个头的，有前后都是肚子的，有上面人头下面骨架的……无一例外，全都被一刀斩首。月光落在地上，就像洒了一层的鲜血，而不远处，斩魂使单手提着斩魂刀，刀刃架在一个……一个"人"的脖子上。

那或许不能说是一个人，他满脸长满了肉瘤，五官挤得变了形，看起来又可怕又恶心。

"这是什么妖怪？"赵云澜一边说，一边伸手探入怀中，"斩魂使大人，要搭把手吗？"

斩魂使冲他一摆手，却没有回头，只是对那满脸肉瘤的人说："我最后问你一遍，轮回晷在什么地方？"

肉瘤怪物在斩魂刀下僵硬地转过脖子，却直直地看向赵云澜的方向，答非所问地对斩魂使说："我家主人托我对大人说几句话。大人几百年如一日地恪尽职守，对放在心尖上的人也避如洪水猛兽，看似是将克己做到了极致，其实是在害怕什么。"

斩魂使没说话，身上的寒意更重了些。

"我家主人可怜大人，特意将他送到你面前，就是想看看，你是不是真的……"

斩魂使没容他说完，干净利落地手起刀落，肉瘤怪物的脑袋里爆出一个巨大的血花，腥臭的味道逼得人一阵阵发晕。楼顶卷起狂风，赵云澜一时有些睁不开眼，等风停了，楼顶一切都恢复了正常，仿佛方才的尸骸、怪物都是不存在的。

赵云澜："等等，斩……"

斩魂使远远地转过来，冲他拱手道别，没半句解释，就这么仓促地闪身钻进了那个黑洞里。赵云澜从那一向从容不迫的背影里，竟然看出了几分仓皇来。

斩魂刀出处，诸神退避，什么人敢当面和他叫板？

赵云澜皱起眉，还有——那个会扰乱轮回的轮回晷……又是被谁偷走了？

卷二

以山河之精，封北方黑水。

山河锥

第一章

光明路4号既不是盘丝洞，也不是白骨窝。白天，传达室接待的也换成了一位慈眉善目的正常老大爷——不过后来郭长城发现，那位大爷也不是很正常，他十分喜欢做骨雕，传达室角落里经常堆满各种各样的骨头，突然开窗，黄白的粉末会飘得到处都是。

刑侦科的办公室窗明几净，采光良好，一人一张桌子，一桌一台电脑，旁边是各种办公用品，还有翠色欲滴的绿色植物。每天下午两点，有固定的钟点工来打扫卫生，旁边一个小隔间里还有冰箱和储物柜，有猫粮，还有酸奶、水果等自取的零食。

有一次，郭长城还在冷冻室里看见一抽屉火锅专用的切片生肉，一开始不知道是干什么的，直到有一天，他看见那个叫祝红的大美女从里面掏出一袋，化了化，然后就像别的女孩吃薯片一样，蘸着血水一片一片地捏着吃了。吃完生肉第二天，祝红就请假了一天，理由是每月一次躲不开的麻烦——当然不是大家想的那种理由，因为第三天祝红来上班的时候，郭长城惊掉了下巴，发现她竟然拖着一条长长的蟒蛇尾巴。祝红就这么吃了好几天血淋淋的生肉片，又过了两天，才重新有了两条腿，恢复了正常的人类饮食。

刑侦科除了美女蛇、假和尚和肥黑猫之外，还有一位同事。饿鬼事件过去了半个月，他才风尘仆仆地出差回来，坐在角落一声不吭地贴了一下午的报销凭证，然后趴在办公桌上倒头就睡，最后被闻讯过来的赵处亲自送回去了。

郭长城看见他桌牌上写着"楚恕之",大家都叫他"楚哥",可郭长城不大敢主动和楚恕之说话——这人看起来和林静差不多的年纪,非常瘦,瘦得两颊都凹进了坑,几乎是形销骨立,这就显得五官异常凌厉,总是皱着眉。也不知道是不是郭长城的错觉,他总觉得对方看自己的时候,眉头会皱得更紧一些。

特调处平时工作不忙,除了郭长城刚来的两天工作强度大了点之外,他发现特别调查处就是"钱多事少离家近"的典型了,一个月也没有两三件案子报过来,通常是赵云澜点一两个人过去看一眼,坚决贯彻"不管人事"的原则。人间的案子,有时看起来神神道道的,其实大多是有人装神弄鬼,他们多半转一圈就回来了,写一份例行公事的工作报告。剩下的时间,大家就在各自的工位上看看书、上上网,扯几句闲话,混吃等死地等整点下班。

郭长城这才知道,原来特别调查处接一个案子的程序很多——有可疑案件发生,要先派人去看,看完回来写报告,先交给赵云澜,赵处再根据这份报告判断接还是不接。如果确定这件事归特调处管,他需要另准备一份报告,加盖公章,再往上送。如果是急事,大约等一个工作日,上面就会下文件批复,再把命令传达到相关单位,明确权责,保证特调处工作畅通无阻。一般直到这时,赵云澜才会亲自出面,跟负责本案的相关部门接洽。

七月半那天,也不知怎么的那么巧,正好是出了人命的紧急事件,赶上人都不在,案发地还在龙城大本营,大庆又嗅到了来自幽冥的味道,赵云澜才会当机立断先斩后奏,结案后才把程序给补齐。

为了跑手续,林静的屁股三天没挨到椅子的边。

而郭长城就这样,在没有半个案子的情况下,稀里糊涂地熬过了三个月的试用期,奇迹一样地留了下来。

而更离奇的是,赵云澜似乎也忘了自己当初是怎样咬牙切齿地要把人踢出去,非常爽快地在郭长城的转正申请上签了字。郭长城渐渐习惯了白天空无一人的人事科,拿着终于转正的凭证,乐颠颠地跑去备案。

大庆看着他同手同脚的背影,翘着尾巴跳上了赵云澜的办公桌:"男人一定都是善变的,你前一阵子还恨不得把他当个球踢了,现在居然想把他留下了。"

赵云澜正在低头发微信，头也不抬地说："他身上功德厚得跟牛津字典似的，容易走狗屎运，留着当吉祥物吧，另外我觉得这小孩挺逗乐的。"

大庆奇怪地问："什么功德？"

赵云澜指了指自己的抽屉。黑猫扭着屁股过去把抽屉扒拉开，从里面翻出了一个硕大的文件袋，里面有定点帮扶文件、义工留念照片、捐款纪念册，等等，还有一张影印的照片，照的是一张明信片，贴在某个山区小学的墙上，上面用狗爬一样的烂字写着："你们要好好的。"

郭长城资助了好几个贫困学生，看记录，竟已经长达十年了。

大庆吃了一惊："都是他做的？"

"嗯，以他的家境，估计从小也不缺钱花，不过不知道是不好意思还是怎么的，他干什么都悄悄的，亲戚长辈们谁都不知道，还以为给他的零花钱够用呢，这小孩这么多年也一直过得紧巴巴的。"

"哦……难得，难得。"又胖了一圈的大黑猫摇头晃脑地感叹了一番，贱兮兮地凑到赵云澜旁边，低头偷看了一眼他的手机，鄙夷地说，"又跟谁约饭呢？死缠烂打的，半天都没抬头了。"

赵云澜把信息发出去，屈指弹了大庆一个脑瓜崩，把猫弹了个屁股蹲："你懂个屁。"

大庆用爪子糊了他一下："你放的！手怎么那么欠呢？"

"别闹，老猫，我问你个正经的，"赵云澜正色说，"在什么情况下，我会消除不了一个凡人的记忆？"

"可能是你提前老年痴呆了吧。"大庆面无表情地说，"你在哪儿丢手艺了？说出来让我乐呵乐呵。"

"就上次龙大那案子里的沈教授——沈巍，有印象吧？"

大庆撑起前爪，端坐下来："相当深刻，怎么了？"

"我第一次见他，就觉得他以前可能认识我，"赵云澜说，"一开始还因为这个怀疑他来着，后来据他自己说，是有一次撞见过咱们办案。所以上次抓了饿鬼和李茜以后，我特意修了他两段的记忆，把那些怪力乱神彻底从他脑子里挖出去了。"

大庆问："你就单独消了这两段吗？没检索其他的？"

"那不可能，"赵云澜一摆手，"我不会犯这种低级错误，他脑子里关于特调处和我的记忆真的不多，影响大的就这两段。"

人的经历和记忆都是有前因后果的，有时候提起一个关键词就能回忆起一串——譬如提起儿时的老房子，就会想起亲人故旧、种种童年回忆，而童年的事又往往和现世有密不可分的关联。这种记忆太过盘根错节，随便改，容易把人改得精神错乱。但等车时擦肩而过的广告牌、偶然间看过的某一部电视剧、围观过的车祸这种记忆，虽然对当事人也有后续影响，但影响不深，可以循着痕迹把整条记忆线拎出来修正，有时甚至只需要修正关键事件，其他的细枝末节，当事人的大脑会跟着自动修正。

这种活儿赵云澜从小开始干，早就是老司机了，闭着眼也不会出错。

大庆问："但是呢？"

"那个李茜不是他的学生嘛，我看他也蛮上心，后来我知会他案情进展，跟他见过几面，我发现……"赵云澜皱了皱眉，"他的记忆好像是修正成功了，但他给我的那种奇怪感觉还在。"

"如果你修正记忆没成功，那只能说明他比你精通此道，熟悉你的手法，甚至知道你要提哪段记忆，那时候装晕，故意让你看见想看见的东西，故意给你改。"大庆沉声说，"而这个人，你我之前一致鉴定过，是凡人。"

一人一猫同时沉默了——深藏不露成这样，会是个什么水平的大神？

当世三界之内闻所未闻，细想还有点瘆人。

于是赵云澜飞快地说："当然，往好处想想，也可能只是我的主观感觉。"

"嗯，一定是错觉，"大庆立刻接着话茬说，"要不就是他对你的态度跟记忆没关系，可能人就那样性格。"

"可不？"赵云澜对着手机屏幕照了照，"本人过于英俊潇洒，人见人爱，让人一见就害羞也很正常。"

不等大庆呕吐，也不知怎么那么巧，正在这时，沈巍的回复到了。

沈巍冷冷淡淡地回复："抱歉，今天晚上年级例会。"

黑猫一愣，随即乐得肚皮都快翻过来了，险些从桌子上掉下去："年级例会，年级例会！啊哈哈哈哈，你吹啊，你接着吹啊，你不是号称无往不胜吗？还过于英俊潇洒、人见人爱，碰见软钉子了吧？哎，赵云澜，你跟我说说，撞钉子上疼不疼啊？"

赵云澜磨了磨后槽牙，有点想吃猫肉。

李茜对谋杀祖母的事情供认不讳，但公检法系统的同志不知道什么轮回暑不暑的，只知道这女孩丧心病狂，就因为嫌弃失智祖母拖累，竟然处心积虑，出手杀亲，这案子重判没跑了。那边一尘埃落定，沈巍对赵云澜的态度就很明显了，也不知道是真忙还是故意躲着他，见一次比面圣还难。

一方面对他避之唯恐不及，另一方面，沈巍每次见他，又都十分拘谨。赵云澜感觉对方好像在试图解析他的每一个微反应。

又躲闪又关注——这到底是什么毛病？

赵云澜："我非得弄明白这是个隐姓埋名的世外高人，还是普通的有病。"

这时，一个电话打进来，大庆八卦兮兮地凑上去听，里面一个陌生的声音有些紧张地问："喂……赵先生是吧？您上次说想买我外公保存的古籍，是真的吗？"

赵云澜："嗯，对，对。"

电话那头的人说："那价钱……您觉得……"

赵云澜局气地回答："东西是好东西，差不多就可以，您定个时间，大家见面吃个饭吧。"

对方似乎很激动，约了他见面，絮絮叨叨地说了一大堆"您是真的热爱古书""真的懂文化遗产的价值"之类的话，这才恋恋不舍地挂了。

大庆凉凉地说："这卖书的倒霉孩子一定不知道你是个只会追大片、看武侠小说的文盲。你这是要干什么呀令主，千金买一笑？看把你闲的，最近没活儿了是吧？"

赵云澜装好钱包和车钥匙，拎着大庆的脖子，在"喵嗷"一声惨叫中，把它扔出了自己的办公室。对面办公室的人听见门响，楚恕之从股市K线中抬起头来，只来得及看见某个匆匆而过的身影。旁边祝红叹了口气："又出去鬼混了。"

傍晚，赵云澜成功地在龙城大学的教学楼门口堵住了沈巍。

沈巍看见他的车，眼皮就是一跳，低头加快了脚步，假装没看见，往停车场方向走去。赵云澜也不叫他，哼着小调，不紧不慢地在他身后缀着。沈巍一路装傻，他就跟了一路，经过的学生纷纷好奇地回头看。沈巍实在没有大庭广众之下任人围观的脸皮，败下阵来，只好转身朝赵云澜走过去："赵警官，你找我？"

赵云澜按下车窗，对他露出一个阳光灿烂的笑容，从副驾驶座上拎过一个巨大的木盒，递到沈巍怀里："给你的。"

沈巍掀开盒子，只看了一眼，就要把东西推回来："这太贵重了，不……"

"哎，你先听我说。"赵云澜用手挡了一下，"这真不是我送给你的，是我一个朋友的朋友，最近打算移民，家里有好多古书，什么丝绸、竹简版本的，带也带不走，送人又舍不得，怕糟践了好东西，到处找人托付，辗转托到我那儿。我呢，一下子就想到了你。我看这东西除了给你，谁拿了都是糟践，沈教授就当帮我一忙，替我那朋友接着保管吧。"

这油嘴滑舌的东西。

沈巍："我……"

他才说了一个字，就被赵云澜堵了回来："你什么你？亏咱俩那么熟了，这点忙都不肯帮就不够意思了吧？我一会儿还有个饭局，马上得走了，回见啊，东西替我好好收着，明天请你吃饭，务必赏光。"

说完，他一脚踩下油门，根本没给沈巍说话的机会，就这么把车开走了。东西送出去了，顺便约了顿饭，赵云澜觉得自己干得漂亮，忍不住吹起了口哨。

他一向认为，有品位的人是不能满足于庸脂俗粉和酒肉朋友的，就好比人有钱了以后，总要附庸风雅地摆弄些古玩字画一样。而沈巍——赵云澜自我感觉良好地借着后视镜照了照，心里念了一遍这个名字——抛开这人身上的诸多矛盾不提，赵云澜觉得他就像个名贵的青花瓶，带着仙气，放在周围摆几天也是好的，加了他，通讯录都显得有文化起来了。

黄泉下，幽冥地府。

斩魂使像一团黑雾，卷进了幽冥，鬼仙们顿时如迎邪神降临，屁滚尿流地涌出来一片，齐声拜见。斩魂使不甚明显地点点头，一抬眼，只见群鬼分开两边，一身红袍的判官打扮得活似新郎官，颠着小碎步冲了出来，离着斩魂使三丈远，赶紧借着低头抹了把冷汗，口称"大人"，跑来路上预备了一肚子场面话，还没来得及倾诉，就被斩魂使一抬手打断。

斩魂使："闲话少叙，轮回晷还没有消息？"

判官下意识地扑棱了一下脑袋，又急忙补充说："各地都加派了人手，这几天幽冥阴差几乎全员出动，还没有线索，可能是那魔头用了什么手段——大人放心，一有轮回晷的消息，我们立刻告知您。"

斩魂使的脸藏在黑雾里，看不分明，射出来的目光却好似斩魂刀："四圣是幽冥的支撑，也是天地的支撑，事关重大，不用我说，诸位都明白。我最近有种不祥的感觉，山河锥也要出世了。"

他这话还没说完，众鬼仙齐齐大惊失色。

判官失声道："什么？"

"四圣接连出世，'混沌鬼王'出逃，代表大封已经松动。"斩魂使不理会他们，兀自接着说，"我们必须在大封彻底破碎前集齐四圣，重新压制大封，否则后果不堪想象，现在轮回晷又落入'混沌鬼王'手里，诸位，刻不容缓了。"

判官肃然回道："小人立刻上呈十位殿下，联手三界同人，全力通缉混沌鬼王及其党羽。"

斩魂使见话已经说到，就不再言语，略一抬手作别，转身要走。

判官却迟疑了一下，叫住他："大人要回人间去？"

"是。"斩魂使礼数周全，态度拒人千里，看了判官一眼，"告辞。"

话音落下，人便如同一阵消散的雾，无影无踪了。

判官脸上团团的笑容跟着一起蒸发，欢天喜地的新郎官就成了个刚结了冥亲的新郎官，重重地叹了口气。

"判官大人，这……"

"大封每次有动静，都没什么好结果。"判官缓缓地说，"缔结时，伏羲大神陨落，之后两次松动，第一次娲皇陨落、神农五衰，第二次大荒山圣入了轮回，如今末法时代，群星暗淡，上古神明踪迹无处寻，这回再松动，可又该怎么办呢？"

阴差说："大封的守护人不是斩魂使大人吗？"

"斩魂使，"判官冷笑一声，"斩魂使与那个混沌鬼王本来就是同源，当年得了大荒山圣点化成了半神，才算没跟他的鬼王兄弟一起被关进大封里——你真的相信他不会监守自盗吗？轮回晷是怎么落到混沌鬼王手里的，这事还说不清呢。"

阴差脸色一变："可当年山圣让他看守大封……"

"伏羲大神立下的天地大封有多重，不是上古真神，谁有那道行能担得起来？当年天柱崩断，盘古创世之力式微，人间灵气越来越少，巫妖二族相继没落，山圣之后，根本无人可以托付。"判官沉声说，"山圣当年也是别无选择。"

阴差骇然道："可那斩魂使是上古半神，山圣之后再没有人可以辖制他，要是真的叛变，那我们有什么办法？"

判官好一会儿没吭声。黄泉边传来丧钟的轰鸣声，无数彼岸花无风自动，发出"沙沙"的细响，阴幽之地，透着一股浸骨的凉意，万千魂灵辗转在汩汩不息的轮回里。

幽冥殿里传来一声叹息："那就只有，唤醒山圣了啊。"

第二章

赵云澜其人，像一朵出淤泥而不染的白莲花——字面意思。他是他们家唯一一件干净体面的东西。凭借正常人的想象力，很难想象出这位男神是怎么穿过乱飞的袜子堆，生生杀出一条血路，造型还能保持一丝不乱的。

他一身过膝长大衣烫得有型有款，勾勒出宽肩窄腰，临风玉树似的，吹着口哨伸手抓了抓头发。临出门，"玉树"又想起了什么，回来往颈侧喷了一点香水——乌木沉香——这回色香味俱全，"玉树"满意了，迈开长腿，出门散德行去了。

赵云澜踩着点，分秒不差地来到了预订的西餐厅。

餐厅装潢考究，一支小乐队正在角落里悠悠地演奏，懒洋洋的音符飘得到处都是。餐桌周遭光线晦暗，只有每张桌子正上方垂下一束昏黄的灯光，照着花瓶里几枝"蜜桃雪山"，花也笼着一层柔光。隆冬里，洋节扎堆，感恩节连着圣诞季，西餐厅也迎来了旺季，打眼一看，几簇光下都坐着窃窃私语的情侣，尽管此地消费不菲，仍然颇有人气。

赵云澜的目光在门口一扫，一眼就看见了沈巍。

沈巍坐在一个很偏的角落里，目光落在桌布一角，不知在想什么。光与音符流经他身边，好像都静止了一样。他半张脸落在阴影里，露出一个朦胧的侧颜，挂着一点化不开似的忧郁寂寞。

今天是沈巍主动相约，赵云澜选的地方。

赵云澜踩着提琴的节奏走了过去，轻轻撞碎了沈巍周围结界似的静谧："等多长时间了？"

沈巍一惊，一见他，原本放松的肢体语言顿时又紧绷起来。赵云澜坐下的时候要解外衣扣子，因此略微一欠身，浸透在围巾里的温润木香立刻蒸腾出来，瞬间占领了周遭的空气，存在感惊人。

沈巍原本搭在桌上的手指拘谨地蜷了起来，后背也僵了，整个人拉成了一张棺材板。

"我很吓人吗？怎么觉得你一见我就紧张？"赵云澜说，"弄得我一开始还以为你是犯罪嫌疑人。"

沈巍勉强一笑，从灯光幽暗处悄悄打量他，匆忙看了几眼，又迅速将视线挪开："说笑了。"

赵云澜的目光没离开他，随手接过服务员递过来的菜单："这家环境还不错，就是不知道合不合沈老师的口味，有忌口吗？"

沈巍却伸手按住菜单一角。

"嗯？"赵云澜挑起一道眉抬头看他。他五官轮廓本来就很深，此时在灯下，鼻梁与眉骨的影子一起投进眼里，那双眼睛幽深如井，好似影影绰绰地含了情。

沈巍双颊反复绷紧、放松，僵持片刻，他好像下定了什么决心，从旁边拎起一样东西，轻拿轻放地摞在桌上。赵云澜一看，正是他头天强塞给沈巍的那盒典藏古籍。赵云澜是个人精，别人是"闻弦音而知雅意"，他是一看别人拿出琴的姿势，就能明白后文的基调。一看沈巍这个沉默的前奏，他就知道对方要说什么了。把菜单一合，赵云澜坐正了。

"无功不受禄，"沈巍的镜片用的不知是哪个时代的老古董，居然还反光，挡着眼睛看不真切，他含蓄地说，"这个太破费了，我心里实在过意不去，所以特意约您出来……"

"沈老师，问你个事，"赵云澜一抬手打断他，"你究竟是嫌书太贵，还是嫌弃我这个人呢？"

沈巍一愣。

赵云澜就把手压在了古书盒子上："要是嫌书贵，那没必要，这个真是朋友托我收的，卖书的家里也确实是有困难，我顺手替人解个围，这东西放我那儿也是糟践，没地方打发，转手给你，一来是不辜负东西，二来也是投其所好，想结交你。一点玩意儿，以后大家有来有往，还能一起愉快地玩，你这么正式地约我出来退给我，让别人看见，还以为我对你有什么不良企图呢。"

赵云澜的嘴宛如F1赛车场，一跑就没烟，沈巍的脸"腾"地红了。

"当然，"赵云澜屈指在书盒上轻轻一弹，"要是特别讨厌我，见我就烦，那我可得道歉了——唉，你看，我这人就是没眼力见儿，挺大一个人，也不知道人嫌人待见，沈老师素质高，别跟我一般见识——东西一会儿我拎走，不碍你的眼，行吗？"

沈巍张了张嘴，被他这一套一套的话逼到了墙角。

赵云澜抬起眼，眼角不易察觉地弯了起来："怎么样，让我拎走吗？"

他一方面是为了缓解尴尬，一方面也是存心逗沈巍玩。沈巍这人挺有涵养，不会当面扇人脸，也不是那种油嘴滑舌见招拆招的老油条。赵云澜欺负老实人，就想看他手足无措地支支吾吾，谁知一抬眼，发现被自己闹得说不出话的沈巍手背和脖颈间绷出了青筋，唇线紧抿，那一瞬间，那人的表情近乎是痛苦的。

赵云澜怔了怔，连忙若无其事地收了："逗你玩的，这么沉的东西，你还让我大老远扛回去吗？你要是不方便收，就替我捐赠给你们学校图书馆吧——哎，今天这顿我请啊，谢谢你替我解决一桩麻烦事。"

沈巍刚要说什么，赵云澜伸手一点他，不由分说地打了个响指，叫来了服务员："听我的。"

赵云澜是个掌控气氛的大师，沈巍一开始拘谨得坐立不安，不料被他三言两语带开了话题，一顿饭以后，两人竟好似成了颇有几分投缘的熟人，之前那车祸现场一样惨烈的尴尬也被春风化雨地抹消了。

分别时，赵云澜还有心开玩笑："你刚才喝了酒，我本来应该送你回家的，不过看你跟我吃顿饭好像受刑似的，我就不讨人嫌了，你还是自己叫个代驾吧——提醒你，喝酒不开车，开车不喝酒，年底查得严，可别让我上看守所捞你去啊。"

此后好几天，赵云澜总会时不时地想起沈巍脸上一闪而过的痛苦神色。那痛苦隐忍而浓烈，像是经年日久，里头包着一天一地的前尘往事，快要压抑不住了，从眼角眉梢往外溢。赵云澜随口开个玩笑，来回琢磨了好几遍，没想出自己哪个标点符号能把别人刺激成这样。一时间，沈巍这个人身上笼罩的迷雾仿佛更厚了两层。

接下来几天，龙城寒流过境，西北风肆虐，气温直抵冰点，赵云澜有好几天提不起鬼混的兴致，每天下了班就懒洋洋地窝在暖气旁边。他很早就离开了父母独居，还没毕业，就拿小时候卖纸符攒的私房钱在市中心买了套房，实用面积四十来平方米，开间小公寓，自己住正合适，过着典型的"单身贵族"生活——镇魂令主纵横三界，见人说人话，见鬼说鬼话，知交遍天下，是个人物。他长得帅，又会讨人喜欢，桃花运一直不差，只是一个也长久不了。

他毕竟是在人间管"怪力乱神"的事，想要"公私分明"，工作之余完全融入普通人的生活是不可能的，一旦和别人跨过社交距离，热恋时还不显，时间长了，那种若隐若现的隔阂总会冒出头来。

那么难不成要找个妖魔鬼怪一起过吗？他是肉体凡胎，寿命不过百年，将来是要老、要死的，到时候怎么收场？

两难。

赵云澜没什么好主意，只好顺其自然，所幸在多元的当代社会，日子怎么过都不犯法，单身也挺好，于是他活成了一个自由自在的人间浪荡客。

在家宅了一个星期，周五晚上，赵云澜又被狐朋狗友们挖出来，一通热闹，喝得三魂找不着七魄，回了家，倒头就睡，醉到了第二天中午。第二天是周末，没别的安排，他就靠半块不知道什么时候剩的干面包和凉水对付了一顿，然后团在懒人沙发里，左拥右抱着六七只不成双的袜子，打游戏混过了晚饭。

然后遭了报应。

天刚一黑，赵云澜胃里突然一阵熟悉的绞痛，把这"网瘾青年"的注意力拉回了现实世界。拉开抽屉一翻，发现家里常备的胃药吃完了。赵云澜也懒得动，喝了杯热水，就打算这么挨过去，不料胃里绞得越来越厉害，大有要不依不饶的意思。不过片刻，就疼得他直冒冷汗。赵云澜忍不了了，只好摸索出大衣和裤子，囫囵套在睡衣外面，连袜子也没穿，就这么邋里邋遢地出了门。

他先熟门熟路地来到路口的小饭馆，点了一碗外带的皮蛋瘦肉粥和几样小菜，然后趁人家炒菜的工夫，顺路去了最近的药店和超市，买了烟和药。从药店回小饭馆，有八九百米，赵云澜出门的时候低估了寒流的威力，这会儿冷风直往领口、袖口里灌，灌了个透心凉，于是他抄了条背风的小路。

那是一片七拐八拐的小胡同，半天能碰上一盏路灯，黑灯瞎火的。赵云澜正哆哆嗦嗦地赶路时，忽然听见不远处有人说话。

一个男的带着酒气，骂骂咧咧地说："快点把钱拿出来，别他妈磨蹭！"

又有另一个声音说："你也别怨我们，谁都不容易，你穿得这么好，一看就不是穷人，快过年了，大家伙都平平安安的最好，你说是不是？"

……

年关将近，龙城三教九流、鱼龙混杂，这一阵子看来治安又有点吃紧，让他碰上了打劫现场。赵云澜眯眼一看，三四个小流氓围住了一个人，小流氓都带了管制刀具。

被打劫的那位有点眼熟，居然还是个熟人——沈巍。

沈巍的脾气够好的，他不但对待朋友像春天一样温暖，对待敌人也像春天一样温暖，碰见打劫的，这么一位要哪有哪的成年男士，居然毫不反抗，连语言攻击都没有，十分配合地把钱包掏了出来。

小流氓们互相对了一下眼，发现这是个"软柿子"，立刻蹬鼻子上脸："手表！"

沈巍二话没说，又把手表也摘了。

赵云澜叹了口气，实在看不下去，插着兜往那边走了过去。他走路脚下无声，小胡同里又黑，谁也没注意。打劫的小流氓抢过沈巍的手表，顺手把他推了个趔趄。沈巍的后背撞在了墙上，这时，他脖子上露出一段红线。

其中一个小流氓说："哎，脖子上是什么？"

另一个人就揪起沈巍的领子，把他的领口扯下了一大截，发现他锁骨之间挂着一个小吊坠——拇指的指甲盖大，也不知道是什么材质，在那萤火一样的路灯光下，竟然能露出灼眼的流光溢彩来。

"这是什么……"小流氓看直了眼，伸手就要去抓。

孝子贤孙一样的沈教授终于皱起了眉，一抬手攥住了那吊坠："钱和东西已经给你们了，别太过分。"

他忽然沉下脸，就像是面人活了过来。拽他领子的小流氓这才发现，男人一双眼珠黑沉沉的，泛起一层冷光。那目光无端让人有些恐惧，小流氓不由自主地松了手。旁边同伴喝了酒，脑子不太清醒，见"肥羊"竟敢反抗，一冲动就要动手，冲着沈巍的脑袋扇了下去。

他的手刚抬起来，还没来得及往下落，后心就被人猛地踹了一脚。小流氓胸口一闷，险些吐出一口老血来，连滚带爬地往前一扑。沈巍忙侧身躲开，小流氓就像一张摊开的煎饼，四仰八叉地糊了墙。

沈巍愕然地抬起头，只见赵云澜在三步以外，脸色冻得发白，哆哆嗦嗦地往双手中间呵了口气："大冷天的，几位很有闲情逸致嘛。"

他这一脚踹得石破天惊，震慑力十足。好一会儿，才有个拦路打劫的回过神来："你……你谁啊？少管闲事啊，我警告你。"

赵云澜一歪脖，筋骨"嘎巴"一声脆响，脸上露出了一个带酒窝的冷笑。

五分钟以后，赵云澜拨通了附近派出所的电话，让他们火速来领人。打完电话，他用脚尖扒拉了一下被他踹趴下的人："爷出来混的时候，你们还不知道在哪儿吃奶呢。下次下手之前，麻烦先弄清楚这是谁的地盘。"

被他踩得"哎哟"一声惨叫的小混混说："大……大哥，我……我们……嗷！"

"叫他妈谁呢！谁是你大哥？"赵云澜又一脚，"你倒会顺竿爬。自己把裤腰带解下来，快点！"

他业务熟练地把一串小流氓全给绑在路灯杆子上，拿回了沈巍的钱包和手表递过去："没事吧？"

沈巍风度翩翩地掸了掸身上的灰："谢谢。"

"多大点事。"赵云澜说话间，目光不由自主地落在了沈巍露出来的挂坠上，不是故意的——那东西太夺目了。吊坠上挂着个空心的小水晶球，里面装的不知是什么荧光材料。赵云澜从来没有看见过这么特别、这么热烈的光。他几乎有种错觉——那是一团有生命的火种，还让他有种说不出的亲切感。

直到沈巍用手挡了一下，赵云澜才意识到自己盯着人家的时间太长了，连忙移开目光，没正经地说："怎么这么巧？不知道的还以为今天这出是我一手安排的呢。"

沈巍没听懂这个玩笑，疑惑地看了他一眼。

赵云澜一摊手："我好'英雄救美'啊，哈哈。"

沈巍失笑，又回头看了一眼被赵云澜穿成串绑在路灯底下的小混混们："其实他们也都不容易……"

"不给他们点教训，他们还以为能随便咬人了。放心，拘留所里空间紧俏，关不了他们几天——你们几个，别再让我碰见，碰见一次打一次，听见没有？"赵云澜恐吓了劫道的小混混，转过身，虚虚一拢沈巍的肩，"走，我送你一段——对了，沈老师也住这附近？我怎么从来没见过你？"

沈巍眼神微微一黯，轻声说："这种大城市，两个人就算住一个小区，也可能一辈子不认识，大概是缺点缘分吧。"

说话间，沈巍落后了他半步。在赵云澜看不见的地方，他的目光变得非常古怪，从眼镜后面晦暗不明地射出来，盯着赵云澜的背影，好像又是贪婪又是隐忍，嘴里却说："这一片治安一直不错，碰见这种事也是罕见。天冷，赵警官不用送了。"

人家说了不用，赵云澜就不纠缠，领着沈巍出了漆黑的小胡同，他就止了步。路口一下子明亮了起来，不时有车辆和晚归的行人路过，间或有远处商业区的霓虹灯光一闪而过，无论如何也不会再出治安事件了。

赵云澜朝沈巍挥挥手："行，往前走就没有那么背的地方了，我就不送了，你早点回家，注意安全。"

沈巍夹着公文包，疏远又彬彬有礼地与他颔首作别："多谢。"

两人从路口分开，各自往不同的方向拐去，像两条不相交的线。古时人口稀少，人们在萧条的小小村落与城郭间聚居，彼此都是熟识，百年修行即可换一场同舟共渡的缘分，现如今，数千万人生活在同一个城市里，却是谁与谁都没有交集，像是"缘分"也随着时间贬了值。

沈巍神色冷淡地顺着自己的路走了一段，终于在行至拐角处，忍不住回头看了一眼，惊讶地发现赵云澜竟然没走。

此时的赵云澜，正一手撑在墙上，弓着腰，死死地按住自己的左腹。

第三章

犯过胃病的人都知道，这毛病犯起来是一阵一阵的。赵云澜不知是方才英雄救美忘形了，还是灌了凉风，这一波来势汹汹的疼把他的五脏六腑都搅了起来，一时手脚冰凉，眼前发黑，怀疑自己可能需要给自己打个120。就在他有些站不稳的时候，一双手架住了他，有人在他耳边慌张地问："你怎么了？"

沈巍？

赵云澜额角直冒冷汗，说不出话来。

沈巍："我送你去医院。"

赵云澜闷哼了一声，顺着他的手滑下去，坐在地上不肯动。一阵发作过去，他才有气无力地拍了拍外衣口袋："不用，我有常备药。"

沈巍："这不行！"

赵云澜一口气缓上来，心说："遇见流氓拦路打劫的时候，他怎么就没这个气场？"

"这些慢性病，要不了命，一时也治不好。"赵云澜不紧不慢地解释说，"去医院又要做胃镜又要做切片，把人折腾一溜够，最后也就是给我开这些差不多的药，再让我注意生活习惯。我进宫好几次，都有经验了，扶我一把……哎，谢了。"

他撑着沈巍的手站了起来，把漏风的外衣裹紧了些，抬腿要往点了外卖的小饭馆方向走去。

沈巍皱着眉，脱口叫住他："都这样了，你不回家还要干什么去？"

"我去取刚才点的……"赵云澜说到这儿，忽然愣了一下，"……外卖——你怎么知道我家不在那边？"

沈巍一激灵，苍白的路灯光下，他两颊血色褪尽，像个雪堆的人。

赵云澜缓缓地转过头，浸着冷汗的眉目间闪着浓重的疑惑，等着沈巍回答，某种无法形容的气氛在两人面面相觑里升腾了起来。

沈巍沉默了足有半分钟，才干巴巴地说："我以为那边……那边没什么人住。"

赵云澜顺着他的"那边"看了一眼——那儿有三个大规模的老住宅小区扎堆，因为居住人口多，成了龙城最著名的塞车点之一。他更干地应了一声："哦。"

沈巍避开他的视线："我先送你回去，给餐厅打个电话，让他们打包好，一会儿我帮你取。"

赵云澜："其实……"

"别磨蹭！"沈巍仓皇地打断他，"你不冷吗？"

与其说赵云澜是走回去的，不如说他是"尬"回去的。沈巍心事重重，赵云澜满心疑虑，两人谁也没吭声。几百米，一千来步，转眼走到了头。沈巍问他要了饭店的地址和电话，让他先上楼。赵云澜眼睁睁地看着他转身就走，终于还是忍不住叫住他："那什么……我家住9楼。"

沈巍的背影又石化了一次。

赵云澜欲盖弥彰地补充了一句："902，出电梯间左手第一户就是。"

沈巍逃也似的跑了。

赵云澜目送他的背影，直到人消失，才像个伤残人士一样，慢吞吞地挪到了自己家里。坐在玄关的换鞋凳上，他没开灯，没倒水，先给自己点了根烟，烟头一点橘色的光在他手指间明明灭灭。

头一次见沈巍，那人躲闪的目光堪比犯罪嫌疑人，然而龙大楼顶上那双拉他上去的手含着的珍重，之后又在他示好的时候一再躲闪，还有西餐厅的灯光下黑沉沉的痛苦。

以及……他居然知道自己的住址。

"什么意思？"赵云澜心想，"这是调查过我，还是跟踪过我？"

不过这都不重要，他的地址不是国家机密，只要有心，也不算难查，问题是，沈巍为什么要这么做？

就在他夹着个烟头，跟脑子里的糨糊大战三百回合的时候，门铃响了。赵云澜激灵一下，没过脑子，顺手开了门，才发现自己四肢坐得有些发麻，又想起自己那狗窝一样的房间还没来得及收拾，实在不适合待客时，后悔已经来不及了。

沈巍："你……"

赵云澜："我……"

两人同时开口又同时闭嘴，正在大眼瞪小眼时，忽然，地面晃了起来。玄关的吊灯幅度很大地摆了一下，鞋柜边缘的黑猫摆件滑了下来，赵云澜反应过度地一抄手接住："地震了？"

龙城地处平原，又不在火山地震带上，本地人可能都没什么灾害防范意识，晃得这么厉害，楼道里却静悄悄的，居然半天也没人出来看看。赵云澜心口忽然涌出一股说不出的感觉，就好像是半夜做梦，一脚踩空后惊醒的悸动，"咯噔"一下。

有什么东西……

有什么东西出世了。

赵云澜的耳畔"嗡嗡"作响，无意识地往前挪了一步，好像冥冥中有什么在吸引他一样。沈巍突然伸出手，一把按住门框，拦下了他。赵云澜猛地回过神来，对上沈巍的目光——那双眼睛里的光芒近乎凛冽，全然不是那个被人拦路打劫就只会乖乖交钱包的"斯文人"。

沈巍："不震了，小心。"

赵云澜看了他一眼，沈巍耳根一下子又烧得通红，很不善言辞似的避开了他的视线，好像方才那一眼只是错觉。

沈巍："我……"

赵云澜："请进吧。"

两人再次几乎同时开口，沈巍可能快被这天晚上的各种意外弄得自暴自弃了。犹豫了几秒，他飞快地点了一下头。

因为没开灯，赵云澜慌手慌脚间，先让门口打开的雨伞绊了一下——龙城冬天雨水非常少，距离上一次降水，起码有一个月的时间了，主人一定是懒得要长蘑菇了，居然还没收起来。开了灯再一看，鞋柜上是一包洗衣店洗完后送回来的衣服，上面的标签还是两天前，大概是不急着穿，至今没拆包。

沈巍的目光不动声色地在屋里环视了一圈，只见沙发上扔着衬衣、长裤和毛背心，床上铺满了各种各样的书，下面盖着一个待机的笔记本电脑，整间屋子乱出了风格，几乎没地方下脚。

赵云澜一边飞快地说了句"不好意思"，一边把沙发推出了一块能落座的地方，还没来得及直起腰，胃里又一波来势汹汹的绞痛开始了。

"你别忙了。"沈巍把外卖放在茶几上，叹了口气，把满床泛滥的书捡做一堆，问赵云澜，"这些东西你平时放哪儿？"

赵云澜："白天床上，晚上地上。"

沈巍快速地把床上的书收成两摞，在同样乱七八糟的书桌上腾出一块地方来摆好，又把电脑放在床头柜上："先躺下，我去给你倒水……水在哪儿？"

赵云澜把腰弓成了虾，指了指餐厅橱柜上的小饮水机。他都已经这副熊样了，依然裹着严严实实的大衣，好像打算去参加个病号选美。沈巍无奈："躺下就把外套脱下来，你不难受吗？"

赵云澜："……怕你误会我要流氓。"

赵云澜一脑门冷汗，寒冬腊月里出这么一身汗，可想这是几级疼痛，这位竟然还在耍贫嘴。

沈巍脸色一沉："还胡说八道，快点。"

赵云澜就"哎"了一声，慢吞吞地扯下了自己的大衣和长裤，只剩下一身蒜皮似的睡衣，哪儿也遮不住，裤脚袖口被外衣卷得皱成一团，大半胸口连同一点轮廓分明的小腹招摇展览，沈巍的脸色就好像是一瞬间被煮熟了。

赵云澜："我说什么来着？你非让我脱。"

沈巍飞快地移开目光，把枕头立在床头，把蜷成一团的被子摊开，头也不抬地说："喝水的杯子给我，我去给你倒……赵云澜，你怎么光着脚？"

赵云澜一脱下鞋，就露出两只没穿袜子、冻得发青的脚。他自己倒是很无所谓："我就是下楼买个药，穿了还要洗……"

他没能接着说下去，因为沈巍一弯腰，用手攥住了他的脚。那人的手虽然冰冷，却总比他冻得发麻的脚温度高。赵云澜吃了一惊，本能地往回一缩，却被沈巍重重地握住，手指在他脚下的穴位上用力按了起来。

赵云澜："别、别、别……我、我、我今天还没洗脚呢……嘶！"

沈巍皱眉说："你气血不通，脾胃太弱，生活又不规律，才会有胃病，你……"

他说到这里，突然意识到自己的口气太亲近，于是连忙闭了嘴。赵云澜一双脚让沈巍捏得几乎快没有了知觉。为了维持形象，他没敢鬼哭狼嚎，憋得嘴唇都白了。然而过了一会儿，他脚下却升起了一点奇异的暖意，被沈巍囫囵个地塞进被子。

沈巍又洗手给他拿药，倒了热水，看着他把药吃下去。

赵云澜的窗帘一直拉着，垃圾桶里则空荡荡的，只有一张撕得稀碎的面包包装袋，已经过期了一个礼拜；打开冰箱，里面照样是"空城计"，只有半袋开了包的猫粮。一应锅碗瓢盆、厨具灶具全是崭新的，不少东西连标签都没撕，厨房干净得蟑螂都活不下去，简直就是个样板间。

沈巍："你一天没出门，吃了什么？"

赵云澜指了指垃圾桶里的面包袋。

沈巍："一整天？昨天呢？"

赵云澜按了按太阳穴："昨天喝断片了，不知道。"

沈巍检查了外卖食品——赵云澜大概也是久病成医，里面的东西都很好

消化，没有不适合胃病患者吃的。沈巍给他加热好，实在也没什么理由逗留了，于是起身告辞。临走时，他在门口迟疑片刻，忽然说："赵处长年纪不小了，也有事业，不考虑找个人照顾你吗？"

赵云澜一摊手，没正经地乐了："找谁啊，你吗？"

沈巍的手神经质地抽动了一下，藏在身侧，紧紧地掐起拳头："别闹了，那我……那你好好休息。"

说完，他逃也似的跑了。

沈巍身上好像有一个巨大的谜团，赵云澜对着门口沉思片刻，草草垫了肚子，就从床头柜上拿起了笔记本电脑，登入内部系统，调查沈巍的档案。档案很齐全，没有模糊不清的地方。沈巍整个履历好像都在阐释什么叫作"年轻有为"——名牌大学一路读到博士，毕业后顺利留校工作，未婚，父亲已经因病去世，母亲退休后定居海外，完全看不出有什么异常。

查了一圈下来，已经临近午夜了，街上也安静了，居民区里的灯也大多熄灭了，楼下车声渐消，偶尔从窗缝里射进来的微光，也被窗帘严丝合缝地挡在了外面。就在时针与分针重合的瞬间，赵云澜的明鉴表忽然轻响一声，接着，一阵打更的梆子声在浓重的夜色中响起，越来越近，越来越响。

一个男声拖着悠长的尾音，忽远忽近。

"阴差开路，生人退避——"

赵云澜一天都没拉开过的窗帘自动地向两边分开，露出结了冰花的窗户，缝隙里透出一点幽幽的白光，静静地停在窗外。

赵云澜拢了拢睡衣领口，起来披上一件外衣："请进。"

他话音刚落，窗户上的锁"咔嗒"一下缓缓拉开，凛冽的寒风扑面而来。赵云澜裸露在外面的皮肤立刻起了一层鸡皮疙瘩。一个人提着灯笼，就"站"在九楼窗外，一矮身，提灯笼的人从窗口钻了进来。

赵云澜见怪不怪，捡了件外衣裹上，轻车熟路地从床头柜的抽屉里取出了陶瓷小盆、纸钱和香，把香插进小盆口上的凹槽里，又将纸钱点了，冲对方点头致意："不成敬意。"

阴差客气地笑了——人间这些能沟通阴阳的高人大多眼高于顶，从不把幽冥的小小差人放在眼里，谁也不像这位镇魂令主，哪怕忘了天大的正经事，也不会忘了"这点小意思"。

赵云澜问："大人深夜来访，是有什么事吗？"

"不敢。"阴差冲他拱手弯腰，恭恭敬敬地说，"上次饿鬼出逃，阎罗震怒，下令彻查三界，将生魂、死者、待罪之魂等一一查访核实，并登记造册，与生死簿合二为一，形成此物。小人受十殿驱使，特与令主送上一本，以便人间执法时有据可查。"

说着，阴差双手捧起一个黑皮的笔记本，交给了赵云澜。那东西就像个软牛皮的商务笔记本，手感异常轻，赵云澜拿在手里掂了一下，用指腹细细地捻了捻，随即闻了闻纸页间的气味："扶桑纸、海龙墨、生死簿、功德录，用请神符，上面写人的姓名和八字，如果不知道姓名和生辰八字，就用搜神符裹上一根头发，烧成灰化在其中，即能追查这人的生前身后事，对不对？"

阴差忙说："令主博闻强识，好眼力。"

"哪里，这东西是我从古籍上看到的，跟地府提了很久了。"赵云澜随手翻了翻手里的"笔记本"，假笑了一下，"一直没实现，我还以为是材料不好找，或是贵方的大人们有什么别的考量。"

这一届的幽冥十殿一直是这样，无利不起早，有事就拖延，很烦人。镇魂令跟地下世界互有磕碰很久了，多年来，赵云澜与那边一直是边合作边扯皮，扯出了经验，总觉得对方无事献殷勤是非奸即盗。

阴差诺诺应声，假装没听懂。赵云澜的目光意味深长地在他身上剜了一眼。这时，本子里忽然掉出一张薄纸。

"通缉令？"

那本来是一张空白的宣纸，但在赵云澜的手碰到的一瞬间，上面忽然翻腾起黑雾，而后黑雾中露出一个人的脸。只见那人类似人形，脑袋很大，没有头发，驼背缩脖，满头肉瘤——正是追查轮回晷时，被斩魂使在楼顶一刀砍了的那个东西。

看来这才是今天的重点，赵云澜不动声色地问："这通缉的是个什么？"

阴差见问，忙答出早准备好的台词："此物似人非人，名为'幽畜'，生于混沌，能口吐人言，但性情暴烈凶残，以食人饮魂为乐，畏光畏火，令主若见了，且须多加小心，杀之即可。"

幽畜……

阴差又林林总总地说了一串，尤其在"遇到幽畜怎么杀"上划了重点，但幽畜的来历又不清不楚，一带而过。赵云澜听到最后，忍不住打岔问："等等，你刚才说的这种幽畜从哪儿来的？"

阴差毕恭毕敬地重复了一遍："生于混沌。"

这相当于是一句废话，因为"混沌"在中国神话里，一般指盘古开天辟地前，天地时空含混成一团的那种状态。从这个逻辑来看，"天地人"——甚至盘古大神，都可以说是生于混沌，但凡出个什么怪物说不明白来历的，都可以用"生于混沌"一言以蔽之。

不知为什么，赵云澜觉得"似人非人"这种说法特别的微妙，就追问："我以前怎么没听说过？和斩魂使说的'大封印'有关系吗？"

"道高一尺，魔高一丈，这些污秽之物总是层出不穷的。"阴差明显卡了一下壳，语焉不详地答非所问，继而仓促地一低头，"话带到了，小人告退。"

话音刚落，那白纸灯笼忽明忽暗地闪了几下，阴差就在原地消失不见了。

风一下子消失了，打开的窗和卷起的窗帘自动合上，室内很快又被暖气充满。如果不是仍然留在手上的黑皮笔记本和地上烧过纸灰的小盆，一切都好像是一场幻觉。

斩魂使、四圣、大封、幽畜、语焉不详的地府……赵云澜仰面躺在床上，此时被子已经凉透了，他裸露的皮肤上起了一层鸡皮疙瘩。一时睡不着，夜色渐浓，他思虑渐深。被阴差这么一搅和，再加上身体不舒服，他一宿翻来覆去，没怎么睡着，所以早晨七点多门铃响起的时候，赵云澜觉得自己两片眼皮完全是粘在一起的。

他头重脚轻地爬起来，眼前一片发黑，艰难地下了床，关节脆响了一声，腰酸背疼。在慢吞吞移动的过程中，赵云澜心里已经把门外的人扒皮凌迟了一番。

整个人就处于一种狂犬的状态。

然而当他打开门，却发现门口站着手里拎着几个大购物袋的沈巍。

赵云澜愣了两秒才反应过来，迅速地把要吃人一样的表情收回去，换上一个以"喜迎新春"为主题的，可惜脑子不大清楚，灵活的表情也跟着慢了半拍，生生卡在"吃人"和"新春"之间。

非要形容的话……

大概巧妙地契合了"年兽"这个主题。

第四章

沈巍见他脸色不对，腾出一只手来，摸了摸他的额头："你发烧了，还站在这儿干什么？快进屋去，把被子盖好。"

赵云澜晕晕忽忽地被他推进了卧室里。

沈巍捏住他的手腕。赵云澜一惊，下意识地往外一抽，竟没抽动——这是第二次了，第一次是龙大教学楼顶上，沈巍完全用一双手生生把他拖了上去，那双手完全不像是个文弱书生的手，手指冰冷，暗藏的力度惊人，虎口与食指一侧竟有薄茧……不是拿笔、拿鼠标能磨出来的。

赵云澜本来烧得有些找不着北，一惊之下出了一身冷汗，反而清醒了不少。

但沈巍没做什么多余的事，挺像那么回事地给他搭了个脉，然后把温水、退烧药和胃药一起拿好放在他的床头："先喝点水吃胃药，休息一会儿，不用管我，我去给你弄点吃的，剩下的药饭后吃。"

赵云澜：这是什么中西合璧的江湖大夫，把完脉给人开西药？

好在，沈巍带来的都是些常用药，赵云澜是老胃病，不用看说明书也都脸熟，大致扫了一眼，感觉吃不死自己，就痛快地就水咽了。

沈巍花了点时间，才把他自己带来的东西都放好，给赵云澜空荡荡的冰箱填了大半，又拿出了一个小砂锅，洗净放在一边，处理了食材，在锅里煮开一回，换了小火慢慢炖。做完这些事，他洗了手，把手在暖气上烤热了，一回头，发现赵云澜正靠在床头闭目养神。

沈巍下意识地屏住呼吸，远远地注视着他。赵云澜大概是生病没睡好，嘴唇有些干涩，头发贴在靠枕上，顺着额角垂下来，比想象中还要柔软，几乎有些缱绻意味。沈巍的目光描摹过他的眼角眉梢，正在失神，被开锅的声音惊动，连忙低头去掀锅盖，没注意到赵云澜睁眼投来的视线。

"沈巍，你……"

赵云澜突然开口，沈巍一激灵，差点儿失手把锅盖掉在灶台上。

赵云澜顿了顿："不好意思，吓你一跳。"

沈巍不等他问，就欲盖弥彰地解释说："你病了，也没人照顾，我既然碰见了，总要来看看……毕竟你昨天才救过我……"

赵云澜问："你是报恩来了？"

沈巍顿了顿："嗯，道义。"

赵云澜把这俩字咀嚼了一遍，不知尝出了什么深味，意味不明地笑了一声，笑得沈巍胆战心惊的，只好跟锅面面相觑。直到那边好一会儿没动静，沈巍才壮着胆子看了他一眼，可能是药里有催眠成分，也可能是生病精力不济——赵云澜已经睡着了。

沈巍无声地嘘了口气，悄无声息地走到他床边，伸手在赵云澜脸上拂过。赵云澜的头顺着他的手一偏，眼下投下睫毛的阴影，随即陷入了更深的睡眠。沈巍这才小心翼翼地把他放平，看着他的神色近乎是虔诚的。然后，他将碰过他的双手扣在一起，仿佛想在掌心保留那一点残留的温度似的。片刻后，沈巍自嘲一笑，弯腰捡起赵云澜乱扔的外衣。

这时，沈巍忽然注意到，地上有个奇怪的瓷盆，瓷盆底部还有一层烧尽的香灰。他捻起香灰，在手里搓了搓，再落地时，褐色的灰烬泛了白，就像有人吸走了木头里的精气。

"阴差？"沈巍扶了扶眼镜，抬头望向拉得严丝合缝的窗帘。

赵云澜本来觉得自己睡不着，不料这一觉睡得昏天黑地，再睁眼，太阳已经照透了他的窗帘。他身上出了一层汗，被子黏糊糊地压在身上，很不舒服，头还晕，就又躺了片刻，慢半拍才醒过来的鼻子闻见了陌生的食物香气。

赵云澜一抬眼，看见沈巍就坐在不远处的小沙发上，安安静静地在翻着一本有些年头的民间志怪书。那人凝神执卷，眉目如画，说不出地好看，听见动静，抬头冲他一笑："你醒了，现在觉得舒服点没有？"

赵云澜神志犹不清醒，呆呆的。沈巍就伸手探了探他的额头："不烧了，胃还疼吗？"

赵云澜摇摇头，发现自己随手乱扔的衣服全被沈巍叠得整整齐齐，放在了床头，再一摸，衣服好像都被放在暖气上烤过，温热的手感异常舒服。

"我估计你就快醒了，已经把浴室的暖风打开了，你要是一身汗难受，可以去洗个澡，我用你的厨房简单做了点吃的。"沈巍说到这儿，又叹了口气，"要把自己照顾好啊。"

赵云澜奇迹般地有一点不好意思，默默地抱起衣服去了浴室。

他离家太早，已经习惯了出门赶应酬或者随手叫外卖的日子，几乎忘了上一次在饭香里醒过来，被人催着洗漱是什么时候的事了。当他洗完澡，一身清爽地换上衣服出来时，惊奇地发现，自己狗窝一样的家已经被人打扫干净了，窗帘挂了起来，窗户似乎刚刚被打开透过气，屋里气温下降了一点，但空气很清新。沈巍正把他买回来就没用过的竹筷子从开水里捞出来，又用凉水涮了，放在筷子篓里，又掀开砂锅盖，用小勺尝了一口味道，浓郁的香味就从锅里飘了出来。

有那么一瞬间，赵云澜的心动荡了一下。

沈巍关上火，从厨房里端出两盘简单的家常菜放在餐桌上："保温壶里煮了面汤，想吃多少自己盛……我走了，你趁热。"

赵云澜抽了抽鼻子："你要不一起……"

"不了，"沈巍客客气气地说，"我一会儿还有点别的事，就准备了一人份的。"他说完，转身要走，赵云澜却正好挡路。

沈巍飞快地看了他一眼，往旁边绕了一步。不料赵云澜让路让到了同方向，又挡住了他。

"这就走了？你大老远来一趟，就是为了当田螺先生？你这弄得我都过意不去了。"赵云澜笑了起来，侧身靠在墙上，"沈老师啊，你之前对我避之唯恐不及，现在又这样，简直就跟暗恋我似的……唉。"

沈巍一伸手按住他的肩膀，把他固定在原地，越过赵云澜往外走去："看来你是烧退了。"

恨不能脚下生烟，就地土遁。

沈巍一跑，赵云澜就挪到窗口等着，大约三分钟，看见沈巍步履匆忙地从楼里走了出去。赵云澜也不怕冷，推开窗户，上半身都探出了窗外。他心里忽然有种强烈的预感——沈巍会回头看他。

念头方起，沈巍果然下意识地抬头往他的窗口看了一眼，被守株待兔的赵云澜逮了个正着。赵云澜吹了声口哨，双手捏了个"心"，做了个从楼上往下扔的手势，砸得沈巍落花流水、好不狼狈。

直到人看不见了，赵云澜才从窗台上下来，细致地吃完了热腾腾的饭，偷得浮生一日闲，他过了个心与胃都很熨帖的周末。

周一清晨，特调处的办公室里飘着一股早饭味，祝红从食堂买了三斤包子，个个皮薄馅大，七里飘香，起晚了饿肚子的全都循着香味找来了，连他们神龙见首不见尾的赵处都给勾引了过来。

赵云澜胃病过去了，记吃不记打，早把"禁烟禁酒禁油腻"的事给忘在鞋跟里了，两口塞了一个包子，还伸出油乎乎的爪子，敲敲郭长城的脑袋，指使说："小孩，去把电视打开，听听早间新闻。"

郭长城屁颠屁颠地去了。

祝红看了一眼他的背影："小郭这人不错，勤快懂事，就是胆子太小，到现在就敢吃我给的东西。"

赵云澜："正常，他有恐人症。"

祝红刚想点头，忽然发现有什么地方似乎不对。

赵云澜生怕她反应不过来，又好心补充说："他不怕你，说明他没把你当人看。"

这时，大庆悄悄蹿上了办公桌，探头探脑地侦查了片刻，趁赵云澜拿包子往嘴里送的瞬间，眼明爪快地一伸爪，准确无误地把包子馅给拍了下来，凌空叼住肉丸，敏捷地后空翻三百六十度，落地，一系列动作如行云流水，简直要让人忘了它是那么胖的一只猫。

然后它扭着屁股、竖着尾巴走了，只给目瞪口呆的赵云澜留了个滴油的发面皮。

赵云澜："死猫！"

祝红："该，报应。"

这时，郭长城打开了早间新闻，办公室里安静了下来。众人一边吃东西，一边有一搭没一搭地听，正说到周六晚发生地震的事。

赵云澜把面皮吃了，随口说："前天那场地震吧？龙城震感够大的，我觉得至少有4级了。"

说完，没人接话，他低头一看，发现众人都用一种奇怪的眼神看他。

赵云澜："怎么了？"

"老大，你没睡醒吧？"祝红莫名其妙地说，"新闻里说震中在大西北，5级的地震，龙城八竿子也打不出震感来啊。"

赵云澜愣了愣，回头仔细看了一眼新闻，新闻里播报的小地震，震源地和龙城隔了大半个中国："那……这边的震感可能不是因为这场地震，周六晚上大概九点，晃得很厉害的——你们都没感觉到吗？"

所有人都摇头。

赵云澜："你们住的低吧，我家9楼就……"

"我家住16楼。"林静说，"9点多我没睡，没感觉到。"

祝红："我家住12楼。小郭，你有感觉吗？"

郭长城还没来得及答话，这时，楚恕之无意中一抬头，忽然惊讶地出声说："汪徵？你怎么白天出来了？"

祝红跳了起来："拉窗帘，她不能见光！"

郭长城和林静七手八脚地把窗帘拉上，屋里立刻黑得晨昏不辨。吃完了包子馅的大庆往墙上一扑，把灯踹开了。

汪徵的脸色白得快要透明，等屋里没有一丝阳光了，她才敢飘进来，软软地瘫在了椅子上，蜷缩成一团，看起来就快消散了。林静从自己的抽屉里拿出了一把香，点着了凑到汪徵鼻子下面："快，吸一点香火。"

一根香烧了小一半，汪徵才缓过来。她轻轻地呼了口气，身体看起来也真实了一些，不像个虚影了。

"你怎么回事？"赵云澜毫不怜香惜玉地在她脑门上拍了一巴掌，他竟然能触碰到她，汪徵给他拍得往后一仰，赵云澜皱着眉呵斥，"不想活了是不是？不想活了回头我给你弄一个日光浴，让你好好美美黑！"

郭长城头回见到领导发脾气，吓得一哆嗦。接着，他的目光落在汪徵身上，又一哆嗦——郭长城白天上班，除了第一天报到，他很少能遇到夜班值班员汪徵，直到这时，才注意到汪徵脖子上有一条血红的线，绕着雪白的脖颈一圈……她的头看上去就像是缝在脖子上的！

汪徵吃力地抬起手，指向电视。新闻里正好播到救援队和记者靠近震中附近的山村，清点损失的现场情况。震源在西北，公路条件很差，居民也没几户，顺着镜头，能看见山上有零星的几个小土房子，也不知有没有人住，看着还算完整，可见地震确实不严重。

村口一块破旧的石碑上，写着"清溪村"的路标。

汪徵的目光总是有一点散乱，像是凝着一层难以聚焦的雾。她从雾气中射出目光，呆呆地盯着那块牌子，随后镜头转开，她才几不可闻地开口："那是我……"

郭长城想："家乡吗？"

汪徵说："是我埋骨的地方。"

这句话成功地给办公室带来了一股阴风。

"赵处，我想请个假。"汪徵用她那种缥缈遥远的声音说，"我想……入土为安。"

赵云澜皱皱眉，摸出根烟："你……"

汪徵往后一仰："不要让我吸二手烟。"

赵云澜："……你一个魂魄，那么讲究干什么。"

汪徵："魂魄也闻得到烟火味，你再这么下去，迟早会变成一根人形蚊香。"

赵云澜闷闷地把打火机又塞回兜里："你入了镇魂令，都算是永不超生了，入土也安不了，何必呢？再说你们村不是不兴土葬吗？"

汪徵不言语，低着头。好一会儿，她又重复了一遍："我想回家。"

赵云澜叹了口气："就算你想回家，你打算怎么去？"

汪徵："还没想好。"

赵云澜没好气地问："难道你准备在青天白日下想？"

汪徵不吭声了。

赵云澜抬头看了一眼新闻里破败的清溪村，冥冥中，那石碑好像对他有某种吸引力。

周六晚上那诡异的、只有他一个人感觉到的地震，耳边那个遥远的声音……不，不是他一个人，沈巍当时也在，他也感觉到了。

赵云澜抬起手又放下，犹豫片刻，对汪徵说："你先到明鉴里躲一躲，晚上再出去，我想想办法。"

汪徵早就支撑不住了，闻声立刻化成一缕白烟，钻进了他的表盘里。

楚恕之奇怪地问："赵处，你懒得都快发芽了，出差从来都是派别人去，什么东西能劳动你移驾大西北？"

"滚蛋，"赵云澜拈起一个包子，往嘴里一塞，"我这叫身先士卒。"

沈巍上完早晨的课，学生们开始陆陆续续地往外走，他在讲台上收拾教案。

教室外的阳光打进来，晃了一下他的眼，沈巍手上的动作一顿，低下头，就见那光如一缕金线，从窗外"勾"了进来，缠住了他颈上的吊坠。沈巍伸手一挡，手指就从光影中穿了过去。他忍不住伸手握住颈子上挂的那光芒四射的小球，心乱如麻。

一整天，赵云澜靠在床头闭目养神的侧影就好像印在了他的视网膜上，一闭眼就要浮上眉梢，阴魂不散。

他仿佛已经饥寒交迫了成千上万年，跌落在不可触碰的梦想之地，周遭全是致命的诱惑，源源不断地蚕食鲸吞着他挣扎的理智。"赵云澜"三个字每一次掠过他耳边，他就往无边的沼泽里陷得深一寸，沼泽已经淹没过了他的脖颈，眼看就快要灭顶。

"老师！"

沈巍猝然睁眼，堪堪维持住了脸上的神色，勉强打起精神问："怎么？"

跑来找他的是一个学生，打开一份文件夹："老师，这是咱们这次古民俗实地考察的行程单，您确认一下，看看可不可以？"

沈巍摘下眼镜，捏了捏鼻梁："前两天那边地震了，可能不太安全，你们要不要推迟一年行程？"

"我们查了，地震只有5级，房子都没塌。"学生从手机上调取了新闻，急切地说，"山区里的年轻人都进城打工，清溪村留下的都是些老弱病残，本来就没剩多少人了，我怕因为这场地震，剩下的这点人也要迁走，那我们去哪儿找人？老师，我们开题报告和研究计划都交上去了，后面还有好几个待走访地，再拖延要耽误明年'中期'的。"

沈巍的目光在"清溪村"三个字上停留了片刻："好吧，那就按原计划，周三出发，大家准备得充分一点，不要带闲杂人等，我一个人照顾不过来。"

赵云澜一整天不见人影，直到晚上快下班，才一个电话打到了办公室。林静和祝红已经趁领导缺勤翘班跑了。大庆趴在一台电脑的主机散热口后面，睡得人事不知。楚恕之板着棺材脸，旁若无人地扫雷。

郭长城只好自己接起电话："喂？"

"小郭啊？"赵云澜问，"忙不忙？不忙帮我做件事。"

郭长城忙说："好，您说。"

"明鉴——就我那块表，里面煞气太重，汪徵不能久待，过两天我要想办法带她去外地，得找个别的东西当载体。你上网，给我买一个人形的娃娃，最好大一点，能动就更好了，注意找同城的店，跟他们说急用，让他们明天就送到。"

郭长城一边点头，一边夹着电话在网上搜："赵处，真人等身，关节灵敏，能站立……"

赵云澜那边似乎有什么事，有点急，听到这儿就打断他："行行行，就买这个，让他们快点送货。"

郭长城"哦"了一声，刚想确认购买，无意中扫了一眼店名——这是一家情趣用品店。

纯情少年的脸一下子红了，支支吾吾地对电话那边说："赵、赵处……这个……这个有点……"

赵云澜："贵一点不要紧，你记得要发票就行——行，我不跟你说了，抓紧时间啊！"

那边不由分说地挂断了电话。

郭长城盯着电脑屏幕，就地石化。

第五章

当真人等身大小的充气娃娃被送到光明路4号时，连没来得及走远的快递员都听到了赵云澜愤怒的咆哮。

他吼道："郭长城，你脖子上长的是个夜壶吗？！"

大庆好奇地伸爪，扒拉了一下它，那东西立刻伤风败俗地哼唧了一声。大庆的毛乍起来老高。赵云澜的脸青得发黑，哆哆嗦嗦地指着那娃娃，足有半分钟，没说出话来。

郭长城就地蜷缩成了一朵蘑菇，眼珠都不动，呆呆地贴着墙角站着。

赵云澜好不容易把胸口憋的这口气咽下去，噎得他嗓子疼，好半晌，才虚弱地对祝红说："你……给衣服找件它穿上……"

说完，他自己也觉出了不对，气得捂着胸口摔门出去了。

祝红扭过头来，对郭长城说："你是把鬼见愁气得'说都不会话'了，厉害。"

林静则拍拍他的肩膀："我刚发现，小郭，你才是真壮士！"

郭长城快哭了。

楚恕之默默地抱起了大庆猫，伸出手捂住了它的眼睛，带着他一贯苦大仇深的表情，扭过了头，避开这一堆不堪入目的东西。

祝红不知从哪儿找来了一个巨大的军需袋，把娃娃团团个儿地塞了进去，对着空气说："委屈你在明鉴里再待一会儿，等下了飞机再进来。"

一缕白烟应声从赵云澜的表盘上飞出来，绕着祝红飞了一圈，最后在她面前停了下来，露出一个模模糊糊的少女的轮廓。赵云澜身上阳气太足，就算有明鉴保护，对鬼来说，待在他身边也不太舒服，汪徵明显憔悴了不少。

"权当我是晕机了。"汪徵用一种气若游丝的声音说，然后她看了看自己未来的身体，总是雾蒙蒙的眼睛里终于露出了一点一言难尽。

郭长城头也不敢抬。

一路上也没人敢去触赵处的霉头，连大庆都变成了一只指头大的猫咪挂坠，老老实实地趴在了祝红的手机上——他们的头儿的表情看起来就像是要去劫机的。

直到他们在候机处碰上了沈巍和他的学生。

众人眼睁睁地看见，赵云澜一呆之后，沉如锅底的脸色一瞬间就放晴了，冷冽的眼神有了温度，身上悠悠转着的黑气也就地散了大半。然后他毫不犹豫地抛弃了自己的同事，大步走向了被学生围在中间的男人："这么巧？"

确实是太巧了，沈巍的眼睛闪了闪，比起"惊喜"，还是更像"惊吓"，仅仅半身不遂地冲他一点头："赵处长。"

林静认出了沈巍，诧异地问："那位不是上回那个……和小郭一起被堵在医院里的沈老师？老大不是把他的记忆消了吗？"

"我看是没消干净，"祝红轻嗤了一声，"鬼见愁靠得住，母猪都能上树。"

"嗯，"楚恕之远远地端详了一下沈巍的脸，"我看这颜狗别是'见色起意'吧。"

赵云澜在沈巍身边挑了个微妙的位置——介于社交距离和亲密距离之间，让沈巍躲也不是，不躲也不是。在一帮象牙塔里的老师和学生之间，赵云澜以其三寸不烂之舌，轻而易举地骗取了傻学生们的信任，三言两语套出了他们此行目的地和考察任务。

"你们也要去清溪村？"赵云澜意味深长地看了沈巍一眼，"这简直都不是巧了，是命中注定的缘分啊！"

沈巍的表情就像是被"缘分"俩字崩了牙。

赵云澜故作忧虑地叹了口气："飞机只能落在附近的大城市，跟清溪村中间至少得有十几个小时的车程，都是盘山道，你们打算怎么去啊？"

沈巍立刻看出了他的意图，可惜猪一样的队友太多，他还没来得及说话，穿红衣服的女班长就快言快语地说："坐大巴呀！"

赵云澜："我知道你说的那辆车，一天一趟，清晨六点出发，是吧？那个不到清溪村。"

女班长："对，我查了地图，中途可以下车，走过去似乎也不远……"

"不远，不过你们这帮城里娃，得走四五个钟头吧。"赵云澜好整以暇地用眼角扫着沈巍，"东边平原西边山，山区跟龙城可不一样，地图上不远的距离，你可能要翻好几座没有开垦过的荒山，我说四五个小时，还得在你们不迷路的前提下，你想，你们从车上下来的时候，就已经是晚上了，再走上四五个小时，估计要露宿荒郊的，现在这个季节，那边已经冷到你没法想象的地步了，你们想睡在雪地里吗？"

学生们不负所望，被他一番危言耸听吓成了炸窝的小鸡仔。

赵云澜见吓唬得差不多了："这样，遇到就是缘分，你们跟着我，我那边有几个朋友，让他们准备几辆车，反正咱们顺路，大家正好可以一起走，互相也有个照应，你们觉得好不好？"

女班长愣了一下："这……太麻烦您了吧？"

赵云澜摆摆手，伸手一勾沈巍的肩膀，冲她挤挤眼睛："有什么不好的，知道我跟你们老师是什么关系吗？"

沈巍："你别胡……"

"邻居啊！你都知道我们家门牌号，可见住得很近吧？"赵云澜坏笑着按住他，"小同学们，以后出门在外，记得远亲不如近邻，要是和邻居相处得好，比真正的亲人还亲，是不是，沈老师？"

沈巍无言以对。

"对了，"赵云澜站起来，"你们还没吃饭吧，等等我啊。"

他去得快回来得也快，没几分钟，赵云澜就拎着几袋快餐回来了，顺手塞了两大包给坐在不远处的郭长城。

楚恕之冲他吹口哨："难得，我以为他把我们忘了呢。"

林静对着炸鸡腿例行公事地念经："阿弥陀佛，罪过，罪过。"

念完，这酒肉和尚迫不及待地把鸡腿叼在嘴里，还伸手拿了一杯可乐。

郭长城怀里的东西瞬间被众人瓜分干净，就在他傻愣愣的时候，旁边有人递过来一个汉堡。郭长城一偏头，发现是祝红。

祝红递给他吃的，却没看他，眼睛瞟着赵云澜那边——不知道赵云澜说了什么，一帮学生全都笑了起来。有的人不管在哪儿，好像都是所有人瞩目的中心。

郭长城："谢……"

"不用谢。"祝红打断他，小声问，"那个男的……姓沈的，他是谁？"

郭长城顺着她的目光看过去："那是龙城大学的一个教授，上次的案子多亏了他帮忙，赵处不在的时候，我们还一起对付了饿鬼，不过赵处说他不会记得那段事。"

祝红细长的眼睛眯了起来："他已经是教授了？看起来真年轻啊。"

特调处全体员工被他们的领导抛弃了整整三个半小时——上了飞机后，赵云澜又以"想听听沈教授给学生讲清溪村民俗"的名义，跟人换了座位。

终于，飞机落地，三个半小时航行结束，到了距离清溪村最近的一个机场。

刚靠近出口，远远就看见了一个裹着裘皮大衣的中年胖子，胖子手里举着"赵处"的牌子，正在四下张望。赵云澜带着两拨人，大步走了过去。胖子的表情先是迟疑，见他目标明确，立刻猜出了他的身份，热情地迎了上来："赵处！肯定是赵处，对不对？我一看这精气神，就知道您是人中龙凤，怪不得年纪轻轻就当了领导。"

"什么领导。"赵云澜上前一步，伸出双手跟他握了握，"这地方，真是冷，要不是知道有您在这儿等着，这一路心里还怪没底的。"

名叫"朗哥"的胖子抓住他的手，上下猛摇一通："谢老哥给我打电话的时候，跟我说让我帮忙派个车安排一下，我说那能行吗？我跟谢哥可是拜把子的交情，他的朋友就是我的亲朋友。那句话怎么说的来着？有朋自远方来——我得亲自来接啊！"

"您跟谢四哥还有这交情？"赵云澜故作惊讶地睁大了眼睛，伸手一指他，板起脸，"什么亲朋友，是亲兄弟，谢四哥的兄弟跟我自己的兄弟有什么区别？见外我可生气。"

朗哥见他也是个自来熟，立刻就坡下驴，哈哈一笑："这敢情好，将来我得到处跟人说，龙城来的领导是我兄弟，这面子大的！走，先带你们安顿下来，再给你们接风！可不能跟老哥客气，客气就是看不起我！"

这二位场面人讲起场面话，当众表演"一见钟情"，都不带脸红的，眨眼就从陌生人变成了亲兄弟。沈巍跟学生都面面相觑，莫名其妙地跟着赵云澜，遭到了朗哥大鱼大肉地一通款待，又被安排到了当地唯一的五星级酒店里。

第二天一早，天还没亮，三辆越野车就齐刷刷地停在了酒店门口，后备厢一开，只见里面御寒的衣服、野外装备、高热量食品、药品等，一应俱全，都是没拆包装的新东西，几乎够赞助一支专业科考队。

朗哥热情洋溢，虽然头天晚上被赵云澜用一斤三两的白酒给灌趴下了，但趴得心甘情愿，一宿过去，又是一条好汉——除了脸肿得有点像猪头。赵云澜看起来相当坦然，一点儿也不觉得受之有愧，让林静给司机们一人发了一条中华烟，又跟前来送行的朗哥好一通亲热的扯淡。

惜别完，赵云澜回头低声问沈巍："盘山道不好开，这样，你带着学生跟我们一起走，我开一辆，林静开一辆，祝红开一辆，把学生打散，到了清溪村再集合，你说好吧？"

就是收了钱的导游，都没有这样尽心尽力的，沈巍要是再当着别人的面反对，就实在显得有点不识好歹了。但是无功不受禄，沈巍没有他那样厚的脸皮，直到上了车，都显得十分过意不去："这次是我考虑不周，麻烦你了。我们跟那位朗先生原本也是素不相识，还让他破费，回去以后，我是不是要寄点东西给他……"

赵云澜大爷似的一摆手："没事，这你不用管，谁也不会白承谁的情，都记在我账上呢。跟我，你就更不用客气了。"

正好前面红灯，赵云澜踩下刹车，偏过头来对他一笑，露出两个小酒窝。沈巍的脸一下子就浮起一层薄薄的红。他越害羞，赵云澜越想逗他，于是一抬手，把沈巍窝了一个角的衬衫领子拽了出来，轻轻拉平，一触即走。

"领子没弄好。"他调整了一下后视镜，平视前方，正襟危坐地说。

这回沈巍连耳朵都红了。

红灯过去，赵云澜重新踩下油门，目不斜视地专心开车，嘴角翘了起来。

沈巍把头扭向了窗外。背对的赵云澜没能看见，沈巍转过去的脸上，红晕慢慢退净，变本加厉地苍白起来。他似乎总是在皱眉，眉间几乎已经形成了一道深深的纹路。每到这时，那张温和斯文的脸上就会显露出说不出的冷厉，看起来既孤独又遥远。

开车上盘山道是个体力活，又颠簸又晕，六七个小时过去，后座上的两个学生已经东倒西歪地睡着了。越往前走，道路越窄，拐弯也就越多，车轮旁边不到一米多的地方就是悬崖，连个护栏都没有，一不留神就能直接冲下去。

好在朗哥支援的车不错，别看赵云澜看起来有点不着调，开车却意外地稳当，一路有惊无险。随着他们慢慢进入山里，气温也越来越低，路边的积雪越发厚重，路面上的人迹也越发稀少。

到了这个时候，原本跟得很近的三辆车同时放慢了速度，车距逐渐拉大。赵云澜缓慢刹住车，后面的车也跟着停了下来。

"前面的路够呛，我看得上锁链。"赵云澜说着，下了车，"外面冷，别下来。"

沈巍没理会，下车帮他。群山深处的风硬得像钢鞭，能把人掀个跟头。不怕天冷，就怕有白毛风，这样的风，不要说是赵云澜身上那件凹造型的修身大衣，就是加厚的羽绒服也能在眨眼间给吹个透。

两个学生也醒了，都挺懂事，也要下车帮忙，被赵云澜锁住了车门："别添乱，老实在车里坐着，在这地方感冒可不是闹着玩的。"

他们俩迅速给车轮上了锁链，片刻的光景，就感觉手指要冻僵了。赵云澜直起腰来，在狂风中极目远眺，见那大山一座连着一座，巨大的冰川和雪山比邻而立，山川又与稀薄的云层彼此勾连，天高地迥。他给后面车里的人打了电话，嘱咐了一遍在冰雪上行车的安全注意事项，又特别强调："我们马上进入冰川地区，进去以后不要大声喧哗，更不要鸣笛，真闹出雪崩来，以后白天没人值班了。"

整个山区都被冰雪盖住了，日头开始偏西，天色越发渺茫，而后，天光渐暗，车辙渐少，慢慢地，浮起某种荒凉寒意。遥远的冰川越来越近，身形也越来越晦涩不明，唯有尖端一角，映照出不知哪里反射来的光，忽地一闪，又不见了。

赵云澜打开车灯，沈巍怕他分心，一声不敢吭。车速开始变得异常缓慢，往外一看，就是不知几千米的山壁，白茫茫的一片，间或露出斑驳的、灰褐色的岩石。

苍山被雪，明烛天南。

天终于黑了。

后面坐着两个学生，一个是穿红衣服的那个女班长，还有一个戴着小眼镜的男生，大气也不敢出。"小眼镜"偷偷地问沈巍："老师，咱们今天晚上能出山吗？找得到住的地方吗？"

沈巍还没来得及回答，赵云澜就接话说："清溪村毗邻雪山，熬过这一段，应该就快到了，不过……"

他还没有说"不过"什么，只觉得眼前忽然被一点细小的光晃了一下。赵云澜一皱眉，立刻降挡，小心地慢慢点刹，把车停在了冰天雪地里。

女班长紧张地问："怎么了？"

沈巍摆摆手："没事，前面好像有光，你们俩别动，我下去看看。"

赵云澜："你也看见了？"

沈巍跟他对视一眼，两个人的表情都有些凝重。

女生很敏感，本能地感觉到了不对劲的气氛："是……是路灯光吗？"

"这条路上没有路灯。"赵云澜回头看了她一眼，"再说一遍，你们俩别下车，后面有巧克力和牛肉干，饿了自己拿。"

他说完，推开车门走了下去，沈巍紧随其后。

此时，风不知道什么时候已经停了，周遭却愈加阴冷，不是天寒地冻的那种冷法，而是那种萦绕在骨头缝里徘徊不去的、湿漉漉的冷。四下安静极了。不远处的光也冷冷的，间或明灭，就像是有人提着个灯笼，无端让人想起旧时候出殡用的白纸灯笼，下车一看，仿佛比刚才还要近一些。

风声、雪落下来的声音，一时全部没有了，人踩在地上，都会下意识地放轻脚步。

赵云澜眯起的眼睛猛地睁大，随后他一把拉开车门，把沈巍塞进了车里，回头对下车查看的其他人挥手，打了个"回车里不要出来"的手势，自己也立刻钻进了车里，利落地锁上了车门。

这片刻的光景，那光已经近到能隐约看见人影了。

赵云澜回过头去，飞快地对车里的两个学生说："一会儿无论看见什么，都闭上嘴，不要把脸贴在窗户上，也不要出声。"

天实在太冷，车窗上有一层水雾，只有前挡风玻璃视野比较清晰。那光和人影又近了，肉眼能看见一个人提着灯笼在前面领路，后面跟着一大群人，正向他们走过来。这些人有男有女，多数是老人和孩子，衣衫褴褛，仿佛刚逃荒回来。

可是这么多的人……怎么会走在山间车道上？

"那是什么人？"女班长颤抖着小声问。

"不是人，"赵云澜低低地说，"是阴兵借道。"

女生倏地捂住自己的嘴。这时，她已经能看见那些人的脸了。他们一个个目光呆滞，身上有各种匪夷所思的伤口，最离奇的是为首拎纸灯笼的那个"人"，他头上戴着一顶极高的帽子，一直遮到了下巴，只露出一个惨白的下巴尖，通身雪白，仿如白纸糊的风筝，从远处顺着风飘过来。

这纸人并不看路，却笔直地绕开了赵云澜的车，甚至错身而过的瞬间，透过已经模糊的车窗，脚步略停了一下，向车里连鞠躬两次。赵云澜轻轻点头，算作回礼，那"纸人"才继续往前飘去，身后的那一群也跟着，一直顺着山路往前走去。

直到这些古怪的人已经走得看不见了，赵云澜才翻身下车，掀开后备厢，从里面摸出一支手电筒，对沈巍说："前面可能出事了，我过去看看，你照顾这几个孩子。"

沈巍皱起了眉。

赵云澜握了一下他的手，惊觉沈巍的手极凉，甫一触碰，自己的体温就被对方疯狂地吸过去，心里莫名生出了一点怜惜。

"别皱眉。"赵云澜说，"没事的。"

第六章

　　山间的狂风更暴躁了，将地上的雪掀起来老高，刮着人脸，像刀。天地变色，赵云澜的手电光虚弱得如同萤火，人也很快给卷进了风雪中，看不清了。二十分钟之后，他还没有回来，沈巍坐不住了。

　　"别乱动，也别下车。"他对学生说，"递给我个手电筒，我出去看看他，马上就回来。"

　　"老师，"女班长叫住他，担心地问，"会不会发生了什么事？"

　　沈巍顿了顿，暗淡的光线下，他的一切都仿佛隐蔽在了薄薄的镜片下面："不会，在我眼前，他能出什么事？"

　　说完，他就裹紧衣服，推开车门，大步走了下去。

　　沙哑的鸟鸣声在耳边响起，沈巍把被风雪糊上的眼镜摘了下来，抬头望去，发现那几乎无边无际的雪地上，竟然站着一只鸟。它似乎是只乌鸦，又比普通的乌鸦大出很多，纤长的尾羽拖在身后，血红的眼睛正直直地望着他，看起来并不怕人，反而饶有兴致地打量着沈巍。

　　沈巍艰难地往前走了几步。大鸟看了他一会儿，忽然仰头鸣叫，长啼后，又默默地低下头，鸟喙几乎点在地上，就好像在为什么东西默哀。烈风卷起来的雪沫扰乱着视线，沈巍已经有种被冻麻的感觉——不是僵硬，是麻木，像是身体里的血都不再流，神经末梢上结了冰。

　　可他竟用冻麻了的嗅觉从白雪中分辨出了一种气味，似乎是臭，又并不熏人，好像有种腐朽的脏东西，被深埋在白雪下面。他猛地顿住了脚步，盯住面前洁白的雪地。雪地上不易察觉地鼓出了一块，正往山顶的方向移动。

　　地下有东西！

　　有那么一时半刻，沈巍几乎忘了自己是谁，身侧的手无意识地攥起来，黑沉沉的眼睛里翻滚着说不出的戾气。雪地在他的注视下，竟像开水一样沸腾了，下面藏的东西，也似乎马上就呼之欲出……

　　就在这时，一个声音突然从他背后传来："不是说让你在车里等着吗？怎么出来了？"

沈巍一激灵，眼睛里的杀意瞬间消散，顿时显得有些迷茫，还没回过头去，脖颈就已经被裹住。赵云澜解下自己的围巾，把沈巍一起裹了进来，体温顺着薄薄的羊毛一直传到了沈巍身上。赵云澜冻得发青的脸上露出一个僵硬却温暖的笑容："是来找我的吗？"

"不要回应他，不要回应他！"沈巍心里有一个声音疯狂地叫着，然而狂风将他仅剩的理智卷得薄如蝉翼，他好似被什么蛊惑，不由自主地点了点头。

赵云澜低低地笑了起来，手绕过他的肩膀，几乎是半搂着沈巍，凑得很近，呼吸中带出的热气拂沈巍的脸，鲜活而真实。沈巍屏住呼吸，心悸如雷。寒风吹雪，茫茫天地间，他触手可及的，似乎就只有这么一个人。

"快走吧。"赵云澜拍了拍他，声音惊醒了一场梦。沈巍沉默地跟上去。两人本来差不多高，这样走起来多少有些互相绊脚，赵云澜就把手电筒用小夹子夹在领口，握住了沈巍的手。

沈巍下意识地挣动了一下，却被赵云澜用更加坚定的力量攥住。

"别乱动，视野太差了，容易走散了。"赵云澜说，"看着脚下，小心路滑。"

方才站在路边的大鸟倏地冲天而起，盘旋两圈，而后向着远方飞远了。

赵云澜顺着沈巍的目光抬头看了一眼："报丧鸟——老人说个头特别大、尾羽特别长的乌鸦就叫'报丧鸟'，只有大灾降临的时候才能见到它们，是不吉利的东西，别看了。"

他不等沈巍回答，就径自皱了皱眉，眼神闪了一下，故作不解地试探道："你这什么八字？为什么总是能撞见这种东西？"

"谁还记得八字是什么——出什么事了？"沈巍显然不想就这个问题纠结，立刻转移他的注意力。

"我看了一下，"赵云澜没和他纠缠，只是说，"咱们晚上大概要找个地方过夜了，前面可能雪崩了，路不通。"

他一边说着，一边伸手去拉车门，手已经冻得几乎使不上力气了，拉了两次没拉开。

沈巍拽开车门："你先进去，暖和暖和。"

车里的暖气呛得赵云澜有点头晕。他皱着眉按了按太阳穴，接过女孩递给他的一块巧克力："这公路开通至今，已经有七八年了，算是条比较小众的自驾游线路，还上过一个旅游杂志。我记得山下有几个自然村，因为经常有游客过来，好多村里民宿还改成了旅馆，但是前面的路已经过不去了，山下什么都看不见，我用望远镜勉强能看见几棵被压在雪里的大树，只有树枝露在外面。"

　　"小眼镜"小心翼翼地问："那方才过去的那些，会不会就是死于雪崩的村民？我听老人说，大地震的时候，也有人看见过这种阴兵借道。"

　　"不清楚。"赵云澜摇摇头，先拿出手机，一通电话不知打给了谁，简单寒暄了几句之后，就打听起了当地的地质灾害监测情况。

　　"好，好，谢谢……我们坚持一晚上倒是没问题……嗯，我知道怎么办。"赵云澜说完挂上电话，皱起眉，"这回麻烦了。"

　　"真是雪崩？"

　　"嗯。"赵云澜说，"上了新闻，特大自然灾害，比地震那次严重多了，据说下面几个自然村全给埋在里面了，抢险队正在想办法，我估计是没什么希望了。"

　　女班长问："那我们住哪里？车里吗？空调能开一晚上吗？油够用吗？"

　　"油是够，不过刚发生过雪崩，在这里过夜不安全，得往高处转移。一会儿别害怕，都跟我走，山顶那边有一个小屋，不知道是干什么的，我在望远镜里看了一眼，里面虽然没人，但是好歹算有个屋顶。"赵云澜稍微暖和过来一点，又扣上大衣下了车，把后备厢翻开，从里面揪出了一大包食物，抱出几件户外保暖外衣，扔给其他人，"都把衣服穿上，吃点东西，吃不了的带着。我让后边的人也过来，一会儿把睡袋和帐篷都背上，小姑娘拿吃的东西就行，你的睡袋我帮你拎。"

　　其他人接到赵云澜的通知，很快也全副武装地赶了过来。沈巍一直很细心，忽然发现，随行的人里……似乎多了一个。那人跟在队尾，一直不出声，看体形大概是个女的，身上的衣服太厚，把头、脸一起遮住了，很难分辨。这个人非常古怪，不知道是不是冻僵了，动作中总有那么一点说不出的不协调。

祝红偶尔会走到最后面和她说话，那人只是点头或者摇头，并不开口。沈巍还注意到，一旦她的头动，脚步就会不由自主地停下，摇完头，才继续慢吞吞地抬脚往前走，就好像她身上只有一个地方能动似的。

正奇怪着，一只手忽然伸过来，揽过他的肩膀，手背贴住了他的脸。

这动作太过亲密，当着众人的面，沈巍躲也不是，不躲也不是，顿时僵在了原地。好在赵云澜很快就把手移开了："你怎么这么怕冷？"

沈巍干巴巴地说："我不冷。"

"还不冷，嘴唇都青了。"赵云澜打断他，把刚换上的冲锋衣扒了下来，不由分说地裹在了他身上。

沈巍吃了一惊，一把拽住赵云澜的手："干什么？你自己说过的，在这儿着凉可不是闹着玩的！"

"我穿了户外保暖用的内衣。"赵云澜把衬衫领子拉开了一点给他看，"就算住在山下的老乡家，也是没暖气的，早准备好了，哪个像你们一样冒冒失失地就来了，快点穿上！"

沈巍依然不肯。

"听话，"赵云澜说，"别让人担心。"

沈巍实在扛不住他这种语气和眼神，一闪神，不等推拒，赵云澜已大步走到后面："都看着点脚下，互相拉着点。小郭，还不把你祝红姐的行李扛过来？没眼色，长眼睛留着出气的吗？"

赵处大发雷霆余威犹在，郭长城一缩脖子，灰溜溜地默默走到队尾，要过了祝红的行李。

沈巍盯着他的背影看了片刻，手在留着赵云澜体温的地方留恋地蹭了一下，拉好了外衣拉链，然后按了一下贴着锁骨的小挂坠——他觉得那东西也在隐隐地发着热，在漫天的冰雪里无比明显。

那么微弱，又给人那样多的慰藉。

他们大约步行了半小时，才看见了赵云澜说的小屋。看见归看见，望山跑死马，走上去又是半个多小时。

小屋是石头搭的，外圈有木架，上面盖着牛皮糊的屋顶，又挡风，又不怕被雪压坏。周围是个小院，有一圈破旧的栅栏，几乎被雪埋住。

它看起来破旧而又孤独，立在山顶，独树一帜。

就在赵云澜伸手去推栅栏时，一直藏在祝红包里的大庆忽然扑了过来，别人还没来得及奇怪这只猫是哪儿来的，它就尖锐地叫了一声，浑身的毛都炸了。

赵云澜一伸手把大猫捞了回来："怎么？"

大庆的眼睛紧紧地盯着那被白雪埋的院子。这时，一个声音从后面传来——汪徵叹息似的说："赵处，大庆是想告诉你，这院子里埋了东西。"

如果汪徵是人，她的声音算得上悦耳，然而成了鬼，声音似乎也跟着过期变质了，配上她那特有的、轻飘飘的语气，能让人起一身鸡皮疙瘩。

她这么一出声，就把所有人都给吓得出不来声了。

赵云澜搓了搓手，感觉手心热了一点："你们先在这儿等着，我进去看看。"

说完，他就艺高人胆大地推门走了进去。沈巍连一秒都没犹豫，立刻跟了进去。

地面已经冻住了，不知怎么，坑坑洼洼的。赵云澜放慢了脚步，绕着小院走了一圈。黑猫的眼睛就像是两盏小灯笼，在暗处发出幽幽的红光。突然，它从赵云澜怀里挣扎着蹿了出去，两步跑到一个角落，抬起胖爪，冲着一个隆起来的小鼓包一通乱刨。

赵云澜连忙蹲下，捏住它的后颈，拎起了肥猫，不讲究地用袖子擦了擦大庆的前爪，用手电照猫刨出来的地方。他先是看见了一层象牙白色的东西。赵云澜从靴子里摸出了一把工兵铲，又往下挖了一点……直到他看清略显扁平的前额和半个空洞的眼眶，才意识到，自己挖出了半个骷髅。

跟上来的沈巍转动目光，从小院里的每一处凸起上扫过，忽然有种让人头皮发麻的猜测——他们俩眼下恐怕是正踩在一大片人骨上。

沈巍回头，看了看院门口瑟瑟发抖的学生一眼，弯腰按住赵云澜的胳膊，轻轻地说："先埋上，别声张。"

赵云澜用挖出来的冻土把头骨重新盖上，这才若无其事地站起来，招呼学生和自己的下属进来。

"没事，下面有点破瓦碎片，走路小心点，地不平，别崴脚。快，赶紧进屋，进去都把帐篷支好，注意保暖。"赵云澜收起工兵铲，哆哆嗦嗦地点了根烟，然后站在一边，等着其他人一个个快步钻进屋子。

　　汪徵始终走在最后，停在赵云澜面前，站定，用耳语似的音量说："你看见了吧？"

　　赵云澜："……嗯。"

　　汪徵："其实下面不止有一层。"

　　赵云澜头皮发麻："这是什么鬼地方？没见过已经大通铺了还又给加一层上下铺的，这居住条件也太拥挤了，要是咱们也跟着挤一脚，人家不会向物业投诉我们吧？"

　　"这里确实有一些忌讳，"汪徵说，"一会儿我进去告诉他们，只要法事做到了，借宿一宿……应该不是问题。"

　　赵云澜点头，催促说："那你快去。"

　　汪徵量着步子走到了门口，忽然又倒退两步，转过身，缓缓地跪了下来。她双手撑在头顶，朝着院子的方向顶礼膜拜，行了真正的五体投地大礼。学生都好奇地挤在门口看她。沈巍挨个嘱咐他们保持安静，又把学生往屋里推……因为他刚才看见，汪徵露出的一小段"手指"，好像是塑料的，大兜帽下面露出了短短的一截"头发"，分明是尼龙的假发！

　　赵云澜贴着小屋的墙根站着，看着汪徵。

　　汪徵跪在门口，嘴里不知说的哪个民族的语言，声音压得很低，别人听不懂，只觉得那些音符像流水一样从她嘴里涌出来，在院子里回荡，似乎唤醒了某种古老的灵魂，一瞬间激起了人心里最深处的悸动。

　　小屋里的每一个人，包括沈巍带来的学生，都有了那种微妙的感受。年轻人一个个不由自主地垂下头，肃穆起来，唯独赵云澜依然叼着烟，无动于衷地站在一边。

　　"这是……什么？"祝红忍不住轻声问。

　　"祖宗亡灵。"汪徵站起来，动作僵硬地掸了掸裤子上的土，"我已经打过招呼了，现在没事了，大家都别挤在门口，到屋里坐。记住，别往院子里随便丢垃圾，出门之前别忘了打招呼，要方便的话走远一点。"

众人听她这样说，莫名放下心来，纷纷朝院里拜了拜，进了避风的木屋。

汪徵等所有人都进了屋，才转向断后的赵云澜，低声说："赵处，你天生能看见另一个世界，与别人不相信的东西为伍，天生就承认怪力乱神的存在，可无论经过神龛还是庙宇，你都从无半点敬意，这是不对的。"

赵云澜满不在乎地在窗棂上弹了弹烟灰，笑眯眯地点头说："是，太不像话了，不值得学习，不值得提倡。"

汪徵的目光从塑料的假眼里射出来，将声音压得更低，近乎耳语地说："三界六合，总有你不知道的人和不知道的事，也许你确实有本事，可是托生成人，就算有天大的本事，能大得过天地、大得过命吗？人不能活得太傲慢啊，赵处，要是狂得连诸天神佛都不放在眼里，也许有一天会遭报应的。"

赵云澜嘴角的笑容敛去了一些。他垂下眼看了看汪徵，伸手把她有些散乱的兜帽和衣服拉好，显得又细心又温柔，嘴里却冷冷地说："我无愧于我心，无愿相求，神佛也好，妖魔也好，谁敢评判我的是非对错？他们崇高伟大他们的，碍着我什么事了？"

汪徵深深地看了他一眼，叹了口气。接着，她伸出塑料的手，在空气中虚点几下，口中默念了听不懂的词，然后轻轻地在赵云澜的额头上点了一下。

"你是好人，"她轻声说，"神灵慈悲，原谅你，保佑你。"

赵云澜没有躲避，他甚至低下头，方便她能够得着。等汪徵做完这一切，他才出声问："你生前也是个好人，神灵原谅你、保佑你了吗？"

汪徵抬起脸，僵硬的塑料眼中，目光似有悲意。

赵云澜轻轻一推她的肩膀："好姑娘，外面风大，快进屋去吧。"

屋里祝红和楚恕之配合默契，动作麻利，很快就支起了一个野外专用的小酒精炉，在上面架了一个直径二十厘米左右的小锅，锅里收集了一些干净的雪水。祝红还支了个架子，把真空塑封的牛肉条打开，摆在架子上，用水蒸气加热，稍软一点，再用签子穿好，放在火上烤。

几个学生已经拿出了笔记本，一见汪徵进来，眼睛就一亮，一个个全都凑到了她身边。一个长得和竹竿一样的男生有些忐忑地开口："姐姐，你介意我们问一下山顶小木屋的风俗吗？"

他说完这句话，就忍不住去看一眼沈巍的脸色，见沈老师轻轻地皱了皱眉，立刻又诚惶诚恐地加了一句："对不起啊，我的意思是，如果方便的话……要是有什么忌讳就算了，我们不懂，你别生气。"

汪徵坐在小炉边上，小声说："没关系。"

她把手藏在宽大的袖子里，捡起一颗堆放在一边的巧克力。也不知道是谁买的，巧克力球小小的，一颗一个包装，精致极了。她看起来好像很想尝一尝，但隔着袖子拿在手里，颠来倒去地看了好几遍，也没有拆包装。

红衣服的女班长挑了另一块递给她："这个好吃，姐姐，你吃这个。"

"我就是看看，我不能吃……糖。"汪徵低声说，"这里以前是瀚噶人的守山屋。"

"什么人？守山屋又是什么？"

"这片山下，经历过几次地质变化，底下住的人们也跟着迁徙融合，最早是一支康巴人迁徙到了这里。之后的几百年里，前前后后迁来了很多不同的民族，大部分是牧民，也有一些农民，不同民族间爆发过几次大冲突，好了打，打了好，打完抢人，好完通婚，所以就这么着，慢慢地，人们的血统也开始混杂。"

汪徵像是个讲历史的老师，平铺直叙地说着，轻柔的声音和上她说话的内容，很容易就让人昏昏欲睡。沈巍带来的学生还好些，本来就是研究这一类专业的，一个个积极地做笔记。赵云澜却在吃了几条肉干以后，就把睡袋拖到沈巍旁边，占了个近水楼台的位置，钻进去闭目养神了。

"再后来，这里的气候开始变得越来越恶劣，"汪徵在锅里加了一点水，"留在这里的人渐渐变少，陆陆续续地，又开始往别的聚居地转移，后来大约是……嗯，我不大记得了，应该是中原的宋元年间吧，这地方出现过一场大灾，从那以后，这里多民族聚居的文明就几乎断绝了，除了一小撮'瀚噶人'想办法躲到了一个山洞里之外，其他人不是死了，就是逃走了，再也没回来。"

女班长问："历史上有记录吗？"

汪徵摇摇头："这里古时候不属于中原，没有和汉文明融合过，又偏远，人口不多，消息传不进来，也传不出去，你要是去查史书，最多能查到当时留下的地质天文记载。当时的朝廷根本不知道这里还有过人。据当地民间口口相传，当年大雪从山上变成张牙舞爪的妖怪，白色的鬼怪从地缝间、水里伸出手，抓住人和牲畜，撕烂他们的肚肠，揪下他们的脑袋。"

女班长想了想，似懂非懂地点点头："听起来应该是地震引起的雪崩，以及一系列的地质灾害。"

汪徵没点头也没摇头："后来瀚噶族人干脆隐居进深山，位置大概就在现在距离清溪村不远的地方。古天葬台随着藏民迁走而逐渐荒废，但天葬师住的小院子，在那次大灾之后，就成了瀚噶族人守山的地方。他们认为从高处能更早地看见灾难，所以每个月，都要派一个强壮的小伙子上来守山。不过时间长了，这个习俗最后也变了，守山人成了族里最德高望重的人，守山屋成了他居住的地方。这样一来，守山屋就成了瀚噶族里一个非常神圣的地方。不知道从什么时候开始，只要有大型的祭祀，瀚噶族就会全族一起上山，到守山屋里来参加。"

"小眼镜"问："我以前为什么没听说过瀚噶族？"

"因为族人不多，一直不和外族通婚，并且早就不存在了，所以没留下什么记录。"

学生们恍然大悟。一个竹竿男生说："哦，懂了，族人不多，还不与外族通婚——是长达百年的近亲繁殖造成了种族灭亡。"

汪徵听了，只是低低地笑了一声，离她最近的女班长无端地打了个寒战。

好奇心得到了满足之后，学生都被沈巍催着去睡了，只留下不需要睡眠的汪徵和昼伏夜出的大庆守夜。

沈巍是最后一个躺下的。他检查了门窗，又不知从哪儿找到一卷胶带，仔细地把屋里漏风的地方都给糊上了，把学生挨个叮嘱一遍，让他们夜里注意保暖，最后又低声询问了汪徵守夜要不要加件衣服，还随手捻小了火，以免锅里的热水沸腾后流出来。全都照顾周全了，他才轻轻地钻回自己的睡袋。

赵云澜早在冷门历史知识讲座的时候，就自动屏蔽这种无聊的音频，跑去睡了，耳朵里还塞着耳机，头微微偏着，蜷成一团，一只耳塞被蹭掉了一半，挂在他的耳朵上。他五官轮廓深邃，睁开眼精神，闭上眼也好看，只是这会儿脸色冻得有些发白，露出些许憔悴来。

沈巍的目光落在他脸上，觉得赵云澜的睡颜又坦然又安宁，好像天塌下来，他也能找个旮旯倒头就睡一样，于是一时移不开眼。他在旁边静静地看了赵云澜一会儿，表情都柔和了下来，小心地扯下赵云澜的耳机，卷好后放在一边，又把他丢在一边的外衣拉过来，给他搭在身上。

郭长城已经和另一个男生合唱似的打起了小呼噜，汪徵在收拾着炉子，传来轻轻的撞击声。沈巍呼了口气，背对着其他人侧身躺下去。片刻后，他的呼吸放得又慢又平稳，似乎已经睡着了。

在别人看不见的地方，他的眼睛却一直睁着。借着夜里不知哪里的微光，他就这样一直看着赵云澜，似乎准备盯着他一整宿。

他已经忍耐太久，此时，终于在万籁俱寂中放纵了片刻，他的思绪一发不可收拾。他想象着自己伸出手，触碰那具温暖的身体，近在咫尺，有心跳呼吸，能说会笑的……

真的。

只一点幻想，沈巍就觉得自己的呼吸都颤抖起来，他的渴望就像快要冻死的人渴望一壶热汤那样浓烈。

然而他一动也没动，只是再看一眼，心里想一想，他就已经心满意足了。

大庆在汪徵旁边缩成一团，尾巴一甩一甩的，等深更半夜，它认为众人都睡着了的时候，才小声说："院里埋的到底是尸骨还是人头？都是什么人？"

汪徵的塑料脸藏在兜帽里："只有头，瀚噶族有砍头的传统。"

大庆问："瀚噶族究竟是怎么灭亡的？"

汪徵顿了顿："那个学生不是说，是因为近亲繁殖吗？"

"别拿糊弄傻小子那套糊弄我，连马群都能避免的问题，你们这些愚蠢的人类会意识不到？"大庆不耐烦地颤了颤胡子，"再说，少数民族很多都流行一夫多妻，所谓'不与外人婚'，也不过就是女不外嫁，以及男人不娶外族做正妻而已，哪会那么严格？一个民族又不是只有两三户，好歹就出五服了，也不能谁和谁都是近亲吧。"

汪徵低下头看了它一眼，伸出手摸了摸它的头，轻轻地说："你只是一只猫，吃你的猫粮、小鱼干就行了，想那么多人事干什么？"

她是少女相貌、少女声音，可是说话的语气又显得老气横秋，像个很老、很疲惫的人。

大庆趴在地上，受猫的本能驱使，它随着汪徵的动作舒服地眯起了眼，可并没有闭上，反而是盯着某个地方出了神。

夜色渐浓。

山上的小木屋里静谧一片，慢慢地只剩下轻缓的呼吸和高高低低的呼噜声。

第七章

刚过午夜，赵云澜忽然毫无预兆地睁开了眼，正好撞上沈巍摘了眼镜后愈显深邃的眼神。沈巍被逮了个正着，有一瞬间的慌乱，掩饰性地垂下了眼睛。好在赵云澜并没有在意，他无声无息地坐了起来，仔细地听了一会儿，然后回头把食指竖在嘴边，对沈巍比画了一个"别出声"的手势，随后从睡袋里钻了出去，捡起手电筒，往外走去。大庆"喵"的一声蹿了出去，沈巍有些不放心，也跟着爬起来。

一出门，他们就发现，手电是多余的——远处，整个山谷都在燃烧，就像招来了天外的火种，一边是布满冰雪的寒山，一边是熊熊燃烧的烈火。他们身处数千米外的山顶上，仿佛能听到那烈火里传来的嘶声惨叫，感觉到烈火灼烧过皮肤的尖锐的刺痛。

一片天都是橘红色的。

赵云澜："……这是什么？"

大庆的毛都多了起来。他们好像已经不在人间，那被烈火席卷的山谷，让人心生恍惚，忘了这是什么时间，也忘了自己在什么地方。整个院子都仿佛感应到了什么，地面也跟着震颤，坚硬的冻土上裂开大大小小的口子，露出地下埋葬的骸骨。它们有大有小，有的年头长，有的年头短，颜色不一……一阵细碎的骨头碰撞声之后，它们好像被人重新摆过，全都面向了同一个方向。

地面上的头骨越来越多，它们诡异地、以一种朝圣一般的姿态望向那大火的方向。

赵云澜一伸手把跟出来的沈巍挡在身后，又捞起大庆："胖子，别乱跑！"

"那是业火。"汪徵不知什么时候站在了他们身后，她的兜帽掉了，露出充气娃娃那张毫无生气的脸。沈巍还没来得及看清她，汪徵就软绵绵地往下一倒。沈巍刚要伸手扶，结果一碰到娃娃身体，那玩意儿立刻发出一声又长又假的低吟。正人君子沈老师受到了惊吓，手一哆嗦，把它扔在了地上。

一个穿白裙的女孩从娃娃身上飘了出来，用汪徵的声音说："'四门四道罪人入，门开业火出来迎'，听说这是从地狱来的火，烧的都是有罪的人。"

赵云澜没好气地打断她："放屁，闭嘴。"

汪徵伸手一指："不信你看。"

整个院子里的头骨不知什么时候，全都掉转了头部，齐刷刷地往小木屋望过来，黑洞洞的眼眶看得人一阵一阵起鸡皮疙瘩。它们张着嘴，下颌骨一跳一跳，看起来就像是在笑。门口这几位，连人带猫，全都炸了毛，只有汪徵，无动于衷地看着这些分外活泼的骸骨头："我的族人们，他们都恨不得扒我的皮、抽我的筋、喝我的血呢。"

赵云澜不动声色地从兜里摸出一把枪："汪徵，回你的身体里。沈巍，进屋。"

汪徵今天可能是打定了主意要造反，充耳不闻，还叹了口气。

"可是……"她只是茫然又带着苦意说，"我已经死了啊。"

"你更年期了吗？还他妈啰唆，快给我滚进去！"赵云澜凌空一抓，一把抓住汪徵半透明的魂魄，以一种极其粗鲁的手法，硬是把她给塞回了塑料娃娃的身体里，随后一只手把娃娃拎起来，往被惊动后出来探查的祝红怀里一扔。院里的骸骨头突然张大嘴，向他们扑过来。赵云澜伸手拉住门闩，抬手连开三枪。扑过来的骷髅头被打中的一瞬间就发出一声类人的惨叫，随后化成了白烟。赵云澜趁机把门一合，一个正好扑过来的骷髅头被夹在门缝里。赵云澜单手从裤腿下面抽出一把短刀，就着刀鞘砸了下去，把那个骷髅头给戳成了一个碎了壳的鸡蛋，"咣当"一下关上了门。

外面的骷髅头此起彼伏地撞在门板上，就像外面有无数只手在敲门。它们高高地跳起来，险恶地从窗户缝往里张望。几个学生被惊醒，见了这种画面，还挺淡定——任何一个正常人都会觉得自己是在做梦。

连郭长城也很淡定，因为他们这小小的山间小屋里，有神通广大的赵处，有会说话的勇猛大猫，有一个用小瓶就收服了饿鬼的假和尚，有会生吃羊肉片的大蛇女妖，以及那至今他都不敢上去搭话的楚恕之。郭长城坦然地认为，这里只是看起来很惊险，其实非常安全……这倒霉孩子对他的同事们抱有盲目的信任。

"阿弥陀佛。"林静连忙上前，和赵云澜一起把门顶住，这假和尚气喘吁吁地瞪着窗外那群跳来跳去的骷髅头，"我对这个连骷髅也卖萌的世界绝望了！这都是些什么玩意儿？"

赵云澜转头问汪徵："你招来的这一帮都是什么？咬人也就算了，连你都咬，它们不怕塑化剂啃多了食物中毒吗？"

林静隐约感觉他好像说漏嘴了什么，在一边偷偷地拉了拉自己领导的衣角。一边的女班长听了这话，"扑哧"一声笑了。随后她可能觉得场合有点不对，在同学们诡异的目光注视下捂住了嘴。

"1712年，瀚噶族内乱。"汪徵在祝红的帮助下站了起来，拉好兜帽遮住脸，"最后以叛乱者胜利告终，老族长死了，他的三个妻子与一众儿女，还有跟着他的一百一十二个勇士，全部按着旧俗被斩首，尸身被一把火烧光，砍下来的头就埋在守山人的院子里，他们将永生永世被驱使奴役，不得安宁。"

祝红愣了一下："就是院子里的那些？"

撞门声愈演愈烈，赵云澜给楚恕之使了个眼色。楚恕之扒开自己的冲锋衣，里面的毛衣十分非主流，也不知道有多少个兜，穿在身上，就像个移动的收纳袋。他把每个兜都摸了一遍，数钱似的，数出了一沓黄纸朱砂写的符，把门的四角都贴上了。

黄纸上发出一层淡淡的白光，外面一下子消停了不少。

接着，楚恕之就像个往电线杆子上贴小广告的，大把大把地往窗户、墙上糊符纸，把木屋糊了个水泄不通。外面蹦蹦跳跳的骷髅好像知道厉害，全体往后退了一两米，不敢再撞墙、啃窗户了。

赵云澜这才松开顶着门的手。大冷的天，他愣是出了一身热汗。他在小炉边坐下，想了想，撕开一袋奶粉，跟矿泉水一起，一股脑地倒进了一个大碗里，放在一直沸腾的小锅里，指使着刚爬起来的汪徵："煮上，一会儿一人喝一碗，喝完以后，你得向组织交代明白了，这究竟是怎么回事。"

"对不起。"这是汪徵给的唯一一句回答，她那张嘴严得就像用水泥糊过的，一个字也不说，被逼急了，她就自暴自弃，"要不你们开门把我扔出去吧，没有我，外面不管有什么，也都不会为难你们的。"

赵云澜反问："你自己觉得自己说的像人话吗？"

汪徵虽然看起来吓人，但其实是个性情温和的"飘姑娘"，话不多，但跟谁都客客气气，很少会说这么伤人的话。她自觉失态，一低头，干脆不言语了。

楚恕之侧身站在窗口，扒开窗户缝，往外看了一眼，见所有的骷髅头全都因为小屋里的符咒而退避三舍，于是回头对赵云澜做了个手势："还有三小时就天亮了，我的符至少能挡五个小时，留个人守夜，其他人都睡觉去吧。"

汪徵说："我可以守……"

赵云澜打断她："真出了事你守不住，后半夜我来吧。"

他说着，从兜里摸出防风打火机："姑娘们有怕二手烟的没有？"

惊悚过头的学生压根儿没清醒过，听了他的话，稀里糊涂地各自钻回睡袋，把这当成了一场光怪陆离的梦。不一会儿，小木屋就重新安静了下来，依稀能听见外面的骷髅在雪地上翻滚的声音。乱七八糟的手电光都灭了，只有门上、墙上乱七八糟的符纸发出一层极浅淡柔和的白光。

大庆窝在赵云澜怀里合了眼，汪徵坐在离他比较远的角落里，歪着身体靠着墙，不知道在想什么。赵云澜站在窗边，感觉方才被楚恕之扒开的窗缝有点漏风，就干脆靠在了那里，用后背挡住了那个细细的风口，点着了一根烟。

沈巍默默走过来，递给他一件厚外套。赵云澜接过来，把自己和猫一起裹了进去。在沈巍转身离开的时候，赵云澜忽然用只有两个人能听见的音量叫住他："你刚才半夜不睡觉……是在看什么？"

沈巍脚步一顿。

赵云澜被惊醒的时候就注意到了沈巍看他的目光，沈巍当时的状态绝不是被吵醒或者单纯失眠，他那平静而满足的表情、异常复杂又温柔的眼神，看得人心里泛酸。赵云澜有种错觉，就好像对方目不转睛地注视了自己半宿。

假如沈巍是个"深柜"，对他有点意思又不敢进一步，这种情况非常正常——赵云澜自认为个人形象颇佳，有物质基础，一般也不对半生不熟的人展示他那禽兽不如的臭脾气，所以常常给人一种性格很好、很会说话做事的错觉，一直以来都颇有桃花运。可……就算是荒诞的"一见钟情"，会有人整宿不睡觉，只是为了傻乎乎地守着另一个人吗？

那眼神不像今生，像是宿世纠葛。

"我们以前认识，是吧？"赵云澜压低声音问，"你以前跟我说，在一次案子里偶遇过我——不只是这样，对不对？"

赵云澜一直以来的奇怪感觉不是错觉，他在沈巍脑子里看见的记忆是人家故意给他看、给他改的。这个凡人得不能再凡人的"沈巍"，只是一层伪装，同时骗过了镇魂令主和不知活了几千年的老猫大庆。

沈巍背对着他，背影像是已经凝固在了夜色里。

赵云澜手里的烟烧到了头，他心不在焉地把烟头捻灭，毫无公德心地从窗户缝里丢了出去，正砸中了一颗跳起来的骷髅头上。白骨顿时黑了，落到地上抽搐了两下，不动了。

赵云澜："等从这儿回去，能赏个脸好好聊聊吗？"

沈巍良久不言语。就在赵云澜以为自己等不到他回答的时候，听见黑暗里传来低低的一声："好。"

三四个小时很快就过去了，东方的天才刚亮起来，鱼肚白都还没有完全成型，院子里的那些鬼东西就消停了，而远处那诡异的无名大火，也消失殆尽，像一场幻觉。

赵云澜推开门，亲自到院子里确认了一下，确定是日出东方，天已破晓，这才回到屋里，疲惫地揉了揉脸，双手抱在胸前，放心地靠着墙打了个盹。他先是在冰天雪地里开了一整天的车，神经又绷了一宿，可能实在是太累了，不知怎么的，睡得有些沉，大约一个小时后，才被祝红推醒。赵云澜发现有人给他盖了一块毯子，还以为是沈巍，下意识地放出散乱的目光去搜索那个人，还没锁定目标，就被祝红的话炸了个晕头转向。

祝红问："赵处，你知道汪徵去哪儿了吗？"

"汪徵？"赵云澜激灵一下，有点头重脚轻地坐了起来，"我才睡了不到一小时……她刚才不是还在？"

祝红认识赵云澜很多年了，就算他累了，也多半只是闭目养神或者浅眠，在荒郊野外，守着一群骷髅还能睡这么踏实的事，从没有在赵云澜身上发生过——不拘小节和缺心眼是两回事。祝红弯下腰，背对着众人吐出了蛇芯，凑近了他闻了闻。

赵云澜往后一躲："怎……"

"别动。"祝红揭下他身上搭的毯子，拎起一角，仔细地扒开毯子边上的纤维，然后用尖尖的指甲从里面抠出了一点褐色的粉末，抬头对赵云澜说，"你中招了。"

汪徵！

年年打雁，被自己家的家雀啄了眼！

赵云澜心里蹿起一团无名火。

"给我拿瓶矿泉水来。"他低声对祝红说，"要凉的。"

"这儿也没热的。"祝红把一瓶已经结了一层薄冰的矿泉水拎了过来。

赵云澜皱着眉喝了两口，果断把剩下的大半瓶都浇在了自己的头上。

"你疯了！"

"你干什么？！"

祝红和沈巍同时出声。沈巍想伸手拦，可惜距离太远没拦住——他自从头天半夜偷看被逮住，就一直小心地躲赵云澜远远的。

"林静留下，照顾沈老师他们。"赵云澜沉着脸不理人，就着凉水抹了一把脸，随便在衣服上擦了擦，把皱巴巴的外衣一抖，披在身上，大步往外走去，一脚踢开了一个挡路的骷髅，"其他人跟我走！"

林静忙问："那院子里这些骨头怎么办？"

赵云澜头也不回："挖出来砸了。"

林静吃了一惊："这……会不会触怒什么……"

"人不犯我，我一个烟头都不往他地盘上扔。"赵云澜冷冷地说，"人若犯我，我必挖他祖坟。昨天晚上客客气气地进门，他们给我来这套，现在天亮了，风水轮流转，是我的主场——都给我砸了，出了问题算我的。"

赵云澜土匪脾气，发作起来六亲不认，谁也不敢惹他。林静识相地闭了嘴。祝红小跑着跟上他，跟得气喘吁吁，好一会儿，才鼓足勇气小声说："汪徵……大概有她自己的苦衷。"

赵云澜："废话——你有不废的话没有？有说来听听，没有就闭嘴。"

祝红闭嘴两秒，实在忍不住："你不能好好说话吗？泡妞的时候也是这个口气吗？"

赵云澜终于看了她一眼，然后说了一句更气人的——他说："我什么时候说要泡你了？"

祝红非常想把一个大巴掌糊他脸上，可惜不敢，只好恶狠狠地放嘴炮："怪不得谈一个吹一个，你就当一辈子老光棍吧！"

赵云澜没理她，很快带人来到他们头天晚上停车的地方，从一辆车的后备厢里翻出几个小旅行包："车开不上去，剩下的路可能要步行，把最外面的小兜打开，里面准备了高热量、好携带的食物，还有一小瓶水，可以直接塞在兜里，万一走散了、行李丢了，身上还有这些可以应急。"

"还有这些。"赵云澜又拖出一大堆补给，丢给祝红，"你带走，回山上的木屋里，给他们分一分。"

祝红吃惊地瞪着他："你让我回去？"

"别以为你长了个人模狗样就是恒温动物了。"赵云澜不耐烦地合上后备厢，把车锁好，招呼着楚恕之和郭长城跟他走，对祝红挥挥手，"行了，女人，你要是被冻僵了，怕是得就地冬眠，赶紧滚回去——哦，对，这个你拿着，别喝凉的，温过以后再入口。"

他把一个小瓶子扔进祝红的怀里。祝红低头一看，是一小瓶度数不高的黄酒——这东西温润暖人，产自江南，大西北是没有的。不用说，肯定是赵云澜来之前准备的，这么一小瓶，给谁留的不言而喻。

祝红抿抿嘴，眼神微动，赵云澜已经招呼人走远了。

为了保存体力，他们几个路上都没开口，好在天是晴了，虽然朔风凛冽，但在阳光下，寒风好像不那么刺骨了。

郭长城觉得他们最少翻过了三四座山，早就偏离了原本"清溪村"的目的地，在已经过了正午时，终于到了一个避风的小山坳。楚恕之撕开几包牛肉干，给快冻成干的几个人分了分，接着，赵云澜翻出一张标注得密密麻麻的地图，盘腿坐在一块石头上，仔细地对着查看。

"我们到底要去哪儿，你有数吗？"楚恕之问。

赵云澜在地图上做了一个新的标记，头也不抬地说："汪徵说的那个少数民族聚居地，跟现在的清溪村不是一个地方，老实说，开始她一提起，我也以为她的意思就是清溪村，直到我翻了她的档案。"

楚恕之吃了一惊。他本以为赵云澜这段时间色令智昏，已经无暇他顾了，没想到他居然还擦边溜缝地干了点正事，便追问："她的档案怎么了？"

"汪徵就是瀚噶族人，原名'格兰'，'汪徵'这个名字，是当年入镇魂令时，她自己起的名。"赵云澜说，"瀚噶族人既不热情也不好客，排外性很强，不可能住在清溪村那种地势平缓、人来人往的地方。"

"史料里竟然有他们的记载？"楚恕之吃了一惊。

"不是史料，"赵云澜在地图上点了三个点，"是《古邪术谱》。"

他说着，把旧地图抖开，用笔头在一个点那里磕了磕。凭楚恕之的方向感，立刻看出，那就是他们住过的山头小屋的位置。

赵云澜接着说："我刚进去的时候，就觉得那院子里的人头应该和传说中的'罗布拉禁术'有关。'罗布拉'在瀚噶族语里，其实就是亡灵的意思，这里的'禁术'并不是'禁止'的意思，应该是做'囚禁'讲……郭长城，离那么远干什么？给我滚过来点！你已经过试用期了，作为一个正式员工，工作态度能不能积极一点？"

郭长城忙迈着小碎步蹭过来。

楚恕之："所以翻译过来就是，'囚禁亡灵的法术'。"

"嗯，瀚噶族人自古有斩首和驱使亡灵的习俗，"赵云澜说，"我觉得很可能跟他们的社会形态有关。瀚噶族直到灭族，都一直处于某种程度的奴隶制社会。罗布拉禁术的记载里说，瀚噶族人认为，主人对奴隶有绝对的支配权，即使是死后。所以死去的奴隶会被斩首，头颅送到山顶祭坛，通过禁术，把他们的灵魂永远地囚禁起来，死后也为自己服务。"

楚恕之问："为什么一定要送到祭坛？头埋在山顶有特殊的意义吗？"

"有。瀚噶族人曾经和很多民族聚居，虽然不通婚，但也不可避免地受了其他民族的宗教影响。瀚噶族流传下来的东西里，有一小部分传承了本教的思想体系，当然，核心价值观不一样。瀚噶族供奉的神圣中有一些其他民族传说中邪神的影子，跟本教不一样的是，他们显然并不认为万物有灵。但或许是靠山而居、见识过雪崩的缘故，他们只承认山有山魂，并且认为山魂非常强大，能镇压住亡灵，所以选在'山魂口'——也就是山巅的背光处——建造祭坛。同时，瀚噶族又受佛教中轮回说的影响，罗布拉禁术中指出，三角为一体，围成一圈，就是世界上最深的井，无论是什么都爬不出它的桎梏。"

楚恕之非常聪明，听到这儿，立刻跟上了他的思路："也就是说，同样的祭坛应该有三个，它们必须相隔不远，海拔接近，构成的三角形必须是对称的！"

赵云澜点点头，地图上被他画出来的三个点连成了一个几乎等边的三角形，然后他在三角形的中心处画了个小圈："在这里囚禁亡灵，生生世世供驱使……我想，这里才应该是瀚噶族的旧址。"

"给我看看。"楚恕之的空间感和方向感极佳，他把地图转了个角度，"你看，这是不是就是昨天晚上有火光的山谷？"

"那更应该没错了。"赵云澜飞快地往嘴里塞了两根牛肉干，"快吃，吃完我们立刻走。"

楚恕之嚼着肉干，沉默了一会儿，又看了看一边愚蠢迷茫的郭长城，斟酌再三，才开口问："虽说是为了这次调查做准备，可是赵处本来就对邪术一定很有研究，才能这么快摸到方向吧？"

赵云澜轻描淡写地说："你要是连摇头丸和海洛因都分不清楚，怎么做缉毒工作？"

楚恕之难得地笑了一下，可是他那张苦相脸，不管怎么笑都是一副倒霉样："既然这样，为什么我们这些缉毒的人没有内部员工培训？"

赵云澜嚼肉干的动作慢了下来，转头盯住了楚恕之。

楚恕之坦然回视。

郭长城看看这个，又看看那个，不明白怎么回事。这两个人的气场他都害怕，又不敢打听，只好缩了缩脖子。

好一会儿，赵云澜才开口说："老楚，你聪明，我很少见过比你还聪明的人，因此有些话我就不浪费唾沫了，你自己心里也明白，好自为之吧。"

楚恕之眯着眼，盯着牛肉干的包装纸看了半天，似乎要把那玩意儿看出花来。末了，他依然是那个表情、那张脸，就好像刚才的对话没有发生过，谁也看不出他心里在想什么。

十五分钟以后，他们就再次起程了，这次走在最前面带路的人变成了楚恕之。

早晨还是艳阳天，这会儿又下起了小雪，三个人一路往西，花了近一小时，才绕着半山往下走了半圈。就在这时，郭长城忽然看见雪地上有一个颇为眼熟的东西。他快步走过去，隔着厚厚的手套扒开上面薄薄的积雪，看清那是什么以后吓了一跳——赵云澜只听郭长城"嗷"一嗓子，大声叫唤起来："赵处！赵处！这是汪徵的胳膊，汪徵的！"

果然是个吉祥物，带着他容易走狗屎运，赵云澜一边想一边三步并两步地走过来，一把抢过塑料胳膊，顺手赏了郭长城一个脑瓜崩："汪徵的胳膊早烂成泥了，都是你这败家玩意儿买的假冒伪劣产品——胳膊掉在这儿了，她人呢？"

这点小雪不可能盖住汪徵的脚印，哪怕她现在很轻。赵云澜在四下寻找了一番，而后想到了什么，猛地仰起头——如果她没有走过这条路，说不定意味着，这条胳膊是从高处掉下来的。

楚恕之顺着他的视线一瞥，又低头看了一眼地图，拍了拍赵云澜的肩膀，往上一指："你看那儿。"

只见距离他们直线距离不到三米的一个斜坡上，有一个被荒草和白雪盖住了一半的山洞，十分隐蔽，但此时，洞口的积雪有轻微的被踩下来过的痕迹，多少破坏了隐蔽感，这才吸引了楚恕之的注意力。

第八章

赵云澜咨询的朋友后来又和林静联系过了，说最少也要三四天，路才能通。沈巍简单地和学生商量了几句，大家一致认为，眼下这么个情况，就算清溪村有幸存者，肯定也没心情配合他们的民俗走访。沈巍当下决定，等赵云澜回来，就跟他们一起回龙城。

女班长用小瓶和热水温了牛奶，一边喂大庆，一边心情低落地给大家准备早饭，其他人在他们老师的要求下，去帮林静清扫院子了。清理院子的方法非常简单粗暴——就是在林静的指挥下，把昨天半夜试图咬他们的骷髅头刨出来，摆在指定位置，然后假和尚举起一块大石头，一通猛砸。

祝红背着个一人多高的大包回来，把东西放下后，又拿出黄酒，在小锅里略微加热，一饮而尽，然后接替了林静的活，"叮咣"一通砸，直到女班长叫他们进去吃早饭。祝红也不知吃错了什么药，硬是挤开一个男生和大庆，一屁股在沈巍身边坐下，毫不客气地说："沈老师，麻烦你把巧克力酱递给我。"

她甜咸合璧地用巧克力酱抹着牛肉干吃，也不知道吃进嘴里究竟是个什么味道，一边吃，还一边偷偷用眼角扫着安之若素的沈巍。酝酿了一会儿后，祝红装作专心涂巧克力酱，眼皮也不抬地对沈巍说："我们头儿对你不一样。"

沈巍顿了顿，偏头看向她。

祝红垂着眼睛，用一种聊天气的口吻随意地说："你不会没看出来吧？"

沈巍没有回答，又拿了几小包巧克力酱递给祝红："还要吗？"

祝红抬起头，用一种非常奇异的眼神看着沈巍，瞳孔在男人的注视下慢慢拉长，最后竟然成了冷血动物那样的竖瞳，在她漂亮的脸蛋上显得分外诡异。

但沈巍只是看了她一眼，就若无其事地把注意力放回自己手里的食物上，不慌不忙地反问："你想问什么？"

"我……我就是八卦，"祝红眼睛转了转，"八卦领导是每一个被剥削、被压迫的员工的权利。沈老师，你到底有什么特别的地方？"

沈巍似笑非笑地看了她一眼："八卦不都是暗中观察吗？还需要来问当事人吗？"

不等祝红说话，沈巍又轻笑一声，隔着一层纸巾，把小炉子上温着的牛奶取下来，问她："吃那么干，要不要喝点东西？"

祝红的表情扭曲了一下，手里保温杯的金属外壳被她一不小心捏出了个坑来，硬生生地挤出一个微笑："好啊，来一点儿，谢谢！"

沈巍好像全无察觉，若无其事地给她倒了一杯牛奶："趁热喝。"

祝红杯子上的手指坑又深了一点。

沈巍眼睛里似乎有笑意闪过。就在他把牛奶瓶放回去时，突然，他像是感觉到了什么，猛地扭过头去，望向窗外山谷那一头的方向，脸色一变。祝红不知道是不是自己敏感过头了，突然沉下脸的沈巍身上有种让她十分不舒服的东西，她下意识地想离他远点。

可是……她为什么要怕一个手无缚鸡之力的大学老师？

太阳光打在沈巍的镜片上，反射出刺目的光。

"我吃饱了，"祝红听见他这样说，"去清理一下院子，同学们都不要乱跑，听警官们指挥。"

说完，沈巍就独自走出了小院。这仿佛成了一个小插曲，谁也没有放在心上……离奇的是，所有人吃完早饭，去院子里活动的时候，竟然谁都没有发现沈巍不见了。他就像一个从来不曾存在过的人，包括祝红和林静在内，没有人想起，这里本该还有一个人。

而失踪的沈巍，在十分钟以后，却凭空出现在了赵云澜他们方才发现汪徵"胳膊"的地方。他连避寒的外衣也没有穿，山里的朔风卷起了他的衬衫和头发，被风刮起来的雪沫落在了他的眼镜片上。

沈巍站在山坡下，抬头往四面望去，忽然伸出手，掌心朝下，做了一个抓的动作。

他的手苍白极了，青色的血管一条是一条，像是一个精心制作的假人。整个地面都随着他的动作震颤起来，山间的风越来越大，咆哮着卷起旋涡，尖刀一样直冲云霄而去。随后，地面就被他这凌空一抓给"拎"了起来，厚重的冰雪下竟露出了龟裂的冻土。

就在这时，从地下钻出了什么东西，箭一样射向沈巍后背。

他看起来毫无防备！

一股融合了腐臭与某种花香的味道慢半拍地弥漫开。下一刻，沈巍已经不知什么时候转过了身，一把攥住对方的颈子——被他掐住脖子拎起来的，是一只幽畜。

沈巍那张斯文俊秀的脸上忽然布满戾气。

幽畜喉咙里发出"咯咯"的声音，无力地挣动。

"规矩就是规矩。"沈巍轻轻地说，"你们明目张胆地越界，私自离开禁地，论罪当诛。"

幽畜双脚离了地，像一条垂死的鱼，在空中不着力地挣扎，双手痉挛地抬起来，徒劳地去掰掐在自己脖子上的手。沈巍的手指倏地一缩，幽畜只来得及剧烈地抽搐了几下，就在他手里僵直不动了。

接着，他随手把幽畜扔在了地上。尸体触碰到雪地的瞬间就消散了，从冰天雪地里冒出一朵奇异的花来。

沈巍一脚踩了下去，方才长出的纤细花茎"咔嚓"一下折成了两截。他伸手一指，雪地上就绵延出一道若隐若现的黑线，一直顺着不明显的脚印往山壁上攀去，没入了半山的山洞里。片刻后，只听一声脆响，沈巍目光一闪，只见地上那条黑线就像是给冻裂了，忽然碎成了几段。与此同时，远处忽然传来一声尖啸，七八只幽畜从地上冒出——和赵云澜在楼顶上见到的不一样，这些幽畜每一只都足有三米来高，个个长着血红的眼睛，一同引颈咆哮，才发生过雪崩的雪山都跟着震动起来。

沈巍低喝一声："傀儡！"

一团小小的灰雾从他脚下冒出来，亲昵地蹭了蹭他的裤脚。沈巍用脚尖一点，它就倏地蹿到半空，往山洞里飞了进去。随后，一把通体漆黑的长刀从沈巍手心里冒了出来，三尺三寸长，刀背极厚，仿佛一丝光也没有，唯有刀刃一线雪亮——那是只有刀下亡魂才看得见的光。

他忽然动了。

幽畜的咆哮声戛然而止，只一瞬间，他们几乎是同时被一刀斩首。幽畜巨大的身躯轰然倒下。随后，更多、更高大的幽畜又从原地冒了出来，就像春风吹又生的野草——看来对方是下了血本，一定要拖住他了。

赵云澜他们早进了山洞。这山洞一开始还算正常，后来也不知道怎么的，越来越深、越来越黑，拐了一个弯以后，几乎连一点光也看不见了，赵云澜只好打开了手电筒。

大约百米后，这条路彻底到了头，一道门挡在了三人面前。手电光下看不大清楚那道门是什么材料的，大概是某种古老的合金，上面锈迹斑斑的，顶上与两侧各挂了一个张着嘴的骷髅头，大门上有一个倒过来的三角。

"三角？又是罗布拉禁术？"楚恕之凑近，戴上手套，谨慎地用手指轻轻抚过大门，而后又侧耳贴在门上，轻轻地敲了几下，"有空有实，门上应该是有机关，不复杂，等我研究研究。"

赵云澜在郭长城屁股上踹了一脚："走近点看，跟你楚哥学学。"

郭长城呆头呆脑地凑了上去。

楚恕之十分瞧不上他——傲慢的聪明人都不大瞧得上笨蛋，不过碍于领导在场，他也只好一边摆弄，一边尽职尽责地解释说："其实也没什么了不起的，很多东西的思路都类似，你看得多了自然就懂了。"

他说着，从兜里摸出另外一个小手电，从门缝里晃了一下，又迅速从上往下撸了一遍，大致心里有了数，就接着说："里面一根粗闩、三十五条细闩，总共三十六条，六六数，一般这样的东西，里面都是勾连着的。"

他下巴尖一点郭长城："蹲下，上面够不着，借我踩踩你的肩膀。"

郭长城立刻像条大狗一样蹲了下来。

楚恕之一点儿也不跟他客气，一脚踩了上去，沿着三角形的边和不明显的细缝，一点一点地敲打过去。撑着个大男人的体重可不轻松，楚恕之虽瘦，可架不住郭长城废物。没一会儿，郭长城就已经开始"两股战战"了，生怕肩上的人摔下来，愣是咬着牙没敢动。就在郭长城怀疑自己已经被踩扁的时候，楚恕之才从他的肩膀上跳下来："这门后面三十六条铁闩，门上因为有机关，所以空心的地方，材料不同，密度也不一样，你要是耳朵够好使，就能分辨出不一样来。"

郭长城蹲在地上，半张着嘴，只顾着捯气，完全没听懂他在说什么。

楚恕之目光从他脸上扫过，完全把他忽略，几乎就是说给身后不远处的赵云澜听的："等大致的构造弄清楚了，剩下的就是靠经验推断里面的细节了。"

说完，只见他伸手往三角形正中间一抠，里面忽然露了一块出来。郭长城吓了一跳，屁股着地地往后挪了挪。楚恕之在圆洞中摸索了一阵子，回头问："沿着一圈有三十六根暗桩，我猜能拨动的只有三根，你说会是哪三根，赵处？"

"正南，西北，东北。"赵云澜不假思索地说。

郭长城终于找到了一个他能搭上话的领域，飞快地问："上北下南左西右东？"

楚恕之和赵云澜不约而同地忽略了他。郭长城好不容易发芽的小自信受到了打击，不敢吱声了。

就在这时，他后脑勺被人重重地一按，赵云澜压着郭长城，强迫他抬头，手电光沿着金属大门的两侧晃了一圈，指着左边问："那是什么？"

郭长城傻乎乎地说："山……"

赵云澜粗鲁地把他的脑袋往右一拐，指着大门右侧的浮雕，问："那边又是什么？"

"波纹……水？"

"瀚噶族背山面水，从主峰的半山腰绵延到山谷中——我才和你说过，蠢货——因为地处狭长，所以当地人很难分辨东南西北，只分上下左右和前后，上就是山的方向，主峰在南侧，下就是水的方向，也就是北。画着山那头是南，画着水那头是北，什么左西右东。"赵云澜狠狠地扒拉了一下郭长城的脑袋，恨恨地评价说，"猪都比你聪明啊，这位同志！"

就在他们说话间，楚恕之已经飞快地在圆洞侧上按了几下，随后，只听一个轻微的金属碰撞声响起，那道大门在他们面前缓缓打开。

一股潮湿而腐朽的味道扑鼻而来。

"我走前面，小郭跟着，老楚断后。"赵云澜走了两步，又想起了什么，从裤腿里拉出一把备用的枪，问郭长城，"射击考试过了吗？"

郭长城羞愧地低下了头："考官说除非他还阳，不然不会让我过的。"

赵云澜只好叹了口气："那刀呢？能用吗？"

郭长城把头埋得更低了一点："能……能吧？"

楚恕之讥诮地冷笑了一声，郭长城更惶恐了。

"我简直招了个世界和平大使。"赵云澜发愁地看了一眼深不见底的洞穴，最后无计可施，从裤兜里摸了摸，摸到一个袖珍电击棒，丢给郭长城，像教刚会走路的小朋友怎么擦屁股一样，拖着长音，没耐心地说，"拿着这个，嗯，很简单的，手这样捏住，不用做其他的事，碰到危险的时候挡在面前就行，别吓傻了不会动就成，这个可以吧？"

郭长城把那个疑似电击棒的小玩意儿拿在手里晃了晃，什么也没发生，那东西就像个小手电筒。郭长城当然不会认为领导在逗他玩，他怀疑是赵处教的时候，自己因为太笨而没能领会对方精神——他一向不惮以最大的恶意来揣度自己的智商。

可是赵云澜没有一点儿要给他复习的意思，草草解说完，已经一马当先地拎着手电筒往山洞里走去了。郭长城只好一路小跑地追上去，也不知自己是该问还是该忍着。一个正常人类的理智告诉他，在这种危险的时候，他不该一知半解，可是……郭长城抬头看了一眼赵云澜高挑的背影，心里恐惧地想：要是问了，一定会被领导骂得狗血喷头的。

他一想起赵云澜发火的盛况，心里就升起莫大的恐惧。这时，手里那个小电棒突然毫无预兆地冒出一串火花，直冲着赵云澜的后背扑了过去。幸好赵云澜神经绷得很紧，听见不对，立刻往旁边闪去，那一串火花带着灼热的温度冲进了洞穴深处。

楚恕之："我去！"

赵云澜："我去！"

楚恕之惊奇地看着郭长城，没想到这个废物竟然做出了一件众多特调员都敢想不敢做的事——干翻这个混账老大。

赵云澜狼狈地拍了拍从山洞壁上沾来的水和泥："你他妈干什么？！"

郭长城："我……我不知道……它、它、它、它突然就动了……"

"废话！那玩意儿会随着你的恐惧攻击，你怕得越厉害，它的能量就越大，完全是给你量身定做的！"赵云澜简直抓狂了，"你没事走在路上，盯着老子的背影脑补了什么玩意儿，能把自己吓成这样？！"

经过了一阵诡异的沉默后，郭长城终于战战兢兢地抬起手，指着暴跳如雷的赵云澜说："就……就是您现在这个样子。"

楚恕之实在忍不住，笑出了声，对郭长城伸出了手："给我看看。"

高冷的楚恕之罕见地主动跟他说话，郭长城受宠若惊，连忙把武器上交了。楚恕之把"小电棒"放到耳边晃了晃，又用手指在上面敲了敲，眼珠一转，丢回给郭长城，然后意味深长地看了一眼赵云澜："赵处，这可不是什么正经东西吧。"

赵云澜嗤笑一声："别说得好像你是什么正经人……小心！"

他顺手把郭长城往旁边一推，自己就着这姿势单膝跪下，只听一声巨响，厉风刮着他的头皮而过，掀起腥臭的味道。只见凭空飞过来的是个巨大的梳子形的东西，底部是厚重的木头削成的，一丈来长，上面镶满了利刃。人沾上这玩意儿，绝对能在瞬息之间就被戳成肉馅。

楚恕之贴墙而立，手指一翻就夹住了一沓符咒。

那足有一丈长的"大梳子"凌空转了个弯，再次从高处挥向他们。楚恕之手中的符纸飞镖似的飞了出去，不偏不倚地粘住那些密密麻麻的刀刃。可不知是不是他没选对符咒的缘故，那大家伙竟然丝毫不受阻，依然横劈而下，带着让人肝胆俱寒的劲风。

赵云澜的枪已经滑到了手里。

谁知就在这时，反应比别人都慢了半拍的郭长城终于回过神来，爆发出一声非人的惨叫："妈呀！"

接着，一股足有两三米高的烈焰一下子从他手里的"小电棒"上喷了出来，威力简直堪比瓦斯爆炸。赵云澜和楚恕之同时避让，熊熊烈火一下子撞上了几十把利刃，上面的"大梳子"一滞，剧烈地抖动了几下，竟就这样在那烈火里烧化了，落成了汤，洒在了地上，发出吱吱的声音。

足有一分钟，没人说话。

好一会儿，楚恕之才僵硬地转动着脖子，看着坐在地上的郭长城，发自肺腑地说："你牛×。"

郭长城吓得坐在地上，脑子里一片空白。

"我还以为你只是在普通的电棒里封了一只地缚灵，怨灵小鬼能以恐惧为食，变成自己的力量。"楚恕之转向他们领导，"你……你到底做了个什么东西？"

赵云澜整了整衣襟，正经人似的说："私自封魂是违法的，我怎么能知法犯法？

"……里面是被处斩的一百只恶鬼的灵魂碎屑，大部分是从斩魂使那儿要的，还有一点是跟阴差拿钱换的，用三昧真火熔在一起……"

楚恕之崩溃："火又是哪里来的？"

"去年去抓私逃的毕方，我跟它借火点了根烟，后来就留了个火种。"

楚恕之无言以对。他有一个横跨黑白两道、跟三界称兄道弟的混混老大，有生之年，恐怕是不能达成揍此人一顿的夙愿了。

赵云澜刚想叮嘱他们小心，远处突然传来一声清啸，接着，一团闪着荧光的灰雾飘了过来，一路滚到了赵云澜怀里。荧光和雾气在碰到他的手的一瞬间就消失了，一封信函出现在了赵云澜手上。

熟悉的气息，漆黑的信封，血红的字迹。

楚恕之表情一凛，迈出来的半步又缩了回来，而赵云澜生怕郭长城再干出误伤队友的事，主动往前走了一段，尽量躲那家伙远点儿。

楚恕之在后面问："是斩魂使？"

"嗯。"赵云澜两下撕开信封，里面的内容却让他皱了眉。

斩魂使这人从来啰唆，每次说正事之前，都好歹要客气几遍，恨不能把对方七大姑八大姨都问候一遍，才用寥寥数语点个正题，来彰显他举重若轻式的含蓄，可是这回的信异常潦草，无头无尾，简直像一张便笺，内容只有一句话："危险，勿追，速归。"

楚恕之伸长了脖子，问："斩魂使怎么会把信送到这里？出什么事了？"

赵云澜把信叠好塞进兜里，沉吟着一时没说话。斩魂使通常是直接把"孤魂帖"送到特调处办公室，要不是十万火急，不会直接跟到外面来，毕竟，他也不愿意被不相干的人看见。

为什么会突然……

而且他又是怎么知道自己在这里的？

赵云澜犹豫了一下，看了看身后不明所以的两个下属，对楚恕之说："老楚，你带他先回去，跟林静他们会合。"

楚恕之："为什么？"

郭长城："我们不去找汪徵姐了吗？"

"我自己走一趟就行，你们俩先回去。"赵云澜拍拍郭长城的肩膀，"把我给你的东西拿好了，路上小心点，回去帮林静把山头上那个祭台毁了，别让沈巍和他的学生们乱跑，等救援队把路清理出来再说。"

虽然赵云澜什么内情也没透露，但是楚恕之还是从他的只言片语里感觉到了一点不安："你一个人？"

赵云澜点了点头，没多说。

楚恕之皱了下眉，然后果断拉住还想再说什么的郭长城："走。"

郭长城："可是……"

楚恕之："可是什么可是，别浪费大家时间，快点。"

郭长城一边不由自主地被楚恕之拉着往洞口外面走，一边担心地回头张望赵云澜。

赵云澜胳膊肘夹着手电筒，戴着皮手套的手插在外衣兜里，一直站在那儿目送他们离开，等两个人已经看不见了，他才转过身继续往前走去。

这时，方才散开的小灰影子不知从哪里冒了出来，在他面前凝成了一个四五岁小孩高的小骨架，张开细细的白骨胳膊，站成一个"大"字，仰着头挡在了他面前。

"哟，还有这么小的傀儡，是斩魂使让你跟着我的？"赵云澜挑挑眉，"我还有事，快让开。"

不知道是不是因为太小的缘故，小傀儡黑洞洞的眼眶里愣是能让人看出一点天真无邪的味道来，它好像不是很能听懂人话，既不点头，也不摇头，就只是直挺挺地站在那儿，不让过。

赵云澜抬手蹭了蹭自己的下巴——没想到这不言不语的斩魂使竟然还颇为了解他，要是一个大傀儡也敢这么大刺刺地挡在他面前，说不定早被他一脚踹散了，这么个没法交流的小东西，骨头那么细，他实在不好意思为难对方。

赵云澜："你让不让？"

小傀儡下颌骨一动，发出"嘎嘎"的叫声。

赵云澜摇摇头，迈开长腿，丝毫不费劲地从小骨架的脑袋上迈了过去。

小东西显然没弄清怎么回事，脑袋随着他的动作一直往后仰去，险些掉下脖子，用力地扑棱了一下，赶紧连滚带爬地追了上去，拽住赵云澜的衣角，不让他走。

赵云澜也懒得和它废话，拖着小骨头往前走——反正那小玩意儿也不沉。

要是白骨傀儡也有眼睛，估计已经急哭了。

越往前走，腐烂的味道就越重，而空气似乎也愈加潮湿。破旧古老的台阶往下绵延而去，越发狭窄，到最后，赵云澜嫌小骨架碍事，一弯腰，像抱孩子似的，把小傀儡抱起来扛了肩上，低头看了一眼自己的表。

明鉴的表盘平静得几乎有些诡异。然而赵云澜盯着它看了两秒，突然停住了脚步——他发现，自己的表针正在倒着走！

不……也不完全是倒着，那秒针一路回倒，分针却继续往前，时针卡在12点的位置上动也不动，好像有一种奇异的吸引力，正把三根表针吸引到一起。

最后，它们一同停在12点整的位置上，像死了一样，一动也不动了。

赵云澜伸手抠下一点墙壁上的泥土，凑在鼻尖闻了闻。

"可能是我的错觉。"赵云澜也不知是自言自语，还是在对肩膀上坐着的小傀儡说，"我觉得自己已经入了土。"

小傀儡"嘎嘎"一声，忽然伸出尖尖的指骨，在赵云澜的侧脸上轻轻地戳了戳，然后指着不远处的墙壁，又"嘎嘎"两声。

赵云澜抬起手电筒，顺着小骨头手指的方向，发现那里有一行文字。

"嗯，你倒是无眼有珠，眼神不错……是瀚噶文。"赵云澜凑近，轻轻地摸了摸，"不……严格来说，瀚噶族并没有自己的文字，这应该是一种特殊的咒语。"

小傀儡："嘎嘎。"

"别问我，我又不是谷歌翻译，鬼知道那是什么意思。"赵云澜自言自语地说，"但是我知道，在瀚噶族的文化里，圆润的线条代表温和与平静的东西，而线条硬朗、多棱多角的符号，一般都十分不怀好意，比如幽禁魂魄的，就是个三角阵，比如我还没来得及研究透的那个八角……"

他的手指一顿，在末尾发现了一个八角形的符号。

"就是这个。"赵云澜说，"很好，这回惊悚的要来了。"

他话音没落，就听见一声巨响，整个山洞都晃动了起来。赵云澜险些摔倒，小傀儡一把拽住了他的领子，细长的手骨缠住了赵云澜的头发。赵云澜眯起眼睛，只见一条火龙从前路呼啸而来。他一手扶住墙，一手搂住小傀儡，脸被火光映得发红。跳动的火苗倒映在他漆黑的瞳孔里，莫名有种灼灼的冰冷。

赵云澜拍了拍死命往他怀里钻的小傀儡的头："别扒我衣服，怕的话到明鉴里来。"

小傀儡吓得早忘了主人交代的任务，立刻认怂，化成一团灰雾，一头钻进了他的表盘，几乎就在下一刻，横扫过来的火苗吞没了避无可避的赵云澜。

赵云澜手中已经捏住了一道符，然而遇到这种明火，符却并没有着，他也没觉得烫。

赵云澜愣了一下，在一人多高的火光中抬头张望，满眼都是跳动的火苗，来势汹汹地把整条山洞扫了个干净。在这触碰不到的火苗消失的刹那，墙上刻着八角形标志的泥土自己脱落了下来。

他心里一动，用手接住，随后，土墙上大块的墙皮剥落了下来。赵云澜伸手扒拉了一下，借着手电光，他在土墙上看见了隐约的壁画。

大概是年代久远的缘故，上面画的什么早就烂得差不多了，表达方式也十分意识流，或许来个考古专家才能看明白，反正赵云澜趴在上面研究了半天，近视眼都快瞪出来了，也没弄明白上面讲了什么玩意儿。

他对此很快失去了兴趣，继续往前走去。突然，赵云澜脚步一顿，又想起了什么，在五步以外转过身，站在远一点的地方仔细观察那壁画。手电光从最上面划过，随后斜上四十五度，三点钟方向，斜下四十五度……

他在壁画上发现了一个巨大的八角形，对应的每一个点，都有一个非常小的八角标志。

赵云澜看着这被藏在画里的、巨大的八角形，在怀里摸了摸，从外衣的内袋里摸出了一个钱夹。他从一堆零钱、银行卡和发票里找到了一页皱巴巴的纸，已经泛黄卷了边——像是从一本旧书上撕下来的。那正是《古邪术谱》里关于"罗布拉禁术"的那一页，他一直带在身上，只是出于某种原因，没有拿出来让楚恕之看见。

只见纸上画了一只青面獠牙的怪物，有六条胳膊，却只有一双腿，分别指着八角的位置。怪物横眉立目，大口怒张，口中含着一座小山，左胸口处，则有一个漆黑的八角形标志。

"山在嘴里，这个东西在心口……"赵云澜沉吟了一下，把随身带着的地图拍在墙上。他把画着怪物的书页贴在了地图上，然后慢慢地掉转地图，把"南方"移动到了最上面，用指甲在纸上掐出一条线来，把图上怪物嘴里的山和左胸口的八角形连在一起，往两边各自延伸……他的手指就落在了山谷最凹处。

山谷中的大火、山头上的骨器，乃至于这个早已消亡的民族的种种邪术……似乎都隐藏着更深层次的秘密。

汪徵为什么突然抛下同伴，一个人跑到这里来？

她为什么这样执着于自己已经深埋百年的尸骸？

赵云澜开始隐隐有种不祥的预感。

他顺着山洞一路钻了进去，那山洞越来越窄，压得他几乎抬不起头来。直到他感觉自己的颈椎病都快要犯了的时候，这才终于到了尽头。尽头又是一扇门，斑驳的门上赫然是那只六手两腿的怪物，与他随身带着的那页书里记载的如出一辙，只是似乎面露惊惧。

赵云澜的手掌碰到门的一瞬间，胸口就是一闷。他猛地推开门，发现自己站在山这一头的半腰上，而脚下，就是那神秘的山谷。他骤然有种站在波涛汹涌的大海中间的感觉，厚重的海水在撞击中挤压着他的胸口，让他喘不上气来。

天分明是亮的，可云层把阳光遮挡得一丝也透不下来。赵云澜抬脚往前走去，第一步踩下，就仿佛触动了什么。大地深处传来无声的叹息，水波一样，从瀚噶族的后山上一圈一圈地扩散出去。

这山谷里有某种东西，他想，某种了不得的东西。

赵云澜往山谷走去，空气越来越稀薄，胸口那种被什么压迫的感觉也越来越强烈，太阳穴仿佛被什么夹住，只有他自己能听得见那脉搏急促跳动的声音，视野已经开始发暗。赵云澜缓缓地调整着自己的呼吸——太剧烈的喘息会让人筋疲力尽。

他掐了掐自己的手心，心里有种奇特的直觉，如果有什么东西让汪徵变成鬼魂之后都念念不忘，那么一定不是她早已化成白骨的尸体，而是这个。

钻进他手表里的小傀儡突然冒出来一个头，下颌骨"嘎啦嘎啦"地乱碰，也不知在说什么，可它明显是个胆小鬼，又想阻止赵云澜，又不敢从他的表里出来。赵云澜一巴掌把它按进了自己的表盘里，表情越发凝重，顶着巨大的压力继续往前走。他从怀里掏出三张黄纸符，这三张与其他纸符不同，每一张，角落里都有一个朱砂写的"镇魂"小字，如果黑猫也在这里，它会认出来，这就是传说中的"镇魂令"。

不见他有什么动作，每走三步，他手里的一张镇魂令就会自燃。最后一张燃尽的时候，空中传来三声鞭响，赵云澜手里凭空出现了一条长鞭。那鞭梢一路伸长，像有生命一样，拽着他往前走去……然后，他看见了一个在光天化日下快要化了的白影。

赵云澜脸色一沉，蓦地一抖手腕，长鞭凌厉地卷过去，把白影凌空卷了过来。汪徵那塑料的身体早就不知去了哪儿，魂体已经虚弱得不成样，却依然睁着眼，用一种临终的人那样平静得近乎皈依的眼神看着他。

"我看你是疯了！"赵云澜一把拽过她，骂骂咧咧地把汪徵囫囵个地塞进了手表，此时，他觉得自己的心脏已经疼得快炸开，"这鬼地方！"

抓到了汪徵，赵云澜本该立刻离开，可冥冥中似乎有什么东西吸引了他。这让他情不自禁地抬起头，往汪徵方才站立的方向看了一眼。只见那是一个巨大的石碑，足有几十米高，通体乌黑，上粗下细，就像一个巨大的楔子，死死地钉进了大地深处，底座是一圈已经破败的祭台。祭台的石头上刻满了瀚噶族的咒文，下面则是一张供奉桌，上面有一桌刚刚摆满的、血淋淋的祭品。

赵云澜的眼神与那块巨石对上的刹那，巨石上忽然涌出了无数张脸，密密麻麻的，每一个都在痛苦哀号，震耳欲聋的尖叫声直戳进他的耳朵。那是千万人同时发出的、人类能叫喊出来的最凄厉的声音。

赵云澜只觉得自己像被一块大石头当胸砸下，耳畔"嗡"的一声，剧痛瞬间遍及全身。他低头呕出一口血来，竭力想站稳，却在剧痛中膝盖一软，往后倒去。有那么几秒钟，赵云澜听不见也看不见。

不能在这里晕过去，他想，果断用沾满了血的手摸出了藏在裤管里的刀，抬手往自己的手心上戳去。

刀柄中途被一只冰冷的手攥住，赵云澜被一个人从后面拉进了怀里。随即，他在血腥味里闻到了一股有些熟悉的味道——来自黄泉尽头的冷冷的淡香。

斩魂使？

赵云澜手里的刀"锵啷"一声落了地，而后，他心里一松，彻底晕了过去。

第九章

斩魂使的黑袍就像阳光也无法射穿的浓雾，卷起几丈高的屏障，瞬间就把两个人卷在里面，连同天光一起，隔绝了外面的一切。

他一把抱起赵云澜，抬手在他的表上一按，低喝："出来！"

小傀儡讷讷地浮起来，垂下它那和身体相比大得惊人的头。斩魂使瞥了它一眼："滚回来。"

小傀儡不敢二话，乖乖化作一团灰雾，努力地缩成一个球，遵命滚回了他的袖子。汪徵也从赵云澜的手表里出来，后退了半步，担心地看了赵云澜一眼。

斩魂使冷冷地看了她一眼。汪徵情不自禁地发起抖来。斩魂使席地而坐，小心地给怀里的人换了个舒服些的姿势："你是他的人，是非对错，我不便评价，你先在旁边坐坐吧。"

汪徵不敢靠近他，犹豫了一下，只好擦着个边，在他的保护范围内，尽可能远地找了个角落坐下。斩魂使似乎怕弄脏赵云澜——尽管那家伙已经把自己搞得相当狼狈了——小心翼翼地把斩魂刀放在一边。汪徵这才看见，他的刀柄上已经被血染黑了。

一只苍白的手从黑袍那好像黑洞一样的宽袖里伸出来，近乎温柔地擦去赵云澜嘴角的血迹。汪徵没敢出声，惊骇地睁大了眼睛。

赵云澜清醒过来的时候，发现自己枕着别人的肩膀。他感觉自己好像刚刚大吐特吐了一场，五脏六腑翻了个跟头，整个人都虚脱了。他吃力地爬起来，睁眼就看见了斩魂使："你……"

一根冰冷的手指就封住了他的嘴，斩魂使扶着他的手贴在他的后心上，低声说："别说话，凝神。"

话音落下，一股柔和又寒冷的力量慢慢地顺着对方的手掌涌过来。赵云澜被他冻得哆嗦了一下，却没有躲开，顺着那股力量合上了眼，大大方方地把自己这身意外弄来的伤交给了对方。

据说斩魂使的寒冷来自他本源的戾气和暴虐，可是赵云澜觉得没什么，连翻涌不息的胸闷都在对方的安抚下慢慢地平息。赵云澜不禁佩服起斩魂使来。他接管镇魂令多年，每每遇到罪大恶极的、匪夷所思的事，斩魂使都会亲自出面处理，双方一直是合作关系。打交道多年，赵云澜就从没见过他失礼、失控过。他总是平静、谦和，用某种极致的克制，将他身上固有的暴虐气息压制得死死的，一丝也不露。极致的克制，有时候也是为了追求极致的自由，如果一个人千百年来，连本性都可以这样毫不留情地压制，那么他一方面活得痛苦，另一方面，也一定是个非常了不起的人。

好一会儿，那种好像抽打在他灵魂上的疼痛才渐渐消退，赵云澜睁开眼，自己坐起来："多谢，多谢，这次是遇上你，可见我最近背到了一定地步，又开始走运了。"

斩魂使放开他，客气地说："举手之劳——令主不该不理会我的示警。"

"不就是因为那个死丫头。"赵云澜用下巴尖点了点不远处的汪徵，"光明路4号里有一个算一个，只要是工作时间，全都是我的人，我不能不管。"

随后，他沉下脸，对汪徵说："你给我滚过来！"

汪徵默不作声地飘了过来。赵云澜一鞭子甩了过去，汪徵本能地一闭眼，可鞭子没抽到她身上，只是擦着她削到了一边，鞭梢在半空中打了个卷，从地上扫过，留下一道重重的白印。

"闭什么眼！我不打女人，滚过来。"长鞭飘飘悠悠地落到赵云澜手里，赵云澜瞥着汪徵，"镇魂令请不动你了是吧？"

汪徵二话没说，在他面前跪下了。

赵云澜不吃这套："别给我跪，你跪个屁啊！我钱包还在车里呢，没压岁钱给你。"

汪徵咬住嘴唇。

赵云澜面色不善地瞪着她，从兜里摸出根烟来，叼在嘴里，正在兜里摸打火机，突然一只手伸过来，不由分说地把烟揪走了。

赵云澜摸摸鼻子，莫名觉得斩魂使这个动作有点熟悉。

"我查过你的档案，"赵云澜不习惯地搓了搓手指，说，"你死于1713年，也就是你提的瀚噶族内乱的第二年，发生了什么事？你要找的尸体在什么地方？方才在那根大柱子下面的祭品是不是你放的？那是个什么玩意儿？"

斩魂使在旁边插了一句："那不是大柱子，那叫作'山河锥'。"

这名字听起来耳熟，赵云澜思索了一会儿，倏地一皱眉："也是四圣之一？"

斩魂使点点头："令主博学。"

先是轮回晷，再是山河锥，幽冥四圣失落人间多年，又不是菜市场上两毛钱一斤的大白菜，半年里让他连续碰见两个，要是真有这种狗屎运，赵云澜觉得自己早就去专职买彩票了。

这让他不得不阴谋论起来——那龙城大学再去时已经莫名地干净了的学院办，那么巧盯上李茜的饿鬼，无故失踪、至今下落不明的轮回晷，被通缉的幽畜，以及……突然示警的斩魂使。

赵云澜的表情严肃起来："山河锥到底是什么？"

"世人都说'有鬼神掌着生死权'，其实并不是，自洪荒伊始，万物开蒙，就有善恶，而最早的善恶判，就刻在山河锥上。山河锥是十万山川之精凝成，由九天之上，横贯黄泉之下，上面刻着十八层地狱的所有去处，后来也是生死簿上种种判决的依据。至今有人相信山水有灵，就是从那时候开始的。"斩魂使说，"只因这山河锥最早用作镇压，因此久而久之，里面束缚了万数只恶鬼，以供驱使，没想到失落之后，被有心人利用，将自己的同族世世代代禁锢在山河锥里，永世不得解脱。"

"别人靠近没什么，但你……"斩魂使说到这儿，话音少见地有些犹豫，斟酌片刻，他含混地说，"你天生魂魄不稳，贸然靠近这种封魂之器，当然比别人受的影响大。"

赵云澜还是第一次听见这种说法，诧异地反问："我魂魄不稳？我三魂七魄好好的，为什么会不稳？"

斩魂使沉默了一会儿，说："人的头顶、两肩处，有三昧真火，你左肩天生失落一火，'鬼拍肩'，因此三魂七魄容易不稳，还请令主以后千万多加小心。"

赵云澜皱着眉，低头观察了一下自己的左肩，不过很快就不在意了，继续问："那瀚噶族人就是用山河锥催动罗布拉禁术的，是吗？"

斩魂使点头："将斩首之人的身体以火烧去，再用山顶上的三星聚阴之术把人的魂魄强行扣在山谷里，自然会被山河锥吸进去，用残留的头颅，就能驱使山河锥中的亡灵。"

赵云澜指着汪徵问："那她呢？"

斩魂使看了汪徵一眼。汪徵一哆嗦，觉得他仿佛洞穿了自己的生前身后事。

"姑娘因斩首而死，不过身首大概被人用某种方法好好地保存了下来，所以逃过了聚阴阵和山河锥。"

汪徵露出一个苦笑："我当年不懂事，心有不甘，上了人身，这才被前任令主抓住，从此收入镇魂令中，'汪徵'并不是我的本名，而是被我上身的姑娘的名字……我本名叫格兰，是死于那场叛乱中的首领的女儿。"

赵云澜不爽地发现，自己的特别调查处是个官二代集中营。

汪徵继续说："叛乱者首领名叫桑赞，他阿姆是我阿姆的梳头女，原本是个奴隶的儿子……我们族里，没有平民，除了首领和贵族，就是奴隶，所以桑赞长大以后，理所当然地也成了奴隶。他勇敢又能干，很快在众多奴隶中脱颖而出，成了我阿父的放马人，按现在的眼光看，大概是……人人羡慕的青年才俊吧。"

她说到这里，酸涩地一笑："可惜在我们瀚噶族里，即使再有本事，也是奴隶，奴隶的命就像家养的猪狗牛羊一样，可以随意地买卖处置。桑赞英俊、富有，什么都有，只是没有尊严。后来，我阿父看上了一个小女奴，还让她怀了孩子，惹得阿姆大发雷霆，那个小女奴就是桑赞的妹妹。阿姆心里有气，就把火撒在了桑赞的阿姆身上，随便寻了个小事，把她处以斩首之刑。桑赞的阿父被我大哥用鞭子活活抽死，他的妹妹……那小女奴本来就是被我阿父强迫的，出了这种事，就用马鞭把自己活活吊死了。"

赵云澜从身上摸出最后一包牛肉干，边吃边评价说："你爸可真不是个东西。"

斩魂使看出他心情依然欠佳，只好干咳一声，打了个圆场："我看山河锥底座那里原本有块祭石，被压在贡品下面，按理，祭石上应该记载了被镇压在其中的魂魄名录，石头还在，名录却已经被削去了，这也是那次叛乱中的事吗？"

汪徵点点头："桑赞带着他的兄弟们打败了奴隶主后，就来到了禁地——也就是山河锥那里，说从那以后，族里的每一个人，都能平等而有尊严地活着，于是他用大锉刀把上面的字迹磨去了。首领……我的阿父、阿姆、大哥，还有贵族们，以及他们的随从、侍卫，最后全都被吊在守山屋的院子里杀了，瀚噶族从那以后不再有奴隶，也不再有贵族。"

"你呢？"赵云澜问，"你没有在那一年被处死，是因为你暗中帮了桑赞，对吗？"

汪徵低下头："我和他从小就认识，当时阿父派人追捕他的时候，是我把他藏了起来……我真的只是不想让他死，并没有……并没有想到后来的事。"

赵云澜皱着眉看着汪徵。

汪徵直直地盯着地面。她这样望向同一个方向的时候，总像是在发呆。过了好一会儿，她才轻轻地说："那时我还年幼，不到十七岁，什么也不懂，又单纯又愚蠢，一睁眼，只看得到眼前发生的事，脑子里也只会想着一条路走到黑。我与……桑赞青梅竹马，纵然身份有别，也没有拿他当过外人，阿父要杀他，我当然……当然是不答应的。其实那时候我是怪我阿父的，我觉得他做得不对，让我脸上也蒙羞。他是我们的首领啊，是我伟大的父亲，怎么可以做那种无耻的事呢？"

赵云澜不吭声，表情依然是很臭，却轻轻地叹了口气。

汪徵顿了顿，又问："世界上，究竟有没有一个地方，人人自由，人人生而平等呢？"

赵云澜说："有啊。"

汪徵和斩魂使一同转向他。赵云澜的下唇还沾着一点血迹，脸色格外苍白，在深灰色的衣领映衬下，几乎是憔悴的，唯有一双眼睛亮得惊人——他的眼睛总是很亮，好像世界上没有什么东西能抹去那里面的光。

他说："在死亡面前。"

斩魂使忍不住说："令主这话凉薄了，那么凡人苦苦挣扎求索一生，又是为了什么呢？"

"是大人着相了。"赵云澜静静地抬起眼，"什么是公平、平等？这世界上，但凡一个人觉得公平了，一定是建立在其他人觉得不公平的基础上。活不下去的时候，平等是与别人一样吃饱穿暖；吃饱穿暖的时候，平等就是同旁人一样有尊严；尊严也有了的时候，又会自觉高人一等，怎么也要比别人多一些什么才肯甘心，不到见棺材，哪有完？什么是平等，还不都是自己说了算？"

斩魂使哑口无言，片刻后，低低地笑了一声："歪理。"

赵云澜也不继续争辩，把这话题揭过，又问汪徵："桑赞造反成功，杀了你的父亲，铲平了祭台上的名字，从此瀚噶族不再有奴隶，后来呢？"

"后来，族里一切事务，都由每一家的家长站出来，代表自己家提出一个意见，大家一起商量，谁的赞同者多，就听谁的。"汪徵说，"这是桑赞提出来的。他没读过书，也没有离开过大雪山，却懂得后世提倡的民主……可见人们所愿的东西，无论什么时候，大概是差不多的。"

赵云澜支起一条长腿，双手搭在膝盖上，坐得松松垮垮，没型没款，嘴里的话却像刀子，一句比一句更戳人的心，他问："所以你就是这么死的吧？"

汪徵猝不及防，没想到他这么快就猜出了真相，几乎是一呆，眼睛里的光蓦地暗淡了下去。

"我是……我那时无处可去，只好一直住在桑赞家里，寄人篱下，可我什么也不会做。我是首领的女儿，小的时候，阿姆只教过我怎么样打扮自己、怎样驱使奴隶，我不会干活，不会打猎，连料理家务事也是一团糟……同族的一个女孩想要嫁给桑赞，求她阿父去说亲，桑赞拒绝了，那姑娘一气之下出逃，跑出了雪山，等被族人们找回来的时候，已经死了。据说她是失足从山坡上滚了下去，头撞到了大石头上。她的阿父恨上了我，联合了别家，召集族人们，说我是狗首领的女儿，会妖术，他们宽恕我，让我侥幸活着，而我竟然还不知悔改，每天好吃懒做，霸占着他们的英雄桑赞，竟因为嫉妒，施妖术咒死了他的女儿，要把我……要把我砍头处死。"

汪徵的肩膀颤动了起来，她曾经发自内心地觉得是自己的父亲错了，在少女年幼的心里，族人们不该被奴役，他们也是人，不该那样卑微，不该生死不由己，她曾和桑赞一样，希望他们过上富裕的好日子，希望他们能平等、自由、幸福。

然而，她那样同情、喜爱的族人，却原来是怨恨她的。

"姑娘的阿父要大家举手，不动的表示不发表意见或者不想处死我，举手的代表赞同我被处以斩首刑……"汪徵再也忍不住，"斩首刑"三个字破了音。

她清楚地记得，那一天，人们列席满座，表情分明是快意，密密麻麻举起的手，一排一排，参差不齐，从高台上看去，就像是幽冥最深的那条河里晃荡的恶鬼爪子。几乎每一个人都举了手，他们看着被绑在中间的少女，又是冷漠，又是麻木，又是愚昧，又是残忍。

他们惊人地达成了一致的意见——杀了她，砍下她的头。

一个人，心里就算有千万盏明灯，也会给浇得一丝灰烬也不剩。

没有人记得她做过什么……又或者，大家觉得她做过的事，也不过是别有用心。

汪徵的眼泪落到地上，旋即化成了一缕烟，消失在了空中，而她的身影也越来越单薄——她死了三百多年，本是早没了眼泪的，心里痛到了极致，只会烧自己的魂。

"别哭。"赵云澜虚虚地伸出手，托住她的下巴，用手指抹去她的眼泪，指间夹着一张固魂的纸符，轻叱一声，按在了她的额头上。汪徵的"眼泪"一下子被封住，再流不出来了。她瞪着那样一双近乎无邪的大眼睛，对上男人温柔得很隐晦的目光，忽然有种感觉，就好像他什么都知道、什么都了解。

赵云澜伸出明鉴表，低声说："你先进来。"

汪徵愣了片刻，随后只觉得一股温和但不容违拗的力量，把她拉进了已经停了的明鉴里。她听见赵云澜低低地说："天黑再放你出来。"

汪徵消失在原地，赵云澜和斩魂使面面相觑，一时无语。赵云澜有些恹恹地闭上了眼睛，似乎是太疲惫了。斩魂使沉默片刻，拍了拍他的肩："暂时不要睡，你被山河锥震伤，要是在这儿睡了，方才固住的魂魄容易散，晚些时候再休息——胸口还闷吗？"

赵云澜用力揉揉眉心，哑声说："还好，就是这臭丫头药下得没轻没重的，我头晕一天了。"

斩魂使说："不如我先送你回去，再来收回山河锥。"

赵云澜摆摆手，强打精神，忍不住有些痛苦地说："我能抽根烟吗？"

斩魂使没回应。

赵云澜当他是默认，退开几步，飞快地点了根烟，像个大烟鬼似的深吸了两口，一点二手烟都没往外喷，全进了他的肺，整个人这才有了点精神："我没事，吐口血排毒，方才不知道那是山河锥，有点措手不及。大人不用管我，赶紧把那玩意儿拿回来，上回轮回晷就被人捷足先登，别因为我耽误事。"

说完，赵云澜站了起来，把烟头捻灭在雪地上，从兜里摸出一张皱巴巴的符咒，捏成了一个小球，塞进嘴里艰难地嚼了："走吧，大人先请？"

斩魂使无声无息地一点头，收起漫天的灰雾，山河锥再次呈现在两人面前。

赵云澜临时嚼了一张定魂符，此时却依然能感觉到山河锥上传来的那种震颤灵魂的戾气与肃杀。他站直了，注视着这个庞然大物，见那山河锥的横切面竟然就是个八角形，端正、尖锐，直插地心。

斩魂使往前走了十几步，站定，双手合拢，地面忽然卷起狂风，而他的兜帽与黑袍在猎猎的风中如同要被掀走，那人却不知怎的，依然裹在一团黑雾里，不露一点端倪。

斩魂使低喝一声："山魂！"

先是山河锥，随后是地面，再之后，好像连整座雪山都跟着震颤起来。远山深处发出雷鸣般的"隆隆"声，好像生生世世被拘禁在冰冷的岩石下的神明被惊醒，发出骇人的低吟。

天阴如夜。

周遭忽有人影闪现，赵云澜在烈风中艰难地睁着眼睛——他看见汪徵，十六七岁天真无邪的模样，几乎还是个孩子，站在人群外。一个年轻英俊的男人衣衫褴褛地立在高处，仿佛有什么感应似的，远远地回头看了她一眼，与她四目相对，沾满血污的脸上忽然露出一个近乎纯真的笑容。然后，他咆哮着，将手中巨大的铁铲挥向祭台上的大石碑，在他的脚下，是被血染红的山坡，无数的尸体横陈在下面。

还活着的人们伸长了脖子，望着他的动作。

那男人铲平了石碑，沉默了片刻，忽然用嘶哑的声音大喊了一句话，赵云澜听不懂，可不妨碍他明白对方的意思。男人满身血污与泥土，取得了胜利，脸上却并不见欢喜，只有悲愤——被压抑了千年的民族，第一口自由的空气，几乎要呛得他流下泪来。

沉默的人群终于开始应和他，山谷中回荡着男人的嘶吼和哭泣。

这些幻影倏地消散，山河锥在缓缓地从地面上升起。

斩魂使再伸出一指："水魄！"

赵云澜一动不动地站在原地，山河锥乌黑的倒影映入他的眼睛，朔风刮得他眼眶有些泛红。他伸手按住明鉴的表盘，似乎在安慰被禁锢在其中的少女魂魄……慰藉她永世不安的寂寥。

而就在这时，一声尖锐的号叫破空而来，赵云澜不禁侧头躲闪，方才好了些的脑袋又一阵晕眩。那尖叫越来越密集，声音越来越大，带着凄厉的哭腔，听在耳朵里，就像五脏六腑被尖指甲挠过似的。

赵云澜快吐出来了。

不远处的斩魂使身上的袍子再次凝出灰雾，一瞬间切断并隔绝了声音，而山河锥也恢复了原样，缓缓地落回了原处。赵云澜这才尝到嘴里一股腥味。他伸手一摸，发现自己不知什么时候，不小心咬破了自己的舌头。

“那是什么？”赵云澜问。

斩魂使平静的声音终于有了一点忧虑，他说：“莽撞了，刚才那是万鬼同哭。”

“什么？”

“听方才那位姑娘说，桑赞铲平了祭台上的石碑，我本以为他应该是把困在里面的冤魂放出来了，没想到里面竟然还有这么多冤魂。死魂无泪，这样的动静，一定是拼着魂飞魄散发出的尖鸣，百万冤魂同一呼，别说你我受不了，十万雪山也能被震塌。”

赵云澜背着手站在他身后，沉吟不语。

斩魂使说：“山河锥在这里矗立千年万年，经历太多了。”

突然，明鉴一闪，一道白影冒了出来，以一种义无反顾的姿态，迅雷不及掩耳地扑向了山河锥。然而，她不过才冲出了一米，身体还没能完全离开表盘，赵云澜手上突然“长出”蛛丝一样透明的细线，牢牢地把汪徵绑在了原地。

汪徵愣了片刻，低下头来，一人一鬼的目光在空中相遇。她眼中似有水光，却被一道符贴得连哭也哭不出来。而赵云澜始终面无表情，显得格外不通情理。

“跑啊，”赵云澜冷冷地说，“我看你能不能在我眼皮底下跑两次。”

汪徵垂着头，不敢对上他的目光。斩魂使不温不火地劝了一句：“令主，有话好说，不要动怒。”

赵云澜卖了他一个面子，脸色稍缓，瞪了汪徵一眼：“你觉得把自己牺牲给山河锥，就能平息万鬼同哭的怨气，是吗？你到底是认为‘精诚所至，金石为开'呢，还是真把自己当盘菜了？缺心眼吗？！"

汪徵脖子上细长的红痕显得越发惹眼，额头上贴着的纸符随着她微微颤抖一起一伏，看起来就像个三流恐怖片里的僵尸妹，造型十分搞笑，可在场的谁也笑不出。

赵云澜骂完，痛快了，在斩魂使旁边找了个地方席地而坐，又冲汪徵扬了扬下巴："你也坐吧。"

绑着汪徵的丝线在空中涌动，组成了一把银色的椅子，正好能让一个人坐上去。也许是生前的故事太长、太冷，在汪徵身上，看不见一点儿严寒地区少数民族身上特有的热情奔放，她总是显得阴郁而沉默，充满着不合时宜的内敛。

少女乌黑的长发垂在两颊侧，一动不动地飘在半空中。

赵云澜语气略微平和了些："有些事，旁观者听一耳朵，就能猜到前因后果，你知道这是为什么吗？"

汪徵静静地抬起眼。

赵云澜叹了口气："是因为它是无论怎样都会发生的，是注定的，不是以你一个人的能力就能阻止的。"

汪徵喃喃地问："你知道？"

"我只是了解桑赞这样的人。"赵云澜说，"数百代的奴隶，老子死了，儿子依然当牛做马，从没有人敢反抗，他开了这样的先河，心里肯定是有天大的不服，一个这么有血性又出类拔萃的男人，你要是想要他的命，他说不定还能慷慨赴死，可你不能伤害他的尊严。不提功名利禄、升官发财，一个男人最基本的尊严，不就是封妻荫子，让放在心上的人平平安安的吗？"

斩魂使听完，忍不住在旁边轻声问："令主也是这样吗？"

"缘分这东西不能强求，"赵云澜没想到斩魂使也肯在这些鸡毛蒜皮上搭腔，有些意外，于是顺口说，"但要是有人愿意死心塌地地跟着我、照顾我，替我知冷知热，我却连保护人家周全的心都没有，那算个什么东西？也配叫人吗？"

斩魂使放在膝头的手往袖子里缩了缩，在别人瞧不见的地方，情不自禁地握成拳，好一会儿，才低低地说："令主情深义重，只是不知道什么人能有幸得之。"

"啊?"赵云澜被他夸得愣了愣,觉得这话听起来有点古怪,于是笑了出来,"哎哟,大人您可别,这话夸得我直起鸡皮疙瘩。"

斩魂使没接他的话茬,轻飘飘地转移了话题:"为了他的族人,桑赞铤而走险,身负重罪,就是想让所有人都过上好日子,而他亲手把这个看似遥不可及的愿望实现了,一定没料到后来发生的事。"

赵云澜:"如果是我,心爱的女人死在这些人手上,死在自己亲手立下的规矩下,一定比恨老族长更恨这些人。"

"何止,"斩魂使仰起头,透过他自己制造的灰雾,望向矗立在那里岿然不动的山河锥,轻轻地说,"一定千刀万剐也难消心头之恨。"

他话音里有种森然的寒意,汪徵敏锐地感觉到了,忍不住往赵云澜身后缩了缩。

赵云澜问她:"桑赞亲眼看着你被处斩吗?"

"他们软禁了他。"汪徵摇摇头,"那姑娘的父亲说他被我迷惑,这是为了他好。"

赵云澜沉默了片刻,又问:"那是桑赞收起了你的尸骨吗?"

汪徵点点头。

赵云澜:"所以,你说想要回来找自己的尸骨,入土为安,其实是骗我的?"

汪徵低下头,好一会儿,才又点了点头。

赵云澜皱着眉看了她一会儿,随后转开目光,口气有些生硬地说:"没有下次。"

斩魂使插嘴问:"那么桑赞是把姑娘的尸骨放进了水里吗?"

汪徵深吸了口气,平静了片刻:"是的。我们一族人中,山取意'拘押震慑',水则是'千里飘灯、万里无阻',历来奴隶与罪人死后,都会斩其首镇于山巅,而贵族或者德高望重的人死后,则会漂进水里,举行水葬。他趁夜将我的头挖出来,又偷走我即将火化的尸体,割下了那意外死去的姑娘的头,用她的身体换了我的,最后在河边,把我的头和身体缝在一起,塞进原本给那姑娘准备的裹尸袋里,抱着我哭了一整宿,第二天,在旁边看着别人把我放进了水里。"

她说到这里，微微地抬起脖子，手指轻轻抚过脖子下面的一圈红线，那针脚细密，平时看来，只觉得恐怖可怕，这时候却无端让人觉得心酸。

他是怀着什么样的心情，洗干净怀里人的脸，手指抚摩过她充满死气、惨白蜡黄的脸，把她的头和身体缝在一起的呢？

而或许，他还没来得及对她说出自己一直以来隐而未明的心意。

流年那样无理残忍，稍有踟蹰，它就偷梁换柱，叫人撕心裂肺，再难回头。

旁边的两个男人同时沉默了，也不知都想起了什么。

"流水带走了我的尸体，可我一直没走，"汪徵说，"我一直看着他，他变成了另一个人。原本族里投票议事由三个人轮流主持，一个是桑赞，一个是带头处死了我的那个人，还有另一个德高望重的老人，由他们提名大事，大家一起举手表达意见。后来，桑赞娶了那位老人的孙女，他们两人联手，排挤处死我的那个人，后来又设下了一个陷阱，诬陷了他，于是两年后，人们也举手处死了他。"

赵云澜摸出一根烟来，放在鼻子下，轻轻地嗅着。

"又过了一年，那位德高望重的老先生也死了，别人都以为他是年老体弱，寿终正寝，我却亲眼看见，是桑赞给他下了毒药。"汪徵的眉间飞快地抽动了一下，仿佛至今不敢接受这样的现实——瀚噶族认为，毒药是懦夫的武器，一个顶天立地的汉子，又怎么会变成一个只会暗地下毒的小人？

他仿佛在用这种方法，不遗余力地侮辱着那些被他神不知鬼不觉害死的人，也在侮辱着他自己。

"后来是他的妻子、他才蹒跚学步的小儿子……他的亲骨肉。"汪徵用几乎透明的手指抓住她身上那件同样虚无的白裙子，"每一个被他害死的人，他都会在他们下水前头一天，偷偷地割下他们的头，用一块石头压进去，把他们的头埋在山上，然后让他们的身体沉入水底，再不能漂走。到此时，族里没有再能与他抗衡的人，他的声望到了顶点。他用了好几年，处心积虑地让所有人都自以为在自由地举手，同意的却是他想让他们同意的事。他成了新的首领。"

一个大权在握，却只想毁了这个民族的首领。

之后是派系争斗，桑赞打压、扶植，甚至故意暗地里激化矛盾……曾经淳朴勇敢的小伙子，无师自通地成了一个阴谋家；抱着爱人的尸体哭了一整夜的那个男人，成了一个冷血又危险的人……就好像那些载歌载舞、单纯地想要为了过好日子而努力活下去的好人，也会举起他们的手，一同拿起铡刀，砍下一个无辜少女的头，还要把她的灵魂永生永世地压在无边的黑暗和奴役里。

"我死后的第十五个年头，瀚噶族再次内乱，世世代代受压迫的奴隶们分成两派，把武器对准了自己的同胞，这一战，比以往更惨、更激烈，整整打了一天一宿，死了的人把山谷都填满了，满头是血的幼儿坐在尸体旁边大声号哭，秃鹫被死人的味道吸引，高高地盘旋，却并不下来……因为桑赞把剩下的人引向祭坛，然后点燃了他早埋在那里的火油。站在大火中间，他掀开了山河锥下面倒扣的石板。"

汪徵轻轻地说："那块曾经被铲平了的、代表了永世为奴的石板上，不知什么时候，重新刻下了每一个人的名字。大火一直不灭，好像要把整个山谷都烧化，只有那根山河锥，它就像一个冷漠的耻辱柱，一直站在那里，一直也……"

万鬼同哭，是有理由的。

第十章

赵云澜毫无同情心地打断汪徵："懂了。也就是说，现在山河锥里羁押的怨魂，都是被桑赞亲手害死的追随者和族人。行了，也别提那些过去好几千年的破事了，说说，现在怎么办？"

斩魂使一时沉默。汪徵动了动嘴唇，刚要说话，赵云澜就指着她说："没问你，你闭嘴。"

"山河锥镇魂摄魄，别说这些人死得那么的不甘心，哪怕是寿终正寝的魂魄，被摄入山河锥里，久而久之，也会变成恶鬼怨灵。"斩魂使说，"要是我说，别无他法，要么毁了这幽冥圣器，要么将里面的魂魄强行镇压。"

他的话十分含蓄，汪徵一时没听明白，睁着大大的眼睛迷茫地看着他："大人是说……"

赵云澜说："他的意思是，如果不能把山河锥炸了，就只能把里面的魂魄一刀切了，打得他们魂飞魄散，省得费事。"

汪徵伸手捂住嘴。

斩魂使却摇摇头："无故斩人魂魄，有失公道。"

那就只剩下炸山河锥一个办法了。

三人同时沉默——幽冥四圣，能说炸就炸吗？

赵云澜坐在地上，按着打火机玩。忽然，他盯着那小小的火苗，想起了什么，对斩魂使说："我来时路上遇见了一个掌灯的阴差，就从清溪村外面那条公路上过，离这里不远，他难道不知道这里的事，难道就这么瞪着眼地和山河锥擦肩而过？"

斩魂使微妙地顿了顿，说："他摆渡上百余人，大概是顾不上吧。"

赵云澜看了他一眼，表情似有疑惑，又说："那既然四圣散落人间这么多年，大人为什么现在才开始要把它们收回呢？上次轮回晷是偶遇，这次恐怕是专程为了山河锥来的吧？"

斩魂使立刻发现自己失言，闭了嘴——赵云澜实在太精明，他二百五也好，不着调也好，仿佛全都是为了藏住他那过分尖锐的精明，每次猝不及防地掏出来，都能把事情的前因后果刺个窟窿出来。

赵云澜不肯轻易放过他，目光缓缓地落下，落在了斩魂使宽大的袖子上，指出："大人袖子上的血迹还没抖干净呢。我从未听说过世上有幽畜这么一种东西，然而它们和四圣器之一的轮回晷几乎同时出现，幽冥也讳莫如深，它们到底是什么？从哪儿来的？总不能是凭空出现的吧？所谓'圣器'，难道不应该是各方挤破了脑袋争的吗？为什么你们会任它们流落人间这么多年？"

斩魂使一生审判别人，还从没被别人这样逼问过。他缄默半天，也没能编出个合适的说辞，最后只好又君子又诚实地说："恕我不能说。"

用谎言对付赵云澜这样的人，基本就是在自取其辱，反倒不如坦坦荡荡地告诉他"不能说"，也省去编瞎话的精力。

赵云澜又点着了一根烟，凑在嘴边深吸了一口，沉思片刻，果然不再追问了。

只见他站起来，从兜里摸出印着八角符号的那块土墙皮，放在手心里给汪徵看："这是什么意思？你们汉噶族的咒文里，这就是指山河锥吗？"

汪徵仔细地看了看，摇摇头："不是的，我小时候，阿父教过，八角就是山的意思，在外面套上一个圆圈，意思就是环山的水。"

"你爸没糊弄你吧？"赵云澜问，"你们这个文盲民族不是还有另一个表示山的符号吗？"

汪徵脾气好，听见这么种族歧视的地图炮都保持了心平气和，一点儿也没想殴打领导，依然细细地解释说："那是普通的山，八角特指神山，也就是插着山河锥的这一块，我生前，这里是我族禁地，除了族长，谁都不许上来的。"

赵云澜皱皱眉："可我在这儿没看见环山的水。"

汪徵："都这么多年了，地貌风水早就变了吧。"

赵云澜抬起头，望向山河锥的方向："山魂水魄……瀚噶族利用山河锥达成罗布拉禁术，已经不知道有多少代人了，他们一定知道更深层次的东西，为什么尸体放进水中水葬就能逃脱山河锥？"

斩魂使顺着他的思路考虑了片刻："山形不动，流水不腐，所以或许水能克它？"

赵云澜："为什么不试试看？"

斩魂使闻言站了起来。赵云澜就像召唤狗一样冲汪徵招招手，不耐烦地敲了敲自己的表盘。

汪徵会意，人影一闪，消失在了原地。

斩魂使一抬手挥散了灰雾，紧接着，他手指雪地，围着山河锥的一圈冰雪以肉眼可见的速度化开，转成了一圈细细的水。果然，方才躁动着的山河锥奇迹般地安静了下来，就像是一个暂时被安抚了的疯子，凶神恶煞地沉默了。

斩魂使谨慎地站在水圈以外，观察着山河锥的反应。

化开的冰雪越来越多，形成了汩汩的溪流，透过厚厚的积雪晕染开，像是一条又一条的小蛇，"咝咝"地靠近山河锥。

赵云澜先是听见某种"嗡嗡"声，一开始还以为是自己耳鸣，可是渐渐地，这"嗡嗡"声里竟有一个断断续续的声音，那声音说："未老……未老已衰……"

赵云澜倏地一愣，心里升起一阵说不出的悸动感。他仔细分辨着那声音，不由自主地随着那声音脱口而出："未老已衰之石，未冷已冻之水，未生已死之身，未灼已化之魂……"

斩魂使猛地扭过头去。

赵云澜恍了一下神，立刻清醒过来，用力捏了捏眉头，怀疑自己又出现幻觉了——有那么一瞬间，他觉得那块名叫山河锥的大石头正在和他建立某种联系，吸引着他过去。就在他低头的瞬间，眼睛被雪地反射的白光闪了一下。赵云澜瞳孔一缩，看见一个人凭空出现在斩魂使身后，一把巨大的斧子从斩魂使的后脑上直劈而下。

自从进了这山谷，赵云澜插在兜里的手就没离开过枪，因此应对极快，抬手就把拿枪的手架在了斩魂使肩膀上，眼睛也不眨地开了一枪。

透过消音器，子弹正中那人脑门，与此同时，斩魂使手里的斩魂刀横向挥出。他就像是一道漆黑的旋风一样，在原地带起一阵厉风，斩魂刀的刀刃和刀鞘之间摩擦发出刺耳的声音，尾部和巨斧撞在一起。

两人同时退了三步，赵云澜这才看见，执巨斧的人脸上扣着一个惨白的鬼脸面具，额头上有一个子弹眼，从里面流出乌黑的液体。

鬼面人缓缓地抬起手，擦掉额前的黑血，转向了赵云澜，惨白的鬼脸面具随着他的动作，"画上去"的五官慢慢地扭出了一个……近乎是笑的表情。

"令主，"鬼面人的声音从面具下面闷闷地传出来，"千年不见了，一点儿也没变。"

赵云澜有些诧异地一抬眉。从没听说过这样一号人物，也不知道"千年不见"从哪儿说起。

鬼脸面具上的眉毛突然垂下，露出一个不知道是哭还是笑的表情，他伸手在自己额头上的血洞里捣了捣："令主以前对我可不是这么不留情面，不过倒也没关系，毕竟借火之恩，百死莫……"

斩魂使没让他说下去，斩魂刀的刀锋凝成了一道刺眼的光，劈开空气的时候，几乎发出了一声尖厉的呼啸。赵云澜还从没有见过斩魂使有这样暴怒的时候，立刻识相地避让到一边，以免两尊大神发挥不开。

汪徵的声音从他的手表里传出来："赵处，那是什么人？"

赵云澜叼着烟，双手笼进袖子里，往旁边一蹲："我哪儿知道，我又不是谁都认识……难道我看起来像那种喜欢乱交友的人吗？"

他在旁边观战了一会儿，把烟头捻灭在雪地里，在冻僵的双手之间呵了口气，搓了搓。

"未老已衰之石，未冷已冻之水。"赵云澜说着，目光往旁边转了转，伸手指敲了敲自己的表盘，"你还别说，我突然有个想法，想去试一试。"

汪徵就怕他有想法，赶紧叫了起来："赵处，赵处！"

赵云澜不理她，从腰带上解下一串钥匙，旧旧的钥匙扣是本书的形状，上面的图案都磨平了，背面有一个歪歪扭扭的"镇"字，中间有一条缝隙，像是可以打开的照片夹。他拎着那钥匙扣往山河锥的方向走去。忽然，涌动的地面上冒出好几只幽畜，虎视眈眈地围住了他。

赵云澜目光一扫，拖着懒洋洋的长音说："哦，我有点明白了，原来他就是你们的主人，轮回晷也是你们拿的，不过，你们打算用四圣器干什么？"

幽畜们不回答，并肩往前逼近了一步，似乎是想吓退他。

赵云澜冷笑一声，指间夹着一根烟，打开了那书本形的钥匙扣，里面弹起了一小团火。原来那并不是照片夹，而是个精巧的小打火机。一声轻响，赵云澜点着了一根烟。

赵云澜并不把烟往嘴里塞，而是夹在两根手指中间："我这辈子，一恨丑人作怪，二恨恶犬拦路，诸位真是新时代的好工兵，专找别人的雷蹚啊……"

他话音没落，手里的烟像一颗小炮仗，"咻"一声飞了出去。离开他手指的瞬间，那根细细的烟就当空变成了一团大火球，挂出长长的尾巴，流星似的直扑幽畜而去。这火不同凡响，有幽畜惨叫了一声"三昧真火"，后面两只躲闪不及的，瞬间就被卷进了火舌里。

赵云澜在火光中露出一个笑容："什么真火假火，没见过世面的土包子，不知道这是兵器谱第一暗器，江湖人称'钻天猴'的神物吗？"

下一刻，那名为"钻天猴"的洋气火球，就这样直扑向了山河锥的底座。

斩魂使听见身后的动静，猛地一别手腕，斩魂刀冲着鬼面人的头挥去。

他借着这个空当一回头，险些被那大火球晃瞎了眼，一时没找到赵云澜人在哪儿，情急之下喊了一声："云澜！"

这一分神不要紧，那鬼面人不躲不闪，用脸迎上了斩魂刀。鬼面和刀刃一碰便划出一条口子。奇怪的是，斩魂使这拿刀的人竟似有疑虑，回过神来后，猛地错身收手，刀刃从对方脸上横削过去，硬是不敢破开对方的面具，两人擦肩而过。

鬼面人大笑一声，像一团巨大的黑雾，冲着赵云澜而去，长斗篷一拢，就将那被三昧真火点着的小烟头收了进去，背对山河锥，站在了赵云澜面前。残存的幽畜们立刻退开，退到鬼面人身后，团团地围住了山河锥。

赵云澜眯着眼打量着鬼面人："毕方那只野鸡还跟我吹牛说，三昧真火能烧得孙猴子哭爹喊娘，结果却烧不坏你的烂袍子，阁下真是好大的来头。"

鬼面人脸上的面具变得面无表情："我不愿意伤你，令主还是不要插手这件事比较好。"

赵云澜一只手插在兜里，肩膀自然地往一边斜了斜，不用很油腔滑调，就俨然已经是个资深的流氓："哎哟，吓死我了。"

斩魂使大步走过来，一把将赵云澜扯到身后，斩魂刀横在身前。这动作回护意味太明显，赵云澜都颇为奇怪地看了他一眼。

自从这个诡异的鬼面人出现，斩魂使有太多失常的地方了。

不过，此时不是走神的时候，赵云澜在兜里摸了摸："看你的意思，传说中的山河锥果然是怕火的……不，山河锥取意'镇压'，把所有能收的魂魄都凝固在里面，我怀疑它其实怕一切流动的东西，包括水、火，甚至可能还有大风，只不过凡间的水、火、风都太弱了，是吧？"

鬼面人面具上大得吓人的眼睛转了转，直直地盯住赵云澜："令主，留神慧极必伤。"

斩魂使森然说："你敢碰他一根头发，我让你后悔从'那地方'爬出来！"

鬼面人大笑："你？"

斩魂使："你大可以试试。"

鬼面人面具上的五官抽动，身形忽然暴起，像一只巨大的蝙蝠，陡然张开宽阔的两翼，俯冲而下，再一次对上斩魂刀的锋芒。同时，赵云澜趁他俩掐起来，忽然往另一个方向跑去。藏在地面下的幽畜一拥而上，被他一枪一个地撂倒。

鬼面人目光一闪，纵身追了上去，拼着后背挨了斩魂使结结实实的一刀。他背着一尺来长的刀伤，黑血喷出老高，却浑不在意，不管不顾地扑向赵云澜。

幽畜的密度飙升，赵云澜一脚横扫出去，正中一只幽畜的脸。幽畜被他一脚踢得往后仰倒，赵云澜一脚踩在它的肩膀上，长鞭不知道什么时候落到了掌心，一抖手，照着追上来的鬼面人脸抽了过去。

斩魂使出于某种原因，不敢揭开鬼面人的面具，看见赵云澜突然来了这么一手，吓了一跳，险些用刀鞘去卷他的鞭子，刀鞘抬起来，才堪堪忍住。不过那鬼面人不怕枪，对长鞭却似乎颇为忌讳，一瞬间往后闪了七八米，撤到了长鞭的攻击范围之外。

赵云澜忽然无声地笑了起来。

鬼面人惊觉不对，蓦地回过头去，却已经来不及了——只听一声巨响，阴沉的天空中忽然闪过惊雷，自九天上摧枯拉朽地斩下，将围在山河锥下面的幽畜全部卷入电光之中。

"轰"的一声，天火点燃了山河锥。

赵云澜把手摊开，一道请雷神符在他手中碎成了齑粉。

大奸者、大恶者、污秽者、重罪者，自有天打雷劈之刑等着他们，幽畜天生污秽，在这里引雷简直事半功倍。

赵云澜把手里的碎纸末拍干净："好避雷针！"

他话音没落，只见山河锥竟似一段融化的冰川，慢慢地变细变窄。天雷引起的大火爆出了百米高的烈焰，直冲天际，与隐隐的雷鸣交相呼应，在山河锥的底座形成了一圈火卷的旋风，猎猎地灼人。

无数模糊的面孔茫然地从火光中闪过，忽地一闪就不见了，不知被这一把天火烧到了什么地方。大地深处传来宛如心跳一般的震动，就像他真的惊动了山魂水魄。鬼面人倏地落到赵云澜面前，抬起巨斧砍向他。好在斩魂使的心思也没放在被损毁的"圣器"上，斩魂刀横陈，厚重的刀背大力压下，"锵"一下撞在鬼面人伸出的大斧上。

谁知鬼面人却并不是冲赵云澜去的，斩魂使一拦，他就顺势一欺身，露出一个诡异的笑容，飞快地在斩魂使耳边说："他坏了我的事，你很高兴？我告诉你，他心里猜到的必然不止这些，只不过没有当着你的面说而已。"

　　斩魂使手腕一抖，刀刃剧震，一刀削下了鬼面人一只手腕。那鬼面人毫不在意，好像只是断了一条袖子，拖着独臂，以肉眼难以捕捉的速度瞬间倒退了几十米。幸存的幽畜忙连滚带爬地跟上。他沾满血迹的衣角在空气中上下翻飞，尖锐的呼啸声后，留下一句："你好自为之！"

　　然后就像来无踪一样，去无影了。

　　赵云澜脸上映着火光，斩魂使看着他的侧脸，骤然一阵恐慌，鬼面人说的是什么意思，什么叫作"他猜到的比说出来的多"？

　　他究竟猜到了什么？

　　就在这时，赵云澜转过头，对斩魂使说："借大人遮光的袖子用一下。"

　　原地升起熟悉的灰雾，赵云澜一低头，把汪徵放了出来，翻出一张皱皱巴巴的搜神符："你叫他一声，我试试能不能把桑赞的魂魄召唤出来。"

　　汪徵睁大了眼睛。

　　赵云澜催促："快，趁火没烧完！"

　　汪徵飘向上空，对着山河锥的方向喊了一句赵云澜听不懂的话，他手中的纸符立刻碎了，接着化成一缕细细的风，轻柔地把汪徵的话音卷了出去，冲进熊熊燃烧的山河锥里。汪徵不能离开灰雾，尽可能地站在了边缘。

　　少女望眼欲穿。

　　山河锥越来越小，火也越来越小，汪徵眼睛里的光也慢慢暗淡下去。但就在天火快要烧完的时候，一个男人的虚影忽然若隐若现地站在了火苗里，远远地望着这边。

　　汪徵捂住了嘴。

　　赵云澜掏出一张镇魂令，两根手指"啪"地一弹，镇魂令笔直地竖在半空中。他转头对汪徵说："你去跟他谈，愿意的话，就自己走到镇魂令来。"

　　不过这一步省了，因为桑赞看见汪徵的一瞬间就呆住了，从天火中狂奔而出，一声不吭就钻进了镇魂令。两人的身影同时一闪，就原地消失不见了，镇魂令自动没入了赵云澜的明鉴表盘里。

不知过了多久，大火才渐渐熄灭，那里只剩下一个破砖烂瓦的祭台，山河锥已经不见了踪影。

赵云澜这才慢慢地走过去，扒拉了一下，找到了一个八角形的小石子，那是个上粗下细楔子形。赵云澜蹲下，把它从地上抠了出来，远远地抛给斩魂使："你们要的圣器，给。"

斩魂使抄手接住，端详了一下那貌不惊人的小石子，又将它放在耳边，侧耳倾听了片刻，从里面听见了细细的号哭声，声音微弱而凄凉。

汪徵带着期冀的声音从表盘里传来："他们……他们都解脱了吗？"

"不，"斩魂使说，"还在。山河之精是不怕火烧的，令主方才说，'怕流动的东西'，大概指的是山河锥在人间吸收后固定在它周围的那些来自人间的魂魄和力量，被烧去的也只是那些——这个才是山河锥的真身。"

赵云澜笑了起来："是啊，我顺口蒙的，刚才那家伙还真以为我把山河锥劈了吗？我发现一般喜欢戴面具的人智商都比较低。"

"啊！"他还欲盖弥彰地补充了一句，"当然，大人，我不是在说你。"

斩魂使知道自己方才的诸多隐瞒是惹他不高兴了，这天不怕地不怕的混账东西是故意指桑骂槐，一时哭笑不得，然而随即又明白过来，赵云澜恐怕是听见了鬼面人最后留下的话，所以才在这儿极有分寸地酸上几句，一方面让自己感觉与他的关系更轻松随意一点，另一方面也是在隐晦地向自己表示，他不会因为鬼面人三言两语而瞎猜忌什么。

斩魂使心里一沉——这人实在是个人精，总感觉……瞒不了他多久。

汪徵"啊"了一声，有些焦急地问："那怎么才能把他们放出来？怎么才能让他们安息？"

"大人已经把山河锥带走，山顶的聚阴阵自然就破了，等他们自己想通了、乐意了，也就出来了。困在里面的魂魄不出来，当然是不想出来，除了他们自己，谁又能真正困住他们？"赵云澜停顿了一下，意有所指地说，"当年的事，说到底，不也是人心里有所不平吗？"

汪徵陡然安静下来。

赵云澜掏出手机来看了一眼，给重新开始走的明鉴校对了时间："你这傻丫头不也是一样？"

汪徵："……我有罪。"

赵云澜痛快地说："是啊，回去给我交一份三万字的检查，扣半年奖金，好好反省一下你的思想吧，汪徵同志。"

汪徵沉默了一会儿，轻轻地说："这件事从头到尾，我都无能为力是吗？"

"你这蠢货，现在才发现。"赵云澜忽地笑起来，从破破烂烂的钱夹里掏出了那页关于罗布拉禁术的旧书，挖了个坑，把它彻底埋在了雪地下面，"总有一些事，是你无能为力的，要么变强到有能力解决一切，要么就忘干净吧，惦记那些没用的东西不好，占内存。"

这一次，汪徵沉默了更长的时间。

斩魂使走过来，对他伸出手："走吧，我送令主到山口平地处。"

赵云澜已经十分疲惫了，有便车搭，他当然也不想走路，大剌剌地把手交给了斩魂使。斩魂使猛一拉他的胳膊，把他往怀里一带，接着周围一黑，赵云澜还没来得及站稳，再睁眼，已经是斗转星移。

斩魂使的斗篷散开，转瞬间，他们已经回到了山口处。

斩魂使放开他，退后一步，抬手施礼，转身走了，不过眨眼的工夫，就消失在了一个巨大的黑洞里。

赵云澜看着他的背影，若有所思地蹭了蹭自己的下巴，正不知道思量着什么，表盘里的汪徵忽然开了口："我方才是不是没说，谢谢你……"

赵云澜敲打着表盘骂骂咧咧地说："别以为几句甜言蜜语就能代替万字检查，下星期发我邮箱里啊。跨年守岁的时候，凡是这一年犯过错的，向全体同志念检讨书是保留节目，别以为这样就能躲过去。"

第十一章

赵云澜溜溜达达地回到山顶小屋的时候，已经是傍晚了。

祝红用眼神询问了他一句。赵云澜对她亮了亮自己的手表，祝红立刻会意，从包里摸出了一个手工毛线缠的小人，装作不经意地从赵云澜身边走过，把小玩偶在他的手表上轻轻蹭了一下。在谁也没看见的情况下，两缕白烟轻快地钻进了毛线小人的身体里，巴掌大的小娃娃顿时活过来一样，在汪徵手心里动了动。

赵云澜的目光在屋里扫了一圈，发现人员齐全，个个脸色不错——楚恕之不动声色地守在门口，脚底下趴着大庆，郭长城照看着不知道煮着什么东西的小锅，学生们围坐了一圈，正一惊一乍地听假和尚林静讲鬼故事。沈巍……对了，沈巍呢？

等等，他方才为什么会认为人员齐全？

赵云澜脸色一沉，问祝红："沈老师呢？"

祝红明显地一呆，脸上一瞬间有点茫然。这时，一个声音忽然在赵云澜身后响起，沈巍抱着一捧木柴走进来，不温不火地说："找我吗？"

祝红好像才想起来，一拍脑门："对，沈老师说既然还要在这儿住一宿，他怕带的燃料不够，出去找干柴了。"

沈巍把木柴放在火边上，以便烤干："我怕万一。小汪姑娘找到了吗？"

赵云澜疑惑地看了他一眼，随口应了一声："嗯，找到了。方才路上正好遇上救援队的，我有点事让她去办，正好让他们把她捎回去。"

"哦，"沈巍回过头来，温温润润地笑了，"没事就好。你在外面跑了一天，过来喝一碗板蓝根吧，预防感冒。"

赵云澜盯着他看了好一会儿，若无其事地接过药，一口喝完了，终于什么都没说。

赵云澜这几天，先是和朗哥宿醉，而后在冰天雪地里开了一天的车，之后半宿没睡，又是被汪徵放倒，又是被山河锥震伤，再在雪域高原里长途跋涉了两圈，还和一大群怪物莫名其妙地干了一架，这样高强度活动的后遗症，在第二天早晨起来的时候爆发了——

他睡落枕了。

然而，大爷即使是歪了脖子，也依然是大爷。一醒过来，他就把所有人支使得团团转。早晨山间小屋在他的指挥下，各种兵荒马乱——赵云澜支使林静给他揉肩膀，不料林静对着他的肩膀、脖子施展了大力金刚指，险些把他家领导的脖子给折断了。赵云澜眼泪差点儿没疼下来，怀疑林静是刻意打击报复。这两人一点儿正事不干，先绕着小屋追跑打闹了二十分钟，才在祝红忍无可忍的咆哮里消停下来。

赵云澜狠捶了林静两下，发现运动一下，脖子竟然奇迹般地能扭动了，于是背着手，迈着四方步进屋收拾东西去了……途中捡起了大庆一只，拎起来当个皮草围巾挂在了脖子上。

沈巍带来的女班长"咦"了一声，奇怪地说："这猫是什么时候出来的？也跟我们一起走吗？我以为是野猫呢。"

赵云澜贱贱地说："你见过这么富态的野猫吗？"

大庆伸爪扇了他一巴掌。

女班长富有同情心地走过来，摸了摸大庆油光水滑的毛："真可怜，大老远地被飞机托运过来——对了，赵大哥，我们老师说回去他来开车，让你好好休息。"

赵云澜捂着被猫扇了耳光的脸，脚步一顿，回头望向沈巍，正好遇上沈巍的目光。沈巍微微垂下眼，冲他轻轻笑了一下。沈巍的表情和言语都太含蓄，以至于每一个表情在赵云澜看来，都像是藏了千言万语。他心里忽然想起头天夜里睁眼时骤然撞上的目光，心尖不知怎么就像被人掐了一把。

赵云澜在副驾驶上一路睡下了山，等他被兜里的手机铃声闹醒的时候，已经过了正午，日头开始偏西了，车也早就离开了雪山区，公路两侧开始有零星的人家。

给他打电话的是朗哥。朗哥一听说他们下山，立刻热情洋溢地替他们张罗好了落脚的地方，并表示上次没能尽兴，这次一定要不醉不归。赵云澜撂下电话，一脸菜色——他既不是酒鬼，也不是超人，眼下最渴望的是一张让他睡到地老天荒的床，而不是硬着头皮跟一个胖乎乎的老男人称兄道弟地灌酒扯淡。

这突如其来的噩耗让他连调戏沈巍的心情都没有了，放下电话，就抓紧一切时间地闭上眼，争取在晚上这场"硬仗"之前再好好睡上一轮。沈巍等到他呼吸平稳，才伸手把他身上搭的一条毯子拉好。

等朗哥在市中心主干道口上接到他们的时候，萎靡了一天的赵云澜就又活了过来，重新变成了生龙活虎的一条好汉。这二位凑到一起，是"酒逢嘴炮千杯少，胃不穿孔死不休"。然而赵云澜身体状况不佳，开到第六瓶酒的时候，他虽然死撑着面子不动声色，脸色却开始发白了。

朗哥舌头大了两圈，面红耳赤地指挥服务员："满上，满上！"

赵云澜不便阻拦，只好故作大方地冲服务员点了点头，笑容发苦地去端自己的酒杯。这时，一直在旁边默不作声的沈巍突然按住了他的手。

朗哥和赵云澜都是一愣。

沈巍端起他的杯子站了起来，客客气气地说："赵处在山顶上被风吹得有点感冒，现在身体不大舒服。"

赵云澜没想到他居然肯来解围，连忙配合地低头咳嗽了几声。

沈巍笑了笑，继续说："倒是我们，一路厚颜承蒙朗先生照顾，可惜都是些象牙塔里不事生产的穷学生，也实在无以为报，这杯酒，我得借花献佛。"

他说完，压下手腕，在朗哥的杯沿下轻轻碰了一下，一饮而尽。

朗哥愣了愣，颇有些意外地"哎呀"了一声。他跟赵云澜这样的大混混称兄道弟是没问题，遇上这些目下无尘的高知，心里也明白人家看不起自己，因此并不主动去讨嫌，没想到沈巍这么肯给面子，这在朗哥的酒肉生涯里，是个全新的成果。他二话没说，晕晕忽忽地把炮火转向了沈巍。

赵云澜的目光飞快地在桌上扫了一圈——见那以"修行人不饮酒"为由避祸的假和尚林静，正一边念经一边啃大棒骨；祝红假装滴酒不沾的淑女，在那儿自娱自乐地吃得非常欢快，头也不抬；楚恕之半杯酒刚沾了个嘴唇，就开始装死；郭长城……郭长城这实诚孩子倒是很知道为老大冲锋陷阵，因此早被放倒了，这个大约没装，是真"死"了——总之，一帮吃里爬外的东西，就没有一个站出来给他解围的。

赵云澜暗自磨了磨牙，给他们一人记了一笔，发挥他的推杯换盏并忽悠大法，跟沈巍里应外合，把朗哥这酒桌上的搅屎棍子给灌趴下了，这才算是解脱。

沈巍显然不习惯这种应酬，几圈下来，早已经两颊绯红，眼神也有些迷茫了，起身时一个没站稳，又"扑通"一声坐了回去。赵云澜赶紧扶了他一把，在他耳边小声问："你行不行？没事吧？"

沈巍晃晃悠悠地没应声，却顺势伸手搂住了他的腰，还搂得颇紧。

这个……看来是有点事的。

"那我……"赵云澜压低了声音问，"扶你回去？"

沈巍没回答，赵云澜就当他默认，架起沈巍的胳膊，半扶半抱地把他拖了起来。好在沈巍酒品好像还不错，喝多了也只是沉默，让去哪里就去哪里，并不耍酒疯。赵云澜打起精神，草草地和其他人交代了几句，就扶着沈巍刷开了自己隔壁房间的门，把沈巍放在床边，让他自己坐好。看着沈教授面无表情地发着呆的脸，他忍不住伸手在他头上揉了一把："不能喝还替人挡酒？"

沈巍随着他的动作抬起头，眼睛眨也不眨地看着他。

"等等，我给你找条毛巾擦擦脸。"赵云澜说着，走进了卫生间，抽出酒店提供的毛巾，一条浸了冷水，一条浸了热水，正准备拎起来拿给那只醉猫，一转身，吓了一跳——沈巍神不知鬼不觉地站在了他身后，靠着门口，一点儿声音也没有，就那么直勾勾地注视着他。

目光深沉得近乎有压迫感。

赵云澜把一条毛巾递给沈巍："给。"

沈巍就像是反应迟钝，好一会儿，才慢慢地抬起手，越过毛巾，一把攥住赵云澜的手腕，用了蛮力把他拉向了自己。

赵云澜手腕差点儿被他撸秃了皮，腕骨"咔嚓"响了一声。沈巍不容他挣扎，死死地把他抵在墙上，眼睛里泛起了血色，像是委屈，又仿佛和他有什么深仇大恨似的，想把他嚼碎了吃。

"嘶……疼，要脱臼了，不能喝你挡什么酒啊！要了亲命了。"赵云澜抗议了一声，连哄再骗地说，"沈老师？商量点事，松松手……嘶！"

谁知他这一个小小的挣动像是触发了什么机关，沈巍突然攥住他的肩膀，一口咬住了赵云澜的喉咙，死死地扣住他的手腕，酒店里所有的灯一同熄灭。赵云澜被迫仰起头，刹那间汗毛倒竖，镇魂令的纸符本能地从袖子里滑了出来。然而，不等他催动，手里的镇魂令被什么东西一分为二。赵云澜瞳孔一缩。就在这时，沈巍所有的动作骤然停下，僵了片刻，而后无声无息地一头栽进了赵云澜怀里，不动了。

房间里的灯重新亮了起来。

赵云澜被乍亮乍灭的灯光晃得睁不开眼，抬手接住沈巍，一身的酒气顷刻间就从他的毛孔里飞了出去，他活生生地被吓醒了——静谧的房间里，他听不见沈巍的呼吸！

赵云澜的手哆嗦了一下，连忙贴住了沈巍的颈子，足足半分钟。

这人也没有心跳！

沈巍脸上的红晕还没散尽，却好像已经变成了一具尸体。

"沈巍，沈巍！"赵云澜连忙把他放平，用力拍了拍他的脸，见人没反应，又马上压住他的胸口，接连做了几次的心肺复苏。

沈巍毫无反应，像个假人。

"操！"赵云澜骂了一声，赶紧拨了急救电话，三言两语交代完以后，他又赶忙在医生的提醒下去翻沈巍的行李——如果人真有什么宿疾，一般会随身带药。

就在这时，赵云澜一低头，无意中瞥见了那张镇魂令的纸符。

纸符似乎是被某种利器撕开的，切口极其干净利落，原本蕴藏在其中的能量被压制得半分不剩。

可是……那醉鬼手上连指甲刀都没有一把，哪来的"利器"？

就算纸符不是真正的镇魂令，凡间又有什么利器能撕开它？

赵云澜本就半醉，方才又是方寸大乱，直到这会儿，理智才慢慢回笼——人是不会一点儿预兆也没有，就呼吸、心跳骤停的，哪怕是突发性心梗，发作时也会有相应的症状，可是方才的沈巍就和这屋里的灯一样，好像有个开关，一按下去，他整个人就没电了。

沈巍这症状，与其说是发病，倒不如说是……离魂。

赵云澜惊疑不定地回头看了一眼床上的人，犹豫了片刻，从自己随身的包里抽出一个黑皮的记事本，取出里面夹着的黄纸符，用纸符卷起了沈巍的一根头发，悬在笔记本上面点了。细碎的纸灰落在记事本上，就像细盐入水，旋即没了踪影。

泛黄的纸面上出现了一行字迹：

　　大煞，无魂之人。

赵云澜脸色一变，按在纸页之间，低声问："从什么地方来？"

纸面上的字迹闪了闪，继而又消失。这一回，他等的时间稍长，好半响，另一行字才浮现出来：

　　黄泉下千尺之地，不可言说。

赵云澜轻轻地眯起眼。

救护车没过多久就来了，众人被惊动，好一阵兵荒马乱才把沈巍抬走。

学生们一个个像丢了主心骨似的，慌张得不知道该怎么办才好。赵云澜说一不二，硬是把他们都留下了，自己给林静递了个眼神，跟车而去。

沈巍的心跳一直没反应，医生们抢命似的在里面忙活，赵云澜默默地等在一边，拇指在食指关节上来回点着。如果沈巍不是人，那么这具身体恐怕没什么毛病，多半是寄托在这身体上的魂魄醉倒，暂且蛰伏或是离魂去了，才有了这么吓人的症状。

要真是这样……

赵云澜背到身后的手揉开了一张请神的黄纸符。纸符在他手掌心无声无息地自燃了，连续点了三张，沈巍依然全无反应。

时间在一分一秒地过去，医生们几乎以为这是个死人了。

赵云澜定了定神，点了第四张纸符，心中默念："无方魂灵，应我召唤。"

念到第三遍，快要燃尽的纸符"唰"地一亮，尸体似的沈巍突然随着电击除颤剧烈地抽了一下。赵云澜听见那边有人喊："有心跳了！有心跳了！"

赵云澜长出了口气，不动声色地把一把的纸灰拢进了手心里，藏进兜里。

救护车半夜三更把沈巍拉进了医院，乱七八糟地检查了一通，没检查出个所以然来。赵云澜因为喝多了，脑残之下拨了这通急救电话，惹了这么多麻烦，此时也只好在寒冬腊月里瑟瑟发抖地陪着，最后连朗哥也惊动了。朗哥没想到自己真能把人喝进了医院，只好诚惶诚恐地跑到医院，被赵云澜好说歹说地劝了回去，脸都给吓成黄瓜色了。

沈巍第二天醒来的时候，发现自己身上插满了各种管子，他愣了一下，有点不知今夕何夕，茫然地坐起来，动手拆自己身上的东西。

"恐怕你还得再留院检查两天。"一个声音从墙角传来。沈巍这才看见坐在那里的赵云澜。他裹着一件也不知道从哪里弄来的军大衣，手里捧着个冒热气的杯子，整个人埋在水雾后面，看不清表情。

"这是医院？"沈巍先是愣了愣，随后意识到什么，脸色一变，"我……是不是喝多了？"

赵云澜："岂止是喝多了，你喝得呼吸、心跳全停。"

沈巍也没想到自己酒量这么差，心里一沉，正搜肠刮肚地想给自己找个说辞，赵云澜就轻轻地把杯子放在了一边："不过这事也怪我，当时醉得迷迷糊糊，又让你吓了一跳，没看清楚，就冒失地打了急救电话，可能这几天要麻烦你在医院稍微配合一下了……"

沈巍心生不祥的预感。

就听赵云澜的话音停顿了一下，接着说："斩魂使大人。"

第十二章

沈巍半天没吭声，赵云澜也不催，病房里安静极了，隐约能听见明鉴表针"嘀嘀嗒嗒"的声音。

沈巍忽然叹了口气，一挥手，身上的病号服骤然剥落，一件巨大的黑袍裹住了他，斩魂刀在他掌中凭空出现，他把那看似古朴的凶器别在腰间……这一回，斩魂使没有遮着脸。

"你怎么知道的？"

赵云澜看着他，也不知在想什么，好一会儿，才说："不知道，方才是诈你的。"

沈巍的表情一时难以形容。

赵云澜笑了笑："也不完全算诈，多少有些蛛丝马迹吧——我前脚才进了瀚噶族的山洞，你传信的小傀儡后脚就到。我在山上提到掌灯阴差，没说过他是干什么的，你却已经脱口说出'摆渡'两个字，还有阴差经过的时候，对着车头两拜才离开，我应该没看错……哦，对了，我从祭坛回小木屋，问起祝红你的去向，她那时的表情茫然了一会儿，似乎是直到你出现，才'想起'有你这么个人来。还有……你呼吸、心跳骤停时，我在生死簿上追查了你的来处，它告诉我，'沈巍'是个从不可说之处来的无魂之人。"

沈巍苦笑了一下："这么说来，我露出的破绽着实不少。"

两人短暂地相对无言起来。赵云澜也觉得别扭，尤其一想起自己没事撩的闲，就恨不得直接躺倒失忆。

"那什么，"赵云澜干咳了一声，"我以前没想到，沈老师就是……咳，有胡闹不像话的地方，对不住，大人别跟我一般见识。"

沈巍摇摇头。

赵云澜实在尴尬，于是和衣躺在医院给陪床人员准备的小铁丝床上。单人床又窄又短，赵云澜躺上去只能微微蜷缩着，显得有些委屈。委委屈屈地躺下，他顺口嘱咐说："不早了，先休息吧，有什么事叫我一声。"

沈巍："……嗯。"

赵云澜说完就后悔了，想起对方其实并不是真的"病人"。他发现自己今天简直是说一句错一句，于是果断闭嘴，侧躺一边，闭眼假寐了。

可是……话说回来，沈巍就是斩魂使，那么一直以来，斩魂使都在人间吗？

这尊最神秘的大神在人间干什么？

还有清溪村山顶小屋里，夜半无人时的注视……

这一宿，大概是谁也睡不着了。

特调处的赵处长"老实"了。

他非但不跟朗哥那胖子出去鬼混了，也不满嘴跑火车了，甚至都不去撩闲调戏沈教授了。连手下小弟们申请公费逛一逛当地夜市，也被赵处一挥手批了，既没有骂人，也没有凑热闹同去的意思。

沈巍留在医院"复查"，赵云澜就拿着个小平板，窝在陪护床上，上网或者看一些稀奇古怪的资料。

那天晚上，赵云澜语焉不详地提了一句，请沈巍"配合"一下医院。也不知道沈巍是怎么配合的，反正过了两天，诊断结果就出来了，说他是"因为酒精过敏导致的心脏停搏"。临走送他们到机场的朗哥听明白这事，立刻好一番顿足捶胸，拉着沈巍的手："兄弟，老哥要知道你不能喝，说什么也不能让你碰一口酒啊！"

赵云澜一想起那胖子自称是谁的"老哥"，眼皮就忍不住跳了跳，伸手替沈巍拎起行李，提醒了一句："该过安检了。"

沈巍赶紧回身说："我自己来。"

赵云澜往旁边闪了一下，一声不吭地替他把行李拎进去了。

祝红用胳膊肘捅了捅郭长城："哎，小郭，有对象吗？"

郭长城红着脸摇摇头。

祝红意味深长地盯着赵云澜的背影说："以后要想有对象，你得多和老大取取经，保证你变成新时代的万人迷，不管男女老幼，一撩一个准——哦，不过，当然，要是你想长久地有对象，那就得选择性地学习，那货后期表现不值得借鉴。"

郭长城一边面红耳赤，一边隐约觉得，祝红姐好像是在公开诅咒领导。

赵云澜回头瞪了他们一眼。

来时赵云澜特意找空姐调换了座位，一路像只追着屁飞的苍蝇，赖在沈巍身边不停地丢人现眼。回去的时候，赵云澜只想离沈巍远点，结果一对座位号，发现负责换登机牌的林静"好心好意"地给他俩留了个远离众人、连在一起的座位。

林静放行李的时候，在赵云澜耳边说："这回你俩可劲儿聊吧——领导，不用谢。"

赵云澜咬牙切齿："我谢你八辈祖宗！"

而他猪一样的队友还不肯放过他。好不容易挨过了三小时，飞机落了地，林静发现沈巍没开车过来，于是这假和尚先是殷勤地把学生一个个地送上出租车，又笑容可掬地慷他人之慨，对沈巍说："沈老师不是跟赵处住得挺近吗？让他顺便送你回去得了。"

赵云澜默默地在心里把名叫林静的小人扎成了刺猬。

林静遭到怨念袭击，扭脸打了个惊天动地的喷嚏。

沈巍笑了笑："不用，我自己打车就可以。"

当着别人的面，赵云澜也不好多说什么，只好动手帮他拉起行李："还是我送你吧，天都这么晚了，我送你也比较……"

他本想说"比较安全"，结果提起这茬，又想起那天小胡同里替沈巍揍流氓的事，揍也就揍了，他还没少摆造型，现在想起来，活像一只露了腚还在臭美开屏的公孔雀。

赵云澜脸上的笑容差点儿没保持住。真是……往事不堪回首啊！

赵云澜一路无话，把车开往自己家的方向，准确无误地停在沈巍的楼下："大人，到了。"

沈巍没动，反问："你怎么知道是这里？查过我？"

赵云澜干笑了一声，坦然道："查了，没查出破绽，大人这化身的身份做得天衣无缝。"

沈巍看了他一眼，忽然说："其实令主心里还有很多想问我的事，对吗？"

赵云澜没说话，两人的目光在后视镜里相遇。

片刻后，沈巍轻轻地垂下眼："那你为什么不问？"

赵云澜沉默了一会儿："大人假托'沈巍'的身份在人间行走，应该不是为了平常的公务，那是……有什么别的缘由吗？"

"没有。"沈巍有些出神地说，"那只是我的私心，只是……为了一个人。"

赵云澜一愣。

沈巍说完，立刻就后悔了。他匆忙低头，推开车门："多谢，那我走了。"

赵云澜从后视镜里看到沈巍仓皇的背影。他和斩魂使认识多年，关系尚可，但谈不上交情。但凡一个人有起码的自知之明，都会对斩魂使保持足够的尊重和距离。

斩魂使的强大并不在力量——力量是天生的，没什么好说的——而是这个人本身。据说他生于九幽最深处。从来极阴晦的地方只生魔物，这是有道理的，一无所有的时候堕落尚且容易，何况这些阴幽魔物天生有爪牙。亘古以来，斩魂使是唯一一个以"污秽之身"出神入圣的奇葩。这样的人，哪怕有一天粉身碎骨，落到泥沼里，也必然是无比尊贵，叫人不敢亵渎的。

沈巍开车门的时候，侧脸上似乎笼着一层说不出的黯淡。赵云澜也不知道自己在想什么，心里一动，忽然伸手按住车门："我还没到过斩魂使的地盘，不请我上去坐坐？"

沈巍一顿，随即轻轻一点头："请。"

赵云澜锁好车，心情微妙地跟着沈巍上了楼。

沈巍家非常干净，只是不明原因地少了点人气。看着那一尘不染的沙发，赵云澜不好意思一屁股拍上去，因此动作显得格外文明。

"请坐。"沈巍打开带热水壶的饮水机，接了一壶的凉水，没加热，直接用双手托住壶底，不过一会儿，里面的水就沸腾了起来。他取出茶杯和茶罐，沏茶倒水如行云流水："我平时在这边只是落脚，不常住，没有新茶了，令主将就一下。"

赵云澜无所谓，反正他压根也喝不出来新茶和陈茶有什么区别。端起茶杯，他用手指感受了一下那烫人的温度，忽然问："大人为什么要一直瞒着我？"

沈巍顿了顿："说了反而尴尬。"

赵云澜："是啊，你倒是省得尴尬，净围观我尴尬是吧？"

沈巍好脾气地笑了笑，没接茬。两人之间尴尬紧绷的气氛倒是因为赵云澜这句说开的话放松了些。

沈巍又说："那天在祭坛碰上的鬼面人，你下次要是见了，千万要小心。"

赵云澜低头吹了吹浮在水面的茶叶："他是冲着四圣来的？"

沈巍："嗯。"

赵云澜又问："那四个圣器凑在一起，又会怎么样？"

"四圣生于天地阴阳大秩序之前，那时洪荒伊始，万物有魂无灵、有生无死，人即是神，神也如蝼蚁，四圣承载了混沌之力，如果真的被人集齐利用，恐怕会颠倒现世。我职责所在，宁愿毁了幽冥圣物，也不能让它们落在那些别有用心的人手里。"

赵云澜沉默了一会儿，沈巍有些不安——他不怕赵云澜问，就怕赵云澜不问。赵云澜这人，看着没心没肺，其实分寸感极强，凡事都能恰到好处地点到为止，不该说的话绝不多说，不该问的事也绝不多问，只自己心里有数。沈巍最怕的就是他这个"心里有数"，摸不清他究竟猜到了什么。

过了一会儿，赵云澜问："鬼面人脸上戴着面具，那天我看见你一直对他的面具有顾忌，是不是因为他的脸我认识？"

沈巍脸色一白。赵云澜当时就注意到了，果然卷向鬼面人面具的一鞭也是故意的！

赵云澜窥见他的神色，立刻打住："不好说你就不用说，我知道了，也不会再追问，你……唉，你别皱眉。"

他最后几个字语气不自觉地放轻，带着惯常的、不易察觉的体贴。沈巍觉得心里像是被人挠了一下，喉头轻轻地动了一下。

赵云澜一口牛饮了整杯茶水，觉得自己试探过界了，心里颇有些过意不去，于是站起来："在外面跑了这么长时间，还出了不少事，大人早点休息吧，我不吵你了。"

说完，他就往外走去。这时，沈巍忽然叫住了他："那天我酒后无状，除了脱体离魂之外，有没有……做别的有辱斯文的事？"

赵云澜一顿。

沈巍好像有些紧张，兀自盯着桌面，不敢看他。

赵云澜心说：幸好大西北天寒地冻，穿的衣服都是高领的。

于是回头对沈巍笑了笑。赵云澜平时的笑容不是冷就是坏，很少会像这样，带着一点刻意的安抚意味。他指指自己，半开玩笑地说："有啊，大人对我好一番投怀送抱，至今想起来都受宠若惊。"

赵云澜和沈巍道了别，走到楼下，在上车之前，忍不住抬头看了一眼。沈巍屋里的灯光还亮着，他住的楼层不算高，赵云澜眼力好，能看见一个人影正站在窗前，静静地看着自己离开。

好像一直在默默目送着他的背影。

赵云澜嬉皮笑脸，内心沉重。

传说斩魂使是千尺戾气幻化而生，大煞无魂之人，自黄泉尽头而来，刀锋如雪……然而赵云澜却总是想起他每每从黑暗里来，又从黑暗里走，孤身一人，与无数幽魂一起走在冰冷的黄泉路上，从来形单影只，心里总是忍不住怜惜他。他不知道自己前世今生到底和这位斩魂使有什么纠葛，对方摆明了不想告诉他，所以他也干脆没追问。赵云澜靠在自己车上，心事重重地抽完一整根烟，这才钻进车里，慢慢地离开了这一片住宅区。

到家的时候，黑猫大庆已经在冰箱前蹲了良久，开口第一句话就是气势汹汹地质问："我的猫粮呢？朕不过有一段时间没临幸你，你竟然就把朕的猫粮扔了，大逆不道，大逆不道！"

猫粮是沈巍扔的，因为过期了。

赵云澜没搭理它，默不作声地换了鞋，倒了一小碟的牛奶，又切了几块香肠，一起给大庆送到微波炉里转——他的冰箱也是沈巍填满的。

大庆诧异极了，围着他的裤脚转了一圈，凑上去仔细闻了闻："你怎么了？怎么一副吃了耗子药的衰样？"

赵云澜伸长双腿，仰倒在沙发上，把黑猫拎起来放在自己的腿上，盯着它的眼睛问："我十岁那年，你找到我，把镇魂令带给了我。"

黑猫莫名其妙地点点头："你已经老迈到准备写回忆录的年纪了？"

"我当时作为一个少年儿童，还以为自己是男版的美少女战士。"赵云澜苦笑了一下，轻轻地摸了摸肥猫的头，"大庆，你现在跟我说句实话，我到底是什么人？"

黑猫一愣。

"你说你是镇魂令的令奴猫妖，每一代的令主都是你找到的，我一直觉得镇魂令就像是有剑魂的古剑一样，只要符合了它的条件，任何人都可以是令主，但是……其实镇魂令主自古就只有一个人是不是？"

大庆圆溜溜的眼睛瞪着他，有时候它伪装得不好，那眼神实在不像一只猫：“你少自作多情……”

赵云澜：“那我左肩上的真火去了哪里？”

大庆的毛都乍了起来：“你想起来了？”

赵云澜从兜里摸出一根烟，有些疲倦地往沙发上一靠：“诈你的，蠢猫。”

赵云澜：“这么说，我果然是有前世的。”

黑猫大庆细细地“喵”了一声，迟疑地凑过去，像只真正的毛团猫咪一样，用头顶轻轻地在他的小腹上蹭了蹭。这死胖子难得这么乖，赵云澜抱起它，顺了顺它的后脊。

“我不知道。”大庆喃喃地说，“我那时候修行未成，只认识你，不管你是什么人，那时你……你就和现在差不多的脾气，浑蛋得很，也无法无天得要命，可是有一天，你突然走了很久，有……几十年那么久，没有人知道你去了哪儿，等你回来的时候，左肩上的真火就不见了。你亲自抱着我，烤了条鱼给我吃，然后又走了，再也没回来过。”

大庆窝在男人温暖的怀里，闭上了碧绿的眼睛。

“我说过什么吗？”赵云澜轻轻地问。

“你说你闯了天大的祸，以后……恐怕就不会回来了。我一直潜心修炼，找了你很久。”

有那么片刻，赵云澜觉得那没心没肺的黑猫就快要哭了，他心头一软，忍不住叹了口气，刚想说什么，就见大庆从他手里挣脱出来，一抖身上乌黑油亮的毛，站在他大腿上颐指气使道：“所以你要对我好一点！微波炉都提示五六遍了，快去给我拿牛奶和小香肠！”

功德笔

卷三

以善恶之源，封东方青苍。

第一章

郭长城从自闭儿童看护中心出来的时候，天已经很黑了。龙城刚下过一场雪，路不好走，他希望能在人家下班之前赶到邮局。他的小破车里堆满了各种书，有课本和练习册，还有一些少儿读物，全都用牛皮纸和塑料布包好了。他打算在年底之前，把这些东西寄给他资助的希望小学。

郭长城开车技术一般，胆子也不大，在湿滑的路面上，把车开得像个大王八爬。可这天恐怕是不宜出行，即使这么小心，他还是险些撞到了人。一个穿灰衣服的人突然横穿马路，跑到了机动车道上，差一点摔在郭长城的车轮底下，好几辆车同时急刹车。幸好雪天路滑，大家车速都慢，没造成更大的混乱。

一个暴脾气大哥直接摇下了窗户，朝那人破口大骂："有病啊！碰瓷也找个僻静点的地方碰好吗？"

郭长城连忙从车上下来："你……你没事吧？对不起啊，真对不起。"

摔倒在地上的人非常瘦，脱了相，满脸枯槁，皮肤蜡黄，帽檐盖住了半张脸，乍一看，身上好像笼着一层黑气。

旁边那位暴脾气仍在嚷嚷："你理他干什么？刚才怎么没撞死他呢？"

郭长城对义愤的大哥摆摆手，试探着伸出手，想去扶地上的男人："你还能站起来吗？要不然……我还是送你去医院吧？"

谁知那人却不领情，飞快地打开他的手，兀自爬起来走了。郭长城无意中碰到他的眼神，发现那双眼睛也是死气沉沉的，眼神说不清地阴鸷可怖。他一激灵。错身而过的一瞬间，他注意到这人的耳朵下面有一个乌黑的痕迹，形状像个指纹。

郭长城对着对方的背影喊："你真的没事吗？要不我把联系方式给你，有问题你打我电话，我叫……"

那戴帽子的人已经拐进了一条小路，走远了。

旁边那位开车的大哥也走了，临走，还在寒风萧瑟的大街上留给郭长城一句话，他说："兄弟，你是缺心眼吧？"

郭缺心眼叹了口气，转身拉开自己的车门，正要上去时，忽然从反光的车窗上看见了一个人——就是方才那个险些被他撞了的人。

那人侧身站在街角处，鬼鬼祟祟的，随后，有两个女的相携从他面前走过。她们经过时，戴帽子的人忽然张大了嘴，嘴里伸出一条足有半尺长的舌头，朝那两个路过的人身上一吸。其中一个女的像忽然犯了低血糖，踉跄了几步，险些晕倒，幸好被同伴扶住了。郭长城看见，那差点儿晕倒的女人身上飘出了一团东西，径直飞进了戴帽子的男人张开的嘴里！

郭长城猛地扭过头，可是他背后除了落满积雪的大街和匆匆而过的行人，什么都没有。

他连滚带爬地上了车，心跳如雷，连忙从包里翻出赵云澜给他的小电棒，放在外衣胸口处的内袋里，用力拍了拍，这才好像找到了主心骨，缓缓地启动车子重新上路。

第二天，郭长城上班一进门，祝红的饭卡就飞向了他的面门："小郭，姐今天想吃牛肉饼，要炸得脆脆的那种，再给我买一盒酸奶！"

郭长城被他们支使惯了，答应一声，把包放下就往食堂走，正好在办公室门口碰见了咬着半块煎饼的楚恕之。郭长城立刻稍息立正站好："楚哥早。"

楚哥爱搭不理地挑起眼皮，扫了他一眼："嗯。"

然后他走了两步，又倒回来，伸手抓住郭长城的衣领，把正要往外走的小青年给拽了回来："等等，你碰见什么脏东西了？"

郭长城莫名其妙地看着他。

楚恕之还带着煎饼味的手在他两肩上抓了一把，然后把郭长城翻了个个儿，又在他后心心口、两侧腰部各拍打了一下，这才取出餐巾纸擦了擦手，一推郭长城："沾了一身的晦气，行了，干净了，去吧。"

郭长城被他拍得面红耳赤，迈着小碎步跑了。楚恕之"嘎吱"一口，把煎饼里夹的脆油饼咬得直掉渣："这小子修什么呢？我看他功德厚得冒油。"

还没吃早饭的祝红咽了口口水，听了这个形容，更饿了。

"有吃的吗？"赵云澜一把推开刑侦科的门，闯进来，见到楚恕之二话不说，按住他一通搜身，从他的外衣兜里摸出一个煮鸡蛋，毫不客气地占为己有。

楚恕之在他手下讨生活，敢怒不敢言。赵云澜又从冰箱里拎出一盒牛奶，撕开喝了。

大庆"嗷"一嗓子："那是我的！猫食你也抢！你要不要脸了？！"

祝红问："你干吗不去食堂？"

"我赶时间。"赵云澜匆忙地把鸡蛋和牛奶塞嘴里，直直地往墙上撞去。这一幕正好被拎着牛肉饼回来的郭长城看见，他还没来得及大吃一惊，就见赵云澜笔直地穿墙而过，消失了。

"行了，闭上嘴吧。"祝红从他手里拿过自己的早饭，"那儿有一扇隐形门，进去是咱们特调处的图书区。你是凡人，修为不够，进去也什么都看不懂，所以自然也见不到那扇门。"

楚恕之啃完煎饼，感觉少了个鸡蛋没吃饱，于是伸手从祝红的牛肉饼上飞快地扯下了一块："我是看得见也进不去——图书区都不对我开放。"

郭长城问："为什么？"

楚恕之扯出了一个有些诡异的笑容，对他说："因为我有前科。"

郭长城：他果然还是害怕楚哥。

五分钟以后，只见赵云澜拎着一个破破烂烂的文件袋和几本旧书，又风风火火地从"墙"里走了出来，随手把鸡蛋壳和牛奶盒子扔进了郭长城的垃圾桶内，又从祝红桌上抽了一张餐巾纸，一句话也没交代，脚下生风地走了。

然后，他消失了一整天。

从大雪山回来已经有半个月，转眼就过了阳历年，各部门办公桌上的台历都已经换成了新的。龙城一场大风降温，就把人与妖一起卷到了年关。年关将至，赵云澜忙得快忘了自己姓什么——人鬼妖怪，他有赶不完的应酬，办公室里的电话每天响得像热线。

深冬天黑得早，没到下班点，"夜班"的同事们就都出来了。

这天，桑赞一路飘进了刑侦科。

桑赞这位同志命苦，生前是个心狠手辣的阴谋家，死后被禁锢在山河锥里，从此山中无日月，世上已千年，改造完毕重新做人……不，做鬼之后，他发现自己从阴谋家变成了个傻子——连人话也听不懂了。

全世界能和他交流的人只剩下汪徵一个。不过，瀚噶族土语虽然是汪徵的母语，可她毕竟只说了不到二十年，剩下三百多年，她都生活在汉语环境里。当桑赞发现汪徵和外面的人人鬼鬼说话都比和自己说话顺溜时，他就发狠要学说普通话了。

桑赞是个狠角色，决定干什么，就是不遗余力——半个月以来，他昼夜不息地在汪徵耳边叨汉语拼音，险些把汪徵念出神经衰弱，这会儿已经慢慢掌握了普通话的发音规则，可以学舌说出一些简单的对话了。

桑赞操着他那口一个字一个字往外蹦的普通话，大着舌头广播通知："格兰说，年底除了年……年'总酱'之外，还有福娃费，让……让诸位提前准备好发、发面。"

他背得不熟，半懂不懂地纯学舌。

林静："阿弥陀佛，准备发面干吗？年夜饭要蒸包子吗？"

桑赞比比画画地说："不是雹子，是'发面'，最号是'胶东费'……"

"赵处说今年年终奖以外，一人添五千元福利费，周末之前到我那儿取，下星期都把发票给我，最好是交通费，能开来劳保的发票也行。"汪徵急匆匆地从楼上飘下来，瞪了桑赞一眼，"话都学不清楚。"

桑赞看见她，总是显得严肃而凶狠的脸柔和了下来，闷闷地傻笑，小心翼翼地去拉她的手。

"别捣乱，我正忙着呢。"汪徵小声地斥责了一句，又问，"赵云澜又找他哪个野兄弟联谊去了？我这儿有一份文件急着找他签字呢。"

桑赞忙说："我……我送……"

汪徵连忙一抬手躲开他："送什么送！你再把他那些狐朋狗友给吓着。"

桑赞惨遭嫌弃，也不生气，大狗似的跟着她，看她趁天黑在楼道里跑来跑去的忙碌模样。偶尔汪徵停下来，用别人都听不懂的话低声和他说句什么，桑赞的脸上就会露出平静又满足的笑容。

"最讨厌这些在别人面前秀恩爱的，尤其还用番邦话秀。"祝红抱怨，"瞎眼！"

林静："善哉，善哉，单身女施主不要羡慕嫉妒恨。"

祝红抬手要打他。这时，她办公桌上的电话响了，祝红顺手接起来："喂，你好……哦，在哪儿啊？"

她一打手势，把准备下班的众人都留住了。只见祝红从桌上撕下一张便笺纸："嗯，你说……黄岩路……26号，黄岩寺医院是吧，行，知道了，我跟他们说……哦，对了，你晚上有空回一趟办公室，汪徵说有好多东西需要你签字。"

大家都听出来了，电话那头是赵云澜。

祝红挂了电话："来，根据我处一贯风格——白天不干活，晚上穷加班，在过了下班时间五分钟以后，咱们坑爹的领导来电话，说有活儿了。"

林静闻听此言，以迅雷不及掩耳之势推开门，迈开小碎步消失在了众人的视线里："不听不听我不听！"

祝红把写了地址的便笺纸往墙上一贴，用围巾遮住脸，紧随其后："我不是恒温动物，怕冷，再见！"

大庆从门缝里钻了出去："老猫还没换毛呢！"

转眼，空荡荡的办公室里就剩下反应不及的楚恕之和傻乎乎的郭长城。

楚恕之："他妈的。"

十分钟以后，他坐着郭长城的车，去了黄岩寺医院。

第二章

要说郭长城最怕的人，楚恕之第一，赵云澜都得往后排。

赵云澜虽然也厉害，但大多数时候还算亲切，在单位插科打诨，有烟火气，顶多算个"父兄"。楚恕之就不一样了，郭长城总觉得他身上有种阴冷诡秘的气质，绝对是个只可远观的"世外高人"。

郭长城随身带着个小笔记本，跟着楚恕之，一句话也不敢多嘴。

两人一进医院，就看见个警察在门口等着，双方亮了证件，一同往病房里走去。接待他们的片警叫小王，一边走一边说："我们领导也在里面，刚和赵处打电话沟通过了，这个事吧，情节特别恶劣——有人恶意贩卖有毒食品，中毒的那个在里面躺着，到现在医院也没查出来他中了什么毒。"

楚恕之问："食物中毒？吃了什么？"

"水果。"片警小王说，"据受害人家属说，受害人就啃了个路边买的橙子，刚吃完，人就不行了，这才赶紧送医院又报警……"

他说着，一推病房的门，里面爆发出一阵惊天动地的惨叫。郭长城吓得一哆嗦，踮起脚尖，从楚恕之身后探头看。只见病床上躺着一个男人，有四十来岁，正在床上不停地挣扎，医生、护士好几个人合力才按住他，旁边还有个女的，一直在哭，大概是家属。

病床上的男人死死地攥住一个医生的手，用一种异常凄厉的声音哀号："我的腿，我的腿断了……我的腿！啊！啊！"

"腿？"楚恕之侧头问小王，"你不是说他食物中毒吗？"

"是啊，腿好好的，"小王说，"连块瘀青都没有，医院拍了片子，也没检查出问题——就这才让人费解呢。"

楚恕之走过去，拍拍一个小护士的肩膀，让她让了地方出来，然后抬手翻了翻那男人的眼皮，盯着他的瞳孔研究了一阵，又检查了他耳后，低低地念了句什么，伸手做了一个抓的动作，而后把攥紧的拳头放在男人的胸腹处，用力一按——那挣扎的男人突然就安静了下来。

楚恕之问："现在还疼吗？"

男人好不容易喘过来一口气，感激地看着他，摇了摇头。

旁边的医生、护士可能都觉得自己是碰上了邪教组织，纷纷以异样的眼神打量着楚恕之。

楚恕之就松开手，那男人"嗷"一嗓子，又开始打着滚惨叫。楚恕之充耳不闻，转身对郭长城打了个响指："看完了，走吧，回去写报告。"

郭长城：怎么就算看完了？

刚才到底发生了什么事?

沈巍上完最后一节选修课,等学生们都离开教室,他才收拾自己的东西,往他人间的住所走去,一路上情不自禁地拿起手机,翻来覆去地看了几次——他的手机只有三个功能,打电话、发信息和看时间。

沈巍不喜欢电子产品,他是个过时的慢性人,始终觉得书信更方便,急事可以写便条,不急就徐徐道来,写长一点也没什么,打电话按时间收费,就好像有人盯着他说话一样,他不自在。再者,拆信本身也是一种饱含期待的快乐,尤其来信人对他十分重要的时候,字字有灵,那些书信都是能长久收藏的。

可惜,赵云澜从不写信,连签收快递都嫌名字笔画多,每次就给人画个圈。

手机里还存着赵云澜发给他的信息,沈巍一条也没舍得删。但从雪山回来以后,赵云澜就再也没有骚扰过他了。

大概是心怀芥蒂吧。也是,谁不嫌斩魂使晦气呢?

这样也好,沈巍想着,凡人一生不过几十年,宛如弹指一挥,到时候人死如灯灭,今生种种都不在话下,赵云澜也会重新忘记自己和这一段尴尬的小插曲。

沈巍推开自己那始终关着的卧室门,灯就自动亮了起来。这屋里没有床,也没有桌椅,墙上有几幅画像,看装裱,很有些年头了,画的都是同一个人,正面、侧面、背影……身上的装束随年代而变,人却总是那一个,连眉宇间最细微的神情都细致入微,生生世世,没有变过。再后来,占地方的画像变成了一张一张的照片,少年、成年男子……有的在笑,有的在皱眉,有的在和别人说话打闹,还有一张被蹿起来的猫扑到头上……

全都是赵云澜。

只有自己一个人知道、一个人记得就好了,沈巍想,等到时机成熟,他应该也会一个人消失,谁也注意不到。

他本就是一个不应该存在的人。

而在那之前,沈巍唯一能放纵自己的,就是偷偷地在那人没有察觉的情况下，多看他几眼。他有时会趁着深夜潜进赵云澜家里，可是那人警惕性很高，他也不敢久留。好在最近赵云澜饭局多，到家时总是半醉，他才敢稍稍走近一点。

这是他费尽心机保护、一点儿也不敢靠近的人，那些人怎么敢……

沈巍眉间掠过戾气，转身消失在了一片黑雾里。

斩魂使飞快地掠过黄泉路，很快惊动了幽冥。奈何桥头，大判官带着黑白无常与一众鬼差，战战兢兢地迎上来。判官见了沈巍，毕恭毕敬："大人，不知大人驾临……"

斩魂使眼皮也不抬地说："山河锥已经出世，在我手里，功德笔也不远了。"

判官察言观色，感觉斩魂使今天情绪不佳，于是小心翼翼地赔笑说："是，大人的手段当然……"

"我来，就是告诉你们，"斩魂使打断他，凉飕飕地看了判官一眼，"你们信我也好，不信也好，我才是大封的守护人，四圣我一个都不会遗漏，该做的，我都会做。我要是想破誓，不管你们是唤醒昆仑君，还是让上古大神死而复生，都拦不住我。下作的小手段少用——你们不会想激怒我的。"

判官把头压得低低的："大人大概是有些误解，连通生死簿的'因果册'，最早其实还是令主自己提的想法，我们也是才赶制出来，匆匆忙忙地就给他送了过去，没想到竟会因此泄露大人的形迹，思虑不周，我们也是愧疚万分，这……"

斩魂使讥诮地轻笑一声："最好这样，好自为之，告辞。"

他话音落下，人已经卷进一团黑雾里消失了。不知过了多久，那些随他而来的寒气和戾气才渐渐消散。众鬼差大大地松了口气，判官抬起袖子擦了擦汗。

"大人，"一个阴差上前，耳语说，"斩魂使说得对，有道理啊，四圣都被他和混沌鬼王瓜分了，他是大封的守护人，就算昆仑君苏醒，如今也不过是一介凡人，能拿他有什么办法呢？我看，还不如放宽心，干脆信了他……"

"你可知道，要是大封破碎，重新封印，守护人要付出什么代价？"

判官轻声说，"上古大神都须以身殉道，何况他这半神之身。百代百劫的修行，他方才从戾气中化形而出，数万年心血，你真相信他能一并舍弃，以身殉大封？"

阴差听完一哆嗦，放宽的心又窄了。

判官沉声说："解铃还须系铃人，斩魂使这个守护人的身份是山圣昆仑君钦点的，现在也只能死马当成活马医，我们非得唤醒昆仑君不可了。"

"可是昆仑君的神魂已经轮回了数千年，化为肉体凡胎，神性几乎尽失……"

"是几乎，"判官一抬眼，"你听说过'天目'吗？"

第三章

"出去调查完，回来要写一份例行的简报，我打字比较慢，你来吧。"楚恕之倒了杯茶水，优哉游哉地往靠椅上一坐，"我口述。"

郭长城就正襟危坐在电脑前。此时，特调处的"人"都走光了，只剩下飘来飘去的魂，刑侦科在一片漆黑里亮着唯——盏灯。

两人刚坐下，门就被敲响了，楚恕之叫了声"进"，只见一个热腾腾的大托盘应声飞了进来。托盘里放了两副餐具，四菜一汤，并两大碗米饭。一个无头的人双脚悬空，轻飘飘地进来，又轻飘飘地把东西放在桌子上，又摸出一包猫粮，把大庆的猫食碗填满了。

大庆矜持地点点头："多谢——再给本座添点特浓牛奶。"

郭长城已经习惯了光明路4号的环境，慢慢地，他发现人和非人之间的差异并没有想象中那么大，有些非人类心肠很好，比如每次有人加班写报告，这位没有头的兄弟都会贴心地送上一份热腾腾的晚餐，让头天从邮局出来后身上就剩二十块钱的郭长城觉得非常温暖。

"大概是这么个意思，格式呢，你找以前的报告自己调整，语言稍微组织一下。"楚恕之一边吃一边说，"那人中的不是毒，而是怨咒……嗯，'怨念'的'怨'。受害人下肢有疼痛难忍状况，所以下咒的，很可能也是因外伤而死的死灵。另外，受害人印堂发黑，双目生赤，眼皮下有'因果线'，但不深，耳后有黑色'功德印'，极浅，应系与下咒死灵没有直接关系之人，罪不至此，初步判断，该死灵有严重违法行为……"

郭长城两只爪子撑在了键盘上——满头雾水，完全跟不上楚恕之说的。

楚恕之叹了口气："哪儿不明白？"

郭长城："什么是'因果线'？"

把脸埋在牛奶里的大庆抬起头，黑毛上沾了一圈白胡子，火冒三丈道："赵云澜是怎么回事？我看他每天不是醉生梦死就是色欲熏心，还干点正事不干？新员工培训是不是到现在都没做？这小子怎么狗屁也不知道？！"

楚恕之不能任凭一只猫谩骂领导，只好受累解释："赵处最近在忙拆迁的事，如果这事能落定，咱们明年就能搬到有大花园的办公室了，你还可以有一个挂在树上守着鸟窝的大猫屋。"

猫大爷闻听此言，火气略消。过了一会儿，它决定看在大猫屋的分上，勉强谅解赵云澜。颤了颤胡子，黑猫不屑地对郭长城解释说："因果线就是前因后果，譬如说，你走在大街上，一个歹徒冲出来，无缘无故地把你杀了，这就叫没有因果，是无妄之灾。一个歹徒冲出来，发现你挡住了他的路，所以捅了你一刀，把你杀了，因你挡路在前，所以丧命，这是时也命也，勉强算有点因果，但这样的因果线很浅，基本用手一抹就掉。再比如，一个歹徒冲出来，发现你就是那个和他老婆偷情的奸夫，于是怒而干掉了你，这样的因果线手抹不掉，但也不会特别浓重，表示虽有关联，但你罪不至死，也就是因与果不匹配。一个歹徒冲出来……"

已经被歹徒干掉了好几次的郭长城忍不住说："发现我就是他的仇人，就是他打算杀的那个人，一刀捅死我，这样因果线就比较深了是吧？"

大庆摇头晃脑地说："孺子可教。"

郭长城问："那……那功德印又是什么？"

楚恕之说："有功德或者有罪孽的人，耳后会有标记，比如一个人神不知鬼不觉地害死了另一个人，即使没人知道，他耳后也会因此留下一个黑印，过去说'损阴德'就是这个意思。当然，没有修为的普通人是看不见的。"

楚恕之看了一眼郭长城，他能看见郭长城耳后有明显的白印，散发着厚重而柔和的光，只不过这种光芒并不是谁都能看见的，即使开了阴阳眼，也要凝聚十分的注意力才瞧得见。

郭长城毫无所觉，若有所思地说："黑印是像沾了煤灰的手印吗？"

楚恕之一愣："你见过？"

郭长城点点头，把头天晚上撞人的事说了。

大庆听了，嗤笑一声："被肉眼凡胎的路人随便一瞥都能看见，那家伙大概离天打雷劈也不远了。"

见郭长城又迷茫，楚恕之于是解释说："凡人的功德印，肉眼一般是看不见的，你碰见的那个应该不是人，不知道是哪族的妖。修行的妖物之所以不敢随便害人，就是因为被功德印辖制，功德印黑到一定程度，会引来天雷，五雷轰顶可不是闹着玩的，到时候别说被罚的妖物，就是同在一个地区的其他小妖，都会被牵连。所以，为了怕祸及他人，防止这样的害群之马出现，每年年底，群妖夜宴时，妖族都会清点功过，有太出圈的，他们族内会先自行处理。"

郭长城仍是听得半懂不懂："那普通人呢？坏事干多了也会被雷劈吗？"

"那倒不会，"大庆翘着尾巴跳到地上，弓了弓后背，蜷缩成一个毛球，窝在电脑散热口后面吹暖风，"你没听说过'修桥补路瞎眼，杀人放火儿多'吗？人间有人间的法则，大多数人有今生没来世，一生那么短，没等因果实现就过去了，一个个命如蝼蚁，天道也懒得管，所以有时候，凡人修功德也没什么用……不过可能好事办得多了，偶尔也会运气好吧，但是也不一定，比如你功德就挺厚实，照样是个命苦的小白菜。"

郭长城幼年父母双亡，孤儿一个，天资差，性格软，虽然赵云澜一直开玩笑说带着他容易走狗屎运，但其实郭长城的福泽并不深厚，是一副薄命相。

"真的？我也有功德？"郭长城听见这话，诧异极了，"我命苦吗？没有啊，我命挺好的，就是自己不大争气。"

他觉着自己没能耐、没本事，从小姑姨娘舅都觉得他可怜，宁可少了自己孩子东西，也没克扣过他的，家境优渥，长大以后依然是废柴一根，却被亲戚硬塞进了这么好的工作单位，领导和同事竟没因此看不起他，反而都很照顾，居然还任凭他留了下来——这还不算命好吗？

黑猫听了这话，快要闭上的眼睁开，看着郭长城，碧色的眼睛里有金光一闪而过。它正要说什么时，赵云澜带着一身寒气和酒气走了进来，哑声问："简报写得怎么样了？"

"哦……"郭长城刚要汇报，就见赵云澜对他摆摆手，踉踉跄跄地冲进了卫生间，吐了。

楚恕之和郭长城赶紧跟了上去。大庆"啧"一声，慢腾腾地把胖爪伸出来，左摇右晃地走过去："愚蠢的人类。"

愚蠢的人类脸色惨白，捂着胃靠在一边墙角站不起来。楚恕之拍拍他的背，吩咐郭长城："怎么喝成这样——小郭，倒杯温水来。"

赵云澜吐过一次，漱了口，这才摇摇晃晃地站起来："一帮孙子合伙灌我一个，我有什么办法？"

楚恕之："别扯淡，你真不想喝，谁灌得动你？"

赵云澜扶着墙站起来，臊眉耷眼地往外走，有些含糊地说："都是你们这帮废物，一个都带不出去，想找个挡酒的都找不着。"

"找你们家沈教授去，那位愿意给你挡。自己就一杯躺，还愿意保护你，感天动地。"大庆从他腿边上蹭过去，"我说，年底查得紧，你不会酒驾吧？酒驾可是要蹲局子的。"

赵云澜："滚开！"

他找了把椅子坐下，眼皮一耷拉，萎靡地说："小郭去叫汪徵，把要我签字的东西都拿过来。老楚跟我说说，医院这是什么事。"

楚恕之三言两语地把并不复杂的事件交代清楚了。赵云澜带听不带听地垂着眼，也不知道他这会儿脑子还转不转。听完，他带着酒气发了话："确定是我们的案子，是吧？那这样，今晚赶一赶，把报告赶出来，我等着，写完我直接盖章扫描上传，争取明天能走完移交流程，省得再耽搁一天。"

楚恕之是没什么问题，反正刚才差点儿把苦胆都吐出来的又不是他。汪徵端着一杯蜂蜜水飘下了楼，她摊了一沓什么文件在桌上。赵云澜没精力仔细看，实在是连眼睛都睁不开了，拿起笔乱签一通。签完，他对汪徵和她背后灵一样的男人挥挥手："别在单身狗面前秀恩爱，快给我滚！"

等楚恕之和郭长城把初步调研报告写出来的时候，赵云澜已经趴在桌子上睡了一觉了。大庆用爪子在他后背上一通捶："忘了问你了，我的临鸟窝超豪华猫屋呢？"

赵云澜迷迷糊糊地说："……死胖子，杀了你吃肉。"

大庆跳上他的肩膀，冲着他的耳朵一阵咆哮："喵！我的豪华猫屋呢？！"

赵云澜拿起放凉的蜂蜜水一饮而尽，揪着肥猫的短脖子把它拎下来扔在了一边："基本上敲定了，快的话，明年秋天就能搬。"

黑猫听了，顿时一改嚣张态度，谄媚地蹭蹭他的手："那是，咱们老大就是能干，那什么……临着鸟窝吧，最好是里面有鸟蛋的……"

赵云澜屈指把它脑袋弹开，在桌子上擦了擦手。

"死猫，"他冷冷地说，"掉我一手的毛。"

说完，他不等大庆多毛，就飞快地在调研报告上签了字："那我走了，今天辛苦你们俩了。"

楚恕之："你怎么过来的？不会是酒驾吧？"

赵云澜背对着他没回头，摇摇晃晃地一摆手："打车。"

然而，人总会遇到一些玄学时刻，这天，全龙城的出租车司机可能集体休年假去了，赵云澜戳在呼啸的寒风中整整十分钟，本来就被酒泡糟的脑浆都给冻住了，也没等来一辆空车。他感觉自己的意识都有点模糊了，哆哆嗦嗦地摸出手机，打算给平时常打交道的代驾打个电话——他这几天应酬多，车就停在单位院里。

赵云澜醉得有点厉害，翻通讯录都串行，靠在电线杆上，稀里糊涂地把电话拨了出去。才响了一声，对方就接了，可不知为什么没说话。

赵云澜五迷三道地说："喂，小孙，今天活儿多吗？不忙的话，到光明路4号帮我开下车，老规矩。"

电话里的人声有点远："……喝酒了？"

赵云澜心说：这不废话吗？没喝酒找代驾干什么？他实在懒得搭腔，顺着电线杆溜了下去，坐在马路牙子上，半闭着眼把头往胳膊上一架，含糊地应了一声。

那边说："马上到。"

这个小孙代驾的优点是勤快，只要手头没有其他的活儿，他基本随叫随到，缺点是鸡贼、废话多，每次赵云澜不经预约直接提溜他，他都得先念半天山音，诸如"我本来有个什么事，因为赵哥你推了"云云，直到把赵云澜嘟啵烦了，给他加钱。

"今天怎么这么痛快？"迷糊过去之前，赵云澜莫名其妙地想，"被人夺舍了？"

他就这么靠着电线杆点头，点着点着就失去了平衡，往一边倒去。这时，一只手宛如从虚空中伸出来，一把托住了他，来自地下千尺的森冷气息扑面而来。赵云澜一激灵，猛地睁开眼，眼前一片漆黑。他轻轻地一眯眼，黑雾倏地散尽，剩下一个沈巍从里面走出来，不由分说地扶起他："怎么喝成这样？钥匙给我。"

"沈……不是，那个……大人……"赵云澜舌头有些拌蒜，自行在嘴里打了个结，半天没把人叫明白，"你怎么……"

沈巍："你电话打错人了。"

赵云澜连忙扒开眼皮，去翻通话记录。

"行了，"沈巍余光扫了一眼他冻得发青的脸，把他塞进了车里，"……举手之劳。"

太尴尬了。他要这双二五眼有什么用？

赵云澜逃避似的靠在座椅上闭了眼，装睡。沈巍轻轻地推了推他："回家再睡，外面容易着凉。"

赵云澜持续装死。

沈巍见叫不醒他，只好俯身给他系好安全带，两人之间近得让赵云澜能闻到对方身上的气息。不同于斩魂使，沈巍身上有一股很清新……人间的气味，是刚洗过的衣服留下的洗涤剂味——斩魂使剥落了他那一层人鬼同惧的黑袍，里面的人竟是干净柔软的。

旁边传来窸窸窣窣的声音，沈巍又掏出一瓶矿泉水，倒进一个小杯子里，杯子在他手里晃了两圈，原本冰凉的水就冒出了温暖的白雾。他用杯口碰了一下赵云澜的嘴角："喝点水。"

赵云澜微微睁开眼，黑成一片的车里，仿佛只有沈巍的眼睛里有光，明亮得恰到好处，既不暗淡，又不灼人。他心里重重地跳了一下，犹豫了一下，像被什么蛊惑似的，就着沈巍的手喝完了这一杯水，任由沈巍从座位下面找出一条毯子盖在他身上，又调高了车载空调的温度。车子平稳地开了出去，他听见一声隐约的叹息。旁边的人替他掖了掖毯子，若有若无地说："怎么一点儿也不会照顾自己呢？"

赵云澜闭目养神，听见车窗外呼啸的风声，手脚都忍不住在暖气中蜷起来……他似乎已经很久没在寒夜里感觉到这样的温暖了。

从大雪山回来之后的这半个来月，赵云澜一直也没有联系过沈巍。

他有点不知道怎么面对这个人。斩魂使、沈巍，都算熟人，可这两个形象在他心里始终难以统一，合在一起，他就有点手足无措了。说来奇怪，赵云澜自从接掌镇魂令，就认识斩魂使，可十几二十年的合作关系，却远不如"沈巍"这个人来得刻骨铭心，他想起"沈巍"这两个字，就会不由自主地回忆起那个犯胃病的周末，他迷迷糊糊地蜷在被子里睡觉，沈巍守着他，厨房里飘出让人迷恋的香气。

那一瞬间的沈巍，稳、准、狠地击中了他，赵云澜甚至有种错觉，仿佛这一幕以前发生过一样——有个人跟他做伴，平时谁也不嫌谁话少，谁也不会烦谁，互不相扰，却绝不冷漠……就像本来就是生活在一起、自成一国的那样。

为什么会有这样的错觉？

赵云澜的家离光明路4号不远，他还没来得及从乱七八糟的心绪里醒过神来就到了家。沈巍扶着他进门，帮他脱了外衣挂好，又把他放在床上，转身去卫生间找湿毛巾，仔细地给他擦了脸和手脚，又替他拉好被子，习惯性地给他收拾了房间。他甚至非常细心地把赵云澜床头柜上的半杯水拿走，以防他半夜睡得不踏实伸手打翻。

沈巍是把他放在心上的，赵云澜感觉得到。他这一辈子，除了他的父母和猫，其他人要么对他有所求，要么就是依赖他，还从来没有一个人这样把他放在心上过。赵云澜听着那人刻意放轻的动静，有点窝心。

沈巍收拾好，回头看见赵云澜一动不动地躺在那儿，显得那么安静。沈巍犹豫了片刻，没舍得转身就走，放纵自己站在床边，贪婪地看着床上的人。

片刻后，他就像是受到了什么蛊惑，慢慢地弯下腰去，凑近赵云澜，直到能闻到他细细的呼吸。

赵云澜以过硬的心理素质维持了挺尸的状态，就快崩溃了。

终于，沈巍忍不住，双手撑在他身侧，在赵云澜的头发上碰了一下，蜻蜓点水，一触即放。他闭上眼睛，好像从这样简短的触碰中得到了极大的慰藉。这具肉体上传来阵阵雷鸣一般的心跳，有那么一时片刻，沈巍几乎觉得自己是个人了，哪怕此时死去，也毫无怨言。

装睡的赵云澜脑子里却是一片空白，心里那根吊着千钧的头发丝绷到了极致，无声地断了。

沈巍本以为自己神不知鬼不觉地一触即走，不料腰还没来得及直起来，床上的"尸体"突然伸出双臂，一把拉住了他。沈巍猝不及防，大惊之下被他拽倒。

赵云澜的呼吸间还有微微的酒气，眼神却是清明的，定定地看着沈巍的眼睛，他的声音压在喉咙里："大人，你这是干什么？"

沈巍张张嘴，惊慌得无以复加。

赵云澜神色复杂地盯着他看了一会儿，缓缓地爬了起来。谁知他的眼神看着很清醒，脚刚一踩地就膝盖一软，跪在了地上，酒气从胃里冲到了天灵盖。赵云澜难受地抱着脑袋，呻吟了一声。

沈巍回过神来，一时也看不出他到底醉没醉，赶紧伸手拉他："你……"

赵云澜摆摆手，他正处于一种有逻辑但不能走直线的微妙状态，摸索着拉开床头柜，把最底下的抽屉拉了出来，将里面鸡零狗碎的东西一股脑地倒在地上，钥匙、合同、房产证、社保卡、电器保修单……什么鬼东西都有，差点儿把沈巍的脚埋了。赵云澜从最底下抽出了一个文件袋，里面一片一片的宣纸都标本似的用真空塑封保护着。赵云澜手一哆嗦，纸片们掉了出来。沈巍连忙帮他捡，却在看清了上面的字迹之后一哆嗦。

"历任镇魂令主，我的前辈们，"赵云澜沉声说，"都会记载生平遇到的大事，死后录入镇魂令的资料库，给后人留下参考教训……他们都很懒，留下的只言片语，一般都是生死攸关的大事。我这几天做了个简单的统计，发现其中八成以上，都提到了一个人。"

"某朝某年某月某日，江淮走蛟化龙失败，大妖怨气不散，江水暴涨成患。镇魂令急召三界围剿，蛟妖爆体成魔，幸得斩魂刀出鞘解围。"

"……某年，乱世，兵祸连年，引渡不暇，斩魂使亲临忘川坐镇。"

"……西天琉璃盏碎，落入人间，生无尽幻境，肉体凡胎无有超脱，吾得手握斩魂刀鞘，脱出，幻境遂破……"

"某月某日，吾大限将至，焚香沐浴，供奉木牌，午夜时分收孤魂帖，如见故友，幸甚。"

悠悠千万年，光阴如水，中有一人。

"沈巍，"赵云澜喃喃地问，"你和镇魂令……和我，有什么瓜葛？"

自从镇魂令立在人间，上下五千年，一直都有一把漆黑的古刀保驾护航。

斩魂使是上古真神，为什么要屈就在人间这小小的化身里？以前也是吗？可是除了这一世的沈巍，历任镇魂令主都没有相关记载，那么……是那个躲躲藏藏的化身从未被发现过吗？

五千年孤绝的一双眼睛，看遍了人世沧桑，你在注视什么呢？

沈巍仓皇地避开他的目光，替他把重要证件挨个捡起来，把房产证里掉出来的契税单重新夹回去，无意中扫了一眼日期，发现这张单据居然是今年的——那是一张崭新的房产证，地址就在龙城大学对面。

"不能说？"赵云澜没骨头似的靠住床头柜，伸长了两条腿，从裤兜里摸出一根烟，打火机晃了三四次才打着火，"行吧。"

他沉默了有一根烟的工夫，才低声说："那个啊，是去清溪村之前定下的，特调处要搬家，我这边有点远，本打算先租个房子，到处转了转，经过这个小区进去看了一眼，不知道怎么就合了眼缘，一冲动就把早年投的小铺面都出手了，倾家荡产地买了。买完我还想，那地方交通方便，又那么巧，正好在龙大旁边，房子还挺大的，一个人住肯定是浪费，可以叫沈老师来合租啊，给你留一间大书房，这样我就可以在家养狗了……普通的凡狗，智商很低的那种。有你帮我喂，万一我偶尔出差加班，也不用担心狗会饿死，没事挑拨它跟大庆来个猫狗大战什么的解闷……"

沈巍的手不受控制地抖了起来，塑料的收纳夹窸窸作响。他缓缓地抬起头，对上赵云澜的目光。赵云澜的目光很散，因为不太清醒，上面蒙着一层水光，就让人忍不住想溺死在里面。

"这都是后话了。"赵云澜说，"大人，你让沈巍来镇魂令过几十年吧，别躲在一边看了，咱们家热闹。"

沈巍好像被撕裂成了两半，一半要飘起来，一半深深地沉在千尺深的黄泉底。他想，赵云澜永远不会知道，自己因他而生，又因他而一路走到今天。能击垮最坚硬的心的，从来都不是漫长的风刀霜剑，而只是半途中一只突然伸出来的手，或是那句在他耳边温声说的"回家吧"。

沈巍有一瞬间很想质问上苍，为什么偏偏他是斩魂使？为什么朝生暮死的蝼蚁尚且能在阳光雨露下出双入对，风餐露宿的鸟雀尚且能在树枝间找到个栖身之地，天地之间，他生而无双，却偏偏没有尺寸之地是留给他的？每个人都怕他，卑躬屈膝地算计他，甚至处心积虑地想要他死。他生于混沌、暴虐和凶戾之间，总有压制不住杀心的时候，杀意如潮，他想把那些人一个不落地全都斩于刀下。可那……不行，他无声地守住了一个只有自己知道的承诺，算而今，已经有不知几千几万年光景，不敢有分毫叛离，因为那个承诺，几乎是他与那人之间唯一的联系。

赵云澜看见沈巍的眼睛都红了，仿佛下一刻就要滴出血来。他听见沈巍一字一顿地说："我是不祥之人。"

赵云澜挑起嘴角，两颊上露出两个浅浅的酒窝："好啊，你要不要试试看是你的攻击力强，还是我的血比较厚？"

沈巍没听出他的玩笑，更没打算接下去，手掌几乎要被自己掐出血来。他终于忍不住脱口说："你怎能……怎能这样逼迫我？"

赵云澜叹了口气，不笑了，转身把烟掐灭在烟灰缸里。

他第一眼看见沈巍就觉得喜欢，原本还以为自己只是偏爱这种类型，却一时忽略了那仿佛与生俱来的亲切感。斩魂使的前因后果，赵云澜还没来得及查明白，看他的样子，也不忍心开口问他，因为他总觉得沈巍心里压了很多的苦，不然为什么每次身披黑袍出现的时候，身上都会带着那么多的寒意呢？

他不冷吗？

"对不起啊。"赵云澜轻轻掰开沈巍的手指，从他手里抽出那张房本，随手把那贵重无比的资产证明扔在了一边，"要是让你为难了，就当我刚才的话都没说过。"

沈巍闭上眼睛，觉得自己非常无耻。要躲，为什么不躲得远一点？为什么不老老实实地待在黄泉下？百世百代地怀着阴暗的期盼，盼着人间出大案，好让他借此为由，浮上来见那人一面。

可他偏偏忍不住。

沈巍一直厌恶自己的心，至此强烈到了极致。

赵云澜揉了揉自己的太阳穴，低声说："我别的东西也有，只是你可能大多都看不上，只有这一点真心……你要是不接，那就算了吧。"

这句话像是一块石头，狠狠地砸在了沈巍心上，他想起不知多久以前，有一个人也是在他耳边，也是这样，似乎漫不经心地说："我富有天下名山大川，想起来也没什么稀奇的，不过就是一堆烂石头野河水，浑身上下，大概也就只有这几分真心能上秤卖上二两，你要？拿去。"

一如往昔，历历在目。

他忽然一把抱住赵云澜，像是用尽了全身的力气，把他的骨头都掐得"咯咯"作响，埋首在他颈边，然后，越过赵云澜的肩头，一口咬住了自己的手腕。他也不知下了多狠的口，手腕上立刻就一片鲜血淋漓，伤口几乎见了骨。

十万丈幽冥压在身上，他流不出眼泪，可疼到了极致，大概就只好流血。

赵云澜闻到了血腥味，立刻感觉到不对："沈巍！你干什么？快放开！"

沈巍却只把他扣得更紧。

人一生不过几十年，转瞬就过去，仿佛浮光掠影，沈巍忽然想，难道自己就连这么一点罅隙间的光阴都不配有吗？

"沈巍！"沈巍恍神的时候，赵云澜挣开了他的手，发现自己的床单竟然都已经被染红了，"你脑子有坑吗？！我又没光天化日之下强抢民男！我说什么了吗？你还就直接血溅三尺表忠烈，至于吗？"

他一边骂，一边暴躁地跳起来，打算去拿家用医药箱，沈巍却忽然伸出手，一把拉住了他。

"那我接住了。"赵云澜听见沈巍这样轻轻地说。

赵云澜愣了一下。沈巍却笑了，用一种近乎平静的语气说："我接住了，你这一辈子，生生死死、死死生生我都再不会松手，哪怕你有一天烦了、厌了，再也不想见到我，也别想摆脱我。"

赵云澜愣了片刻，第一次从沈巍身上嗅到戾气，血迹在沈巍如画的眉目间渲染了一层说不出的气质，像古老图腾上酝酿着瘟疫和死亡的邪神。

赵云澜一言不发地从床底下拖出一个医药箱，拽出消毒湿巾，皱着眉坐在床边，拉起沈巍血肉模糊的手腕，擦去那些与主人同样偏凉的血迹。

沈巍死死地盯着他："你不怕吗？"

"你快闭嘴吧。"赵云澜重重地在他手腕上按了一下，"怎么说疯就疯？"

经过这么一番折腾，赵云澜心神俱疲，这回没有装睡，一头栽倒就人事不省。

沈巍看了看自己被包裹得严实又整齐的手腕，轻轻地掀开另一边的被子，屏住呼吸，羽毛似的落在了赵云澜给他留下的另一半床上。他犹豫了一下，大着胆子张开手，反握住赵云澜的手，继而闭上眼睛，贴在了自己的胸口上。

竟是难得的一夕安眠。

第二天清早，沈巍是被厨房里传来的奇怪味道弄醒的。他醒来后呆愣了半分钟，才想起自己是在什么地方，低头看了一眼自己手腕上的"罪证"，总是显得有些苍白的脸上立刻就飞起一层薄红。

他昨天晚上都说了些什么啊？怎么搞成这样？赵云澜喝多了，他也喝多了吗？

这时，有人含混不清地说："早啊。"

沈巍一哆嗦，抬头就看见赵云澜叼着一双筷子，手里端着一张不知从哪儿找来的塑料板，塑料板足足有一米来长，上面有一排凹槽，一共五个，每个槽里都刚好能放下一个大碗或者一个中等大小的盘子。

五个位置，假如人不多，标准配置的四菜一汤，正好可以让他一次端完……也不知是什么人懒出了花样，发明了这样的神物。

而神物上还有神物，只见那托盘上从左到右，放了整整一排的桶装方便面，混合出一股非常难以言喻的味道，一个个的还在冒热气。

赵云澜大马金刀地往沙发上一坐，指点江山似的说："左一，是开水泡的红烧牛肉面，左二是热牛奶泡的老坛酸菜面，中间的是热水加一块黄油扔微波炉里转出来的蘑菇炖鸡面，右二是海鲜面，我觉得有点淡，所以又加了一勺甜面酱，右一是用热咖啡泡的培根奶油面……这个应该还行，你喜欢吃哪个，自己挑吧。"

说完，他终于自己也觉得不大好意思："那什么……我也不大会弄别的东西，你好不容易来一趟，泡两碗方便面实在不大像样。"

于是他泡了五碗，很像样了。

沈巍的目光从五个冒热气的桶装面上扫过，不太明白他为什么还没把自己毒死。

不过，只要是赵云澜弄出来的东西，就算是一碗毒鼠强，沈巍也能面不改色地灌下去——只不过沈老师最后还是选择了最正常的那碗，绕着弯地提醒了一句："速食对身体不好，少吃一点。"

赵云澜坦然说："最近穷嘛，年终奖再不下来，我都快去我爸那儿要饭了——你要包养我吗？我会暖床。"

沈巍被一口微辣的汤呛住，扭过头剧烈地咳嗽起来。

赵云澜"嘿嘿"一笑，随口说："说起来，快到年关了，归总功德的时候又到了，最近人间小偷变多了，妖族和鬼修倒是一个个临时抱起佛脚了。"

沈巍坐得有些拘谨，端端正正地说："有意为之的只是些肤浅的因果而已，功德哪是那么容易成的。"

"嗯，"赵云澜可能是临时把舌头拔下来放一边了，面不改色地喝着他那咖啡泡面，"你别说，还真有个顶风作案的。"

四圣以轮回晷为首，而后是山河锥，第三个就是"功德笔"，如今前两样都已经现世，沈巍不免对"功德"两个字有些过敏。他刚要追问，赵云澜扔在一边的电话就响了。

赵云澜匆忙放下方便面桶，一看来电显示："真禁不住念叨，又来了。"

才不过一晚上，医院里又进去俩。

依然是没灾没病没外伤，就是满地打滚喊腿疼，家属凌晨五点打电话报警。

投毒对社会治安的影响非常恶劣，眼看着事件在恶化，正是年底维稳的关键时期，相关部门一筹莫展，只好催命一样地骚扰赵云澜。

楚恕之他们现在已经基本断定，这案子早晚是要归到特调处的，等早晨一上班就往上递报告，赵云澜也不好直接一推六二五，只好在电话里答应，自己今天会亲自到医院去看看。

第四章

郭长城接到通知，不敢让赵云澜等他，生怕早高峰堵车，他一路坐地铁赶到了医院，在医院门口吹了半个多小时的冷风，险些被冻成一朵冰花，才把姗姗来迟的赵云澜……和沈巍等来。

郭长城舌头冻得有点发僵："赵嗷嗷嗷处。"

一行清鼻涕流了下来，郭长城形象不佳地吸了一下，拿眼偷瞄沈巍，心里莫名其妙地想："赵处怎么工作时间把沈老师带来了？还是沈老师生病了？"

然而，尽管奇怪，看见沈巍和赵云澜在前面小声说话，郭长城还是很不好意思凑上去，只敢隔着几步跟着他们，弓肩低头，像个亦步亦趋的小太监。这一阵恰逢龙城流感高发期，医院里正是人满为患，郭长城这么一拖沓，立刻就被别人挤开了。他一边奋力地往人群外挣扎，一边踮起脚寻找另外两个人的踪迹。等他好不容易杀出一条血路来，赵云澜和沈巍已经看不见了。

好在郭长城已经来过一次，认识路，找不着赵云澜，他就独自上了六楼住院部。刚到六楼，一群医生、护士急匆匆地推着个病人从他身边经过，郭长城连忙闪开让路。

这时，他不小心瞥见了医院的窗户——六楼的窗户外面有一个人！

可是，六楼窗外怎么会有人？郭长城本能地感觉到了不同寻常，心飞快地跳了起来，可是人有时候就是这样，越害怕，就越管不住自己的眼睛。

那是个男的，消瘦、佝偻，头上戴着一顶破破烂烂的毛线帽，露出生满冻疮的耳朵和花白的头发，裹着一件大棉袄……而他悬在半空中，腰胯部往下没有腿！

双腿从大腿根附近截断，郭长城甚至能看清他腿上不规则的伤口，烂肉外面还露着短短的一截骨头，正在滴血！那血顺着窗户缝流进来，滴滴答答地落在地上，成了一摊，好像总也流不完。而过往的医生、护士们却都熟视无睹，似乎没有一个人能看见他。

没有腿的男人静静地盯着医院的住院部，半张脸上全都是土和血，双目凸出，像一具恐怖的蜡像，面无表情，冷冷地盯着来往的人群，干裂的嘴角歪歪斜斜地挑着，说不出地怨毒。

就在这时，一只手猝不及防地用力在他的肩膀上拍了一下。郭长城惊恐到了一定程度，竟连尖叫的力气都没了，一声不吭地跳起老高，胸口"咯噔"一下，心脏好似跳空，生生卡了一拍。

赵云澜见他被吓得脸都白了，还弯腰做了个夹腿的猥琐动作："你又怎么了？"

郭长城脑子里一片空白，短暂失语，忘了人话怎么说，只好哆哆嗦嗦地抬起手，指了指走廊尽头的窗户。

赵云澜疑惑地顺着他手指的方向看了一眼——不算窗明几净，不过也不算脏，玻璃上除了尘土和细小的冰碴，什么都没有。

赵云澜奇怪地问："你看见什么了？"

等郭长城张皇失措地再抬头望去，赫然看见那里只剩下一扇空荡荡的窗，什么也没有了。他抓耳挠腮地往四周看了看，压低声音，语无伦次地把自己方才看见的东西描述了一遍。

赵云澜皱着眉看了看他。根据他对郭长城的了解，此人的智商和胆量都不足以支持"在领导面前扯谎"这种事，应该不是胡说八道，便走到窗口，伸手一探，明鉴表没有反应。赵云澜又抬手在窗棂上摸了一遍，把已经锈住了一点的窗户推开了一条缝，冷冽的西北风立刻横扫进来。可也就只是风而已，除了冷冽外，他什么都没感觉到。

一个住院部的小护士跑过来："哎，那位先生，您能把窗户关上吗？要透气麻烦出去透，一点暖和气都泄出去了，这儿可还有病人呢。"

赵云澜连忙拉好窗户，回头冲小护士笑了一下，以示歉意。小护士骤然遭遇高品质帅哥，红了脸，半真半假地低声抱怨了一句，转身走了。

沈巍不知什么时候走过来，在旁边轻咳了一声，故意侧过身挡住小姑娘偷偷回头瞟的目光。赵云澜似笑非笑地扫了他一眼，抬手拉了拉他的围巾，一下子凑过去，几乎是贴着沈巍的耳朵低声问："着凉了？你咳嗽什么？"

沈巍慌张地往后退了一步，要是给他穿一身长袍，他就要拢袖低头，来一句"光天化日，男男授受不亲"了。

赵云澜忍不住低低地笑了起来。

沈巍耳朵尖有些泛红，生硬地转移了话题："你在看什么？"

赵云澜扫了一眼站得远远的郭长城，简短地学了个舌。

沈巍听完，想了想，十分认真地说："他没有阴阳眼，但是奇怪得很，我觉得他似乎能通过反光的东西看见这地方发生过的事。"

赵云澜一挑眉："怎么说？"

"你还记得当时在龙大，我突然出现打断你们调查的事吗？"沈巍说，"其实头天晚上，我就听说了学校出事，当时因为怀疑和落跑的饿死鬼有关，所以派了个傀儡去查死者的寝室，天亮之前就已经撤了，可这个年轻人爬到窗台上的时候，他跟我的傀儡建立了一种微妙的联系——我能感觉到，他通过反光的玻璃，看见了头天晚上傀儡爬出窗户的场景，我这才出面打断……只是当时实在不知道你在那儿。"

其实当时，是混沌鬼王那根搅屎棍使坏，故意屏蔽了他对赵云澜的感应。

郭长城后来交的报告里，确实提到过，他在窗户上看见了一个骷髅，以及"骷髅眼睛里有一个黑袍人"，只不过那份报告里大部分内容都是屁话，赵云澜没仔细看就垫茶杯用了。

赵云澜："那也就是说，不是现在，也许是昨天，或者更早的某一个时间，确实有这么一个断了腿的人……鬼魂，曾在这里往病房窥视过？"

沈巍"嗯"了一声："你不是说被投毒的人都是半夜送来的？如果是我害了人，大概也会想跟来亲眼看看那些人的下场。"

赵云澜坏笑起来："你才不会害人，我看你连亲人一口都偷偷地……"

大庭广众之下，公然满嘴跑火车，沈巍是端方君子，实在难以接受，低喝道："别胡说八道！"

赵云澜闭了嘴，没闭眼。都说美人明眸善睐，眼睛会说话，那赵处的眼睛还要更高级一点——会耍流氓。沈巍终于被他贱兮兮的目光扫得受不了了，局促地转身往病房方向逃去。

三人到了病房门口，一个警察正好迎出来，互相亮证件打了个招呼。片警自我介绍姓李，一脸苦大仇深地拉住赵云澜："您可来了，我都在这儿等了您一上午了。"

赵云澜探头往病房内看了一眼，问："不是有三个受害人吗？怎么少了一个？"

李警官："昨天送来的那位快不行了，在ICU呢，我看这两位也快移驾过去了。"

赵云澜追问："怎么？"

李警官说："病人先是嚷嚷自己腿疼，疼得满床滚，然后一会儿又跟离开水的鱼似的，睁着眼睛不说话，也不搭理人，偶尔抽搐几下，大腿往下毫无知觉，再后来是深度休克——这真是投毒吗？我干了这么多年，没听说过什么药是这种症状。"

"你说对了，没准还真不是投毒。"赵云澜看了他一眼。李警官只觉得他的目光幽深森冷，好像别有意味，结结实实地打了个冷战。

赵云澜拍了拍他的肩："医院这边也没定论呢，什么都有可能——先让我见一见受害人。"

医生、护士和受害者家属被短暂地请出去了，病房里只剩下两位号出了合唱效果的重病号。赵云澜在这两人身上扫了一眼，先抬手打晕了一个，然后问郭长城："笔记本带了吗？"

郭长城忙点了点头。

"记。"赵云澜弯下腰，问醒着的受害人，"大姐，您是腿疼吗？"

受害人是个中年妇女，疼得躺不住，医护人员只好把她绑在床上，她泪眼蒙眬地冲着他点了点头。赵云澜就掏出一个钱夹，"钱夹"里装的既不是钱，也不是卡，一翻开，里面是厚厚的一沓黄纸符。他挑挑拣拣，一边翻，一边随口对郭长城解释说："纸符是非常必要的道具，平时保存，最好也按规律放，省得需要用的时候，你乱七八糟地找不着自己要的那张，学会怎么用也是一门学问……"

这不着四六的老大竟然在受害者杀猪一样的叫喊声中，慢条斯理地开始授课了。郭长城没有那么过硬的心理素质，一多半的心神都被哀号的女人吸引走了，显得尤为坐立不安。

"就说她这种情况吧。"赵云澜走过去，翻开了那位妇女的耳朵，"你没有阴阳眼，看不见她的阴德亏损，可以借助一张非常基础的纸符来检查。"

说完，他抽出一张符纸递到郭长城面前："这张是请开阴阳眼的。"

郭长城刚要伸手去接，赵云澜的手腕就突然一翻，"啪"一下，准确无误地贴了郭长城的眉心上："像这样。"

郭长城猝不及防，顿时觉得额间的纸符透出一股说不出的冰冷，那黄纸仿佛有重量，尖刀似的敲进了他的眉间。他眼前一花，眼前的世界立刻发生了某种变化……然而，究竟变化在什么地方，他却又说不清。

"过来看。"赵云澜冲他招招手。

郭长城忙一低头，这时，他惊恐地发现，躺在床上的受害人浑身笼罩着一层黑气，原本只是有些憔悴的脸显得十分怪异，隐隐透出一股行将就木的死气，两条好好长在身上的腿更是已经齐根没入了黑暗里，只露出一个参差不齐的大腿根。再一看这女人的耳朵，只见她耳后有一大片黑印，但颜色不深，灰扑扑的，几乎糊住了她的脖子，像一个古怪的胎记。

"耳后发黑，代表阴德有亏。"沈巍说，"生死簿上，一生功德都有记载，人每次作恶，耳后就会被小鬼按上一个黑手印，颜色越深，说明做的坏事越恶劣，像这位这样，手印虽都不深，但黑影范围很大，说明她一生未曾犯过重罪，但自私自利，小恶是不断的。"

沈巍说到这儿，顿了顿，又补充了一句："当然，罪不至死，那东西这么害她，是有点过了。"

郭长城先是虚心地点了点头，匆忙记下，写了一半发现不对，蓦地扭过头，震惊地看着沈教授。

"看什么看！"赵云澜扳过他的脑袋，"那位是高人，以后就是咱们的人了，别有眼不识泰山。"

说着，他又拿出了另一张符纸，依然是放在郭长城面前，让他仔细看清楚："这是一张简单的驱邪符咒，因为比较基础，所以时灵时不灵，失灵的时候也不用怕，能帮我们判断对手的强弱。"

郭长城想：不知道病床上的那位女士听完这话，心情怎么样。

赵云澜把那张黄纸符拍到病床上的女人身上，一大团黑气就好像井喷，从她身上汩汩地冒了出来，张牙舞爪地冲天而起，触碰到天花板又落回来，在半空中凝成了一张扭曲的人脸，张开大嘴，对着他们发出歇斯底里的号叫。

这一切电光石火一般，方才还是理论知识小课堂，下一刻就变成了鬼屋惊魂。郭长城"嗷"一嗓子，扭头就往门外跑，被他们好像背后长了眼一样的赵处一抬手，拎着领子给捞了回来。赵云澜一手拎着郭长城，跟半空那团黑气大眼瞪小眼片刻，嘀咕了一句："奇怪，怎么有这么大的怨气？"

郭长城："鬼！鬼、鬼、鬼！"

赵云澜嗤笑："你没见过鬼啊？没鬼还不让你来呢。"

郭长城兜里爆发出一阵强电光，好在赵云澜已经有了经验，立刻松手退避，半空中的黑影遭到了瀚噶族密道里大刀的同款招待。

"还没问明白呢，谁让你击毙了？！"赵云澜一巴掌糊上了郭长城的后脑勺。

郭长城泫然欲泣地看着他："我……我害怕……"

赵云澜："你就不能先憋会儿吗？"

郭长城对他向来是又敬又怕，哪怕领导放个屁，他也能奉之如金科玉律，认为领导放得真有道理，听见这话，立刻如他所言，一声不吭地在原地开始憋，脸都憋红了，肝还在颤，于是蚊子似的"嗡嗡"说："我……我实在憋不住。"

赵云澜意味不明地斜眼看了他片刻，把郭长城看得心惊胆战，险些再来一发十万伏特，这没良心的领导忽然笑了起来："你真解闷。"

郭长城总觉得这句称赞怪怪的。

沈巍："别欺负他。"

病床上的女人目瞪口呆半晌，才反应过来，忙吃力地爬起来，跪在病床上直给郭长城作揖："谢谢神仙，谢谢小神仙！"

郭长城大窘："不、不、不，我、我、我……"

他舌头打结，面红耳赤，兜里的电棒适时地"噼啪"一声，爆出个火花，差点儿燎着了赵云澜的大衣。

"您别拜了，再拜他要放大招了。"赵云澜冲病床上的人摆摆手，躲开郭长城两米远，"我问几句话，希望您能配合一下。"

女人忙不迭地点头。

"昨天您也是吃了一个路边买的橙子才进了医院的吗？"

"对……当时天已经黑了，我去超市买点东西，出来的时候正好看见路边有卖橙子的。"

"进超市的时候也看见那个卖水果的了吗？"赵云澜打断她。

女人想了想，有点不确定地说："好像……没有吧？哦，对，应该是没有，我当时正打算路上买水果，要是有，肯定会看见。"

听着像是故意在那里等着她的。

"卖水果的长什么样？"

"这……一个男的，挺瘦，戴着一顶破破烂烂的毛线帽子……好像、好像还穿了一件灰不溜秋的大棉袄吧？"

赵云澜问："他的腿呢？"

"腿？"女人被他问得愣了一下，随后恍然道，"对，我想起来了！腿脚好像是有点问题，走路一扭一扭的，您不提我还没想起来，别是个安了假肢的瘸子吧？"

说到这儿，她不等赵云澜回答，就又自顾自地发表起见解来："我跟您说，大仙，这些瘸子啦、哑巴之类的残废，都可不是东西了，身上缺零件，所以心理也都是扭曲的，他们给人投毒，太正常了！要是我说，就应该把这些人都集中到一个地方看管起来，反正放出来他们也没法正常生活，还扰乱社会之安宁。"

赵云澜终于明白这女人耳朵后面那大巴掌糊上一样的黑印是怎么来的了，有些人天生五行缺德，身上每个毛孔都渗透出咄咄逼人的小恶毒，没一处致命，但是没一处不咬人。

女人嘴不停："就说我们家那片的那个聋子吧，娶不上媳妇，就弄了条破狗，只要他家一开门，就能听见那狗叫，他是聋子，敢情听不见，也不管，我那耗子药都买得晚了，早该把它弄死……"

赵云澜没了耐心，直视女人的双眼，强行压制了对方的精神。喋喋不休的妇女双眼立刻失了焦，然后白眼一翻，栽下去了。赵云澜面无表情地在她耳边说："你吃坏了东西，但是方才出去方便了一下，已经把脏东西都排泄出去了，哦，还因为没站稳，一脚踩进了粪坑里，身上的味一个月洗不掉……"

沈巍听他越说越不像话，只好重重地咳嗽了一声。

"……下午来过的调查人员只是例行公事，过来问了几个卖毒橙的人的信息，顺便对某些公民进行了一定程度的教育……"

沈巍："咳！"

"没别的事了，你自己反省吧。"赵云澜应声闭嘴，最后一个走出病房，并且在将出未出的时候，回过头来露出一个坏笑，"祝你做噩梦，大妈。"

沈巍一回手把他揪了出来，以防他声情并茂地在人家耳边讲个《午夜凶铃》。

"她不认识投毒者。"一出门，赵云澜就又对郭长城进入了授课模式，"眼皮下因果线也不重，卖橙子下毒的不大可能是条狗，这种情况，很有可能是投毒的人平白无故生事害人。"

郭长城奋笔疾书地在小本上记。赵云澜略微放慢了语速，等了他一会儿，又说："如果刚才那女的跟凶手有直接关系——比方说，是她把别人害死了，那别人回来报仇，我们是管不着的。人间的法律不允许冤冤相报，但是一旦跨越了阴阳，杀人偿命，欠债还钱，天经地义。"

郭长城连连点头。

"但她不认识那个卖橙子的，加上因果线很浅，这代表两人的交集也很浅，很可能就只是谁踩了谁一脚之类的小过节——那么厉鬼出于某种目的故意害人，这种情况，我们不但可以抓，还可以就地处决。"

郭长城下意识地拍了拍自己装小电棒的衣兜。赵云澜嘴角抽搐了一下："你去打电话，让祝红跟上级沟通一下，麻烦他们快点审批，今天晚上之前，我要处理这件事的权限——别磨磨蹭蹭的，叫所有人都过来！"

第五章

下午四点多，傍晚将至，祝红赶到医院，送来了协调授权书。

"分局的人已经撤了，我刚才在楼底下碰见，还跟我说回头要请咱们吃饭呢，所以现在……"祝红的话说到这儿，忽然打住，因为她看见沈巍正往这边走来，有外人在，她只好略顿了一下，转而用比较隐晦的方式说，"现在这案子彻底归咱们了。"

沈巍感觉到了她的迟疑，把买来的饮料塞给赵云澜，善解人意地说："你们忙，我还是先……"

赵云澜一把拉住他："不许走，万一你回头反悔了，这一走我再抓不着了怎么办？"

沈巍："你们要工作，我留在这里不大合适。"

祝红也小声说："是啊，赵处，咱们内部规定……"

赵云澜打断她："规矩是我定的，不高兴随时能改了它——而且内部规定是说，行动过程中避免外人目击或参与，他又不是外人。"

沈巍呆了呆，一瞬间还以为赵云澜要把自己的身份抖出来，然后就听赵云澜贱兮兮地对祝红压低了声音说："他现在算是咱家'内人'了，我给咱们处新蓝摸的外援兼门面。"

祝红："……兼什么？不是，等等，老赵，什么情况？"

正在这时，光明路4号的一干人等陆续到齐了，被赵云澜指挥得团团转："老楚，你去楼顶布阵，两层'网'，单向，只进不出，别让他跑了。小郭赶紧跟上，看明白了回去交份学习报告给我。祝红去把住院部所有门窗全部上'监控铃'，然后把这里的空间隔开，设成你的领域，别让闲杂人等误闯，做得漂亮点……大庆！"

大庆正在跟林静交头接耳——林静说："你看沈老师的手腕，露着一截纱布，咱领导干什么了？是不是禽兽人家了？"

黑猫闻言，脸大了两圈，正想入非非，就骤然惨遭点名，浑身的五花膘都抖了一抖。

"摸什么鱼呢，"赵云澜拿眼角斜他，"帮忙去啊，死胖子！"

沈巍的耳朵不是凡人耳朵，听见了那俩货的议论，不自在地拉了拉自己的外衣袖子。

"至于你，"赵云澜转向林静，从兜里摸出一个小药瓶，林静喉咙滚了一下，忽然有种不祥的预感，只见他们老大不怀好意地笑了笑，"这里面装的，是从一个受害人身上弄下来的怨咒。"

楚恕之平铺直叙地给狗屁不懂的新人郭长城科普："厉鬼都是负怨而生，这些下在别人身上的怨气，都好比他的一只触手，与他同出本源，因此都是有感应的。"

郭长城一直跟着赵云澜，还没来得及吃晚饭，听见这话，莫名地联想起了章鱼烧，忍不住咽了口口水，肚子"咕"地叫了一声。

赵云澜把药瓶扔在了林静怀里："晚上我担心他不上钩，所以你的任务就是，等一会儿天黑了，出去把药瓶里的这只触手捏碎，把厉鬼招进祝红的领域里。"

林静默默地看了看他，又看了看手里的小药瓶，意识到自己成了专用拉仇恨的血牛："坑我。"

赵云澜毫不迟疑地回答他："是啊，怎么样？"

林静抬眼四望，发现只有黑猫奸佞的冷笑和他人毫无同情心的漠然，一时间忍不住悲从中来——只见这假和尚突然转过身，扑向安静靠墙站在一边的沈巍："大王要拿贫僧祭旗，贵妃救命！"

沈巍是斩魂使的时候，谁见了他都像耗子见了猫，还没有被人这样调戏过，他一时不知如何是好，求助似的转向赵云澜。赵云澜默默地扭过头，假装什么都没听见。

沈巍想了想，朝林静伸出手："要不还是我去吧。"

话音没落，两束阴森森的视线就笔直地戳到了林静的后脊梁骨上。林静再借十个胆子也不敢拿"贵妃"当诱饵，默默干笑一声，飞快地把小药瓶揣进怀里："阿弥陀佛，保护人民群众的生命财产安全是我们应尽的义务，光荣又艰巨，怎么能推托呢？我去了。"

说完，这假和尚以光速跑了。

沈巍问："那我能帮你做点什么？"

赵云澜说："南边有家馆子不错，你陪我吃顿饭去吧。"

祝红磨了磨牙："敢怒不敢言。"

楚恕之默默低头："不敢言。"

大庆："喵——"

好在沈老师还是有良心的："不合适。这样，你在这儿坐镇，我去替你守住'生门'，万一有变，我也能支援一下。"

这话一说出口，众人安静了片刻。祝红皱了皱眉，楚恕之也若有所思，只有郭长城不明所以："生门是什么？"

楚恕之不理他，正经下来，问沈巍："沈老师怎么知道我要布什么阵？"

"'双层四门，有进无出'，我是方才看云澜点的几个监控的方位猜到的——只是如果厉鬼怨气太过浓重，临时布下阵可能会被他撑破，到时候一旦生门变死门，会不易控制。我看住镇眼，以防万一。"

楚恕之打量着他："沈老师一个大学教授居然懂这些？"

"皮毛。"沈巍说完，冲众人点了点头，又对赵云澜说，"那我过去了，你自己小心。"

赵云澜目送他离开。祝红和楚恕之一起将充满疑问的脸转向赵云澜。黑猫大庆扒在窗口，看见沈巍走出了医院大楼，准确无比地站在了那个"生门"上。仿佛感觉到了它的视线，沈巍抬起头来对它笑了一下。

大庆眼神一闪："高手。"

祝红压低了声音："赵处，这位沈老师到底是什么人？"

赵云澜半开玩笑地说："你不会想知道的。"

大庆扭过头，碧绿的眼睛盯住他："这么说你心里有数？"

赵云澜懒洋洋地靠在椅子上："我什么时候没数过？"

祝红说："我就觉得奇怪——第一次轮回晷出现的时候就有他，第二次山河锥出现，我们又那么巧地和他在大雪山相遇，龙城这么大，我连我邻居都认不全，哪会有那么多巧遇？赵处，你不觉得太刻意了吗？"

"这里面确实有些缘故。"赵云澜斟词酌句地说，"不过我觉得他可能不愿意让别人知道，所以我一时也不好说，不好意思了。"

祝红胸口好像被压了一块冷冰冰、沉甸甸的石头。赵云澜嘴里的"别人"和"不好意思"好像一根细长的针，在她胸口刺了一下。

楚恕之问："那沈老师这个高手擅长什么？布阵吗？有空能不能和我们交流一下？"

大庆也翘起尾巴，忧虑地问："他不是普通人，咱俩担心过的事情成真了——老赵，就算不说，大概也让我们知道这位道友是哪一派的吧？"

这几位三堂会审的架势，仿佛赵云澜是认了个干爹。赵云澜短暂的耐心崩了，不耐烦地一挥手："哪来那么多问题？我说过要开记者发布会了吗？都给我干活去！"

祝红还想再说什么，大庆却已经从椅子上跳下来，在几步远的地方回头冲她"喵"了一声。祝红只好叹了口气，藏在衣袖下的手握紧了些，一言不发地跟上了大庆。赵云澜发现了祝红隐约的敌意，不过依他看，这也正常。祝红心细，平时想得也多，沈巍这么一个来历不明的人，忽然就被他带进了他们的小圈子，连句解释也没有，大概是让她不安了。

赵云澜善解人意地叫住了祝红："哎，等等。"

祝红脚步一顿。

赵云澜说："那什么，尊重他的意思，我不好多说，但是沈巍肯定是没问题的，我给他作保，你不用担心，把他当我一样就行了。"

祝红听了，心想：当你个头。

她一声不吭地往外走去，有心想扇这姓赵的一个大嘴巴。

第六章

天终于还是黑了。

楚恕之站在楼顶，猎猎的北风吹得他发丝乱飞，他瘦得像个人干，看起来十分不禁劲。郭长城总疑心他会被大风刮走，于是时不常地要往楚恕之那边扫上一眼。

郭长城不敢乱动，脚下是满地的朱砂。楚恕之把楼顶当成了一张大黄纸，拿朱砂画了一张大"符"，又用乌石将八个方位压住了。站在那"大符"中间的郭长城立刻感觉到周遭的氛围变了，夜风里带了某种特别的气味，他形容不大好……黏腻、潮湿，不臭，但是混杂了泥土和血水的腥味，其中还混杂了一丝若有若无的苦。

郭长城茫然地抽了抽鼻子："楚哥？"

"闻出来了？这就是怨气。"楚恕之头也不抬地说。他们已经布下了天罗地网，沈巍一身浅色的大衣，十分显眼，正不偏不倚地站在收网人的位置。楚恕之喃喃说："赵处这次招惹了谁？姓沈……我以前没听说过有这一号人物。"

沈巍似乎抬头看了一眼。天太黑，楚恕之看不见他的表情，下一刻，那人就凭空消失在了原地。

楚恕之表情一凛："来了。"

郭长城："啊？"

"啊什么啊！"楚恕之大步走过来，把一张黄纸符贴在了郭长城脸上，"闭上你的嘴！不许出声。"

那股特别的腥味越来越浓，东北角上，林静把自拍的手机塞回兜里，面无表情地拧开了手里的小药瓶，一股污浊的黑气冲天而起。他手掐金刚佛印，脸上庄重极了，竟似有宝相，但他并没有依赵云澜所说直接弄死，而是低低地念起超度的经文——这也曾是天生地养、合万物精华聚合的三魂七魄，或许涉世不久，或许经过了无数轮回洗炼，像赵云澜那样手起刀落暴力执法，林静于心不忍。

然而，低沉的经文终究是对牛弹了琴。那股怨气心意难平，哪里听得进这样颠三倒四的絮叨？它在空中越长越大，像一个怪物，舒展开身形，仰天长啸，原本月朗星稀的天空骤然阴沉下来。

　　就在这时，寂静的夜空突然被三声枪响撕裂，那一股小小的怨气骤然四分五裂，不过片刻，就消散在了空气中。六楼的窗户被人从里面推开，林静看见一点火光忽明忽暗，几乎能想象得出赵云澜收起枪，居高临下地朝自己皱眉，不满地念叨一句"念经都念傻了"。

　　但这还没完。

　　远处的风里传来一声怒吼，林静双手合十，默诵一声佛号，翻身跃上了已经没有树叶的枯枝。一团巨大的黑气像炮弹一样扑向了他方才所在的地方，整整齐齐的地砖被当场打碎，碎石头砸起老高。裹挟着腥风而来的，是一个巨大的人影，足有四五米高，只有上半截，腿部往下露着骨头，黑乎乎的血一路走一路滴，掉在地上，发出"吱吱"声，连石头都能给烧化了。

　　这可真是神挡杀神、佛挡杀佛了。

　　林静苦笑一声，脚下却不迟疑，纵身扒上了二楼的窗户，像个大蜘蛛，赤手空拳地在医院大楼外扒着石头缝和突出来的窗台往上爬，比直升电梯还快，后面的黑影跟着穷追不舍。林静一路爬到了六楼，对站在窗台附近的黑猫大喊一声："接住了！"

　　大庆猛地蹿出去，挂在窗口的六个铃铛同时响起。祝红一声轻叱，一条巨蟒猝不及防地钻出来，蛇芯一卷，把一团黑气吞进口中。追着林静的黑影东突西撞，铃声越来越急，怨灵身上的黑气源源不断地被吸进巨蟒的嘴里，那黑影越来越小。

　　片刻后，悬浮的黑影几乎消失殆尽，露出了里面包裹的男人——正是郭长城在医院窗外看见的那位。

　　他头发花白，双目赤红。赵云澜蓦地把烟头按灭在了窗台上："祝红，闪开！"

　　他话音刚落，就在这时，六个晃荡不休的铃声突然卡住，一同哑了。落地的瞬间，巨蟒重新变回了祝红的女人模样，六楼窗户的玻璃尽碎，那半个身体的男人瞬间胀大几倍。赵云澜弯腰拉起了祝红，与悬在外面的怨灵相距不过两三米。

"镇魂令。"赵云澜一眯眼，冷冷地说，"你死后不好好找地方投胎，大过年的，跑出来投毒做什么？"

"过年"这两个字好像刺激到了怨灵，它骤然伸出巨大的手，裹着无边的黑气，抓向赵云澜的颈子。镇魂令化成的鞭子就像一株活着的藤蔓，从赵云澜袖口里卷出来，一下子卷住了那只巨大的手，一人一鬼僵持在一堆碎玻璃碴上。

祝红用力推了一把林静："你瞎啊，还不去帮忙！"

林静刚被怨灵追成蜘蛛侠，手指抓得生疼，气还没喘匀："帮忙？帮……帮什么忙？这么大只的怨灵，你也太看得起我了，我能干什么？"

祝红："撞钟啊！当一天和尚撞一天钟你懂不懂？！"

她嚷得林静耳朵"嗡嗡"直响，忍不住说："女施主，淡定一点，我只是个俗家弟子，你见过俗家弟子天天撞钟的吗？再说，我佛慈悲，管的是阴晦之物，它生前为人魂，大钟对它的作用本来就很有限，你都吞不下的怨气，指望我那口破钟吗？"

祝红："我不管，快给我想办法！"

林静往赵云澜那边看了一眼，万分无奈地叹了口气："我佛慈悲，怎么不让弟子也长得帅一点？"

他说完，把手伸进兜里，摸出一个小壶，巴掌大小，揭开盖子，里面有一股油香。林静十分肉疼地往里看了看，抬手要泼。赵云澜却好像侧面长了眼睛，冲他一摆手："省着点你的灯油，这里不用你。"

他话音没落，怨魂就挣脱了镇魂鞭，鞭梢高高地扬起，忽悠一下，又悄无声息地缩回了他的袖子。怨魂咆哮着撕开了窗棂，巨大的黑影挤进了医院楼道，窗口马上要被撑破。与此同时，赵云澜退后一步，双手平伸到身前，手心冲前，五指张开，右手执短刀，无声无息地在自己手心抹了一刀。鲜血立刻流进短刀凹槽，继而凝固其中。

大庆在旁边看见，毛爹起来老高，纵身跳进祝红怀里。赵云澜的脸上浮现出一个与平时大相径庭的笑容。他的眼睛显得格外深，眼神格外冷，脸在阴影下，被高挺的鼻梁投下一片阴影，勾起来的嘴角有说不出的恶毒和诡异。

"九幽听令，"那声音好像也不是赵云澜的，低沉中带着几分沙哑，听在耳朵里，就像是被锯子钝钝地锯了一下，"以血为誓，以冷铁为证，借尔三千阴兵，天地人神，皆可杀——"

最后几个字，他几乎是一字一顿。那刀刃上凝住的血迹倏地变黑，无数甲兵从他身后苍白的墙壁里破壁而出。他们驾着白骨的战马，拖着腐朽的刀兵，山呼海啸地冲出来，咆哮着撞上巨大的怨魂。

赵云澜仿佛脱了力，踉跄着靠住了背后的墙，浑然不顾周围人毛骨悚然的目光，甩了甩淌血的手，有点气喘地说："还是弄袖子上了，干洗能洗掉血迹吗？"

大庆小心翼翼地问："云澜？"

赵云澜挑挑眉："嗯？"

这个表情黑猫比较熟悉，是那欠挠的赵云澜，于是它毫不犹豫地伸出爪子来，给了他一巴掌，大吼一声："刚才那是什么鬼东西？我没教过你这种邪术！"

赵云澜得意扬扬地说："人类是会阅读的，蠢猫。"

大庆蹬着他的大腿，把前爪搭在了他的肩上，咆哮："你上次从图书室里拿的都是什么禁书？"

赵云澜用完好的手摸了摸它的头，挠起它的下巴。

黑猫条件反射地眯眼"呼噜"起来。

"《魂书》。"赵云澜说，"放心，我不是钻研邪术，只是为了查点东西，无意中看见了，方才一时情急想起拿出来用——又没打算干什么，我的人品你还信不过吗？"

黑猫十分憎恨自己的猫咪本能，用力扑棱了一下脑袋，甩开他的手："你有人品这种东西吗？！"

赵云澜被它喷了一脸唾沫星子。

黑猫气哼哼地从赵云澜肩上跳了下来，算是接受了这个解释。赵云澜的分寸它大概还是能信任的，只是依然不满地说："你要是想让自己身份证上那张脸大如盆的照片上地府通缉令，以后人手一份，那我也没什么话好说。"

话没说完，就被赵云澜从后面伸出一只手，狠狠地按在了地上："谁脸大如盆？你这没脖子的肥猫！"

这时，楚恕之从楼顶打来了电话，这货看热闹不嫌事大，整个人透着一股异常的兴奋："刚才那个是'阴兵斩'吗？谁干的？疯了吗？娘的，太帅了！"

祝红忍无可忍地掐了他的电话。

林静好不容易喘匀了气，插嘴问："阴兵斩是靠血催动的吗？"

"血和铁都是媒介。"赵云澜从地上爬起来，拍了拍身上的尘土，"但真正催动它的，是恶意。恶意至凶，我觉得这算是以毒攻毒。"

祝红迟疑了一下，跟上去问："你心里也有恶意？"

"怎么，我不是人？"赵云澜笑了笑，坦坦荡荡地承认了，"非但有，还不少——其实，我觉得阴兵斩不应该被列为邪术，我看它就挺好的，心灵瑜伽，排除毒素，一身轻松。"

大庆蹿上赵云澜的肩膀，冲着鼻梁给了他一拳。

"死胖子！"

怨魂已经被阴兵逼上绝路，它意识到自己讨不到便宜，立刻打算逃走。

楚恕之布在外面的阵法立刻被激发，一道酝酿许久的雷从空中劈下来，追着怨魂的阴兵倏地消失，怨魂被雷定住，剧烈地挣扎在雷电交织的大"网"中，医院大楼的地面震颤不休。

楚恕之从楼顶上往下喊了一声："别让它跑了！"

消失许久的沈巍凭空出现在怨魂身后，伸手凌空一抓，怨魂就像被看不见的手掐住了脖子，身上的黑气一点一点地散去，露出一个没有腿的人，仇恨地瞪着他。沈巍不为所动，手指一掐，那怨魂就像是一张纸，被人压扁团成了一团，消失在了沈巍手心里。

第七章

目标已经被抓住，祝红设下的领域自动解除，满地的碎玻璃重新粘回了窗户上。医院里，巡夜的护士和来看急诊的病人依然络绎不绝。门口的小贩已经收摊，偶尔还有几辆出租车经过，显然没打算接活儿，匆匆开过去了。

平静得像是什么都没发生过。

沈巍匆匆上楼，正好和下楼的楚恕之碰在了一起。

楚恕之其人，恃才傲物，对熟人还可以，对陌生人，则相当爱搭不理，很少主动搭话。此时见了沈巍，他却热情地上前两步，恭维道："阵眼抓得真漂亮。"

沈巍匆匆朝他点头致意，脸色却比刚推进去的急性阑尾炎病人还难看，从怀里拿出一个小药瓶，简短地交代楚恕之："扣在这里了，小心看管。"

说完，他回头一把拉住赵云澜："你跟我走，我有话和你说。"

沈巍一路把赵云澜拽进了卫生间，回手把门从里面锁住。在昏暗的灯光下盯住他，低声问："方才那个，是不是阴兵斩？"

赵云澜："是啊。"

沈巍："是你？"

赵云澜坦然点头："不然还能是谁？"

沈巍的嘴角抻开成了一条锋利的直线："谁教你的？"

赵云澜痛快地回答："镇魂令图书馆里捡到的闲书上看来的。"

沈巍听完，二话没说，抬起手就抡了过去……可这巴掌来得气势汹汹，却到底没舍得落在赵云澜脸上，只在靠近他一只耳朵的地方，堪堪地停在了半空中。

赵云澜愣了一下："沈巍？！"

"别叫我！"沈巍让他气得脸色发白，停在半空中的手不住颤抖，"'天地人神皆可杀'，令主可真是好大的本事、好狂的口气，你就不怕遭天谴吗？"

不管是沈巍还是斩魂使，赵云澜都从未见过他动怒，连忙攥住他冰凉的手，不管三七二十一，先认了错："是、是，你说得对，别生气。"

沈巍一把甩开他："谁和你嬉皮笑脸！你知不知道'阴兵聚魂之术'是绝对禁止的邪术？你到底明不明白什么叫邪术？这三界还装得下你吗？你这么无法无天，是不是要捅出天大的娄子来才算？！到时候你……你……"

他话音陡然止住，一时说不出话来。

过了好一会儿，沈巍才退后半步，颤声问："到时候你让我怎么办？"

他最后一句质问里仿佛充斥着巨大的无奈与无力，压抑着排山倒海似的情绪。赵云澜心神一震，顺口来了一句平时挂在嘴边上的："我错了，宝贝。"

这句话却又不知为什么踩了雷，沈巍猛地推开他，一只手把他抵在门上，另一只手狠狠地揪住他的领子："别用你糊弄别人的那套糊弄我。"

"好吧，"赵云澜叹了口气，举起双手，"那我不说话了。"

他说完，猝不及防地一探身。沈巍下意识地往后一躲，却被一双温暖的手捧了一下脸。赵云澜一触即放，眉目讨好地弯了起来。沈巍一愣，不由自主地松了手："你卖什么乖？"

赵云澜冲他弯起眼睛一笑，伸手在嘴边做了个拉拉链的动作，示意自己不说话，又摇了摇沈巍的手，摊开自己已经结痂的手心给他看。触目惊心的血色刺得沈巍眼睛疼。沈巍牙关紧了紧，小心地捧起那只伤手，一层莹白的光晕顺着他的指缝流到了赵云澜手心上，割开的伤口缓缓愈合，转眼恢复如初。

沈巍又拉他到水池边，冲掉了手上的血迹："疼吗？"

赵云澜不吭声。

沈巍无奈："你可以说话了。"

赵云澜："疼。"

沈巍眉心一蹙，就听他又说："后背疼，心口也疼，你居然冲我发脾气——对别人都客客气气，居然对我发脾气，还不让我说话，无理取闹，我伤心了。"

沈巍没听出他是故意撒娇："我也不是有意……"

赵云澜面无表情地看着他。就在沈巍开始有些慌张的时候，赵云澜双手往胸前一抱："哄大爷一下，高兴了就原谅你。"

沈巍：现在被他拿捏成这样，以后可怎么好？

一行人从医院回到了光明路4号，楚恕之在审讯室外加持了一个天罗地网，黄纸符贴得跟经幡似的，这才打开药瓶盖子，放出了里面关着的怨魂。

赵云澜搬了把椅子给沈巍坐，点了根烟，懒洋洋地对那怨魂说："你有权保持沉默，但是之后说的每一句话都会成为呈堂证供，想清楚了再开口啊。"

没有腿的怨魂被三道灵符锁在地上，阴沉沉地抬起头："呈堂证供？什么堂？什么供？"

楚恕之："阎王殿，供述你一生功过，公正得很，问你什么你说什么，少废话！"

怨魂冷笑一声。

楚恕之瞥了一眼郭长城。郭长城连忙坐直了，低头瞟了一眼手心里写得密密麻麻的"小抄"，背书似的说："姓……姓名，年龄，死亡时间，死亡原因。"

怨魂的目光落在他身上，郭长城打了个冷战。楚恕之抬手按在郭长城肩膀上，同时，那边林静一拍桌子，恶狠狠地说："看什么看，快说！"

"……王向阳，六十二岁，去年腊月二十九死亡，车祸。"

郭长城小心地看了楚恕之一眼。楚恕之对他点了点头，他就又低头去看自己的"小抄"，引得楚恕之忍不住也跟着瞄了一眼，只见此人的手心上密密麻麻地写着："哦，×××（名字），你的死亡原因既然是×××（死亡原因），为什么要向无辜的人下手呢？"

郭长城磕磕巴巴地说："哦，王向阳，你的死亡原因既然是腊月二十九……不，你的死亡原因是车祸，为什么要向无辜的人下手呢？"

楚恕之差点儿笑场，只好偏头遮住嘴，干咳了几声。

"无辜？"王向阳低低地说，"谁无辜？小崽子，你告诉我，谁无辜？他们无辜？你无辜？"

怎么犯人还能反问？这句没有准备，郭长城一脸茫然，不知如何是好了。

幸好善良的沈老师拯救了他，沈巍插嘴问："能具体描述一下你的车祸吗？"

王向阳木然地转向他。

沈巍又问："和中了你怨咒的人有什么关系？和你卖的橙子有什么关系？"

"……我生前就是个小贩，"好一会儿，王向阳才说，"住在龙城郊区，每天进点应季的水果到城里卖，全家都靠这点钱过活。我媳妇尿毒症，不能干活，我们还有个儿子，快三十岁了，娶不上媳妇，我没钱在城里给他买房子。既然你非要问，我可以说给你们听听。"

王向阳的嘴角挂起一点讥诮的笑意，垂下头，乍一看，他似乎和普通人没什么两样。

"我最喜欢春节前后那几天，外地人都回老家了，城里萧条，人们没地方买东西，东西都贵，我的生意也比平时好……腊月二十九，多好的日子。

"去年没三十，腊月二十九就是除夕，城里烟花爆竹解禁，有两个小子……十来岁吧，呵，都是有钱人家的孩子，穿着挺贵的衣服，没一点儿家教。他们兜里装着炮，往大街上扔，往人脚底下扔，差点儿崩了我的车胎。我脑子冻坏了，没忍住，就多嘴说了他们两句。一个小崽子往我身上砸鞭炮，另一个就趁机溜到我身后，把我的车掀了。橙子、苹果全滚出来了，满地都是。

"那一车的水果，是我们全家过年的钱。我急了，赶紧去捡，正是大白天，路边有好多人经过，我跟他们说'行行好，帮帮忙'，可是一个人捡起了我的橙子，看也没看我一眼，直接剥开吃了，一边吃还一边说'你这东西都掉地上沾土了，谁买啊，捡什么捡？给大伙分一分得了'。

"好多人跟他一样，看见了，捡了就走，还有拿袋子装的。我说你们不能这样，你们要给钱，不能白拿我的水果。他们一听给钱，就带着我的水果一哄而散……我去追的时候，就迎面撞上一辆出租车。

"那天下了大雪，路上有冰，车刹不住，司机踩了刹车，车往旁边滑出了好几米，从我身上碾了过去。我上半身跟着车轮往前滚，腿就留在了原地，临死的时候，脸还撞上了一个正好骨碌在我脸边的橙子。你们说，我死得冤不冤？"

审讯室里一时一片静谧。

王向阳又问："我该不该报仇？你们该不该抓我？就是到了阴间，阎王爷怎么判我合适？"

难怪每个受害者的因果线都那么浅。

王向阳往后背椅子上一靠，没有腿的男人看起来有点吓人："我活着的时候，还真不知道有你们这样专管这种事的人，你们既然肯伸手管不平事，为什么管我不管他们？"

郭长城瞄了一眼自己写下的提示"家人、朋友",于是脱口说:"可是你这样,就不替后辈儿孙想想吗?不给你的儿子、你孙子和你正在治病的媳妇积点德吗?"

王向阳漠然地回答:"我儿子还没结婚,我没有孙子,再说他们娘儿两个都已经死了,我老王家断后了,给哪个狗娘养的积德?"

郭长城一愣:"死了?怎么死的?"

"我弄死的啊。我们家在农村,没有集中供暖,还在烧炉子,我半夜漂回家,把炉子里的火扣住了,他们俩睡着觉走的。"王向阳顿了顿,又补充了一句,"没痛苦,稀里糊涂地就去投胎了,挺好。"

郭长城:"你……怎么能这样?"

王向阳坦然地看了他一眼:"我觉得活着比死了痛苦,你觉得呢?"

王向阳的怨念为什么不受林静的超度,因为他一生没有做过恶,劳苦半生,却落了这么一个荒谬又可悲的下场。一个人要是恨到了极致,心里是容不下任何柔软的感情的,因此,他亲手斩断了自己和人世间的一切牵挂,以后,再没有什么东西能唤起他一丝一毫的留恋和好意了。

如果他还活着,若干年以后,时间与经历会冲淡他心里的仇恨,新的慰藉会让他安然地度过这一生,可他已经死了。命都没了,他再没有牵挂,他的灵魂将永远被卡在葬身车轮下的那一刻,入了魔障。

赵云澜觉得这件事有点难办——在路边捡了几个水果,揣在兜里,缺德。可缺德难道就该死吗?哪怕是偷人钱包,被逮住了也顶多是进看守所住几天,总不至于就地枪毙。可话又说回来,因为这些人贪小便宜,把一个期待着回家过年的老实男人害死了,他难道不该恨吗?难道不该报仇吗?

这时,沈巍说:"不问自取者为贼,不论拿的是真金白银,还是几个果子,都是一个性质,更不用说还因为这事误伤了别人性命,我觉得可以和'谋财害命'同罪。"

他一张嘴,赵云澜再要制止已经来不及了——尽管以沈巍的身份出现,但他毕竟是斩魂使本尊,有传言说,斩魂刀诞生于天地轮回落成之前,所以他金口玉言,下了判决,就是阎王殿也翻不了案。沈巍不咸不淡的一句话,等于把复仇的"通行证"授予了王向阳。

果然，沈巍这话音刚落，王向阳就觉得一直隐隐地束缚着他的那股力量消失了。

　　"其实就算你放过他们，若干年后，恶果也会报到他们头上。如果他们活得不够长，可能会报到轮回之后。但你原本只是凡人魂魄，因为怨气而走火入魔，杀妻灭子，丧尽天良，现在就算我允许你去报仇，事毕，你也会被收监到地狱十八层，这样你也没有怨言吗？"

　　除了赵云澜，王向阳比审讯室里的任何一个人都更先知道了沈巍和别人不同。他定定地打量了沈巍片刻，干脆利落地说："没有。"

　　沈巍回头，假惺惺地问赵云澜："你看，然后怎么处理？"

　　你三下五除二都处理完了，还问什么问？赵云澜瞪了他一眼，轻咳一声，还是得替他遮掩过去，于是从兜里摸出一张镇魂令，拍到审讯桌上，推到了王向阳面前："破晓之前会有阴差来接你，你把这个拿给他看，让他带着你去阎罗面前讨一张通行证。"

　　王向阳双手捧起了镇魂令。

　　"最后提醒你一声，"赵云澜说，"他说得没错，你拿了通行证，确实能解一时仇怨，但以牙还牙，事后必遭数倍刑罚，动手之前，可要自己想清楚了。"

　　"这就不用嘱咐了，我已经杀了十多个人，早就回不了头了。"王向阳摇了摇头，苦笑了一下，"没想到死都死了，竟然还有讲理的地方，算我谢谢你们。"

　　众人吃了一惊。祝红立刻追问："慢着，你说你已经杀了十多个人？确定？人都死了吗？"

　　王向阳坦然道："当然死了，还是不得好死，死后也永世不得超生。"

　　祝红惊疑不定地看了赵云澜一眼——由于人口越来越多，环境越来越嘈杂，厉鬼在人间作祟，非法杀人，一个两个，他们有时候察觉不到也算正常，可是死的人一旦达到一定数量，别说是镇魂令，就算是同城一些稍有修行的民间流派，也能感觉到冲天的黑气。

　　可是这次没有，要不是王向阳主动交代，他们没有一个人知道他手下已经有十多条亡魂。

沈巍立刻想起了"功德笔"，忙问："你有没有用某种方法改过身上的功德？"

"改过啊。"王向阳直言不讳地承认了，"那时候我才毒死了自己的老婆、儿子，正打算向第一个猎物下手，有一个人来找我，跟我说要和我做一笔生意。"

"什么生意？"

"他说我这样肆无忌惮地大开杀戒，很快就会惊动阴阳两界的执法者，于是卖给我一个符咒，说是只要挂在脖子上，你们就感应不到我，不过条件是，我杀的人，魂魄他要带走。"王向阳说，"魂魄什么的，我留着也没用，我已经是个死人了，也没什么好让别人图谋的，就答应了，结果他真没骗我，果然就没有人管我——那些人大多以为自己得了怪病。"

赵云澜追问："你看见符上写了什么或者画了什么吗？"

"看见了。"王向阳说，"写了我的姓名和生辰八字，他那根笔先是出黑水，后来又变成了红的，黑笔写在里面，红笔把那几个字圈上了红圈。"

他说着，抬手从自己的脖子上拎出一个折成了八角形的小小的黄纸符："就是这个，给你们看看也行。"

楚恕之接过来打开，里面果然有一行画了红圈的字，可还没等他看清楚，黄纸符就自燃了，只留下一摊小小的灰烬。只匆忙扫了一眼，沈巍很难判断上面的笔迹是出自什么人之手，但听王向阳的描述，八九不离十，画符用的就是功德笔——黑笔记过，红笔记功，管你是大善大恶，还是大奸大忠，只要这么一笔，一切都能勾销。

传说功德笔的笔杆，是用一种黄泉里长出来的树的根削成，那木质坚硬无比，钢刀难断，树却长得无枝无叶、无花无果，此木被人称为"功德古木"。有时候沈巍想，这"未生已死"的树好像在讽刺三界的所谓"善恶功德"——为获得功德而积善，为避免报应而避恶，都是功利事，分什么善恶呢？

赵云澜问："那人长什么样，你从什么地方看见的？"

王向阳想了想："挺普通的。奇怪，你一说我倒是想不起来了，至于在什么地方……"

他的话音顿住，忽然伸手挕了一下自己的眉心："我印象也很模糊，不过应该是我家附近，我家住在城西二十里的西梅村，你们想找的话，可以去那儿看看。"

沈巍站了起来，对他一点头："多谢。"

王向阳平静地说："该是我谢谢你们。我杀人索命，没什么好隐瞒的，这也没什么不能说，想知道什么，尽管来问我。"

沈巍率先走出了审讯室。

赵云澜拍了拍林静的肩膀，嘱咐他："叫阴差来一次，把事说明白了，那边会知道怎么办的。"

说完，他快步跟了出去。

沈巍在楼道尽头等他，赵云澜一路把他带到自己的办公室，回手关上门，这才问："怎么，你觉得是功德笔吗？"

"不一定，"沈巍缓缓地摇摇头，"但如果是假的，造假的人一定对四圣了如指掌。"

"嗯。"赵云澜摸了摸下巴。

"怎么了？"沈巍问。

赵云澜正要说什么，这时，一只傀儡骨架从赵云澜办公室的窗口一闪。赵云澜走过去拉开窗户，把傀儡放进来。傀儡先是低下头骨，姿势怪异地冲赵云澜弯了弯腰，然后走到沈巍身边，化成了一张字条，飘飘悠悠地落到了沈巍手里。

赵云澜站在窗口，抬头看了一眼渺茫的夜色，一瞬间有种奇怪的感觉，好像冥冥中，有一双眼睛正在看着他。

沈巍一眼扫过字条，脸色微沉。

赵云澜问："你有事？"

"嗯，急事，我得走一趟。"沈巍一转身，就从温文尔雅的大学老师，化成了满身寒气的斩魂使，一边急急忙忙地往窗外走，一边嘱咐赵云澜，"他说的西梅村，你绝对不能一个人去，无论怎么样，等我回来。"

赵云澜没有搭腔。

沈巍回头看了他一眼，只见那男人懒洋洋地靠在墙上，没正形地说："给你留灯留门吗？哎，早点儿回来啊，不然人家要孤枕难眠了。"

赵云澜说人话，母猪都能上树。沈巍一言不发地从窗口穿过，闪身进了一团黑雾，消失了。

赵云澜摸出一根烟，含在嘴里，静静地在烟雾缭绕中沉思片刻，估摸着沈巍已经走远了，这才拉开办公桌抽屉，把裤腿下藏的枪里装足了弹药，又把装满了黄纸符的夹子拿了出来。

"偏偏这时候来急事？"他捻灭烟头，嗤笑一声，"我要是不去，不是辜负了别人特意把你引走的一番心意？"

赵云澜披上外衣，开车出了城，径直往西梅村去了。

半夜交通顺畅，不到两个钟头，他就到了王向阳所说的"西梅村"。郊区十分安静，间或能听见几声狗叫。他开车绕着村子转了一圈，在村西口处，发现了一群合抱粗的大槐树。

赵云澜停好车下来，绕着大槐树走了几圈，在这些大树中间发现了一点端倪——当年妖族大劫时，也用过类似的把戏，将槐树种出北斗的形状，勺中聚阴，勺柄往西伸展，取义沟通阴阳，阴气聚集到一定的程度，就能找到阵眼入口。

而巧合得很，这大槐树对面的山上，正好就是一片野坟头。

山坡荒寒，坟包遍地。

第八章

沈巍接到的字条上写着："大封有异动，速归。"

他匆匆穿过黄泉，那些散魂野魄都像被大浪冲开的浮萍，情不自禁地往两边分开。他不知往下沉了多久，黄泉都已经见了底。水渐渐变深，缭绕在他周身的黑气越发浓郁，再往下，就没有水了，周遭只剩一片死寂的漆黑，人走在其中，很快就会丧失时间感和空间感，生出天下踽踽只一人的绝顶寂寥来，看不见来路，也看不见去路，很冷。

这里是黄泉下千尺，看不见、听不见、闻不见、尝不出，也感觉不到的

"虚无之地"，是天地幽冥的大封所在。此时，静谧的黑暗中涌动着一股暴虐的血腥气，有什么东西闯进来了。

沈巍单膝跪下，一手按住地面，喝道："出来！"

话音刚落，七八只幽畜围住了他，咆哮着冲他扑了过来。

"自不量力。"

幽畜出现在大封外，很可能和赵云澜的"阴兵斩"有关。赵云澜不知道，他用阴兵斩请来的"阴兵"，并不是传统意义上的"阴兵"——民间所说的"阴兵"，不过是些受地府辖制的小小地缚灵，生前是凡人，死后也只有微末道行，怎敢应"天地人神皆可杀"这句狂妄至极的召唤？

阴兵斩召来的东西，来自比黄泉更深、比地狱更黑的无光之地——"无光之地，有大不敬之狱"。当年盘古开天辟地，分清浊两边，浊者为地，万物有序，混沌初破，而后大地浊物经过沉淀了亿万年，在天地之外，落成了这样一个藏污纳垢的地方。女娲以泥土造人，因为她太过心急，没等地下的秽物沉净，就和了地上的泥卷成了人，所以人族诞生伊始，即怀揣原罪。这里，就是人们天生暴虐与毁灭欲望之源。圣人把无光之地称为"大不敬"，强行将其隔离封印，落成大封。

这些"阴兵"来自大封之下，本来并没有形体，那些铁甲与白骨马，不过是映射了施术人不靠谱的幻想，如果不是赵云澜以血和铁作为媒介，就算他们爬上了地面，在别人眼里，可能也不过是一排"幽畜"。

阴兵斩是一种极其危险的邪术，稍不注意就会被反噬。赵云澜贸然召唤阴兵，之后竟然能全身而退，一来是他天资高，二来也是他运气好，当时沈巍在楼下坐镇，那些东西不敢太造次。而赵云澜这个闯祸精用阴兵斩，等于从已经摇摇欲坠的大封里抽了一管血，这些幽畜就是零星的"后遗症"。

沈巍三下五除二解决了胆敢围上来的幽畜，飞身掠向大封腹地。

曾经被封印在这里的混沌鬼王已经脱困而出、横行于世，越来越多的幽畜也跟着逃入了人间。大封的裂口正在不断扩大。沈巍单膝跪下，默诵封印咒文，短暂地加持了动荡的封印，周遭的震动渐渐平息下去。他面色凝重，不知道眼下的平静还能维持多久。

解决完地下的事，沈巍回到人间时，天已经快亮了。

每次从地下回来，他都会偷偷去赵云澜家看一眼，仿佛那人是他回到人间的佐证。习惯性地落在赵云澜的小公寓里，沈巍轻手轻脚地穿墙而过，忽然，他神色骤然一凛，挥手打开了灯——屋里空无一人，他早晨收拾过的床铺依然摆在床头，没有动过的痕迹，赵云澜没回来过！

光明路4号。

大庆一言不发地走进了刑侦科办公室的那面"墙"里。墙里别有洞天，是一排连一排的硬木书架，高高的，几乎戳到房顶，架着一架旧旧的梯子，墙壁上镶着大颗的海龙珠，把整个房间照得宛如白昼，却又不会伤害见不得光的魂灵。

书架间散发着一股旧书的味道，是沉淀了多年的墨香，混着纸页间许久不见阳光的霉味。桑赞来了以后，就负责整理图书馆，馆中藏书有繁有简，他基本不认识几个，只好对照着书脊与架子上的标签，一个一个认真地比对。他做得很慢，但是很认真，从没出过错。

这是他有生以来第一份有尊严的工作，他不再是被人当牲口打骂的奴隶，也不再是被人愚忠地景仰、心里却只想毁了这些人的伪首领。与喜欢的人在一起，平静、自由地生活，这是他处心积虑了一生也没能得到的东西，因此他十分珍惜。

看见大庆进来，桑赞一本正经地冲它打了招呼："腻嚎，猫。"

大庆："腻嚎，结巴。"

桑赞愣了愣——汪徵是个文静的姑娘，不会教他骂人，桑赞没听懂，于是认真地问："洁扒是……是甚？"

大庆心事重重地踩过木头书架，随口糊弄他："'洁扒'就是好兄弟的意思。"

桑赞点了点头，表示受教，随后热情洋溢地说："哦，腻嚎，猫洁扒！妖……要看甚么？"

大庆趴在他头顶的架子上："赵云澜，赵处——头天借走的书放回来了吗？给我看看是哪本。"

桑赞像在做外语考试的听力卷，虔诚地侧着耳朵，并要求大庆耐着性子说了三遍，才算是大致明白了。他颇有成就感地露出一个大大的笑容，从小推车上翻出一本没来得及放在架子上的书："久……久是塔。"

书皮已经破烂，角上还沾了一点泼洒出来的咖啡——不用说也知道是哪个邋遢鬼干的，封皮上阴森森地写着《魂书》两个字，被撕下了一点，看起来异常地破败。

大庆纵身一跃，从书架上跳下来，落在了桑赞的小车上，拿爪子扒拉开，可是翻开的书页间空白一片，什么都没有。

大庆心里一沉，它的修为不够。

出于一些原因，大庆此时实力比不上全盛时期的一成，甚至难以化形，可它毕竟是个活了成千上万年的老妖精，难道会比不上赵云澜这个凡人？如果它的修为都不够，那赵云澜是怎么打开的？

"我以前没见过这本书。"大庆用爪子拍上书籍，无意识地在原地转圈，焦虑地追着自己的尾巴，"这本书是哪里来的？"

书是谁放在这里的？为什么偏偏让赵云澜看见？

大庆都不知道这本书的来历，桑赞更不会知道，一猫一鬼大眼瞪小眼了片刻，黑猫终于缓缓地低下头去，不安地从小车上跳到了地上，往外走去，连最爱的牛奶泡肉干都不想吃了。

赵云澜现在过得挺好，顺风顺水的。黑猫天性慵懒，本来就无法理解人类的心事，眼下，主人每天傻乐，是个欢乐多的二逼青年，大庆觉得十分欣慰，不想节外生枝。

然而……

彻夜不归的赵云澜在坟山前裹紧了大衣。

轮回晷事件后，他尾随斩魂使去了李茜家，在楼顶偷听到了一句话——"特意将他送到你面前"。

那是什么意思？

沈巍身份没有暴露之前，一直对他避之唯恐不及，想来，他出现在自己面前，也是被人算计的。

是那个鬼面人吗？鬼面人为什么千方百计地把沈巍引向自己？

还有，幽冥送来的那个黑皮本，就是那东西让他确认了沈巍的身份，幽冥判官是故意的吗？出卖沈巍对他们有什么好处？

赵云澜觉得自己脚下好像有一个巨大的旋涡，里面错综复杂，伸出了无数只手，有把他往外推的，也有把他往里拉的，每个人似乎都有自己的算计，每个人脸上都罩着一层雾气。他抬起头，望见半山处有一团鬼火，发出冷冷的光，就像是夜色中的一双险恶的眼睛，不远不近地盯着他。赵云澜停下脚步，那团鬼火就也跟着停下来，像是在给他指路，又像是在引诱他。

赵云澜如对方所愿，跟了上去，慢慢地走进了西梅村外的野坟地中。

不知什么时候，周遭起了雾，雾气越来越重，能见度不足一米。一片茫茫中，似乎只有那团鬼火影影绰绰在前。空气也变得湿漉漉的，偶尔有水滴落在他的脸上，冰凉冰凉。赵云澜耳畔不时传来或轻或重的叹息声，像是有幽魂在干枯的密林深处游荡。他目不斜视——这些幽魂纵不作恶，也不行善，徘徊人间，执迷不入轮回，人人都在哭，人人都觉得自己有冤屈。

世上有几个人是心甘情愿赴死的呢？

赵云澜走在迷雾里，深灰色大衣宽阔的下摆扫荡过的地方，白雾和从坟地里伸出来的手全都忍不住退避，没有一只孤魂野鬼敢接近他。随后，野坟地里哭声四起。赵云澜停住脚步，摊开手掌，黄纸符下燃起浓烈的火焰，哭声就一下子变成了尖叫，许多模模糊糊的影子争相退避，周围的白雾仿佛可燃，一下子就被点着，像一条火龙，从他手里喷了出来，顷刻间将整个坟场的白雾涤荡了个干净。

"要申冤，去敲十殿阎罗的鸣冤鼓，和我哭哭啼啼有什么用？"赵云澜面色冷峻，抬头望了一眼前方，那引路的鬼火已经消失了。

夜凉如水，星空如洗。

一轮下弦月挂在半空，干涩的寒风像刀，刮过他的皮肤。赵云澜把围巾往上拉了拉，遮住了半张脸。

这时，一个声音在他身侧响起，似乎时远时近，沙哑地唱道："下弦月，野坟头，鬼火引路怨魂愁。穿林风，吹骨笛，狐披人皮魍魉笑。老汉与你掐指算，请君与我侧耳听。生人人头换纹银，美人整皮换黄金。百日儿尸油两三斤，换尔荣华富贵半生享。若将三魂七魄奉，保你尘归尘来土归土……"

那声音就像是指甲抓挠玻璃，让人头皮发麻。

赵云澜凉凉地说："传说开场白太长的反派死得都快。"

林间响起了窸窣声，好像无数细碎的脚步行走其中。赵云澜按着了打火机，豆大的火苗被他高高地举起，照出一片小小的光晕。

突然，他猛一回头，一个矮小的影子从他身后一闪而过，留下一串报丧鸟夜啼似的笑声。

赵云澜手持纸符，静立原地。那东西就像也同样忌惮他一样，一直试探着绕着他飞，不敢近他的身。突然，一根长鞭挟着劲风卷出，从一个极刁钻的角度，拦腰将那东西捆住了。赵云澜一抖手腕，长鞭重重地往下一坠，只听那东西发出一声憋在嗓子眼里的尖叫。他定睛一看，一个一米出头的"人"被掼在了地上。

那"人"满脸褶子，鼻子极突出，几乎占了大半张脸去，其他五官挤得没地方待，局促地抱成一团。乍一看，他就像一只不祥的大鸟，豆大的眼睛浑浊一片，几乎瞧不见眼白，看人的时候阴森森的，忽地一笑，就露出一口里出外进的大黄牙。

赵云澜半蹲下来，不客气地开口问："你是个什么东西？"

那鸟人阴阴地盯着他，敲着破锣嗓子道："小子，不要不知天高地厚。"

赵云澜嗤笑一声："你知道，那你倒是给我说说，是多高多厚啊？"

他伸手摸出烟盒，手腕一抖就叼了一根在嘴里，打火机在手指间灵活地翻了几个跟头，把火打出了花，"咔嗒"一声，带着轻微薄荷味的烟熏得鸟人往后一仰，咳嗽了起来。

赵云澜拎着镇魂鞭的另一端，也不给他松绑，问："方才叫卖的人是你？"

鸟人冷哼一声："不错，你有什么要卖？"

赵云澜不理会，眯起眼睛问："这么说，功德笔确实在你手里？"

鸟人不说话，一双贼溜溜的小眼睛毒蛇一样盯着赵云澜。

赵云澜弹了弹烟灰，一把拎起了他的领子，将他拎到半空，与自己平视："我就不信，四圣器还拔出萝卜带出泥了，你是什么东西，手上会有功德笔？说，谁派你来的？又是谁让你以假功德笔为幌子，把我引来的？"

那鸟人被揭穿，也不慌张，脸上露出一个险恶的笑容，更像鸟了，"沙沙"地说："你惹不起的人。"

"我惹不起的人，一个是我妈，另一个是我未来老婆，这二位的大腿，你抱得住哪条？"赵云澜狠狠地把人掼在地上，"老子快没耐心了，别等我脾气上来弄死你，快说！"

鸟人用异样的眼神看了他一眼，沙哑地开口问："西海之戌地，北海之亥地，去岸十三万里。又有弱水周回绕匝……排阊阖，沦天门[1]，何等的威风气魄，你还记得吗？"

赵云澜面无表情地说："不记得，我从小语文就不及格。"

那人"嘿嘿"地冷笑起来，艰难地挪动畸形的胳膊，探进怀中，取出一个小金铃："那这个东西，你也不记得了吗？"

赵云澜一看见铃铛就起鸡皮疙瘩。铃铛通灵，大多有招魂聚灵的作用，他左肩少一魂火，三魂七魄本来就不如正常人稳固，因此毫不迟疑，一脚踩碎了对方的胳膊，弯腰去捡那小金铃。谁知他的手碰到了，却无论如何也拿不起来，那巴掌大的小铃铛像是有千斤重，坠得他手腕生疼。

矮子鸟人大笑："堂堂……拿不起一个铃铛，哈哈哈哈哈，世上还有比这更荒谬的事吗？你果然只是个凡人！"

这时，一股妖风涌起，矮子挂在断肢上的铃铛忽然极轻地响了一下。赵云澜的神经立即绷紧了，镇魂鞭回手甩了出去，将一团巨大的鬼火卷飞。鬼火落在一棵树的树梢上，合抱粗的大树干当即枯槁下去，不过眨眼间，成了一棵被吸干的枯木。

紧接着，大团的鬼火随风而来，赵云澜连续几鞭出手，人已经退到了二十米开外。

山间的坟包里伸出白骨爪子，从地底往上爬，方才被他踩在脚下的矮子鸟人飘飘悠悠地升上半空，身后是密密麻麻的鬼火。悬在那矮子鸟人断指上的小金铃随风摇摆，发出几不可闻的细碎响声，就像是唤起了整个山间的阴

---

[1] "西海之戌地，北海之亥地，去岸十三万里。又有弱水周回绕匝……排阊阖，沦天门。"——摘自《淮南子》

气。大团的白雾从枯树顶冒出来，树上做窝的乌鸦"嘎"一声长鸣，冲向深不见底的夜空。月光血红一片，隐约镶着一层毛边。

赵云澜知道，今天晚上恐怕是不能善了了。他好汉不吃眼前亏，一边往林子边缘跑，一边说："别不分青红皂白地上来就打嘛，你还没说把我引来，到底是为了什么呢。应该不会那么无聊只是想找我打一架吧？我这人，老坐办公室，平时不锻炼身体，打架肯定不行的，我们可以寻求文明一点的解决方法，你觉得呢？"

他刚才一脚踩碎别人胳膊，这会儿倒是追求起世界和平了。矮子鸟人看着他，只是冷笑。

赵云澜身后的鬼火穷追不舍，眼看要燎着他的后背。他双手攀上了一棵大树的树枝，迅捷地把自己吊了上去，凌空翻了个跟头落下，刚好让鬼火擦着他冲了出去："生死动骨，驱使鬼火——你是鬼修，还是地仙？据我所知，鬼修唯恐和活人打交道，以免坏了他们纯阴之体，或者让他们想起自己活着时候的故事，无端生出心魔，那这位大人，难道是在地府任职的某位？不知道在哪个部门高就？"

矮子鸟人怒道："地府算什么，我还不屑受他们驱使！"

"啊，"赵云澜点了点头，"这么说我就明白了，你是妖族吧，哪一族？"

矮子被他三言两语套出话来，自知失言，紧紧地闭上了嘴。

赵云澜眼珠一转，脸上酒窝隐隐闪现："不说我也知道，看你这长相，是'闻亡者音'的黑羽鸦族，对不对？我回头一定要好好请教贵族长老，我与妖族向来关系不错，虽然不至于称兄道弟，见面至少也是客客气气，你们这是什么意思？"

这货精得仨猴换不来，矮子鸟人知道自己不能再任凭他猜下去，忽然一抬手，晃起手里的金铃。赵云澜猛地将背在身后的双手伸出来——他不知什么时候弄破了自己的手指，用血在两道黄纸符之间画了一个复杂的图案，正好一张一半，两张黄纸符一对，就合在了一起。

两张纸符已经悄无声息地烧了大半，一道指天，一道指地。

赵云澜蓦地一松手，炸雷凭空而起，火龙就地而生，天雷勾动地火，整个野坟坡瞬间给烫成了一片焦黑，无数鬼火被悄无声息地卷进其中。大火燎着了那鸦族矮子的衣摆。可是，那其貌不扬的鸦族矮子一动不动。他身形细小，那一瞬，丑陋的脸上竟有凛然之色。

赵云澜不禁一愣。

只见那烈火中的矮子顶着一张半人不鸟的脸，身上幻化出乌黑的鸦羽，干瘪畸形的翅膀倏地张开，羽毛顷刻被大火燎着，负在身后，难看得可怜。他仰天长啸，全身在烈火中化成了一团黑雾，纵身没入金铃里。

金铃周遭的火光猛地变了颜色，仿佛是十万束强光凝在了一处。赵云澜匆忙闭眼，却已经来不及了——眼珠一阵剧痛。他手臂撑在面前，在什么也看不清的情况下飞快地往后退去。追魂一般的铃声传来，像根锥子钉进了他的耳朵。

恍惚间，他仿佛听见山崩的声音，通天的巨柱从中间折断，嶙峋的巨石自高处滚落，绵延不断，轰隆作响，就如同连天也一起塌了。

遥远天际处，仿佛有人大喝一声："昆仑——"

如黄钟大吕。

赵云澜脑子里忽然涌入了无数模糊的画面，还不等他看清，就感觉身后突然多了一个人。那人不知在旁边偷看他们鹬蚌相争了多久，这时候出来渔翁得利，伸手去抓他的肩膀。赵云澜忍着晕眩，斜跨出一步，镇魂鞭回手便往那人身上抽去，只听一声轻响，鞭梢处一股大力，好像要把他拉过去。

赵云澜顾不上心疼他的鞭子，立刻撒手，反应不可谓不快，可是到底还是没躲过。

一只手鬼魅一般地抚上了他的后颈，赵云澜眼前一黑，什么都不知道了。

打晕他的人双手将他接在掌中，露出形迹，正是他们在山河锥祭坛下见过的鬼面人。

鬼面人宽大的袍袖落在地面的余火中，汹汹的火气一下子灭了，连带着雷声也跟着平息下来。他毫不费力地托着赵云澜，又弯腰捡起了那金箍棒一样重的小铃铛，用两根手指捏了，拿到眼前端详，片刻后，嗤笑一声，将金铃拢在袖子里，转身下山。

沈巍在公寓里扑了个空，立刻赶往光明路4号，却发现所有的灯都灭了，只有一众鬼魂还在一丝不苟地考勤。沈巍心急如焚，在院子里接连深吸了几口气，才勉强镇定下来，掐算起赵云澜的踪迹。

随后，他就惊讶地发现，赵云澜正在往这边来。

沈巍猝然回头，却见半空中高高悬着一个眼熟的人。温文尔雅的沈老师一瞬间变了脸色。

鬼面人——混沌鬼王，淡定地捏住指着自己下巴的斩魂刀，毫无惧意，低头整理了一下赵云澜被风吹得乱七八糟的衣服，轻笑一声说："见了你，就百般讨好地跟着，赶都赶不走；见了我，就先让我吃他一鞭，你说，他可有多偏心。"

沈巍几乎是从牙缝里挤出一句话："放开，别用你的脏手碰他。"

"脏手？"鬼面人轻轻地一笑，"难道你就很干净？"

沈巍脸色一寒。

鬼面人抬手将赵云澜抛了出去。沈巍连忙撤刀，免得伤到他，把人稳稳地接住了。

"他没事，只是有人企图强行唤醒藏在他三魂七魄里的'那一位'，为了什么，你猜不出来吗？幽冥压根儿没拿你当过自己人。"鬼面人说，"我希望你能好好想想，到底谁对你好。为了那些不相干的人，你这样自毁，到底值不值。"

他说到这里，目光又在赵云澜身上落了一下："你是什么人？想要谁没有？就算是……用得着这样患得患失、求而不得吗？连我都可怜你。"

沈巍冷冷地说："不劳你记挂。"

鬼面人脸上的面具浮现出一个诡异的笑容："好啊，那你可别后悔。"

说完，他一转身，宽大的斗篷卷起高高的尾，瞬间消失在了夜空中。

第九章

赵云澜身上倒是没什么伤，只是后颈红了一小片，大概是被人一掌切晕的，除此以外，沈巍也看不出他有什么不好的地方，只好坐立不安地守在他床头，等着他自己醒过来。然而，这一觉，赵云澜却足足睡到了第二天中午。其间，他的电话几次三番地响个没完，床上的人愣是没有一点儿动静。直到日头已经升上了正南，他的手指才突然动了一下。已经开始焦躁不安的沈巍立刻上前："云澜？"

赵云澜没来得及睁开眼，先侧头捂住了脖子："哪个王八蛋……"

见他还有心情骂大街，沈巍的心先放下了一半，随后，就听见赵云澜鼻音浓重地叫了他一声。

沈巍忙问："嗯，怎么？"

赵云澜似乎有点迷糊，莫名其妙地问："几点了？你还没休息？"

沈巍愣了愣，转头看了一眼天色，此时艳阳高照，室内采光好得晃眼。他的心忽地沉了下去，伸手在赵云澜眼前晃了晃。赵云澜的眼神有一丝不易察觉的迷茫和散乱，毫无反应。

他忽然不吭声。赵云澜立刻有察觉，下意识地做了个偏头侧耳的动作："沈巍？"

沈巍正要答话，赵云澜却突然准确地抓住了他在自己眼前晃的手，沈巍的手像瓷器一样冰凉。赵云澜沉默了片刻："哦……那就是我的眼睛出了问题。"

沈巍攥紧了拳头，极力稳住自己的声音："我马上送你去医院。"

去医院的路上，赵云澜显得异常沉默，也不知道他在想什么，只有下车走路的时候，偶尔会露出一点茫然神色。常人骤然失去视力，是很难适应的。走路时，赵云澜几乎不知道该抬哪只脚，总是忍不住四处找东西扶——即使沈巍拉着他的手。

不知是鬼面人下手太重还是怎么，赵云澜的脸色异常苍白。沈巍的眼神阴沉了下去，眉宇间的煞气几乎外露。医护人员几乎是战战兢兢地从他手里接过赵云澜，总觉得他像是电影里那种吃斋念佛、手起刀落的低调黑社会分子。不出意料，赵云澜的眼睛没有外伤、没有病变，就是看不见——医生也很奇怪，折腾了他大半天以后，医生甚至隐晦地表明，也许短暂的失明是心因性的，建议他去看一下精神科。

等他们从医院出来的时候，赵云澜像只生命力顽强的蟑螂，以让人叹服的速度适应了盲人生活。他伸手抓了一下空气，问沈巍："天黑了吧。"

沈巍就怕他不吭声，有心想引他多说一些："你怎么知道？"

赵云澜："感觉空气变湿了一点，也凉了，应该是太阳下山了。"

沈巍拉开车门，一只手扶住他，另一只手抬起来挡住车顶，以防他撞到头，又弯下腰替他系好安全带，起身时，一偏头，正好看见他脸上的笑容。沈巍问："你笑什么？"

赵云澜："我刚才想，要是有一天，我老了，变傻了，你还肯这么照顾我就好了。"

沈巍心里一动，冷硬的眉目柔和下来。

赵云澜："万一我连人也不认识了，开口就叫你爹，你可不许答应啊，不许欺负我傻占我便宜。"

沈巍无奈："你要是真傻了就好了。"

"什么？"赵云澜故作大惊失色，抓住自己的领子，"你想把我怎么样？关起来玩限制级游戏吗？"

赵云澜因为眼瞎，被迫内向了半天，这会儿又重新活过来了。上了车，他先是找到了调整座椅的地方，一会儿把椅背躺下去，一会儿又直起来，来回折腾了好几次，又在车里到处摸了个遍："哎，我才发现我副驾驶的座椅凹了一块，平时长眼的时候怎么没注意呢？其实，看不见也挺好玩的，市中心有个'黑暗体验馆'你知道吗？门票四十，我省四十块钱。"

沈巍实在没有这种革命的乐观主义精神，勉强牵扯了一下嘴角。

他在赵云澜家楼下把人放下，交代了一声不让他乱走，结果刚停好车，一回头，就发现赵云澜自己上了马路牙子，正摸瞎练习走直线，正稳稳当当地奔赴电线杆的怀抱。

沈巍连忙赶在他把自己撞晕之前冲了过去，拦腰把人捞走，在看不见的情况下，"忽悠"一下腾空而起，非常刺激。赵云澜愉快地吹了声口哨，可能是想再来一次。

沈巍拍拍他的胳膊："前面有点台阶，我背你上去。"

赵云澜拍了拍他的后背，站在旁边笑。

沈巍温声问："怎么了？上来。"

"这么沉，压坏了怎么办？"赵云澜摆摆手，自己慢慢地往前走去。要不是他在台阶下轻轻地伸脚踢了一下，沈巍几乎以为他恢复视力了。只见他不急不缓地抬腿上楼，每一步的距离基本都是一样的，一路走到了电梯门口，在按键上摸了摸，精确地按下，这才半侧过身，等沈巍。

沈巍特意放重了脚步声："你怎么知道电梯在这里？"

赵云澜大言不惭地说："像我这么明察秋毫的人，自己住的地方能不清楚吗？楼梯有多少层，从楼道口走到电梯总共是几步，不用眼睛看我也都知道。"

这就完全是吹牛了——别说楼梯有几层，赵云澜这个粗枝大叶的人，要是不通过一通乱翻，连自己的茶杯和拖鞋在哪儿都找不着。

沈巍知道，肯定是下午带他下楼的时候，他自己默默记住的。大概是性格使然，无论出了什么事，赵云澜都会给人一种"这没什么大不了"的感觉，因此有时候即使事情确实严重，周围的人也会情不自禁地被他的态度影响。

赵云澜淡定地打开家门，刚要迈步，就听见脚底下传来一个声音："敢踩你大爷的尾巴，你就死定了。"

赵云澜一愣，弯下腰摸索："大庆？"

大庆立刻察觉到不对，顺着他的胳膊爬了上去："你眼睛怎么了？"

赵云澜一边摸索着往屋里走，一边漫不经心地说："技能被冻结了。"

沈巍一把拉住他："小心。"

赵云澜险些撞上门框。

大庆吃了一惊，从他身上蹿下来，蹦上沙发炸了毛："怎么回事？"

随即它有意无意地看了沈巍一眼，大有质问的意思。

沈巍立刻说："是我不好。"

赵云澜啼笑皆非："怎么就又是你不好了？"

他一伸手摸了个空。大庆看了看他悬在半空中的手，只好臭着脸，用猫脸生生拗出一个"大爷看你可怜给你面子"的表情，歪头把脑袋侧过去，在他手心里蹭了蹭。

赵云澜笑起来，意味不明地说："别着急，'祸兮福之所倚'也说不定呢。"

他说完，摸索着在沙发上坐下，从兜里摸出根烟来，大模大样地冲大庆一伸手："我看不见，给我点上！"

大庆默默地把自己卷成个毛团，背过身去，不理他。

沈巍拢过他的手，"咔嗒"一声点燃了他的烟，又把烟灰缸推到他手边。

"昨天晚上，我遇见一个乌鸦精。"赵云澜想了想，把头天晚上的事挑挑拣拣地说了，"他还跟我说了什么……嗯，什么西海的什么地方，北海又什么的地方，离岸多远多远，后面没听太明白，我感觉大概是在说一座山。"

大庆愣了一下，沈巍却是先反应了过来，脸色一沉："先不说这个，你的眼睛是怎么伤的？"

"别提了。"赵云澜挥挥手，"都是那个倒霉的铃铛……"

大庆突然站了起来："什么样的铃铛？"

"在我这儿。"沈巍说着，摸出了一个蒙尘的小金铃，"是不是这个？"

大庆瞳孔骤缩："这东西怎么会在你这儿？"

赵云澜："这是什么？"

大庆围着沈巍的手转了几圈，盯着那小铃铛看了片刻，忽然低声说："那是我的。"

"那是我的……主人，"大庆看了赵云澜一眼，"亲手戴在我脖子上的。百年前，因为一些意外，我把它弄丢了。"

赵云澜伸手："给我看看。"

沈巍一缩手："你恐怕拿不起来。"

赵云澜想起了头天晚上的经历，郁闷地吐出口烟圈。

大庆低下头，从沈巍手上叼走了铃铛，什么话也没说，转身就从窗口跳了出去。以它心宽体胖的状态，真的很少显得这样心事重重。

赵云澜侧耳听了听："大庆？"

"走了。"沈巍关好窗，弯下腰，缓缓地抚上他的眼角，"我会想办法治好你的。"

赵云澜不知想到了什么，忽然笑了起来："其实也不用那么着急。"

沈巍直觉他下面没人话。果然，瞎了也不消停的赵云澜跷着二郎腿说：

"我又瞎又帅，瞎帅瞎帅的，有没有仙侠小说里血苏的男主角味？出场鲜花铺道的那种……就差一打照顾我日常起居的大美人了。"

赵云澜嬉皮笑脸道："沈老师，要么你辛苦，客串一下？"

沈巍一声不吭地转身进了厨房。

赵云澜听他脚步远了，这才收起笑容，闭眼靠在沙发上。他倒也不是当着别人的面强颜欢笑，只是这会儿在一片黑暗里，听着厨房里传来的"叮叮当当"的声音，他竟然感觉到了难得的宁静，几乎有些享受这一刻。

随着他越来越放松，赵云澜忽然觉得眼前似乎隐隐有一些奇怪的影子。他猛地睁开眼，依然什么都看不见，那些影子又没了。

是什么东西？

赵云澜定下心神，重新闭上眼，数着呼吸抱守元一，片刻后，那影子果然又出现了。他"看见"自己左手边有一团绿色的东西，身上发出幽幽的光，十分浅淡，但流间有种异常的美，生机勃勃的……形状看起来有点眼熟。

赵云澜想起来，他左手边是窗台，窗台上刚放了一盆朋友送的植物。

这是……传说中的"天目"？

"天目"也叫"天眼"，民间时常将其与"阴阳眼"混为一谈，但其实不是——据说天眼是一只魂魄之眼，魂魄依附于躯体，困于肉体凡胎，除非像是传说中二郎神那样天生三目，普通人的天目都是闭着的。

没想到他这一瞎，居然因祸得福地瞎出了天眼。

赵云澜试着凝神于双眉间，见四周越来越清晰，他"看见"的东西越来越多，先是窗台上的花、沙发上的猫毛、书架上一些上了年头的古书……以及墙上挂着的一幅古画。

他发现，天眼似乎只能看见有生命或是有灵气的东西，沙发、茶几之类毫无灵气的当代制品，他依然看不见的。

赵云澜低头"看"向自己的身体，只见有一团白光在他身上流动，右肩上有一团流光溢彩的光球，左肩上则空空如也，大概就是魂火了。

不知为什么，魂火的光非常眼熟……他总觉得自己在什么地方见过。

赵云澜突然想起了什么，猛地站了起来，膝盖重重地在茶几上磕了一下，但他没顾上龇牙，摸索着走进了厨房。他听见切菜的声音，却看不大清楚沈巍，因为对方与黑暗完全地融为了一体，甚至更黑……唯有脖子上挂着的小坠子，关着一团与自己右肩上的光球如出一辙的火。

沈巍正在处理一棵白菜，听见动静，偏头看了赵云澜一眼，说："厨房太乱，你别进来。"

赵云澜充耳不闻，循着声音小心地走进去，缓缓地伸出手，摸到沈巍。他凑过去，闭上眼，越过沈巍的肩膀，用新生的天眼从案板上扫过，但那些菜都已经被从根上拔下来，还被冰冻过，已经失了活气。赵云澜什么也没"看见"，只能闻到一股不是很浓的菜汁味。

而后他低下头，看见沈巍那黑得要命的身体在他靠近的一瞬间，突然从心口处流出了血一般的嫣红颜色，像沸腾的岩浆，顷刻就滚遍了沈巍全身，在赵云澜一片漆黑的视线里，勾勒出一个长身玉立的身影。

就像忽然有了生命。

赵云澜目睹着这样的情景，沉默了片刻，若无其事地对沈巍抱怨说："你切什么呢？我不吃这个，我要吃肉，又不是兔子，伤残人士要求改善伙食。"

沈巍纵容地低笑了一声，掀开旁边小锅的锅盖，一股还没来得及飘出来的肉香飞出来："你多大了还挑食？"

他说这话的时候，身上如火的颜色慢慢地变浅，从飞快流动的鲜红变成了某种异常温暖的橘红——像破晓之后，第一眼看见的、朝阳的颜色。

赵云澜听着菜刀一下一下切在案板上的声音，眼珠黑沉沉的，垂下的时候不显得黯淡，只是有些说不出的深沉。他好一会儿没说话，突然说："问你个严肃的事。"

沈巍一顿，身上的暖色微暗。

赵云澜准备好的话突然问不出口了，出口时临时拐了个弯："我照不了镜子，给我看看现在形象有没有受损？"

沈巍叹气："你要是没正事，就别给我捣乱了。"

"这就是正事。"赵云澜一本正经地说，"沈巍同志，站在你身边的这位，是思想上的巨人、工作中的先锋，毫不利己、专门利人的人民公仆，个人形象事关本市精神文明建设……"

沈巍无言以对。片刻后，他轻轻地笑了一下，垂下眼，认真地把菜切丝，这简简单单的活儿在他手里，就像享受着什么似的心无旁骛："皮相不过是个转瞬，美丑无异。'举莛与楹，厉与西施，恢诡谲怪，道通为一。'①再说，就算你五大三粗，头生癞，脚生疮，歪瓜裂枣，在我心里，也还是你，没什么不同的。"

赵云澜："说得我还怪不好意思的，总觉得下一句你就该和我求婚了。"

沈巍用肩膀撞了赵云澜一下："躲开，我要炒菜了，你去外面坐着。"

赵云澜顺从地松开了手，往后退了一步，就碰到了洗手池冰凉的金属壁。他略一仰头，似有意似无意地说："那你会骗我吗？"

背对着他的沈巍一顿。

赵云澜追问："会吗？"

沈巍依然是没回头。片刻后，他低低地说："我不会骗你，也永远不会害你。"

赵云澜用天眼追逐着他的背影，看着他身上的光在自己三言两语中渐渐暗淡下去，就像是一朵烧尽了的烟花，心里忽然一阵无来的难过，于是脱口说："嗯，好，我信。"

沈巍猝然扭过头："我只这么一说，你就相信吗？"

赵云澜一笑："只要是你说的，我都信。"

他说完这句话，再也不忍心去"看"沈巍身上那些乍起乍落的光晕。赵云澜背过身去，假装自己方才的话都只是毫无意义的闲话，在厨房的储物格上一格一格地摸过去，嘀嘀咕咕地说："我的牛肉干呢？我记得这儿有一包牛肉……"

他慌慌张张地碰倒了角落里的一根塑料扫把，一脚踩上去，险些五体投地。

沈巍满手的菜汁，怕抹他一身，只好伸长了胳膊，在半空中拦了一下，赵云澜就撞进了他的怀里。赵云澜现在住的公寓面积不大，厨房更小，一个人勉强合适，两个大男人进来，立刻显得局促起来，沈巍只好就着这个姿势，把双手绕到他身前，在水龙头下冲干净。

---

①举莛与楹，厉与西施，恢诡谲怪，道通为一。——《齐物论》

赵云澜突然不说话，也不动了。

沈巍洗干净了手，双手护在他身侧，把他推出去扔在了沙发上："有也早过期了，别找了。桌子底下有些点心，是我刚放进去的，你饿了先垫一点，别吃太多挡了饭，马上就好。"

赵云澜是个夜猫子，晚上就算不出去鬼混，在家打游戏也能打到半夜，突然一瞎，没事干了，睡也睡不着。沈巍怕他烦闷，就靠在床头上，拿着一本书给他念。

突然，沈巍感觉到了什么，念书的声音骤然停了下来，看向窗外。与此同时，赵云澜毫无征兆地一把拉过他，往旁边一滚，俯下身在他耳边说："别看，把灯关了。"

屋里的灯一下子灭了。

赵云澜一伸手，拉起被子挡住窗外的视线。忽然，窗外的风声中混杂了一声不易察觉的梆子响，赵云澜在沈巍耳边轻轻地说："别动。"

他猛地半坐起来，一把揪住窗帘，往中间一拉，衬衫的扣子一直开到了小腹，摇摇欲坠地挂在身上，抬起来的眼睛灼灼有神，一点儿也看不出来他瞎。

赵云澜冷冷地对窗外人说："我们肉体凡胎，偶尔也是有夜生活的，大人，你们来之前是不是也偶尔跟我打声招呼？"

窗外传来一声轻咳："我家判官听说令主眼睛受伤，派小人过来看看，有惊扰的地方，实在是……"

"判官？"赵云澜一顿，意味深长地笑了起来，"判官大人的消息可真快啊，我白天刚去了一趟医院，还没到三更呢，他已经把大人您派来了？我没什么事，眼睛里进了东西，有点结膜炎，滴两天眼药水就好了，你回去跟他说，劳烦他惦记。"

窗外的人低低地称了声"是"，片刻后，那股浓郁的阴气消失不见了。

赵云澜在床上摸索，沈巍截住他的手："是阴差？"

"你个傻帽儿。"赵云澜叹了口气，碰到了沈巍的头发，手指轻轻地捋了捋，低声说，"别人在变着法地算计你呢……'沈巍'的事，幽冥那头是有人知道的吧？"

沈巍迟疑了一下，点了点头——他化身成凡人，在人间一蹲就是几十年，沈巍当然不会大张旗鼓地宣传，但斩魂使逗留人间不是小事，十殿阎罗那里总要知会一声。

赵云澜："以你的身份，本来不必和那边搅和，那边有那边的思量，这些人人鬼鬼的事，总归是各有各的算计，你……"

沈巍轻声问："你是在担心我吗？"

赵云澜循着他的声音低下头："你说呢？"

沈巍好一会儿没吭声，赵云澜几乎以为他睡着了，不知过了多久，那边才模模糊糊地传来一声压在嗓子里的："谢谢你，一直……"

第十章

赵云澜眼睛忽然看不见，姿态再笃定，心里也还是不上不下的。也许是心里窝了这一点焦躁，他晚上做了梦，梦见自己在一片云雾缭绕的地方转悠了半宿，满地都是残垣断壁，无数人冲着天顶礼膜拜。他看了那些人一眼，继续往地下走去，来到了一片荒芜到了极致的地方，那里四面八方全都是黑暗。赵云澜莫名地心生烦闷，捻指做火，火光一纵而逝，来不及亮起就熄灭了。

紧接着，有一个人在他耳边叹道："你何必……"

那声音难以形容，似乎不是从耳朵里进去的，而是直接灌进了他心里。赵云澜哆嗦了一下，清醒过来。天似乎已经亮了，沈巍不在旁边，大概出门买东西了。

他现在睁开眼是黑，合上眼也是黑。赵云澜心悸如雷，背心一片冰凉。

梦里那是……谁在说话？

为什么那么像他自己的声音？

赵云澜闷头在床边坐了一会儿，把自己草草打理干净，在茶几上摸到了从医院带回来的纱布和药，就把纱布随便在眼睛上缠了几圈，从床头柜上摸到纸笔，也不管是什么纸，摸索着在上面写了"我去光明路4号"这么几个鬼画符一样的字，量着步子出了门。

睡梦里如雷的心跳慢慢平息，电梯在一层打开的时候，赵云澜已经调整好了自己的呼吸，将心神集中在两眉之间的天眼上，大步走了出去。他"看见"街上有很多人，很快，赵云澜就能分出人鬼了——身上有一圈虚影的是人。

不知是出于什么原因，一开始，他看得并不是很清楚，只是模模糊糊的一层，而随着赵云澜走出小区，他好像也渐渐熟悉了这种"看东西"的方式，模模糊糊的人影逐渐清晰起来。渐渐地，他开始能看清他们每个人身上的顶上三花。与一个路人擦肩而过的时候，赵云澜发现活人身上那层虚影其实是一层"膜"，从头盖到脚，上面有古怪的纹路。

赵云澜在路口站定，伸手拦出租车，他看不见，只好一直伸着手，全凭运气。等了十几分钟，才有一辆空车停下来。摸索着上车的时候，赵云澜已经能看清，那些每个人身上都有的纹路原来是字迹，非常小，非常密集，每一秒都在不停地变动。赵云澜忍不住盯着司机看了两秒钟，被司机提醒了两声，才回过神来："不好意思，光明路4号，您拉我到门口就行。"

出租车司机奇怪地看了一眼他眼睛上的纱布："小伙子，你那眼睛怎么了？"

赵云澜随口扯谎："打篮球砸伤了。"

司机"哎哟"了一声，又问："还能看见吗？"

"能，不过敷着药睁不开眼。"赵云澜说，"只能先当两天瞎子。"

两人一路闲聊，到了光明路4号，出租车停在路边，赵云澜想了想，然后从怀里摸出钱夹，打开直接递到司机面前："我也看不见，该收多少，您自己看着拿吧。"

这弄得司机一愣："啊？你这么相信我？"

赵云澜笑了笑："反正我包里也没多少现金，您看着拿。"

司机犹豫了一下，替他打印了小票，然后翻了翻他的钱包。在这期间，赵云澜紧紧地盯着对方身上不断变化的字，他听见司机翻钱包时发出了窸窸窣窣的声音，听见他好像先拿出了什么，而后迟疑了一下，又塞了回去，片刻后，抽出了另一张纸币，从兜里摸出了零钱，连小票一起塞回赵云澜的钱夹里。

赵云澜的嘴角提了起来——随着他的视野越来越清晰，已经能分辨出人身上那些字迹的颜色了，只见它们有红也有黑。就在司机把找零塞进他的钱夹的刹那，赵云澜看见一行红色的小字从对方身上划过。

"原来是这个意思。"向司机道了谢，并谢绝他扶自己进去的赵云澜心里想着，"原来那些小字就是人的功德，红为得，黑为损，看来刚才司机没有占瞎子便宜。"

赵云澜能感觉到，自己身体里仿佛有什么东西正在以极快的速度苏醒，他一时判断不出这是好事还是坏事。

这一切好像……是从不久前地震，震出了瀚噶族的山河锥开始。那场地震，真的是地壳的自然运动引起的吗？

喜欢削骨头的传达室门卫远远地看见他，乐呵呵地放下锉刀："赵处！哎？您这眼睛是怎么了？"

"意外。"赵云澜淡定地说，"李叔，过来扶我一把。"

李叔还没来得及出来，另一个人却突然从后面赶了上来。沈巍一把攥住他伸出的手，勉力压抑着自己的手劲和声音："你想去哪儿，就不能等我一会儿吗？我就是出去买个早点，一回头你人就不见了，我都快被你吓死了。你再这样……再这样我就……"

赵云澜转过头去，透过他那不知出于什么原因越来越透亮的天眼，看见了沈巍身上的"功德"。一排一排代表功德的、明亮的红色字迹从他身上不断地划过，然而，它们都不能持久，就像波涛一样飞快地出现，旋即就会被一片大浪般的黑暗涤荡干净，就像永远也不会留下痕迹的沙滩。

赵云澜眼眶一酸，他不明白那股突如其来的酸涩是从什么地方而来，好像是一段深埋了千万年的古旧记忆，终于被飓风吹去百尺厚的浮尘，露出下面赤身裸体、无从逃避的真相，戳得他心里一阵一阵地难过。

"因为我知道你马上就会追过来的。"赵云澜故作油滑地说，声音有一丝不易察觉的颤抖，"正好，陪我进去。"

赵云澜突然过来，特调处办公室里很是兵荒马乱了一番，大庆不知道跑到什么地方伤春悲秋去了。直到这时，众人才发现，他们消失了两天的老大居然不是去鬼混了，而是出了意外。

祝红哆哆嗦嗦地拆下了他胡乱缠的纱布，一看见那双依然亮，但怎么也对不准焦距的眼睛，眼圈都红了。

赵云澜动了动手指，又想起自己看不见，对女员工不好随便乱摸，只好又讪讪地缩回来："到底是你瞎还是我瞎？我还没哭呢，你激动什么？"

祝红一把把纱布摔在他脸上："你哭？你要是知道哭就好了！天下没有你不敢去的地方，没有你不敢招惹的人是吧！天是老大，你是老二了，对吧？傻×！"

赵云澜沉默了片刻，只好答应一声："傻×听见了。"

祝红于是把枪口转向沈巍，咄咄逼人道："你不是厉害吗？你不是高手外援吗？他出事的时候，你在干什么？！"

楚恕之和林静面面相觑，觉得此情此景似乎有点不对劲。

赵云澜当然也听出来了，只好开个玩笑，试图遮过去——赵云澜拽了拽沈巍的袖子，尽可能嬉皮笑脸地说："听见没有，沈老师，你得对我负责啊……"

谁知祝红完全不领他的台阶，截口打断他："你闭嘴！"

赵云澜脸上的笑容就像画上去的，顷刻间就淡了一点："差不多了，我自己办点私事遇到了一点儿意外，跟他有什么关系？难道我每时每刻都要跟他绑在一起？"

祝红的目光凶狠中带上了一点委屈。沈巍忍不住说："确实是我不……"

赵云澜皱着眉一摆手，独断专行地结束了这个话题："我现在不想讨论这个，这点鸡毛蒜皮，留着会后再说，现在都给我闭嘴。"

他从兜里摸出一张镇魂令的纸符，在点燃的瞬间，低低地传话出去："大庆，过来一趟。"

他话音才落，猫铃铛声就响起来。大庆从图书墙的那一端钻过来，悄无声息地跳到赵云澜的大腿上，仔细看了看他的眼睛。黑猫跳到办公桌上："我翻了一些书，大概明白你眼睛的问题了——你说当时你触动的地火点燃了那只小乌鸦，后来他是献祭了自己，入了金铃，对吧？可能是因为魂音与地火相撞，阴气太重，你又离得近，才会伤了眼睛，一时失明。"

赵云澜可有可无地点了个头。沈巍却立刻抓住了黑猫的重点："一时？"

大庆应了一声，看了赵云澜一眼。凭着多年了解，它忽然有种赵云澜好像知道什么的感觉。

沈巍却没注意到，他眼下关心则乱，连忙追问："一时是到什么时候？要用什么药？我需要去哪里找？"

大庆看了看沈巍，见他忧心不作假，就继续说："花妖一族大多避世，不过他们有一种非常珍贵的'千华蜜'，传说是用天上三十三种、人间三十三种、幽冥三十三种的花，各取花蕊最精华酿成的，能解百毒，而且温和润泽，最适合眼伤……要找他们，大概……"

赵云澜接话说："要到年底的妖市。"

大庆一愣："你怎么知道？"

赵云澜摸了摸它的脑袋，没有回答，像是在思量着什么。好一会儿，他才低声说："你说完了，现在我说我的事——第一，从现在起，任何人和幽冥那边有任何联系，全部形成书面材料，交到我那里留底，一个字也不许遗漏；第二，严格限制光明路4号闲杂人等往来，送年货、送礼的，不管是人是鬼，一律在传达室外接待；第三，对外宣布进入年终工作总结期，除非部长亲自下令，否则案子尽量不接；第四，镇魂令范围内，任何人如果不能按时上班，必须把请假理由交给我签字，我要随时知道你们都在什么地方。"

祝红问："那妖市……"

"那都是小事，沈巍陪我过去一趟就行。"赵云澜说，"对了，祝红，我让他们在三楼给你单开一个房间，你化形不方便需要休养的时候，可以先去那里暂住，不要请假了。"

他说完，也不管别人的反应，径自扶着桌子站了起来，往墙内的图书馆走去："我有事找桑赞聊聊，沈巍等我一会儿，其他人把我刚才说的话通知到各部门。"

图书室里灯火通明，桑赞看见赵云澜，快乐地冲他打了招呼："腻耗，赵初洁扒！"

赵云澜："什么玩意儿，谁教你的？"

"猫洁扒。"桑赞自知自己发音不准，于是勤奋地试图纠正自己的发音，"赵初……除……楚洁扒！"

赵云澜笑了笑，不跟他计较，打开天眼，发现这里大多数书的轮廓他都能看见。他找了一圈，对桑赞说："给我找找头天我看过的那本书。"

桑赞准确地抽出了那本《魂书》，难为他在不认字的情况下，竟然把哪一本书在哪里都记得清清楚楚。

赵云澜的天眼能清晰地"看见"扉页上"魂书"二字。还不等他动手，书页已经自动翻开，一道之前翻看的时候没有注意过的痕迹出现在他面前——那是书页被人扯掉的痕迹。断裂的纸页在天眼中，仿佛正在流着黑紫的血。

赵云澜"啪"一下合上了书，桑赞小心地觑着他的神色。

好一会儿，赵云澜才低声对他说："你相信世界上有恰到好处的'巧合'吗？"

桑赞费了好一番工夫才弄明白"巧合"是什么意思。他因为语言障碍，看起来总是显得有点傻，让人时常忘了这是个以奴隶之身，颠覆一个部族命运的男人，唯有沉静下来，默不作声时，依稀能看出这男人当年带着血气的深沉来。

桑赞摇摇头，难得字正腔圆地说："不信。"

"我也不信。"赵云澜缓缓地说，"我拿着镇魂令，本想好好地履行自己的职责，守着人间这一亩三分地，可有些人是真不让我安生啊。"

这句话成分太复杂，名词太多，桑赞完全没听明白，但他从赵云澜的表情中领会了对方的意思，于是直白地问："我能帮泥甚？"

赵云澜垂下眼："给我一张纸。"

他在纸上默下了乌鸦精那天晚上和他说过的话。赵云澜一直装糊涂，他当然听得懂这段话，不但听得懂，此时默写出来，还能一字不差。一行字最后，赵云澜横平竖直地写下了"昆仑"两个字，用笔在下面重重地勾了一下。

"所有带有这两个字的书，我全都要。"赵云澜点着"昆仑"两个字，对桑赞说，"别让任何人知道，包括汪徵，谢谢你了，兄弟。"

桑赞把他当半个恩人，他生前虽然无师自通成了个阴谋家，骨子里，却依然保持着少数民族恩怨分明的好传统，于是对赵云澜郑重其事地说："放心吧，赵楚洁扒。"

赵云澜似笑非笑地回了一句："好，我会替你端大庆那死胖子一脚的。"

图书在版编目（CIP）数据

镇魂／Priest 著 . —— 北京 ：国际文化出版公司，
2022.12（2025.6 重印）

ISBN 978−7−5125−1470−6

Ⅰ . ①镇… Ⅱ . ① P… Ⅲ . ①长篇小说−中国−当代
Ⅳ . ① I247.5

中国版本图书馆 CIP 数据核字 (2022) 第 184851 号

镇魂

作　　者	Priest
责任编辑	侯娟雅
责任校对	王　晶
品质总监	张震宇
出版发行	国际文化出版公司
经　　销	全国新华书店
印　　刷	河北鹏润印刷有限公司
开　　本	710 毫米 ×1000 毫米　　16 开
	17.5 印张　　　　　　267 千字
版　　次	2022 年 12 月第 1 版
	2025 年 6 月第 6 次印刷
书　　号	ISBN 978−7−5125−1470−6
定　　价	49.80 元

国际文化出版公司

北京市朝阳区东土城路乙 9 号　　邮编：100013
总编室：（010）64270995　　传真：（010）64270995
销售热线：（010）64271187
传真：（010）64271187−800
E−mail：icpc@95777.sina.net